Von Catalina Ferrera ist bereits folgender Titel erschienen:
Spanische Delikatessen

Über die Autorin:
Catalina Ferrera ist das Pseudonym von Eva Siegmund, 1983 in Bad
Soden geboren. Sie arbeitete als Kirchenmalerin, Juristin und Verlags-
mitarbeiterin, bevor sie sich voll und ganz dem Schreiben widmete.
Für ihre Romane hat sie bereits zahlreiche Preise gewonnen. Catalina
Ferrera lebt in Barcelona und Berlin.

Weitere Infos zur Autorin unter www.evasiegmund.de

CATALINA FERRERA

Spanischer Totentanz

EIN BARCELONA-KRIMI

DROEMER

Besuchen Sie uns im Internet:
www.droemer.de

Originalausgabe März 2019
Droemer Taschenbuch
© 2019 Droemer Verlag
Ein Imprint der Verlagsgruppe
Droemer Knaur GmbH & Co. KG, München
Dieses Werk wurde vermittelt durch die
AVA international GmbH Autoren- und Verlagsagentur, München
www.ava-international.de
Alle Rechte vorbehalten. Das Werk darf – auch teilweise – nur mit
Genehmigung des Verlags wiedergegeben werden.
Redaktion: Marie-Luise Bezzenberger
Covergestaltung: ZERO Werbeagentur, München
Coverabbildung: FinePic / shutterstock
Satz: Adobe InDesign im Verlag
Druck und Bindung: GGP Media GmbH, Pößneck
ISBN 978-3-426-30658-1

2 4 5 3

Prolog

Dunkelheit lag über dem Cementiri de Montjuïc, als er endlich zurückkam. Trotz der späten Stunde ging er mit sicheren Schritten die breite Carrer de Sant Salvador entlang, das Licht des Vollmonds wurde von den hellen Gräbern zurückgeworfen, die die breiten Hauptwege des Friedhofs säumten. Bis zu acht Stockwerke ragten diese letzten Behausungen der Menschen empor; Privatsphäre war ein Luxus, den sich auch nach dem Tod nur wenige leisten konnten. Die Leute waren daran gewöhnt. In Barcelona war man eigentlich nie allein.

Und er war auch keineswegs der Einzige, der sich zu dieser späten Stunde noch in der Nekropole herumtrieb, das war ihm durchaus bewusst. Jeden Abend kamen junge Leute in Feierlaune über die Santa Eulalia auf den Friedhof, um sich zwischen den Gräbern zu betrinken, sich ein wenig zu gruseln oder sich gegenseitig zu Mutproben anzustacheln. Die heutige Nacht war keine Ausnahme, er schätzte sogar, dass es gerade bei Vollmond in der Stadt der Toten besonders lebendig wurde. Wie zur Bestätigung hörte er das Knattern einer Vespa, die sich eine der steilen Straßen zum Friedhof hinaufquälte. Weiter entfernt ertönte hysterisches Gelächter.

Die Sant Salvador schraubte sich immer höher, doch er geriet nicht außer Atem. Gegen elf Uhr war er nach einem Abendessen mit Freunden von Poble Sec aus aufgebrochen und den ganzen Weg bis zum Friedhof hinaufgestiegen, um dann wie üblich an der Nordostseite über die Mauer zu klettern. Für ihn überhaupt kein Problem – er war gut in Form. Auf der Carrer de Sant Jaume hielt er kurz inne, um das Bild, das sich ihm bot, in sich aufzunehmen und eine Zigarette zu rauchen. Das machte er immer so. Hier stand er an einem der höchsten Punkte des Friedhofes. Die Gräber, Grufte und Kapellen konnte er nur als

Ansammlung starrer Schatten wahrnehmen, was jenseits des Friedhofes lag, leuchtete jedoch dafür umso heller: die Autobahn und dahinter der Containerhafen. Im künstlichen Licht riesiger Scheinwerfer wurden die Schiffe beladen oder gelöscht. Bunte Metallcontainer wurden aufeinandergestapelt, und ein bisschen wirkte es, als wollten sie den Friedhof imitieren. Man stapelte Schiffscontainer, man stapelte Urnen – und in der Stadt schliefen die Leute. In übereinandergestapelten Wohnungen, die sich zu Gebäuden mit bis zu siebenundzwanzig Stockwerken türmten. Manche schliefen sogar in Stockbetten. Anders war diese Masse an Menschen auf so kleinen Raum wohl kaum zu verstauen.

Barcelona hatte enge Grenzen, und von dort, wo er stand, konnte er sie sehr gut sehen. An drei Seiten stieß die Stadt an Berge, die sie bereits emporkroch, von einer Seite hielt der Ozean, der schwarz glitzernd hinter dem Containerhafen lag, die Stadt in Schach. Barcelona konnte nur in Richtung Himmel streben.

Er hasste die Stadt schon, solange er denken konnte. Viele Jahre hatte er in anderen Städten verbracht, in Madrid und Valencia, sogar im Ausland, aber sein Herz war ein verdammter Bumerang. Es zog ihn immer wieder hierher zurück. Wie ein Kreisel, der aus dem Gleichgewicht geraten war, taumelte er zu allen Seiten, kehrte aber doch immer wieder ins Zentrum seines Daseins zurück. Er konnte nicht fortgehen; genauso wenig, wie er hierbleiben konnte. Weder kam er zum Stehen, noch fiel er um. Seit Jahren ging das schon so. So sehr hatte er gehofft, jetzt endlich Ruhe zu finden, sich endgültig von Barcelona lösen zu können. Er könnte längst weg sein. Und doch war er immer noch hier. In dieser Stadt, und schon wieder auf dem Friedhof. Weil, so musste er sich wahrscheinlich eingestehen, Hass die einzige Spielart der Liebe war, die er kannte. Hass band ihn an diesen Ort und gab ihm ein Gefühl von Bestimmung und Schicksal.

Vorsichtig drückte er seine Zigarette an der Schuhsohle aus und verstaute die Kippe in einer flachen Metalldose, die vorher Hustenbonbons enthalten hatte und die er zu diesem Zweck am Morgen in die Innentasche seines Sakkos gesteckt hatte. Dann lehnte er sich mit verschränkten Armen gegen den Stamm der großen Zeder, unter der er stand, und atmete tief durch. Wie immer roch es nach Nadelbäumen und Sauerklee, nach dem wilden Rosmarin, der überall am Hang des Montjuïc zu finden war, sowie schwach nach den Abgasen der nahen Autobahn. Doch er roch noch etwas anderes: den Tod. Niemand sprach darüber, und doch wussten alle, dass der spezielle Geruch des Friedhofs von den Toten selbst kam. Über 150 000 Urnen befanden sich auf dem Cementiri, und täglich kamen ein paar dazu. So viele verbrannte Menschen rochen nach etwas, auch wenn man sie noch so sorgsam einmauerte. Wenn der Wind von Westen kam, zog der Geruch sogar bis in die Gassen der Altstadt.

Er rieb sich mit der flachen Hand übers Gesicht und verfluchte sein sentimentales Herz. Es würde ihm noch das Genick brechen. Natürlich sollte er nicht hier sein, sondern zu Hause in seinem Bett liegen. Er sollte einfach gehen und nie wieder zurückkommen. Doch er konnte nicht.

Ein letztes Mal, sagte er sich. Nur noch heute Nacht.

Dann setzte er den Weg fort, bis zu der Gruft, die er schon vor Wochen für sein Vorhaben ausgewählt hatte. Es war eine schöne Gruft. Nicht schön genug, um eine Touristenattraktion zu sein, aber auch nicht schäbig oder unscheinbar. Wie die meisten hier erinnerte sie an eine Kirche. Man hätte sie mit ihren zwei Türmchen und dem spitz zulaufenden Eingangstor für eine kleine Kapelle halten können. Da sie Ende des 19. Jahrhunderts gebaut worden war, erfüllte sie gleich drei wichtige Kriterien: Sie wurde nicht mehr besucht, sie verfügte über ein Untergeschoss, und ihr Schloss ließ sich mit einem verbogenen Kaffeelöffel öffnen.

Als er ebendiesen aus der Tasche seines Sakkos nestelte, schoss ihm durch den Kopf, wie absurd er aussehen musste. Ein gut aussehender, elegant gekleideter Mann im schwarzen Anzug mit nagelneuen Nike-Turnschuhen an den Füßen, der mitten in der Nacht auf dem Cementiri de Montjuïc stand, um sich zum wiederholten Mal gewaltsam Zugang zu einer verlassenen Gruft zu verschaffen. Mit einem Kaffeelöffel, den er in einer Filiale von *El Fornet* hatte mitgehen lassen. Und warum das alles?

Wenn er das nur so genau wüsste.

Weil er den Verstand verloren hatte? Weil er nicht anders konnte? Weil er Vergebung suchte, oder Verdammnis? Weil er ein Perverser war, ein armes, krankes Arschloch?

Vermutlich von allem etwas und nichts davon.

Vorsichtig schob er den verbogenen Löffelstiel in das Türschloss und drehte ihn nach rechts. Er hatte das schon so oft gemacht, dass es sehr viel schneller ging als beim ersten Mal. Schon nach wenigen Augenblicken spürte er den Widerstand und hörte kurz darauf, wie sich das Schloss mit einem Klicken öffnete.

Nur noch heute, versprach er sich, während er sich durch die schwarze Metalltür in die Gruft duckte. Nur noch dieses eine Mal.

1

Karl war sicher, dass dieser Tag niemals enden würde. Die Zeit dehnte sich wie Kaugummi und verklebte in der Hitze des Spätsommers jede Zelle seines Daseins. Als hätte sich ein fettes kleines Männlein auf die Zeiger seiner Armbanduhr gesetzt. Für den Kommissar fühlte es sich an, als wären Jahre vergangen, seit er heute Morgen das Haus verlassen hatte.

Dabei war es eigentlich ein Freudentag – nach drei Monaten Fortbildung und einem scheinbar endlosen Papierkrieg mit seiner alten Dienststelle in Berlin-Pankow war er heute Morgen offiziell als Mitglied der Mossos d'Esquadra, der katalanischen Polizei, vereidigt worden. Karl Lindberg war der erste Nichtkatalane, der in den Dienst der Mossos aufgenommen wurde, und er würde wohl auch der Letzte bleiben. Das jedenfalls hatte Maria Arbol, die Polizeichefin der Ciutat Vella, mehr als einmal betont. Und Karl zweifelte nicht daran, dass sie damit ausnahmsweise einmal recht hatte.

Es waren ja auch besondere Umstände gewesen, die Karl an diesen Punkt seines Lebens geführt hatten. Er hatte seinem Schwager Alex bei der Aufklärung eines delikaten Falles geholfen und diesen Einsatz beinahe mit dem Leben bezahlt. Vor rund vier Monaten war in einem Delikatessengeschäft in El Born ein Schinken gefunden worden, der sich als Teil eines Toten entpuppt hatte. Der Fall hatte unter dem Namen »Schinkenmord« schnell für Furore gesorgt und sowohl Karl als auch seinem Schwager zu zweifelhafter Berühmtheit verholfen. Nach der Klärung des Falles hatte sich Alex in den Kopf gesetzt, weiterhin mit Karl zusammenzuarbeiten, und er hatte schließlich auch bekommen, was er wollte.

Alex hatte einen besonders guten Stand beim Polizeipräsidenten Garcia de Torres, weil er über dessen homosexuelle Neigungen Stillschweigen bewahrte. Nur deshalb hatte de Torres Karl angeboten, Mitglied der Mossos zu werden. Eine absolute Ausnahmesituation, die sich so wohl nicht noch einmal wiederholen würde.

Grundsätzlich war Karl sehr glücklich über diese Entwicklung, da er seinen Beruf schmerzlich vermisst hatte, seit er vor nunmehr knapp einem Jahr mit seiner Familie nach Barcelona gekommen war. Seiner Frau zuliebe hatte er die Stelle bei der Mordkommission Berlin aufgegeben, damit Alba die gut laufende Familienapotheke auf den Ramblas übernehmen und sich besser um ihre Eltern kümmern konnte. Unterm Strich war also alles wunderbar.

Was Karl weniger glücklich machte, war jedoch die Beachtung, die ihm am heutigen Tag zuteilwurde. Er hasste es, im Mittelpunkt zu stehen, doch als erster Ausländer bei der katalanischen Polizei kam er um die ungeteilte Aufmerksamkeit sämtlicher Kollegen nicht herum. Schon seit Anfang der Woche war er Gesprächsthema Nummer eins in der Comisaría, und Karl wusste genau, dass einige Mossos mit seiner Vereidigung ganz und gar nicht einverstanden waren. Was allerdings auch am katastrophalen Ruf seines Schwagers liegen könnte. So oder so konnte Karl es den Kollegen nicht verdenken; schließlich hatten sie die gesamte Ausbildung ordnungsgemäß absolviert. Er selbst wäre sicher ebenfalls misstrauisch gewesen. Die Ablehnung seitens einiger Mossos bereitete ihm schon seit Wochen Bauchschmerzen. Er konnte nur hoffen, dass sie ihn mit der Zeit akzeptieren würden. Zwischendurch hatte Karl sogar daran gedacht, das großzügige Angebot des Polizeipräsidenten auszuschlagen. Doch das hatte er nicht übers Herz gebracht, schließlich wollte er verhindern, dass auf seinem Grabstein stand: »Er hat sich zu Tode gelangweilt.«

Immerhin: Die sechs Personen, die gerade mit ihm am Tisch saßen, freuten sich aufrichtig über seine Vereidigung. Er selbst hatte ja gehofft, hinterher einfach nach Hause gehen, die unbequeme Uniform ablegen und mit seiner Familie essen zu können, doch da hatte er die Rechnung ohne Marla, die Assistentin der Mordkommission, gemacht. Die hatte nämlich einen Tisch im Flax and Kale reserviert, einem der angesagtesten Restaurants von Raval – jenem Teil der Altstadt, in dem sich die Comisaría befand und der zu großen Teilen alles andere als schick war. Eigentlich haftete dem Multikulti-Stadtteil, der von Handy- und Dönerläden dominiert wurde, noch immer der Ruf des Problemviertels an. Doch die moderne Einrichtung, die Loungemusik und die teuer aussehenden Massivholztische rund um ihn herum sprachen eine ganz andere Sprache. Alles hier drin erinnerte Karl eher an Berlin-Mitte, um den Alexanderplatz und die Alte Schönhauser Straße herum, als beispielsweise an Kreuzberg oder Neukölln, jene Berliner Stadtteile, mit denen der Raval von anderen gern verglichen wurde.

Karl konnte dem Laden jedenfalls nichts abgewinnen. Es gab nur Gemüse- und Fischgerichte sowie sündhaft teure Säfte, die wirkten, als kämen sie direkt aus einem Ernährungslabor der Zukunft. Außerdem Kellner mit Headsets, und wenn man zur Toilette wollte, musste man erst einen gläsernen Aufzug benutzen. Wenn es nach ihm gegangen wäre, hätten sie – wenn es denn schon ein gemeinsames »Essen zur Feier des Tages« sein musste – einfach ein paar Tapas im Rincón del Artista bestellt, dem unscheinbaren Restaurant unweit der Comisaría, wo sie auch sonst zu Mittag aßen. Das Rincón war ein ziemlich heruntergekommener Schuppen, das musste Karl zugeben, aber es gefiel ihm dort.

Ihm war bewusst, dass das Flax and Kale, oberflächlich betrachtet, viel besser zu ihm passte. Wenn er nicht gerade in einer zu engen Uniform steckte, trug Karl am liebsten maßgeschneiderte Leinenanzüge und dazu passende Strohhüte, worüber nicht wenige Menschen sich regelmäßig lustig machten. Doch von seiner Kleidung einmal abgesehen, fühlte er sich wohler, wenn es weniger schick zuging. Aber Marla hatte ihm eine besondere Freude machen wollen, also beschwerte er sich nicht. Schließlich konnte er nicht erwarten, dass seine Kollegen die Widersprüche seiner Persönlichkeit verstanden. Die meiste Zeit verstand er sie ja selbst nicht.

Außer Marla waren die junge Kriminaltechnikerin Luisa Ramirez sowie die Mossos Olivia Nadal, Jorge Moix, Victor Gomez und Samuel Rodriguez mit von der Partie. Der Einzige, der fehlte, war Alex. Er hatte sich den ganzen Vormittag noch nicht blicken lassen, was Karl einigermaßen verdross. Sie sollten ein Team sein, da war es doch nicht zu viel verlangt, bei der Vereidigung des Partners aufzutauchen. Dass er sich tatsächlich bereit erklärt hatte, auf Dauer mit seinem Schwager zusammenzuarbeiten, ließ Karl in manchen Momenten über sich selbst staunen. Nach wie vor fragte er sich, wo er da hineingeraten war. Alba hingegen genoss es, dass ihr Mann und ihr Bruder jetzt besser miteinander auskamen. Früher war es kaum möglich gewesen, die beiden gleichzeitig in einen Raum zu stecken. Heute war Alex regelmäßiger Gast beim gemeinsamen Abendessen, und da Rafa, der Freund ihres Sohnes Oliver, auch noch in der Wohnung unter dem Dach wohnte, wurde es regelmäßig eng am Tisch.

Allein das wunderbare Tumbet, ein mallorquinisches Gemüsegericht, das Karl am Vorabend zubereitet hatte, hätte für Alex Grund genug sein müssen, heute Morgen ausnahmsweise einmal pünktlich aus dem Bett zu kommen.

»Jetzt guck doch nicht so griesgrämig, Karl!«, sagte Marla mit einem leichten Lächeln. Karl hatte sie nicht zum ersten Mal in Verdacht, seine Gedanken lesen zu können. Maria Pilar Sanchez hatte die Angewohnheit, Dinge zu bemerken, die anderen verborgen blieben. Allein dieser Umstand hätte ausgereicht, aus der schönen, dunkelblonden Frau mit den traurigen Augen eine gute Polizistin zu machen, doch das Leben hatte es nicht gut mit ihr gemeint. Seit ihr Bruder wegen Mordes an ihrem Vater auf der Flucht war, blieb Marla die Polizeilaufbahn versperrt, was sie nicht davon abhielt, Karl und Alex mit ihrem messerscharfen Verstand zur Seite zu stehen. Im Augenblick wäre es Karl allerdings lieber gewesen, wenn sie ebendiesen Verstand nicht dazu benutzen würde, seinen Gemütszustand zu analysieren.

»Ich finde nur, Alex könnte langsam mal auftauchen«, grummelte er, und Marlas Lächeln wurde zu einem wissenden Grinsen. Sie griff nach dem Glas Cava, das vor ihr auf dem Tisch stand.

»Sind wir dir etwa nicht gut genug?«, fragte sie neckisch und zog eine ihrer perfekt geschwungenen Augenbrauen in die Höhe.

Karl seufzte. »Doch, natürlich. Ich finde es nur ausgesprochen unhöflich, bei der Vereidigung eines Team- und Familienmitgliedes mit Abwesenheit zu glänzen.«

Aus dem Augenwinkel sah er Nadal ebenfalls grinsen. »Ach, komm schon, Flieger«, stieg Luisa in das Gespräch ein, wobei sie mit voller Absicht Karls ungeliebten Spitznamen benutzte, den sich Alex für ihn ausgedacht hatte. Karl schnaubte, und Luisa gelang es gerade noch, ihr Grinsen hinter dem Cavaglas verschwinden zu lassen.

Marla streckte die Hand aus und tätschelte seinen Arm. »Du kennst ihn doch. Er kommt bestimmt gleich.«

Ja, Karl kannte seinen Schwager allerdings.

»Außerdem geht es heute nicht um Alexander Diaz und seine amourösen Abenteuer«, meldete Nadal sich zu Wort, »sondern um unseren Überflieger Karl Lindberg. Den ersten und letzten *Desconegut* der ehrenwerten Mossos d'Esquadra!« Sie hob ihr Glas, und alle, die um den runden Tisch saßen, taten es ihr gleich.

Nicht schon wieder, dachte Karl, doch auch er erhob sein Glas. Auch, weil Nadal so ein heiliger Ernst ins Gesicht geschrieben stand, dass er es nicht übers Herz brachte, herumzunörgeln. Er hasste das alles, aber sie taten es für ihn. Und Spanier waren einfach nicht gut darin, eine Gelegenheit zum Feiern auszulassen.

Karl nahm noch einen Schluck und merkte, dass er dringend etwas zu essen brauchte. Der Cava stieg ihm allmählich zu Kopf. Vor der Vereidigung am Morgen hatte er nichts heruntergebracht, und er hatte schon ein paar Gläser getrunken. Eine Gelegenheit zum Feiern war in Barcelona nun einmal auch eine Gelegenheit für Cava. Der Schaumwein, der rund um die Stadt an den steilen Hängen des Penedès angebaut wurde, gehörte hier einfach dazu.

»Die Lasagne?«, fragte eine freundliche Stimme hinter seinem Rücken, und Karl atmete erleichtert aus. »Für mich!«, sagte er fröhlich und neigte den Oberkörper leicht zur Seite, damit der Kellner Platz hatte. Schon bei dem Gedanken an ein großes Stück herzhafte Lasagne lief ihm das Wasser im Mund zusammen. Er konnte es kaum erwarten und steckte sich voller Vorfreude die große Stoffserviette in den Kragen, um die neue Uniform nicht mit geschmolzenem Käse zu beschmutzen. Doch als der Kellner den Arm zurückzog und Karls Blick zum ersten Mal auf den Teller fiel, verging der kurze Anflug von guter Laune wieder. Er hatte keine Ahnung, was genau das Gemenge aus Zucchinischeiben und Rucola auf seinem Teller darstellen sollte, aber eine Lasagne war das sicher nicht.

»Hat einer von euch den Salat hier bestellt?«, fragte er in die Runde, und Marlas Mundwinkel zuckten.

»Das ist kein Salat«, sagte der Kellner, der gerade eine riesige Platte mit Tacos, Guacamole und einer würzig riechenden Füllung vor Rodriguez abstellte, der beim Anblick des Tellers selig zu grinsen begann.

Karl deutete auf seinen Teller. »Und was um alles in der Welt soll das sonst sein?«

Der Kellner lächelte immer noch, doch seine Lippen wirkten dabei seltsam festgetackert.

»Das ist unsere *sehr beliebte* Rohkostlasagne. Mit Zucchinistreifen, einer Soße aus frischen und getrockneten Tomaten, Babyspinat und Frischkäse aus Cashew- und Macadamianüssen!«

Bitte, *was*? Käse aus *Nüssen*? Karl war bewusst, dass er den Kellner anstarrte, auch weil er Luisa neben sich leise kichern hörte, doch er konnte nicht anders. Bis zu diesem Augenblick hätte er nicht im Traum daran geglaubt, dass jemand eine eiskalte Lasagne aus gottverdammten Zucchinischeiben für eine gute Idee halten könnte. Und er hatte sich so auf geschmolzenen Käse gefreut.

»Ich hatte mich schon gewundert, dass du die Lasagne genommen hast«, meinte Luisa vergnügt. Offensichtlich hatte sie beschlossen, mit dem Finger ordentlich in seiner Wunde herumzubohren. »Immerhin stand doch dick und fett ›Rohkost‹ darüber.«

Himmel, hatten sich denn hier alle gegen ihn verschworen? Wenn Karl an Rohkost dachte, kamen ihm Apfelstücke und Möhrensticks in den Kopf, wie Alba sie nach Olis Geburt geknabbert hatte, bis sie wieder in ihre alten Hosen passte. Aber doch nicht das hier!

Der Kellner hatte Luisas Bemerkung zum Anlass genommen, Karl ungefragt Cava nachzuschenken und sich anschließend aus dem Staub zu machen.

Resigniert ließ Karl die Schultern hängen. Ein Blick in die Runde genügte, um zu wissen, dass die anderen wesentlich besser davongekommen waren. Auf Marlas Teller dampfte sogar ein Berg Nudeln mit gebratenen Pilzen vor sich hin. Sie fing Karls traurigen Blick auf und zog die Brauen hoch.

»Wir hätten besser auf ihn achtgeben müssen, Luisa«, sagte sie lächelnd und schob ihren Teller in die Mitte des Tisches. »Was haltet ihr davon, wenn wir alles teilen? Compartimos todo, verdad?«

Die anderen nickten und schoben ihre Teller bereitwillig in Richtung Tischmitte, nur Rodriguez sah seinen Tacos mit eindeutiger Wehmut hinterher. Karl lächelte dankbar und wurde wieder einmal daran erinnert, warum er die Spanier so mochte. In Deutschland hätten ihn seine Kollegen ganz sicher auf seinem Lasagnensalat sitzen lassen. Grinsend hob er seine Gabel und reckte sich in Richtung des Tacos-Teller.

»Warum zum Teufel gehst du nicht an dein Handy?!«, schrie eine vertraute Stimme quer durch das Restaurant, und er zuckte zusammen. Karl drehte sich um und sah seinen Schwager mit wirren Haaren und düsterer Miene auf ihren Tisch zustapfen. Die anderen Restaurantgäste wandten sich neugierig und leicht irritiert nach ihnen um. Wunderbar. Noch mehr Aufmerksamkeit.

»Die Frage lautet doch eher: Warum warst du nicht bei meiner Vereidigung?«, gab er patzig zurück.

Sichtlich um Fassung bemüht, fuhr sich Alex durch die Haare. Er wirkte aufgeregt, war regelrecht fahrig. Die dunklen Ringe unter seinen Augen zeugten davon, dass er sich wieder einmal die Nacht um die Ohren geschlagen hatte. Manchmal dachte Karl, dass wohl nichts und niemand auf der Welt seinen Schwager dazu bringen konnte, erwachsen zu werden.

»Ich war schon auf dem Weg, Flieger. Aber die Cap hat mich abgefangen, um mich auf einen neuen Fall anzusetzen. Wir haben einen Toten.«

Karl ließ die Gabel sinken.

»Was?«

»Einen Toten!«, wiederholte Alex und ließ den Blick über den üppig gedeckten Tisch schweifen. »Das wüsstest du schon längst, wenn du an dein Telefon gegangen wärst und ich dich nicht im halben Viertel hätte suchen müssen. Aber der Herr Kommissar hat sich lieber fürstlich feiern lassen.«

Stirnrunzelnd zog Karl sein Handy aus einer der unzähligen Taschen seiner Uniform. Tatsächlich musste er feststellen, dass Alex geschlagene zwölf Mal versucht hatte, ihn zu erreichen.

»Entschuldige«, sagte er etwas kleinlaut. »Ich hatte das Ding während der Vereidigung stumm gestellt und danach vergessen.«

Alex schüttelte den Kopf. »Du und Handys, Flieger. Wenn du

so weitermachst, sorge ich dafür, dass dir Alba im Schlaf eine Fußfessel anlegt!«

Karl lachte. »Das würde sie nicht wagen.«

»Dann schleppe ich dich eben zu meinem Freund Cristobal. Er ist Tierarzt und wird dich sicher liebend gern für mich chippen.«

Karl schnaubte und verzog bei der Vorstellung, jemand könnte ihm mit einer großen Spritze einen Peilsender unter die Haut jagen, angewidert das Gesicht. Schon bei dem kleinen Malteserrüden seiner Schwiegermutter hatte er den Anblick der dicken Kanüle kaum ertragen können. Er fühlte, wie Alex an seinem Ärmel zog.

»Komm, wir müssen jetzt wirklich los.«

Karl musterte den reich gedeckten Tisch mit traurigem Blick. Jetzt, wo sie für ihn unerreichbar wurde, kam ihm die Rohkostlasagne gar nicht mehr so unappetitlich vor.

Mit einem Seufzen zupfte er sich die Serviette aus dem Kragen, erhob sich vom Stuhl und schwankte dabei ein wenig.

Alex nahm seinen Arm und stützte ihn, während er mit der zweiten Hand blitzschnell nach Karls Cavaglas griff und es in einem Zug austrank.

»Hey!«, protestierte Karl, und Alex bedachte ihn mit einem belustigten Blick.

»Schmerzensgeld für die Rennerei, Flieger.« Er zog Karl am Ärmel hinter sich her. »Venga! Wenn wir nicht bald am Fundort auftauchen, bekommt die Arbol wieder einen von ihren Anfällen.« Alex wandte sich an das restliche Team: »Und ihr beeilt euch besser auch ein bisschen. Wir brauchen euch sicher gleich!«

Karl winkte den anderen zu und ließ sich von seinem Schwager mitziehen.

»Wo müssen wir eigentlich hin?«, fragte er, während sie mit schnellen Schritten auf ihren Dienstwagen zugingen, der in einem abenteuerlichen Winkel halb auf dem Bordstein vor dem Restaurant parkte.

»Auf den Friedhof«, gab Alex zurück.

Karls Augenbrauen schossen in die Höhe. »Sag mal, Alex, willst du mich verarschen?«

Alex schloss den Wagen auf und sah ihn mit gespielter Entrüstung über das Dach hinweg an.

»Aber Karl, was denkst du denn von mir?«

Karl ließ sich schwer schnaufend in den Beifahrersitz fallen. Die enge Uniform schnürte ihm schon den ganzen Tag die Luft ab. »Glaub mir«, gab er zurück. »Das willst du nicht wirklich wissen.«

Alex warf Karl einen langen Blick zu, den dieser nicht deuten konnte, der ihm aber Unbehagen bereitete. Dann war der Moment vorbei, und Alex schaute auf die Straße. Er lachte leise, aber es klang hohl in Karls Ohren. »Wie recht du doch hast, Cuñado.«

2

Der Cementiri de Montjuïc war mit den Friedhöfen, die Karl aus Deutschland und Irland kannte, nicht zu vergleichen. Das hier war kein Gottesacker, aus dem schlichte Grabsteine wie einzelne Zähne herausragten und sorgsam begrenzte Beete den Angehörigen vorgaben, wo sie sich zum Trauern hinstellen durften. Barcelonas Stadtfriedhof war selbst eine Stadt, mit Straßen und Gräbern, so groß wie Häuser. Keine kleinen Brunnen oder Wasserstellen, keine grünen Leihgießkannen, keine Bänke, auf die man sich setzen konnte, um eine Weile über den Verstorbenen nachzudenken, dessen Grab man gepflegt hatte. Er war eher wie eine Trabantenstadt, in die man sich nur zum Schlafen zurückzog. Es lohnte sich nicht, hier zu verweilen. Jedenfalls nicht, wenn man nicht musste. Allein die Ausmaße dieses Friedhofs kamen Karl regelrecht surreal vor.

Deshalb hatte der Cementiri ja sogar eine eigene Buslinie. Was auch gut so war. Denn die stadtabgewandte Seite des Hausbergs Montjuïc war nur von der Autobahn aus gut zu erreichen. Es gab zwar noch ein paar kleinere Eingangstore, die man über den Montjuïc selbst erreichen konnte, doch um dorthin zu gelangen, musste man eine ganze Weile zu Fuß gehen. Und das war etwas, was die meisten Stadtbewohner lieber vermieden. Was Karl ihnen kaum verdenken konnte, vor allem bei der momentanen Hitze.

Von Barcelona aus war der riesige Friedhof nicht zu sehen, als wollten die lebenslustigen Spanier nicht daran erinnert werden, wohin ihr Weg sie unweigerlich führen würde. Dafür sah man den Cementiri besonders gut aus der Luft.

Die Totenhäuser, die Karl immer ein wenig an das Märkische Viertel in Berlin erinnerten, waren oft das Erste, woran sein Blick haften blieb, wenn er in einem Flugzeug saß, das zur Landung auf dem Flughafen El Prat ansetzte. Zu seinem großen Glück war das in letzter Zeit nur noch selten notwendig – Karl hatte unglaubliche Flugangst. Ein weiterer Grund, weshalb er den Spitznamen Flieger nicht sonderlich gern hörte. Sein Namensvetter Charles Lindbergh mochte das Fliegen geschätzt haben; sich dem gewaltigen Friedhof mit dem Auto zu nähern, war Karl Lindberg jedoch bedeutend lieber.

Zwar war er mittlerweile an den Anblick der Totenstadt gewöhnt, doch wie jedes Mal schaute er neugierig aus dem Fenster, als hätte er den Cementiri noch nie gesehen. Karl fand, dass die Toten hier eine spektakuläre Aussicht hatten. Die einzelnen Grabnischen sahen aus wie Fenster, die entweder auf die Stadt oder das Meer hinausgingen. Zwischen den großen Grabmauern ragten kunstvolle Familiengräber verschiedener Stilrichtungen auf. Es war deutlich zu sehen, dass die Familien versuchten, sich selbst im Tod noch gegenseitig zu übertrumpfen. Das war es, was Karl am meisten faszinierte: die schiere Bauwut der reichen Clans im Bestreben, das beste, schönste und natürlich teuerste Grab zu errichten. Riesige Engelsfiguren, Kreuze, Kuppeln und Türmchen ragten wie Fingerzeige in den Himmel, als wollten sie sagen: »Da entlang, Freunde.« Manche der steinernen Figuren wirkten friedlich, verschlafen und romantisch, andere hingegen konnte Karl kaum ansehen, ohne dass ihm ein Schauer den Rücken hinunterlief. Schmerzverzerrte Gesichter, Trauernde, die ihre Tränen zu verbergen suchten, indem sie die Hände vors Gesicht schlugen. Geister aus Stein. An manchen Ecken freute sich der Tod in Form des grinsenden Sensenmannes sichtlich über Nachschub. Karl verstand nicht, wie man seine letzte Ruhestätte mit gruseligen Gerippen und Sensenmännern verzieren konnte, wusste aber aus den drei Semestern Kunstgeschichte, die er studiert hatte, dass derlei früher sehr in Mode gewesen war. In einer Zeit, in der der Tod ein ganz normaler Teil des menschlichen Alltags gewesen war.

Sie fuhren die Hauptstraße hinauf und nahmen dann eine der

kleineren Abzweigungen in Richtung Westen, wobei Alex immer wieder auf die Notizen schaute, die er von Maria Arbol zur Lage des Fundortes erhalten hatte. Zwar zogen sich Straßen durch den Friedhof, die verschiedene Namen trugen, doch die Gräber hatten keine Adressen, die man in ein Navigationsgerät hätte tippen können.

»Hast du eine Ahnung, was genau uns erwartet?«, fragte Karl irgendwann, und Alex schüttelte den Kopf.

»Die Cap war sehr sparsam mit ihren Informationen. Sie hat mich nur wissen lassen, dass es einen Toten gibt und dass wir uns die Sache mal ansehen sollen.« Er warf Karl einen bedeutungsschwangeren Blick zu. »Ich wette, sie glaubt an einen Irrtum oder einen Scherz. Sonst hätte sie jemand anderen geschickt.«

»Oder sie wollte mir den Tag meiner Vereidigung versauen.« Alex grinste. »Oder das.«

Maria Arbol, die Cap de la Unitat und somit Alex' und Karls direkte Vorgesetzte, war nicht gerade begeistert davon, dass Garcia de Torres Alex zum Sergent für Kapitalverbrechen ernannt hatte. Sie ließ keine Gelegenheit aus, ihn daran zu erinnern, dass er in ihren Augen absolut unfähig war. Karl hingegen hielt sie für wahnsinnig, weil er sich bereit erklärt hatte, mit seinem Schwager zusammenzuarbeiten. Einzig die Tatsache, dass sie ihren ersten gemeinsamen Fall mit so viel Einsatz gelöst hatten, nahm ihr etwas den Wind aus den Segeln. Und Karls beachtliche Karriere bei der Berliner Polizei trug auch ein wenig dazu bei, dass sie ihn wenigstens ernst nahm.

Alex gähnte zum wiederholten Male so herzhaft, dass Karl unwillkürlich mitgähnte.

»Du liebe Zeit, was hast du denn die ganze Nacht getrieben, Alex? Warst du auf einer Party?«

Alex lachte kopfschüttelnd. »Eher das Gegenteil. Ich war gestern Abend noch spät in der Facultat de Medicina.«

Karl zog verwundert die Augenbrauen hoch. »Ach ja? Was hattest du denn da zu suchen?«

Alex' Ohrmuscheln liefen augenblicklich rot an. »Nichts weiter«, antwortete er ausweichend, und Karl beschloss, es dabei zu belassen. Vorerst. Dabei wusste er ganz genau, was Alex in die medizinische Fakultät geführt hatte. Sein Schwager war schon seit einer ganzen Weile in die strenge Rechtsmedizinerin Chi Yung verknallt, die dort forschte und lehrte. Nun fiel ihm auch auf, dass Alex ein wenig ordentlicher gekleidet war als sonst. Anstelle der üblichen Festivalshirts und zerrissenen Jeans trug sein Schwager ein dunkles Hemd über einer schwarzen Stoffhose. Karl verschwendete keine Zeit mit der Illusion, Alex könnte sich vielleicht ihm zuliebe heute schick gemacht haben. Eher würde die Hölle zufrieren. Nein, Alex versuchte, Chi zu beeindrucken. Die Frage war nur, ob ein gebügeltes Hemd da ausreichen würde. Nun, der Mensch wuchs ja bekanntlich mit seinen Aufgaben.

Nach einer Weile sahen sie ein Fahrzeug der Mossos am linken Straßenrand stehen. Alex ließ Karl aussteigen und parkte dann dicht dahinter. So nahe an der Mauer, dass Karl die Felgen des Seat bedrohlich knirschen hörte. Alex war nicht gut darin, mit Dingen sorgfältig umzugehen, da bildete der Dienstwagen keine Ausnahme. Neben seinem katastrophalen Musikgeschmack war das eine weitere Familienkrankheit. Karl hatte es aufgegeben, Alba zu fragen, woher die ständig neuen Dellen und Kratzer in ihrem Auto kamen. Sie merkte nicht einmal, wenn sie gegen irgendetwas fuhr. Und es war ihr auch egal.

Karl stützte die Hände auf die Hüften und blickte sich um. Hier, am äußersten Westzipfel des Friedhofs, standen ausschließlich Familiengräber, allerdings waren es weniger pompöse oder kunstvolle Bauwerke. Die verschiedenen Touristenrouten, die den Friedhof durchzogen, führten hier nicht vorbei. In dieser Ecke fand man sogar ein paar »normale« Grabsteine, beziehungsweise Gräber, die mit Steinplatten verschlossen waren. Ein wenig sah es hier aus wie im Hinterhof eines Steinmetzes, weil die Ordnung und Struktur, die sich ansonsten durch das ganze Gelände zog, an diesem westlichen Ende vollkommen außer Kraft gesetzt war. Als hätte man einfach keine Lust mehr gehabt, sie bis zum Schluss durchzuziehen. Schmale Trampelpfade schlängelten sich zwischen den Monumenten hindurch, die ohne großen Plan platziert zu sein schienen. Zwischen einem riesigen Engel, der einen verhüllten Toten auf dem Schoß hielt, und einer neogotischen kleinen Gruftkapelle blitzte rotweiß gestreiftes Polizei-Flatterband hervor.

»Dahinten ist es«, sagte Karl und deutete in Richtung des Bandes.

Alex runzelte die Stirn. »Ich hasse Friedhöfe«, knurrte er.

»Wieso denn das?«, fragte Karl überrascht, und Alex warf ihm einen ungläubigen Blick zu.

»Ist das dein Ernst?«

»Ja, sicher«, erwiderte Karl. »Ich mag Friedhöfe. Das sind meistens ruhige, sehr schöne Orte. Und jeder Grabstein, jedes Monument erzählt die Geschichte eines Lebens.«

Alex schnaubte. »Eines Lebens, das zu Ende ist, meinst du wohl. Ich möchte jedenfalls nicht ständig daran erinnert werden, wie ich einmal enden werde.«

Karl lachte. »Junge, dann hättest du nicht zur Mordkommission gehen sollen. Außerdem drängt sich dann auch die Frage auf, warum du so gern in der Rechtsmedizin abhängst.«

Alex lachte. »Du weißt genau, dass das sehr viel mehr mit den lebenden Exemplaren vor Ort zu tun hat als mit den toten.«

»Streng genommen mit nur *einem* lebenden Exemplar«, bemerkte Karl grinsend, und Alex verdrehte die Augen.

»Ist ja gut, du Klugscheißer. *Ein* lebendes Exemplar. Aber wenn du so auf Tote stehst, lasse ich dir gern den Vortritt«, sagte er und deutete in Richtung des Flatterbandes. »Heute ist ja quasi dein erster Tag. Sieh es als Privileg.«

Karl schüttelte den Kopf, ging aber trotzdem voraus. Er wollte das hier so schnell wie möglich hinter sich bringen, nicht zuletzt, weil er in der Uniform der Mossos schwitzte wie ein Verrückter. Wer hatte nur darauf kommen können, dass tiefes Dunkelblau eine passende Farbe für die Polizei in Katalonien sein konnte? Ein Berufssadist? Außerdem war der Stoff sehr fest und klebte an der Haut wie ein Stück Pappkarton, und er traute sich nicht, die ebenfalls dunkle Mütze abzunehmen, weil er genau wusste, wie schnell er sich dank seiner hellroten, dünnen Haare die Kopfhaut verbrannte. Halbiren waren einfach nicht für sonnige Gefilde gemacht. Karl sehnte sich nach einem seiner hellen, luftigen Leinenanzüge. Hoffentlich lohnte sich dieser Ausflug wenigstens, und sie hatten sich nicht auf den Weg hierher gemacht, weil jemand beim Anblick von ein paar alten Gebeinen die Nerven verloren hatte. Natürlich war es eigentlich nicht richtig, auf eine Leiche zu hoffen, aber manchmal passierte es in diesem Beruf eben, dass man moralische Grundsätze vergaß.

Die jungen Beamten, die das abgesperrte Familiengrab bewachten, sahen nicht halb so durchgeschwitzt aus wie Karl, wie er missmutig feststellte. Kein Wunder, es waren ja auch Streifenpolizisten, die ihren Dienst in hellblauen Kurzarmhemden und ohne Krawatte versehen durften. Alle drei musterten Karl und Alex neugierig. Sie sahen aus, als wäre ihre Vereidigung nur unwesentlich länger her als Karls eigene. Die drei warteten nicht nur auf ihre vorgesetzten Kollegen, sondern auch darauf, dass sich der Bartwuchs endlich einstellte.

»Buenas!«, grüßte Karl, und die drei Polizisten nickten. Etwas abseits des Grabes, das wie viele andere an eine kleine Kapelle erinnerte, saß ein älteres Pärchen auf einer Steinmauer. An der farbenfrohen Sportkleidung und den modellgleichen Rucksäcken waren sie sofort als Touristen zu erkennen.

»Buenas, Jungs!«, sagte nun auch Alex und blickte sich suchend nach allen Seiten um. Karl konnte sich denken, warum: Weit und breit war keine Leiche zu sehen. Ein merkwürdiges Déjà-vu-Gefühl breitete sich in ihm aus.

»Wo ist denn der Tote?«

Einer der drei jungen Männer deutete hinter sich auf das Grab.

»Er liegt da drin!«

Karl zog die Brauen hoch. Das war nun doch eine Überraschung. Er hatte mit einer Leiche zwischen den Grabsteinen gerechnet. Immerhin war der Friedhof nicht der schlechteste Ort für konspirative Treffen aller Art, die aus dem Ruder laufen konnten.

»Ihr meint, er liegt in der Gruft?«, fragte Alex, und die drei nickten eifrig.

Alex trat an die jüngeren Kollegen heran und schaute streng von einem zum anderen. »Jetzt mal im Ernst: Wenn das hier ein Scherz ist, dann schwöre ich …« Alle drei schüttelten heftig den Kopf. »Nein, Sergent«, sagte der Größte. »Kein Scherz. Da drin liegt tatsächlich eine Leiche.«

Alex stöhnte. »Dass in einer Gruft Leichen liegen, versteht sich ja wohl von selbst.«

Der junge Bursche fing an zu stottern. »So … so meine ich das nicht, Sergent. Also… ich meine …«

Karl verkniff sich ein Grinsen. Die drei waren eindeutig nicht die drei hellsten Peseten im Brunnen. Er beschloss, sich die Sache lieber selbst anzusehen.

Also hob er das Flatterband, duckte sich darunter hindurch und trat auf das kleine Gebäude zu.

Die schmale Eisentür, durch die man in die Gruft gelangte, war verschlossen, doch zwischen den Gitterstäben hindurch konnte man einen kleinen Altar mit zwei Urnen sowie links und rechts zwei große Steinsärge erkennen. Alles erschien normal. Ein altes Grab von reichen Leuten, die vor rund hundert Jahren das Zeitliche gesegnet hatten. Eine frische Leiche jedoch konnte Karl noch immer nicht entdecken.

Alex war neben ihn getreten und spähte ebenfalls zwischen den Gitterstäben hindurch. »Wo?«, rief er den Kollegen zu.

»Hinten rechts führt eine Treppe nach unten«, kam die Antwort zurück. Karl kramte sein Smartphone hervor, schaltete die Taschenlampenfunktion ein und leuchtete in die rechte hintere Ecke. Tatsächlich. Im schwachen Schein der Lampe konnte man nicht nur eine schmale Steintreppe entdecken, die nach unten führte. Am Fuß der Treppe war jetzt auch ein entblößtes Bein mit einem Männerschuh zu erkennen. Das weiße Fleisch leuchtete gespenstisch in der Dunkelheit. Dort unten lag tatsächlich jemand.

»Was zur Hölle hat eine Leiche in einer abgeschlossenen Gruft zu suchen?«, murmelte Alex, und Karl dachte im Stillen dasselbe. Der einsame Fuß, der in einem dunkel glänzenden Lederschuh steckte, wirkte seltsam fehl am Platz. Wie das verlorene Bein einer Schaufensterpuppe.

»Um das herauszufinden, müssen wir erst mal da reinkommen«, bemerkte Karl und betrachtete das Schloss. Es war sicherlich so alt wie die Gruft selbst. Ein Schloss für einen großen, alten Schlüssel.

Alex trat einen Schritt zurück und betrachtete die Inschrift mit dem Familiennamen, die über der Tür angebracht war.

»De la Pedrera«, las er vor. Dann wandte er sich an die Streifenpolizisten.

»Habt ihr schon Kontakt zu der Familie aufgenommen?«

Der offenbar jüngste der drei Polizisten zuckte die Schultern. »Wir haben mit dem Friedhofswärter gesprochen. Diese Gruft wird von niemandem mehr gepflegt. Die ganze Familie ist verstorben beziehungsweise ins Ausland gezogen.«

»Hat der Friedhofswärter keinen Schlüssel?«

Der junge Mann schüttelte den Kopf. »Er hat nur die Schlüssel der Gruften, für deren Pflege er bezahlt wird. Es gibt niemanden, den wir fragen können.«

»Mist«, murmelte Alex. »Jetzt müssen wir den Schlüsseldienst rufen; das dauert doch ewig, bis die hier draußen sind.«

»Ist es überhaupt Hausfriedensbruch, wenn wir in ein Grab einsteigen?«, überlegte Karl laut. Tatsächlich war der Friedhof selbst ja öffentliches Gelände. Und von einer Störung der Privatsphäre konnte in diesem Fall wohl auch kaum die Rede sein.

Auch Alex zuckte ratlos die Schultern. »Keine Ahnung.«

»Ich glaube nicht.« Karl griff in eine Tasche seiner Uniform und zog sein Taschenmesser hervor. Das Messer war seit nunmehr fünfzehn Jahren sein treuer Begleiter im Dienst. Er warf Alex einen fragenden Blick zu.

»Kriegst du das hin?«, fragte dieser erstaunt, und Karl konnte sich ein selbstzufriedenes Grinsen nicht verkneifen. »Natürlich kriege ich das hin. Soll ich? Es ist streng genommen nicht ganz korrekt.«

»Der Himmel steh uns bei, das Ende der Welt ist nahe!«, flüsterte Alex amüsiert. »Karl Lindberg ist drauf und dran, etwas zu tun, das nicht ganz korrekt ist.«

Karl warf seinem Schwager einen säuerlichen Blick zu. »So spießig, wie du immer glaubst, bin ich überhaupt nicht.«

Alex schmunzelte, und ein schelmisches Funkeln trat in seine Augen. »Dann beweise es. Ich sage nichts, wenn du nichts sagst.« Karl nickte und klappte die größte Klinge seines Messers auf. Mit diesem alten Taschenmesser seines Vaters hatte er schon unzählige Türen geöffnet und Siegel gebrochen, wenn es einmal schneller gehen musste. Natürlich hatten sie rein theoretisch Zeit, zu warten, bis jemand vom Schlüsseldienst kam, aber sie drangen hier ja nicht in eine Privatwohnung ein. Die Toten hatten sicher nichts dagegen, dass Karl die Dinge ein wenig beschleunigte. Wenn er noch länger mit dieser dunklen Uniform in der Sonne stehen musste, würde er zerfließen.

Erneut betrachtete er das Schloss. Er musste vorsichtig sein, um keine eventuellen Spuren zu kontaminieren oder Fingerabdrücke zu verwischen. Nichts lag ihm ferner, als sich an seinem ersten Tag zum Gespött zu machen.

»Hast du Handschuhe?«, fragte er Alex, doch der schüttelte nur den Kopf.

»Mierda.« Karl dachte eine Weile nach, dann öffnete er kurzentschlossen den Krawattenknoten, zog die Krawatte aus dem Kragen und öffnete den obersten Knopf. Sofort wehte ihm ein lauer Wind um den Hals, und er fühlte sich etwas besser.

Karl wickelte sich die Krawatte um die Finger, während Alex sich zu den Streifenpolizisten gesellte und ein Gespräch mit ihnen begann. Bestimmt wollte er sichergehen, dass sie niemandem diesen »Einbruch« meldeten.

»Ist das der Alemany?«, hörte er gleich einen der drei raunen, während er die Klinge des Messers in das alte Schloss schob.

»Genau der«, antwortete Alex, und Karl konnte den amüsierten Unterton in der Stimme seines Schwagers hören.

»Was tut er denn da?«, fragte ein anderer.

»Er versucht, die Tür zu öffnen«, gab Alex seelenruhig zurück.

»Aber die ist doch abgeschlossen. Wir müssen den Schlüsseldienst rufen. Und wir müssen uns eine Verfügung für die Öffnung besorgen.«

»Die Tür ist nicht abgeschlossen«, entgegnete Alex. »Sie klemmt nur.«

»Sie klemmt?«

»Ja, sie klemmt.«

»Aber wir haben tüchtig daran gerüttelt«, empörte sich nun der Dritte, während Karl zum wiederholten Mal mit der Messerklinge abrutschte. Er musste sich konzentrieren, sonst würde er sich noch einen Finger abschneiden. Doch es fiel ihm schwer, nicht hinzuhören.

»Wenn ich euch sage, dass die Tür klemmt, dann klemmt die Tür. Ist das klar?« Alex' Stimme hatte einen scharfen Tonfall angenommen, und Karl hoffte, dass die drei Streifenpolizisten nun begriffen.

»Jawohl, Sergent«, antworteten sie dann auch gleich wie aus einem Mund. So blöd waren sie wohl doch nicht.

»Der Alemany ist ganz schön blass für die Jahreszeit«, bemerkte einer von ihnen, und Karl schnaubte.

»Der Alemany hört übrigens jedes Wort, das ihr sagt«, rief er zu ihnen hinüber und genoss das verdutzte Schweigen, das auf seine Bemerkung folgte. Der Alemany sprach doch tatsächlich Catalán.

Karl hatte die Wartezeit auf die Papiere aus Deutschland damit überbrückt, endlich bei einem richtigen Lehrer Katalanischunterricht zu nehmen. Seine früheren Versuche, die Sprache bei seiner alten Nachbarin Doña Clara zu lernen, waren kläglich gescheitert. Doch mit dem Angebot von Garcia de Torres war Karl nicht mehr darum herumgekommen. Darüber hinaus war er es leid, seine Kollegen nicht richtig verstehen zu können. Trotz seiner Befürchtungen, er könne zu alt sein, um eine neue Sprache zu lernen, machte er erstaunlich schnell Fortschritte.

Die jungen Kollegen jedenfalls wirkten aufrichtig erstaunt.

»Verzeihung, Sergent«, murmelten sie, und Karl nickte knapp. Er konnte sich jetzt nicht mit ihnen befassen, denn die Messerklinge hatte sich endlich im Schloss verhakt. Wenn er diesen Widerstand brechen konnte, dann …

Das Schloss klickte, und die Tür öffnete sich geräuschlos einen Spaltbreit. Auffallend geräuschlos.

Karl runzelte die Stirn. So eine alte Eisentür müsste eigentlich gewaltig quietschen. Er nahm die Scharniere in Augenschein. Dort, wo sich Stift und eiserne Öse trafen, schimmerte es schwach. Obwohl diese alte Gruft von keinem mehr gepflegt wurde, hatte sich ganz offensichtlich jemand die Zeit genommen, die Scharniere zu ölen, damit die Tür nicht quietschte. Karls Herz klopfte schneller. Seine Intuition übernahm das Ruder, ein Bauchgefühl sagte ihm, dass sie es hier mit einem Verbrechen zu tun hatten. Schnell machte er mit seiner Handykamera ein Foto von den Scharnieren.

Er drehte sich um und sah zu Alex und den jüngeren Kollegen hinüber.

»Ruft Guardiola und seine Leute. Wir brauchen die Spurensicherung! Und Chi brauchen wir auch«, sagte er, und Alex runzelte die Stirn.

»Ist das nicht ein bisschen voreilig?«

Karl schüttelte den Kopf. »Ist es nicht. Vertrau mir.«

Vorsichtig stieß er die Tür auf und betrat die Gruft, während Alex den Auftrag, die Kriminaltechnik sowie die Rechtsmedizin zu alarmieren, an die jüngeren Kollegen weitergab.

»Sagt ihnen, sie sollen starke Scheinwerfer mitbringen!«, rief Karl, während er sich im oberen Stockwerk der Gruft umsah.

Ihm fiel nichts auf, was er nicht schon durch die Scheibe gesehen hatte, allerdings schlug ihm ein bekannter Geruch entgegen. Süß und schwer und unvergleichlich. Es gab Menschen, die behaupteten, der Duft einer aufgeblühten Lilie sei so ähnlich wie dieser Geruch, doch Karl konnte das nicht bestätigen. Der Tod und die Lilie teilten sich ein paar süße Duftnoten, doch für Karl war es eindeutig, dass hier keine Blumen blühten, sondern die sprichwörtliche Leiche im Keller lag.

Alex zwängte sich durch die schmale Tür herein.

»Gott, was riecht denn hier so?«, fragte er, und Karl lächelte leicht.

»Du bist doch derjenige, der sich in seiner Freizeit im Sektionssaal rumdrückt. Eigentlich müsstest du diesen Geruch gut kennen.«

Alex schob mit verlegener Miene die Hände in die Hosentaschen.

»Ich bin einer von denen, die sich Minzöl unter die Nase reiben, bevor sie da reingehen.«

»Das solltest du Chi nicht hören lassen. Meiner Erfahrung nach finden Rechtsmediziner so ein Klischeeverhalten besonders lächerlich.« Karl schüttelte lachend den Kopf. »Präg dir diesen Geruch gut ein, Alex. Er wird dir während deiner Karriere noch oft nützlich sein. Nur der Tod riecht wie der Tod.«

Karl klopfte seinem Schwager aufmunternd auf die Schulter.

Dann ging er zu der schmalen Steintreppe und leuchtete hinab. Jetzt war das Bein sehr deutlich zu erkennen.

Karl betrachtete die schmale Stiege nachdenklich. Sie war schon sehr alt, an den Seitenwänden hatten sich jahrzehntelang Moos und Getier breitgemacht.

»Wir sollten seitwärts runtergehen«, meinte er. »Damit wir mit unseren Schultern keine Spuren verwischen. Und immer auf die Mitte der Stufen treten. Spuren befinden sich meist direkt an der Stufenkante.«

»Außerdem sind unsere Fußabdrücke so von denen des Täters gut zu unterscheiden«, fügte Alex hinzu.

»Genauso ist es. Auch wenn wir noch längst nicht wissen, ob es sich um einen Mord handelt.«

Karl drehte seinen Körper um neunzig Grad und begann, Stufe für Stufe in die untere Gruft hinabzusteigen. Für einen Mann seiner Körpergröße kein einfaches Unterfangen, er maß beinahe zwei Meter. Wenigstens war er zum ersten Mal an diesem Tag dankbar, die Uniform zu tragen. Seinen Anzug hätte er sich in dieser Gruft nur ungern versaut.

In der unteren Gruft angelangt, musste Karl umständlich über die große Männerleiche steigen, die bäuchlings auf dem Boden lag.

Der Geruch war im Untergeschoss wesentlich stärker als oben, was vielleicht auch daran lag, dass es hier unten kein Fenster gab.

Der schmale Raum wies keinerlei Zierrat auf. Nur die beiden dicken Bodenplatten wiesen darauf hin, dass hier zwei Menschen begraben lagen. Wahrscheinlich hatten die Kinder und andere Nachkommen oben ihre letzte Ruhestätte gefunden, während hier unten der Patriarch und seine Gattin lagen. Und nun auch noch ein Fremder, der jetzt im Licht zweier Handy-Taschenlampen gut zu erkennen war.

Der Tote war groß und wuchtig. Sein Körper steckte, soweit Karl das beurteilen konnte, in teurer Kleidung, die Schuhe schienen handgefertigt zu sein. Der von dunklen Locken bedeckte Kopf war zur Seite geneigt, sodass Karl dem Mann ins Gesicht sehen konnte, wenn er in die Hocke ging, was jedoch kein Vergnügen war. Die Verwesung war schon recht weit vorangeschritten; der gesamte Leichnam war verfärbt und aufgebläht. Allerdings konnte man dennoch sehen, dass der Tote kein Kostverächter gewesen war. Allein der Hosenumfang sprach eine eindeutige Sprache. Zum Glück war es im unteren Stockwerk der Gruft deutlich kühler als oben, sonst hätte der Leichnam einen noch unangenehmeren Anblick geboten.

»Wer auch immer er ist«, stellte Karl fest, »er liegt nicht erst seit gestern hier.«

Hinter sich hörte er Alex sehr flach atmen. »Sieh zu, dass du nicht umkippst, Alex. Die Luft hier unten ist nicht giftig.«

»Aber widerlich!«

»Jetzt reiß dich zusammen und komm hier rüber. Es ist leichter, wenn man sich nicht dagegen wehrt.« Alex riss sich tatsächlich zusammen und hockte sich neben seinen Schwager. Gemeinsam betrachteten sie das Gesicht des Mannes, das bereits deutlich von der Verwesung gezeichnet war. Wie alle Toten, die schon eine Weile verstorben waren, ähnelte dieser hier einer dicken Kröte.

»Scheiße, Karl«, sagte Alex nach einer Weile halblaut. »Ich glaube, ich weiß, wer das ist.«

Karl sah seinen Schwager überrascht an. Seiner Meinung nach war niemand in der Lage, eine Leiche in diesem Stadium zu identifizieren. »Wie bitte?«

Alex fuhr sich mit der Hand durchs Gesicht wie jemand, der vollkommen übernächtigt ist oder Kopfschmerzen hat.

»Schaust du dir nie die Nachrichten an, Karl?«

Karl zuckte die Schultern. »Doch, sicher. CNN, BBC, die Tagesschau …«, zählte er auf, doch Alex schüttelte den Kopf. »Du bist jetzt ein Mosso, also solltest du dringend anfangen, die Lokalnachrichten zu schauen.«

Karl verzog das Gesicht. »Die sind allesamt schlimmer als die Regenbogenpresse.«

»Mag sein. Aber wenn du in den letzten zwei Wochen wenigstens einmal Nachrichten gesehen hättest, wüsstest du, wen wir hier vor uns haben.« Karl runzelte die Stirn. Es war nicht so, dass er vollkommen blind durch die Gegend lief und sich überhaupt nicht über die Dinge informierte, die in Spanien und Katalonien abliefen, aber in letzter Zeit war er mit dem Katalanischunterricht und seiner Familie so beschäftigt gewesen, dass er wenig mitbekommen hatte. Und doch klingelte etwas in seinem Unterbewusstsein. Schlagzeilen der Zeitungen *El Periódico* und *La Vanguardia* schossen ihm durch den Kopf, und mit einem Mal fiel der Groschen. Karl schnappte nach Luft.

»Du meinst, das hier ist Fernando Bunyol?«

Alex nickte mit grimmiger Miene. »Ganz sicher bin ich natürlich nicht, aber ich würde einiges drauf wetten. Größe, Statur, Kleidung und Haare.« Alex deutete auf die rechte Hand des Toten. »Und Bunyol hat immer genau so einen Siegelring getragen.«

Karl gab den Namen des Politikers in die Suchmaschine seines Handybrowsers ein und klickte auf die Bildersuche. Tatsächlich fand er schon nach kurzer Zeit ein Foto, auf dem der wuchtige Siegelring an Bunyols rechtem kleinem Finger gut zu sehen war. Sowohl die Form als auch der ungewöhnliche Sitz des Ringes ließen wenig Raum für Zweifel. Entweder der Tote war Fernando Bunyol, oder er sollte so aussehen. So oder so war die Sache delikat. Karl stieß einen Pfiff aus, als er einen neueren Artikel überflog. Fernando Bunyol, Vorsitzender der erzkonservativen Partei TyF, war vor rund zwei Wochen verschwunden. Karl hatte sich nicht weiter für den Klatsch und Tratsch interessiert, den sein Verschwinden ausgelöst hatte, vornehmlich, weil er dem Mann niemals etwas hatte abgewinnen können.

Als hätte Alex seine Gedanken gelesen, begann er zu fluchen.

»Puta madre!«, brüllte er so laut, dass es von den Wänden widerhallte.

»Alex!«, ermahnte Karl seinen Schwager. »Wir sind hier immer noch auf einem Friedhof. Also reiß dich zusammen.«

»Entschuldige.« Alex machte ein verlegenes Gesicht. »Aber müssen ausgerechnet wir immer die Arschlöcher abkriegen?«

Karl lachte. »Du wirst bald feststellen, dass Arschlöcher viel eher dazu neigen, durch Fremdeinwirkung dahinzuscheiden, als nette Menschen.«

»Meinst du, er wurde umgebracht?«

Karl zuckte die Schultern. »Das kann man jetzt noch nicht sagen. Vielleicht hat er sich auch das Leben genommen, aber wieso hätte er sich dafür eine fremde, verlassene Gruft aussuchen sollen?«

»Vielleicht war er gläubig und wollte sichergehen, dass er in geweihter Erde landet?«, schlug Alex vor.

»Könnte sein.«

»Wenn er nicht in die Hölle wollte, hätte er sich allerdings zu Lebzeiten anders verhalten sollen.« Ein Ausdruck vollkommener Ablehnung machte sich auf Alex' Gesicht breit.

Karl konnte es ihm nicht verdenken. Das Verschwinden von Fernando Bunyol war der einzige Gefallen, den dieser Mann Barcelona jemals getan hatte. Vor allem unter den weniger wohlhabenden Bürgern der Stadt hatte sich der feiste Bunyol mit seinen teuren Bauprojekten und seiner deutlichen Abneigung gegen die ärmlicheren Stadtteile keine Freunde gemacht.

»Mein Gott, die Arbol tickt aus!«, stöhnte Alex, und Karl konnte ihm kaum widersprechen. Die Cap de la Unitat – ihre direkte Vorgesetzte – konnte mit Presserummel nicht besonders gut umgehen. Wenn sie erfuhr, dass es sich bei dem Toten wahrscheinlich um den verschwundenen Politiker handelte, würde sie mit an Sicherheit grenzender Wahrscheinlichkeit die Nerven verlieren. Auf die Litanei, die sie zu hören bekommen würden, hatte Karl jetzt schon keine Lust.

»Vielleicht entzieht sie uns den Fall ja wieder.« Alex klang hoffnungsvoll.

Karl war sich da nicht so sicher. »Glaube ich kaum. Immerhin hätte sie so die perfekte Ausrede, wenn die Mossos den Fall in den Sand setzen. Wir zwei sind ihre persönlichen Sündenböcke.« Er schüttelte den Kopf. »Ich schätze eher, sie packt die Gelegenheit beim Schopfe, um uns in regelmäßigen Abständen anzubrüllen und im Ernstfall alle Schuld von sich zu weisen.«

Alex schnaubte. »Du hast eine beängstigend gute Menschenkenntnis, Flieger. Weißt du das?« Noch immer den Blick auf die Leiche gerichtet, fügte er hinzu: »Ich wünschte, der Kerl wäre einfach nicht wieder aufgetaucht. Vom Erdboden verschluckt.«

»Wer immer das hier zu verantworten hat, hat jedenfalls genau dasselbe gehofft«, murmelte Karl.

Alex deutete auf die blaue Zunge, die dem Mann aus dem Mund quoll.

»Ist er erstickt?«

Karls Blick wanderte zum Hals des Mannes, um den eine Seidenkrawatte geschlungen war. Sie wirkte in der Tat ziemlich eng. Aber er hatte in seinen Jahren bei der Berliner Kripo gelernt, keine voreiligen Schlüsse zu ziehen.

»Die Zunge könnte auch post mortem hervorgequollen sein, so was passiert recht oft. Aber ja, er könnte natürlich auch erstickt sein.«

»Das muss Chi entscheiden«, sagte Alex und stand auf, wobei seine Knie laut knackend protestierten. »Ich muss jetzt erst mal eine rauchen. Kommst du mit?«

Karl erhob sich ebenfalls, wobei er aufpassen musste, sich den Kopf nicht an der niedrigen Decke zu stoßen. »Ich komme gleich nach.«

»Warte doch, bis Guardiola mit den Scheinwerfern kommt.«

Karl schüttelte den Kopf. »Wenn die Stampede erst mal hier ist, kann ich meinen eigenen Kopf nicht richtig denken hören. Geh ruhig rauf, ich bin gleich da.«

Alex zuckte die Achseln und stieg im Krebsgang die Treppe hinauf. Etwas am Anblick seines Schwagers rührte Karl; wie Alex sich bemühte, nichts anzufassen, sich möglichst klein zu machen. Keine Spuren zu verwischen, keine Fehler zu machen. Wenn Alex ihn seltener zur Weißglut bringen würde, könnte Karl ihn richtig gernhaben.

3

Karl nutzte den Augenblick der Stille, um ein wenig mit dem Toten allein zu sein. Das machte er immer, wenn er Gelegenheit dazu hatte, was selten genug vorkam, da meistens die Spurensicherung bereits am Werk war, wenn die Kriminalpolizei eintraf. Die verschlossene Tür hatte ihnen ein wenig Zeit verschafft, die Karl zu nutzen gedachte.

Dabei war es keineswegs so, dass er gern mit einem toten Menschen allein war, ganz im Gegenteil. Ihn gruselte die Gegenwart einer Leiche genauso wie andere Menschen. Dass er sich in einer düsteren Gruft auf einem Friedhof befand, half auch nicht unbedingt. Aber Karl hatte mit den Jahren die Erfahrung gemacht, dass er besser denken konnte, wenn ihm niemand dazwischenquatschte. Und dass er, genau wie Marla, ziemlich gut darin war, Details zu entdecken, die andere übersahen.

Zuerst schloss er die Augen und schnupperte. Der Geruch des Todes war dominant in dem engen Raum, und natürlich roch es auch nach Keller, nach Erde und feuchten Wänden sowie ganz schwach nach den Pflanzen des Mittelmeeres, die dort oben überall zwischen den Gräbern wuchsen. Herber Piniengeruch und der zarte Duft von Blauregen fanden den Weg in Karls Nase. Und schließlich ein Geruch, der ihm wieder deutlich vertrauter war, seitdem er mit Alex zusammenarbeitete: kalter Zigarettenrauch. Doch den könnte auch sein Schwager mitgebracht haben.

Er öffnete die Augen wieder und schaute sich aufmerksam um, ließ das Licht seiner Handy-Taschenlampe langsam durch den Raum kreisen, der bis auf den Leichnam und ihn selbst vollkommen leer war. Doch das konnte täuschen.

Zunächst überprüfte Karl die Decke des Raumes, doch dort

war bis auf eine beachtliche Menge Spinnenweben nichts zu entdecken, also begann er, vorsichtig den Boden abzusuchen. In der linken Ecke des Raumes, schräg gegenüber der Treppe sah er etwas, das ihn innehalten ließ: Vier kreisrunde Flecken, die ein Quadrat bildeten. Es sah aus, als hätte hier ein Stuhl gestanden. Karl machte ein paar Fotos. Die Spuren mussten neuer sein, sonst hätten Staub und Schmutz sie schon längst zugedeckt. Er drehte sich einmal um die eigene Achse und fand seine Vermutung bestätigt: Von diesem Punkt aus hatte man einen perfekten Blick auf den toten Señor Bunyol. Karl rieb sich das Kinn. Es sah so aus, als hätte jemand hier auf einem Stuhl gesessen und den Toten betrachtet. Natürlich könnte der Stuhl auch vor Bunyols Tod in der Ecke gestanden haben, doch das glaubte Karl nicht. Bei dem Dreck, der hier herrschte, wären die Abdrücke längst nicht mehr zu sehen.

Natürlich könnte es auch sein, dass Bunyol selbst den Stuhl benutzt hatte, doch wer hätte ihn dann wegschaffen sollen, ohne die Leiche zu melden? Möglich war außerdem, dass Bunyol gefoltert worden war. Dass der Täter dem Politiker etwas hatte entlocken wollen und sich zwischendurch auf den Stuhl gesetzt hatte, um mit dem Opfer zu sprechen. All das gehörte allerdings ins Reich der Spekulation. Wenn Chi den Toten untersucht hatte, würden sie mehr wissen.

Gewissenhaft nahm Karl den Rest der linken Ecke in Augenschein und fand noch einen weiteren Hinweis: einen schwarzen Fleck an der Wand links neben den Abdrücken der Stuhlbeine. Er beugte sich vor und roch daran. Kein Zweifel: Hier hatte jemand seine Zigarette ausgedrückt. Leider war derjenige nicht so unvorsichtig gewesen, die Kippe einfach fallen zu lassen. Doch auch diese Tatsache verriet Karl einiges über den Raucher. Das Bild eines Mannes, der rauchend auf einem Stuhl saß und einen Toten oder Sterbenden beobachtete, formte sich in seinem Kopf. Eines Mannes, der vorsichtig und darauf bedacht war, keine Spuren zu hinterlassen. Der alte Scharniere ölte, um beim Betreten der Gruft kein Geräusch zu machen. Jemand, der bei seinem Treiben nicht beobachtet werden wollte. Der seine Tat wahrscheinlich akribisch geplant und ausgeführt hatte. Intelligent und überlegt. Zwar war es eigentlich noch viel zu früh, um derartige Schlüsse zu ziehen, doch Karl verfügte über ein sehr sicheres Bauchgefühl, wenn es um solche Dinge ging. Hier waren zu viele Seltsamkeiten an einem Ort versammelt, um von einer natürlichen Todesursache auszugehen. Sollte Chi tatsächlich Gift im Blut des Toten vorfinden, oder sogar einen Schlüssel zur Gruft in dessen Hosentasche, konnte Karl seine Karriere getrost an den Nagel hängen.

Er fotografierte auch den schwarzen Fleck und kramte sein Notizbuch hervor, um eine Skizze des Raumes anzufertigen.

Im Gegensatz zu einigen seiner Kollegen hielt Karl nichts davon, Notizen in seinem Smartphone abzuspeichern. Und in dieser Situation zeigte sich wieder einmal, wie recht er mit seinen Vorbehalten hatte. Erstens brauchte er das Licht des Telefons, um zeichnen zu können – dazu musste er es allerdings in den Mund nehmen –, und zweitens konnte man auf dem Handy keine Skizzen anfertigen. Jedenfalls nicht auf seinem.

Als Karl sich vergewissert hatte, dass er jeden Winkel des Raumes überprüft hatte, stieg er wieder hinauf und gesellte sich zu den anderen.

Es stellte sich heraus, dass das Ehepaar mit den farblich aufeinander abgestimmten Windjacken den Toten entdeckt hatte. Ein glücklicher Zufall wollte es, dass sie aus Polen stammten und exzellent Deutsch sprachen, sodass Karl ihre Aussagen an Ort und Stelle aufnehmen und sie gleich danach entlassen konnte. Es war schon schlimm genug, dass sie in ihrem Kurzurlaub auf eine Leiche gestoßen waren, da wollte er sie nicht auch noch allzu lange aufhalten.

Es war ein großes Glück, dass der polnische Herr Stachowiak nicht nur Professor für Kunstgeschichte mit einem ausgeprägten Interesse für Gruften war, sondern aus diesem Grund auch immer eine besonders starke Taschenlampe bei sich trug – sonst wäre der unbeliebte Politiker wahrscheinlich noch eine Weile verschwunden geblieben.

Kurz nachdem sie die netten Touristen verabschiedet hatten, schob sich der Van der Spurensicherung die schmale Straße hinauf, und Karl merkte, wie Alex neben ihm den Kopf einzog. Sein Schwager und Javier Guardiola, der Chef der Kriminaltechnik, kamen nicht so gut miteinander aus. Der kernige Guardiola, der dem Fußballtrainer gleichen Namens zum Verwechseln ähnlich sah, machte genau wie Maria Arbol keinen Hehl daraus, dass er Alex für einen absoluten Stümper hielt. Der Mann war zu intelligent, um zu glauben, dass reiner Personalmangel Alex auf seinen Posten gebracht hatte, wie die offizielle Erklärung für den rasanten Aufstieg des Alexander Diaz lautete. Guardiola war nicht der Einzige, dem man nichts vormachen konnte. Er ließ es Alex allerdings besonders gern spüren.

Der Wagen parkte hinter den anderen, und Guardiola sprang behände auf die schmale Straße. »Sieh an, sieh an. Der Alemany in voller Montur!«, rief er und kam lachend auf Karl zu, der die dargebotene Hand mit gequältem Lächeln ergriff.

»Buenas, Guardiola. Gut, dass ihr da seid!«

»Die Uniform steht dir, Lindberg. Ich muss schon sagen.«

Karls Augen wanderten über Guardiolas weißen Schutzanzug. »Mit wäre einer von euren Anzügen bedeutend lieber«, brummte er. »Ich fühle mich wie eine Sauna auf zwei Beinen.«

Guardiola lachte und klopfte Karl kumpelhaft auf die Schulter. Alex ignorierte er komplett. Aus dem Augenwinkel sah Karl, dass die Kiefermuskeln seines Schwagers zu arbeiten begonnen hatten. Ein deutliches Zeichen, dass er sich zurückhalten musste, um dem Chef der Kriminaltechnik nicht die Meinung zu sagen.

»Aufregender erster Tag, was?«, ertönte eine vertraute Stimme hinter Guardiolas Rücken, und Karl grinste breit, als das groß bebrillte Gesicht von Luisa Ramirez erschien.

»Luisa!« Alex grinste ebenfalls. Die Erleichterung, die er bei ihrem Anblick empfand, schwang deutlich in seiner Stimme mit. »Ich wusste gar nicht, dass du auch dabei bist.«

Seit Karl eher unfreiwillig zu den Mossos gestoßen war, war Luisa ein fester Bestandteil der Gruppe Außenseiter, zu der außer Alex und Karl noch Marla gehören. Die junge Kriminalbiologin war berühmt dafür, nur nachts zu arbeiten und sich spätestens nach dem Mittagessen aus dem Staub zu machen, deshalb war auch Karl einigermaßen erstaunt, sie hier anzutreffen. Er war sich ziemlich sicher, Luisa noch nie im prallen Sonnenlicht gesehen zu haben.

Wie auf Kommando gähnte die Biologin herzhaft.

»Ich war zu neugierig«, gab sie zu.

»Außerdem sind wir während der Urlaubszeit unterbesetzt«, ergänzte Guardiola. »Die halbe Stadt ist in den Ferien, und normalerweise wird in der Urlaubszeit auch deutlich weniger gestorben.«

Er sah sich auf dem Friedhof um, als sei dieser es ihm schuldig, seine Worte zu bestätigen.

»Wenn du mich fragst, ist der Kerl da unten auch schon seit Ende Juli tot!«, sagte Karl und deutete auf die Gruft, vor der die drei jungen Mossos, die zu seinem absoluten Erstaunen noch immer nicht schwitzten, wieder ordentlich Stellung bezogen hatten. Offenbar reichte Guardiolas Ruf bis in die unteren Ränge.

Der Kriminaltechniker streifte sich die Latexhandschuhe über, die Luisa ihm schweigend hinhielt, und klatschte anschließend in die Hände.

»Na, dann wollen wir mal.«

Guardiola ging voraus, während Karl Luisa am Ärmel zurückhielt. »In der linken hinteren Ecke hat jemand seine Zigarette an der Wand ausgedrückt. Sieh zu, dass du die Asche sicherst, bevor einer von euch mit seinem Anzug da entlangschrammt. Und miss die Druckspuren auf dem Boden aus. Ich bin sicher, dass da ein Stuhl gestanden hat. Vielleicht könnt ihr ja noch mehr rausfinden.«

Luisa nickte und zog ein Tütchen sowie einen kleinen Spatel aus der Tasche ihres Anzugs.

Karl und Alex beobachteten, wie die Kriminaltechniker einer nach dem anderen die enge Gruft betraten. Sie sahen aus wie kleine weiße Raupen, die sich durch ein Nadelöhr schoben. Schon wenige Atemzüge später hörten sie Guardiola, der als Chef natürlich vorangegangen war, laut aufschreien.

»Ach du Scheiße! Ach, du gottverdammte Scheiße!«

»Chef«, hörten sie Luisa mahnen. »Auf Friedhöfen flucht man nicht.«

»Ich glaube es einfach nicht!«

Der Kopf des Kriminaltechnikers erschien im Eingang zur Gruft. Auf Guardiolas Stirn hatten sich schnurgerade Falten gebildet.

Karl konnte sich schon denken, dass Guardiola genau dieselben Schlussfolgerungen gezogen hatte wie Alex ein paar Minuten zuvor. Er ging zu ihm hinüber.

»Ich kann es einfach nicht glauben«, wiederholte dieser kopfschüttelnd. Karl konnte sich das Lächeln nur mit Mühe verkneifen.

»Die ganze Stadt hat nach ihm gesucht, die Guardia Urbana war beinahe eine Woche mit nichts anderem beschäftigt, und wer findet Fernando Bunyol? Ausgerechnet ihr!«

Karl zuckte die Schultern. »Streng genommen hat ein polnisches Ehepaar ihn gefunden. Außerdem können wir noch nicht sicher sagen, ob der Tote tatsächlich Fernando Bunyol ist.«

Guardiola zog die Augenbrauen hoch und bedachte Karl mit einem beinahe mitleidigen Blick.

»Ich möchte nicht dabei sein, wenn die Arbol das erfährt.«

Im Stillen dachte Karl, dass er selbst auch nicht gern dabei wäre, diesmal aber sicher nicht drum herumkommen würde.

Guardiola gegenüber ließ er sich sein Unbehagen, so hoffte er jedenfalls, nicht anmerken.

»Sie muss es aber bald erfahren«, sagte er so gleichgültig wie möglich. »Die Leiche muss sichergestellt und in die Rechtsmedizin gebracht werden. Es muss eine Akte angelegt werden. Und das alles am besten, bevor ich zerfließe.«

Guardiola deutete auf das Handy, das Karl noch immer in der rechten Hand hielt.

»Worauf warten Sie dann noch?«

Karl zuckte die Achseln. Der Kriminaltechniker hatte schließlich recht.

»Sind Sie so gut und stellen erst mal nur die Lampen auf? Wir haben Doctora Yung Bescheid gesagt, und ich möchte, dass sie sich zuallererst die Leiche ansieht, damit die dann abtransportiert werden kann. Danach könnt ihr auch besser eure Arbeit machen.«

Guardiola nickte und lächelte spöttisch. »Das hätten wir sowieso getan. Aber es ist gut zu wissen, dass jemand mit Diaz zusammenarbeitet, der sein Handwerk versteht. So kann de Torres' kleiner Schoßhund nicht allzu viel kaputt machen.« Noch während in Karls Innerem die zwei Impulse, sich geschmeichelt zu fühlen und seinen Schwager zu verteidigen, miteinander rangen, begann das Telefon in seiner Hand zu vibrieren. Die Cap de la Unitat rief an. Die Nachricht von ihrem Leichenfund hatte sich in der Comisaría offenbar in Windeseile bis zu ihrer Chefin herumgesprochen.

Karl ging hastig zu Alex hinüber und zeigte ihm das Handydisplay. Alex' Miene verfinsterte sich. Er nickte so grimmig wie ein Gangsterboss, der gerade eine Erschießung anordnete.

»Dime!«, meldete sich Karl.

»Was fällt Ihnen eigentlich ein, Lindberg?«, hörte er Maria Arbols schrille Stimme am anderen Ende der Leitung keifen. Er legte den Finger an die Lippen, um Alex zu bedeuten, dass er schweigen solle, dann schaltete er auf Lautsprecher, damit sein Schwager mithören könnte.

»Buenas, Señora Arbol«, sagte Karl betont freundlich. »Sie haben es also schon gehört.«

»Allerdings«, kam die giftige Antwort durch den Hörer geschossen. »Aber leider nicht von Ihnen!«

»Verzeihen Sie, Señora. Aber wie Sie sich denken können, hat die Situation hier vor Ort unsere gesamte Aufmerksamkeit gefordert. Die Kriminaltechnik ist gerade erst eingetroffen.«

»Señor Lindberg«, sagte Maria Arbol mit unheimlicher Ruhe. »Es mag ja sein, dass es in Deutschland üblich ist, seinen Vorgesetzten zu übergehen, aber bei den Mossos ticken die Uhren doch etwas anders.«

Karl rollte die Augen, und Alex schnaubte leise.

»Bei allem Respekt, Señora Arbol, soweit ich weiß, waren Sie es doch, die Sergent Diaz und mich auf den Cementiri geschickt hat. Daher scheint es mir doch ein wenig ungerecht, wenn Sie uns beschuldigen, Sie übergangen zu haben.«

Alex grinste und reckte den rechten Daumen. Gespannt warteten sie auf Maria Arbols Antwort, die jedoch ausblieb. Offenbar hatte es der sonst so streitlustigen Frau für einen Augenblick die Sprache verschlagen. Schließlich entschied sie sich, nicht weiter auf Karls Bemerkung einzugehen. Deutlich ruhiger fragte sie nun: »Stimmt es, dass es sich bei dem Toten um Fernando Bunyol handelt?«

»Nun, Señora, es ist noch zu früh, um das mit absoluter Sicherheit sagen zu können, aber die Ähnlichkeit ist doch verblüffend.«

»Mierda, mierda, mierda«, wütete Maria Arbol, nun wieder lauter, woraufhin die jungen Kollegen von der Streife interessiert die Köpfe reckten.

»Sehen Sie es doch einmal von der positiven Seite, Señora. Immerhin wissen wir jetzt, wo er steckt.«

Alex musste sich auf die Lippe beißen, um nicht laut loszulachen, und auch Karl musste sich ein Grinsen verkneifen. Auf keinen Fall wollte er riskieren, dass Maria Arbol ihre Erheiterung bemerkte.

»Sie haben gut reden, Lindberg. Wenn das erst einmal öffentlich wird, sind alle Augen auf die Mossos gerichtet. Eine Blamage wie damals beim Schinkenmord können wir uns nicht noch einmal leisten, haben Sie verstanden?«

Nun grinste Karl nicht mehr. Ihm lag bereits eine Erwiderung auf der Zunge, doch er konnte sie im letzten Augenblick zurückhalten. Auf lange Sicht brauchte er das Vertrauen von Maria Arbol, um in Ruhe arbeiten zu können. Nichts war schlimmer als ein Chef, der einem die ganze Zeit an den Fersen klebte. Und was das betraf, hatte Maria Arbol gewaltiges Potenzial. Also antwortete er nach einer kurzen Atempause: »Natürlich, Señora.«

»Gut. Ich lege die Akte an. Tun Sie, was getan werden muss, und halten Sie mich auf dem Laufenden.«

»Selbstverständlich, Señora.«

»Vale. Dann sind wir uns ja einig.«

Karl zog die Brauen hoch. Sollte dies das Ende des Gesprächs sein, so hätte Maria Arbol einen Rekord aufgestellt. Ein Gespräch ohne Drohungen zu beschließen, war eindeutig Neuland für diese Frau.

»Eines noch, Señor Lindberg.« Aha. »Sie sind sich doch sicher im Klaren darüber, dass dieser erste Fall für Sie eine Bewährungsprobe darstellt.«

»Es könnte nicht klarer sein«, antwortete er trocken.

»Sie haben die Chance, mir zu beweisen, dass es kein Fehler war, Sie zum Mosso zu machen. Sollten Sie meine Erwartungen nicht erfüllen, werde ich mich bei de Torres persönlich für Ihre Versetzung in den Streifendienst starkmachen.«

Karls Magen rutschte ihm in die Schuhe. Natürlich wusste er, dass Maria Arbol nur bluffte. Doch er konnte den Kloß, der sich bei ihren Worten in seinem Hals bildete, nicht so leicht herunterschlucken. Die Frau klang derart überzeugend, dass es schwer war, ihr nicht zu glauben.

Karl hatte die Polizeiarbeit in den ersten Monaten in Barcelona schmerzlich vermisst. Es war nicht zu leugnen: Im Laufe der

Jahre war ihm eine Polizistenseele gewachsen, und der Gedanke, nicht mehr als Kommissar beziehungsweise Sergent Verbrechen aufklären zu dürfen, schien ihm unerträglich. Viele Zufälle, Mauscheleien, aber auch viel harte Arbeit hatten ihn an diesen Punkt gebracht, und obwohl die Uniform kratzte und ihn in einen menschlichen Springbrunnen verwandelte, obwohl die meisten Kollegen in der Comisaría hinter vorgehaltener Hand über ihn tuschelten und obwohl er mit seinem Schwager zusammenarbeiten musste, wollte er den neu gewonnenen Posten um nichts auf der Welt wieder aufgeben.

Außerdem war Alba wieder schwanger. Und wie damals vor Olivers Geburt war er ein Neuling; diesmal bei den Mossos d'Esquadra und nicht bei der Berliner Kriminalpolizei. Und doch war der Drang, sich zu beweisen und für sich und seine Familie sorgen zu können, genauso stark wie vor sechzehn Jahren. Karl hatte ein Gefühls-Déjà-vu. Ein Déjà-fühl, sozusagen.

»Hat es Ihnen die Sprache verschlagen?«, hörte er Maria Arbol fragen und meinte, einen leicht amüsierten Unterton in ihrer Stimme auszumachen. Tatsächlich waren seine Gedanken abgeschweift. Er hatte in Erinnerung an eine Zeit geschwelgt, von der er gedacht hatte, sie nie wieder erleben zu dürfen. Doch jetzt hatte er eine zweite Chance. Allerdings war er auch älter und erfahrener. Zu erfahren, um sich von den leeren Drohungen einer Vorgesetzten tatsächlich ins Bockshorn jagen zu lassen, ermahnte er sich selbst. Er räusperte sich.

»Verzeihen Sie, Señora. Hier ist einiges los, ich war wohl kurz abgelenkt. Ich habe Sie verstanden, verlassen Sie sich darauf.«

»Gut«, gab Maria Arbol zurück. »Sehen Sie zu, dass die Presse so spät wie möglich Wind von dem Ganzen bekommt. Wir brauchen, so lange es geht, Ruhe.«

Alex zupfte Karl am Ärmel und deutete mit dem Kopf nach links, wo ein hochgewachsener junger Mann mit einer Kamera und einem Smartphone in der Hand auf einen der Streifenpolizisten einredete. Karl schloss kurz die Augen.

»Señora, Ihnen muss doch klar sein, dass die Presse schneller davon erfahren wird, als ich ›laufende Ermittlungen‹ sagen kann. Immerhin geht es hier um den Mann, über dessen Verschwinden alle Welt in den vergangenen Wochen berichtet hat.«

»Halten Sie die Geier auf Abstand, Lindberg. Das ist ein Befehl.«

»Jawohl, Señora«, sagte Karl resigniert, während er zusah, wie Alex zu dem jungen Kollegen und dem vermeintlichen Reporter hinüberhastete.

»Gut. Heute Abend will ich Sie und Diaz vor Dienstschluss in meinem Büro sehen.«

»Entiendo. In Ordnung«, sagte Karl und legte auf. In seinem Kopf drehte sich alles, und allmählich kam der Hunger zurück. Früher hatte er immer ein paar Nüsse oder Schokoriegel in der Tasche gehabt, weil es häufig vorkam, dass während eines Falles mehr als eine Mahlzeit ausfiel. Es war Zeit, zu alten Gewohnheiten zurückzukehren.

Er folgte Alex, der den jungen Mann bereits in ein Gespräch verwickelt hatte. Karl gesellte sich zu den beiden und stellte sich vor.

»Der Alemany«, rief der Mann und schüttelte Karl mit überbordender Begeisterung die Hand. »Da schlage ich ja gleich zwei Storys mit einer Klappe!«

»Schön für Sie«, entgegnete Karl trocken. »Darf ich erfahren, wer Sie sind?«

Der junge Mann straffte die Schultern. »Mein Name ist Stefano Flores«, stellte er sich vor. »Ich bin Journalist bei *La Vanguardia*.«

Auch das noch. Dieses aufgeweckte Kerlchen, das hier dunkel gelockt vor ihnen stand und sie aus intelligenten Augen anblitzte, schrieb ausgerechnet für die größte katalanische Tageszeitung.

»Und was, wenn ich fragen darf, verschlägt Sie an diesem schönen Sommertag auf den Friedhof, Señor Flores?«, erkundigte sich Karl, und Flores grinste listig. »Ich jage Geschichten, Sergent Lindberg. Das ist mein Job.«

Alex schnaubte. »Wie kommt es, dass Sie noch vor unserer Rechtsmedizinerin am Tatort sind?«

Flores zog belustigt die Augenbrauen hoch, und Karl fluchte leise.

»Ein Tatort, sagen Sie? Und ich dachte, hier hätte sich ein Tourist den Knöchel gebrochen.«

Karl warf seinem Schwager einen giftigen Blick zu. Wenigstens sah Alex angemessen erschrocken aus.

»Mein Kollege war etwas voreilig«, erklärte Karl. »Wir können zum jetzigen Zeitpunkt leider noch keine Informationen rausgeben. Sie werden auf die offizielle Meldung unserer Pressestelle warten müssen.«

Flores hob die Hände. »Kommen Sie schon, Lindberg. Irgendwas werden Sie doch für mich haben. Ich verspreche Ihnen, dass ich Ihren Einsatz bereits am ersten Diensttag lobend erwähnen werde.«

Maria Arbols Warnungen noch im Ohr, trat Karl einen Schritt auf den jungen Mann zu. »Sie werden nichts dergleichen tun. Sonst sehe ich mich gezwungen, der Frage nachzugehen, ob Sie den Polizeifunk abhören.«

Flores zog die Brauen hoch und mimte den Entrüsteten. »So was würde mir doch im Traum nicht einfallen, Sergent. Ich war auf dem Weg zum Grab meiner Großmutter und habe zufällig das Flatterband zwischen den Grabsteinen gesehen. Der Rest war journalistische Neugier.«

Nachdenklich betrachtete er Flores. »Ich kann Sie wohl nicht dazu bewegen, den Heimweg anzutreten, oder?«

Flores schüttelte den Kopf. »Nie im Leben. Der Friedhof ist öffentlicher Raum, und ich kann mich hier so lange aufhalten, wie ich möchte.«

»Das dachte ich mir. Aber wenn ich Sie dabei erwische, dass Sie über das Flatterband steigen, lasse ich Sie abführen. Kapiert?«

Flores nickte lächelnd. »Kapiert. Der Platz reicht mir vollkommen aus.«

Karl drehte sich um und murmelte: »Wart's ab, Kleiner.« Dann wies er die jungen Kollegen an, kein Wort mehr mit dem Reporter zu sprechen und das gesamte Areal ab der Straße mit einem zweiten Flatterband abzusperren.

4

Zuerst hörten sie den Bass. Sein dumpfer Klang drang den Friedhofshügel hinauf bis zu ihnen. Kurze Zeit später gesellte sich das dunkle Brummen eines frisierten Auspuffs dazu. Die Geräuschkombination erinnerte Karl an Halbstarke aus Kreuzberg oder dem Wedding, die in ihren getunten Autos mit voll aufgedrehter Hi-Fi-Anlage durch die Stadt fuhren.

Umso größer war sein Erstaunen, als ein knallroter, alter Fiat 500 um die Kurve bog. Nun konnte man die laute Techno-Musik, die durch ein geöffnetes Fenster dröhnte, sehr deutlich hören.

Noch größer war Karls Verblüffung allerdings, als er sah, dass hinter dem Steuer niemand Geringeres saß als die Rechtsmedizinerin Chi Yung. Eigentlich war ein Fiat 500 das perfekte Auto für die winzige Chinesin, die aufgrund ihrer Strenge und der geringen Körpergröße von allen heimlich nur »die kleine Vorsitzende« genannt wurde. Karl staunte allerdings nicht nur über die knallige Farbe des Autos, sondern auch über die Musik, die erst abbrach, als Chi parkte.

Karl hatte bisher nicht weiter darüber nachgedacht, was die Medizinerin wohl für ein Auto fuhr oder welche Musik sie hörte, doch instinktiv hätte er sie in einen dunklen VW Golf gesetzt und leisen Jazz hören lassen. Allerdings würde wohl auch niemand, der seine zierliche Frau Alba in der Apotheke stehen sah, vermuten, dass sie am liebsten Heavy Metal hörte – sehr zu Karls Leidwesen. Er selbst hätte nichts gegen Indie-Pop oder Singer-Songwriter-Musik gehabt, aber er hatte vor langer Zeit aufgehört, sich in seiner Familie musikalisch durchsetzen zu wollen. Schließlich wusste er genau, wo sein Platz war: fest um Albas kleinen Finger gewickelt.

Als Chi aus dem Wagen stieg, war Karl aufs Neue überrascht.

Ihr kleiner Körper steckte in weißen, hautengen Jeans; ein helles, bauchfreies Top hob sich sehr hübsch von ihrer dunklen Haut ab. Auf ihrer Nase saß eine große Markensonnenbrille, die mit funkelnden Schmucksteinen besetzt war, und die glatten, langen Haare fielen ihr seidig glänzend über die Schultern. Chi Yung sah nicht aus wie eine Rechtsmedizinerin, sondern wie ein Model auf dem Weg zu einem Foto-Shooting. Jetzt verstand er, warum sie Alex so den Kopf verdreht hatte. Ein kurzer Blick zu seinem Schwager genügte, um festzustellen, dass sich daran in den vergangenen Wochen nichts geändert hatte. Alex starrte Chi Yung an wie ein kleiner Junge seine verpackten Geburtstagsgeschenke. Die kleine Chinesin knallte geräuschvoll die Tür des alten Autos zu und schob sich die Sonnenbrille in die Haare. Dann betrachtete sie Karl von oben bis unten, und dieser fühlte sich, als würde er von einem Röntgenscanner abgetastet. Ihren dunklen, analytischen Augen schien kein Detail zu entgehen, und Karl blieb nichts anderes übrig, als geduldig auf ihr Urteil zu warten.

»Wie ich sehe, ist aus dir ein echter Mosso geworden, Karl«, stellte sie schließlich trocken fest, und er nickte lächelnd.

»Ich bin mir nicht sicher, ob ich dir dazu gratulieren soll«, setzte sie mit einem Blick auf seine neuen Kollegen hinzu, ohne sein Lächeln zu erwidern.

Karl zuckte die Schultern. »Ich schätze, das wird die Zeit zeigen.« Chi nickte. »Na dann. Lassen wir uns noch ein bisschen Zeit. Du sagst mir einfach Bescheid, wenn es so weit ist.«

Sie sah sich um, als fiele ihr erst jetzt auf, dass sie sich auf einem Friedhof befand. Dann stemmte sie kopfschüttelnd ihre rechte Hand in die Hüfte und schnalzte ungehalten mit der Zunge.

»Euch hat wohl auf der Polizeiakademie niemand beigebracht, wie die Dinge laufen, was?«

Alex' Ohren färbten sich tiefrot. »Wie meinst du das?«, fragte er unsicher.

Chi hob die linke Hand und ließ den Zeigefinger hochschnellen. »Erstens: Die Toten kommen zur Obduktion in die Rechtsmedizin.« Ihr Mittelfinger schoss in die Luft. »Zweitens: Die Leiche wird freigegeben und landet auf dem Friedhof. Erst Rechtsmedizin, *dann* Friedhof. So lauten die Regeln. Und ihr bringt mal wieder alles durcheinander.«

Alex fing an, zu stammeln. »Aber … Wir … Wir können doch auch nichts dafür. Der Tote hat … also, er wurde hier gefunden. Auf dem Friedhof.«

Chi machte sich am Kofferraum ihres Wagens zu schaffen. Sie zog einen eingeschweißten Schutzanzug hervor, öffnete die Verpackung und zog den Anzug über. »Ein Toter auf einem Friedhof?«, fragte sie trocken, während sie den Reißverschluss hochzog. »Was du nicht sagst, Diaz.«

»Es ist eine richtige Leiche!«, protestierte Alex, und Karl konnte sich nur mit Mühe ein Grinsen verkneifen. Er legte seinem Schwager die Hand auf die Schulter. »Wenn du dich nicht weiter reinreiten willst, halt jetzt besser die Klappe, Cuñado.«

Auf dem Gesicht der Rechtsmedizinerin erschien ein winziges Lächeln. Sie zog weiße Stoffschoner über ihre hellen Sneakers, band ihre Haare zu einem kleinen Knoten, stülpte die Kapuze darüber und ließ die Hände in Latexhandschuhe gleiten. Auf der Pappschachtel mit den Handschuhen konnte Karl »Größe XS« lesen. Unwillkürlich fragte er sich, wo man so kleine Latexhandschuhe kaufen konnte, und ob es wohl Onlineshops gab, die sich auf winzige Arbeitskleidung spezialisiert hatten. Der Schutzanzug war Chi jedenfalls deutlich zu groß. Er sah an ihr eher aus wie ein Raumanzug.

Die Ärztin griff nach ihrem Koffer und sah Karl herausfordernd an. »Also, wollen wir?«

Karl nickte und begleitete Chi zur Gruft. Alex trottete schmallippig hinter ihnen her; offensichtlich beleidigt, weil Chi Karl und nicht ihn aufgefordert hatte, sie zu begleiten. Hinter sich hörte Karl ein leises Klicken. Er musste sich nicht umdrehen, um zu wissen, dass der Reporter Fotos von ihnen machte. Doch Fotos allein machten noch keine Story; Karl war zuversichtlich, dass Flores mit den dürftigen Informationen, die er hatte, nichts anfangen konnte. Und das war das Wichtigste.

»Wie ich sehe, ist die Kriminaltechnik schon da«, stellte Chi fest, als sie Guardiola aus der Gruft kommen sah. Dieser tippte sich ein wenig spöttisch mit der rechten Hand an eine imaginäre Mütze. »Sieh an, die kleine Leichenfledderin.«

Chi nickte knapp. »Ein Großkotz in Weiß. Genau das, was ich mir gewünscht habe. Ich muss in meinem Kalender nachschauen, ob ich heute vielleicht Geburtstag habe.«

Karl zog erstaunt die Augenbrauen hoch. Er konnte wirklich nicht sagen, ob sich die beiden nicht leiden konnten oder freundschaftliche Späße austauschten. Sein Blick wanderte zu Alex; der zuckte die Schultern. Sein Schwager schien es auch nicht zu wissen, beobachtete die beiden aber umso genauer. Karl konnte sich denken, warum. Möglichkeit drei war, dass es sich hier um eine Streiterei zwischen ehemaligen Partnern handelte. Die Konversation hatte hierfür genau die richtige Mischung aus Bissigkeit und Vertrautheit.

»Jetzt bin ich erst mal dran, danach dürft ihr ganz in Ruhe den ganzen Dreck hier in kleine Tütchen stopfen.«

Chi drückte sich entschlossen an Guardiola vorbei und stapfte in die Gruft. Aus dem unteren Teil der Grabstätte strömte grelles Licht die Treppe hinauf.

Die Medizinerin schaute hinunter, wo sich ein paar Kriminaltechniker schon an die Arbeit gemacht hatten, und schrie ohne Vorwarnung: »Alle raus da!«

Spätestens jetzt wusste er, woher sie ihren Spitznamen hatte. Er selbst war jedenfalls gehörig zusammengezuckt.

Die drei Kriminaltechniker, die sich im Untergeschoss der Gruft zu schaffen gemacht hatten, kamen nacheinander gehorsam die Treppe herauf und schoben sich an ihnen vorbei ins Freie. Dabei wechselten Chi und Luisa ein winziges Lächeln.

Wortlos drückte Chi Alex ihren kleinen, schwarzen Arztkoffer in die Hand und stieg, wie zuvor Alex und Karl, seitwärts die Treppe hinab.

Karl sah sich noch einmal gründlich in dem kleinen Raum um. Im grellen Licht der Scheinwerfer blieb nichts mehr der Fantasie überlassen. Das dunkle Violett der Totenflecken war genauso deutlich zu erkennen wie das wächserne Gelb der Haut und die generelle Unansehnlichkeit des Leichnams. Karl war froh, die Krawatte bereits abgenommen zu haben, denn sein Atem ging sofort schwerer.

Chi betrachtete den Toten eine Weile aufmerksam und wortlos, dann zog sie ein Diktiergerät hervor: »Männlicher Toter, zwischen fünfundvierzig und sechzig Jahre alt. Untersetzt bis adipös, kreisrunder Haarausfall, gepflegte Erscheinung. Verwesung und Fäulnis ausgeprägt bis fortgeschritten. Leiche in gutem Zustand, kein Befall, kein Tierfraß.« Chi ging in die Hocke, hob einen Arm des Toten an und ließ ihn dann sanft wieder absinken. »Leichenstarre vergangen, Gliedmaßen weich.« Sie legte zwei Finger an das Handgelenk des Mannes. »Körpertemperatur erwartbar niedrig.«

Damit steckte sie das Diktiergerät wieder ein.

»Hol dir mal ein Paar Handschuhe aus meiner Tasche, Diaz«, sagte sie, ohne Alex anzusehen. »Da müssten welche in deiner Größe drin sein.«

Alex tat wie geheißen.

»Hilf mir, ihn umzudrehen«, forderte Chi und platzierte sich an den Schultern der Leiche. Alex postierte sich mit gequälter Miene in Höhe des Beckens.

»Soll ich das nicht lieber machen?«, fragte Karl die zierliche Frau, doch die winkte ab. »Weißt du, wie oft ich das jede Woche tue?«

Sie nickte Alex zu, und gemeinsam drehten sie die Leiche auf den Rücken.

»Es kommt auf den richtigen Hebel an.«

Karl zog eine Grimasse. Er versuchte, nicht allzu sehr auf den Kopf des Toten zu achten, der wie bei einer kaputten Puppe hin und her rollte, bis er wieder zur Ruhe kam. Ein Teil von ihm hatte Angst, der Schädel könne sich vom Körper lösen und über den schmutzigen Fußboden rollen.

Doch das Umdrehen hatte sich gelohnt. Von vorn konnte man eindeutig sehen, dass sich die Krawatte des Mannes tief in das Fleisch seines Halses gegraben hatte.

Chi betrachtete den Bereich um den Adamsapfel aufmerksam.

»Kugelschreiber!«, forderte sie und streckte die Hand aus. Alex tastete hastig sämtliche Taschen ab, doch er war kein Mensch, der etwas zum Schreiben bei sich hatte. Im Gegensatz zu Karl schwor Alex auf die Diktierfunktion seines Handys. Karl zog seinen Kugelschreiber hervor und reichte ihn Alex mit hochgezogenen Augenbrauen, der ihn sogleich an Chi weitergab. Die Ärztin schob den Kugelschreiber unter die Krawatte und hob diese ein Stück zur Seite, um einen Blick auf die Haut darunter werfen zu können.

»Sieht nach Drosselmarken aus. Aber ganz sicher kann ich natürlich erst sein, wenn ich ihn ausgezogen und aufgemacht habe.«

Karl nickte. »Kannst du uns etwas über den Todeszeitpunkt sagen?«, fragte er, doch Chi schüttelte den Kopf. Währenddessen zog sie ein Thermometer aus der Tasche, maß die Raumtemperatur und anschließend die Temperatur der Leiche und notierte beides. »Noch nicht. Hier unten ist es kühler als draußen, außerdem ist der Leichnam hier vor äußeren Einflüssen geschützt.« Sie sah Karl an. »Das ist kein Standardszenario, und ich traue mir nicht zu, hier verwertbare Angaben zu machen. Zur Sicherheit werde ich lieber in der Bodyfarm anrufen. Die haben eine Datenbank für so was.«

Karl nickte und sah zu, wie Alex die Anzugtaschen des Toten abtastete. In der Innentasche des Sakkos wurde er fündig. Er zog eine teure Brieftasche aus dunkelbraunem Leder hervor und klappte sie auf.

Wortlos hielt er Karl den Ausweis des Mannes, das Documento Nacional de Identidad, unter die Nase. Nun gab es keinen Zweifel mehr: Bei dem Toten handelte es sich tatsächlich um Fernando Bunyol.

»Na, dann können wir den Todeszeitpunkt ja schon mal ein bisschen eingrenzen«, bemerkte Chi trocken und richtete sich wieder auf. »Ist der schon zum Abtransport freigegeben?«, fragte sie und zeigte auf die Leiche. Karl nickte. »Gut. Dann lasst ihn so schnell wie möglich in die Facultat bringen. Ich fahre schon mal vor. Morgen Vormittag könnt ihr kommen, ich gebe euch dann, was ich habe. Und vergesst nicht, die Witwe um die Nummer seines Zahnarztes zu bitten, damit wir sicher sein können.«

Sie ließ ihren Koffer zuschnappen, und Karl merkte, dass sowohl er als auch sein Schwager währenddessen strammstanden wie beflissene Soldaten. Chi Yung hatte wirklich eine Respekt einflößende Ausstrahlung. Ohne ein weiteres Wort stieg die kleine Chinesin die Treppe wieder hinauf und war in wenigen Augenblicken verschwunden. Kurz darauf ertönte wieder Technomusik. Die Bässe drangen bis in die kleine Grabkammer und schreckten ein paar Spinnen auf, die panisch aus den Ritzen zwischen den Steinen hervorkrochen.

Erst als sich die Musik wieder entfernte, löste sich Alex aus seiner Starre. Er fuhr sich mit der flachen Hand übers Gesicht und stöhnte: »Diese Frau bringt mich noch ins Grab.«

Als er Karls Gesichtsausdruck sah, grinste er schief. »Sag's nicht, Flieger. Bitte sag's nicht.«

5

Nach einigem Hin und Her beschlossen Karl und Alex, erst zurück zur Comisaría zu fahren, um Maria Arbol persönlich Bericht zu erstatten, bevor sie sich zu der Witwe des Politikers aufmachten. Sie sprachen noch einmal mit der Kriminaltechnik und warteten, bis die Leiche im Transportwagen verschwunden war, bevor sie sich auf den Weg machten. Der junge Journalist war verschwunden, doch Karl gab sich nicht der Illusion hin, dass er aufgegeben hatte. Er hatte im Laufe der Jahre genug Erfahrungen mit Journalisten gesammelt, um sich derlei aus dem Kopf zu schlagen. Flores hatte es in seinem zarten Alter bestimmt nicht bis zum Reporter bei Kataloniens größter Tageszeitung gebracht, weil er so nett aussah. Karl war sich sicher, dass sie den jungen Mann heute nicht zum letzten Mal gesehen hatten.

Maria Arbol sah blass und abgekämpft aus, als Karl und Alex bei ihr eintrafen. Ihr sonst zu einem akkuraten Bob geföhntes Haar stand wirr vom Kopf ab, so als hätte sie es sich heute bereits mehr als einmal gerauft. Wortlos forderte die Cap de la Unitat ihre beiden Sergents auf, sich zu setzen.

Als Karl sich auf einem der niedrigen Besucherstühle vor dem wuchtigen Schreibtisch niederließ, kam ihm der Gedanke, dass die strenge Señora Arbol diese Stühle wahrscheinlich persönlich und mit Absicht so niedrig ausgesucht hatte, damit sich jeder in ihrer Gegenwart noch kleiner fühlte. Dabei war das gar nicht nötig. Maria Arbol verströmte eine natürliche Autorität, das hatte sie mit der kleinen Vorsitzenden gemein. Schon seit ihrer ersten Begegnung hatte Karl den Verdacht, dass die schlanke Frau mit dem harten Kinn und dem festen, zackigen Schritt die Reinkarnation eines Feldwebels war. Wenn sie hinter ihrem

Schreibtisch hin und her tigerte, gab ihr Karl im Geist eine Reitgerte in die Hand. Nachdem sich auch Alex gesetzt hatte, zog er die Tüte mit der Brieftasche des Toten hervor und legte sie wortlos auf Maria Arbols Schreibtisch. Alex hatte die Brieftasche so in die Tüte gleiten lassen, dass man den Ausweis des Mannes durch das Plastik hindurch gut erkennen konnte.

Maria Arbol sank schwer auf ihren Schreibtischsessel und ließ die Schultern hängen. In diesem Moment erinnerte sie Karl an eine Gummiente, der jemand die Luft herausgelassen hatte. Arbol stützte den Kopf in die Hände und starrte das DNI an, von dessen Foto ein freudloser Fernando Bunyol zurückstarrte.

Nach einer langen Stille stieß sie einen tiefen Seufzer aus und schob Alex die Tüte zu. Sie schüttelte den Kopf und murmelte leise: »Ausgerechnet.«

Ob sie damit die Identität des Toten meinte oder die Tatsache, dass nun ausgerechnet Karl und Alex den Fall bearbeiteten, vermochte Karl nicht zu sagen. Ein bisschen von beidem, vermutete er.

Dann ging eine Veränderung in Maria Arbol vor. Sie straffte die Schultern und setzte ihre übliche, strenge Miene auf; jetzt hatte sie sich wieder im Griff. Es war selten, dass man bei jemandem so gut sehen konnte, wenn er sich zusammenriss. Karl ahnte bereits, was jetzt kommen würde: Die Litaneien, die Vorgesetzte in solchen Fällen von sich gaben, unterschieden sich in Deutschland und Spanien nicht wesentlich voneinander.

»Ich muss Ihnen wohl nicht sagen, wie brisant dieser Fall ist.« Karl und Alex schüttelten brav die Köpfe.

»Natürlich nicht, Jefa«, antwortete Alex. »Die Stadt redet seit Wochen über nichts anderes als Bunyols Verschwinden.«

Maria Arbols Augen verengten sich zu Schlitzen. »Was Sie nicht sagen, Sergent. Und wenn erst einmal bekannt wird, dass Bunyol nicht nur abwesend, sondern tot ist, dann …«

Karls Gedanken wanderten zu dem jungen Journalisten mit seinem klickenden Fotoapparat und dem frechen Grinsen.

»Das kann nicht mehr allzu lange dauern, Señora«, sagte er so ruhig wie möglich. »Es war bereits ein Journalist auf dem Friedhof.«

Maria Arbols Kopf schoss zu Karl herum. »Was?« Ihre wässrig blauen Augen weiteten sich. »Sind Sie sicher?«

Karl nickte. »Er ist aufgekreuzt, als ich mit Ihnen telefoniert habe.«

»Und woher wusste er, dass Sie da waren?«, zischte sie.

Karl zuckte die Schultern. »Ich habe keine Ahnung. Er hat behauptet, das Grab seiner Großmutter besucht zu haben. Dabei sei ihm unser Flatterband aufgefallen.«

Señora Arbol schnaubte verächtlich.

»Ich habe ihm ja auch nicht geglaubt. Aber was hätte ich denn tun sollen? Der Friedhof ist öffentlicher Grund. Von da kann man niemanden vertreiben.«

Maria Arbol warf Karl einen giftigen Blick zu, erwiderte aber nichts. Stattdessen begann sie, sich heftig die Schläfen zu massieren.

»Ihnen ist doch sicher klar, dass ich mir für diesen Fall andere Ermittler gewünscht hätte.«

»Dafür braucht es keinen Sherlock Holmes«, bestätigte Karl mit ruhiger Stimme. Arbol ließ die Hände sinken.

»Ich muss gestehen, als ich über den Notruf informiert wurde, habe ich an einen schlechten Scherz geglaubt. Sonst hätte ich niemals Sie beide darauf angesetzt.«

Alex presste die Lippen zusammen und grub die Fingernägel seiner rechten Hand in das Fleisch der linken. Doch er sagte nichts. Auch Karl fiel es schwer, den Mund zu halten.

Maria Arbol ließ die Handflächen auf den Schreibtisch knallen.

»Gut, in Ordnung. Ich schätze, wir alle müssen jetzt mit der Situation zurechtkommen. Also. Haben Sie schon irgendwelche Ergebnisse für mich?«

Karl überlegte, sie in alles einzuweihen, was er heute herausgefunden hatte, ließ es aber lieber bleiben. Aus bitterer Erfahrung wusste er, dass es zu den liebsten Hobbys dieser Frau gehörte, voreilige Schlüsse zu ziehen. Also verneinte er.

»Wir müssen erst die Ergebnisse der Spurensicherung und der Obduktion abwarten«, sagte Alex.

Maria Arbol schüttelte belustigt den Kopf. »Was bin ich froh, dass Sie ein paar Fachbegriffe von Ihrem Schwager aufgeschnappt haben, Diaz«, sagte sie giftig. »Sie könnten glatt als echter Kommissar durchgehen.«

Nun wurde es Karl doch zu bunt. »Bei allem Respekt, Señora«, sagte er mit mühsam unterdrückter Wut. »Aber Alexander Diaz hat sich immer vorbildlich verhalten. Er tut immer sein Bestes und zeigt stets vollen Einsatz. Sie sollten ihm ein bisschen mehr Vertrauen entgegenbringen, Ihr Vorgesetzter tut das schließlich auch.«

Alex sah seinen Schwager geradezu verdattert an. Auch der Cap de la Unitat schienen die Worte zu fehlen. Sie fixierte stumm einen Punkt irgendwo auf der Wand hinter Karl und Alex.

In die Stille hinein knurrte Karls Magen. Dieses offensichtliche Zeichen des Hungers lockerte die verkrampfte Stimmung im Raum etwas.

Maria Arbols Mundwinkel kräuselten sich leicht. »Hat der Anblick des Toten etwa Ihren Appetit angeregt?«

»Keineswegs, Señora«, gab Karl zurück. »Aber ich habe heute noch nichts gegessen.«

»Madre mía, wieso denn nicht?«

Karl zuckte die Schultern. »Es gab Wichtigeres zu tun.«

Maria Arbol sah Karl einen Moment lang forschend an, dann öffnete sie eine ihrer Schreibtischschubladen und zog eine Packung Galletas de Avena hervor, die sie ihm wortlos hinhielt.

Eigentlich mochte Karl Haferkekse nicht sonderlich. Sie kamen ihm immer vor wie ein fauler Kompromiss zwischen gesundem Essen und echten Keksen, doch er war nicht in der Position oder der Stimmung, um wählerisch zu sein. Dankbar lächelnd griff er nach der Packung.

»Haben Sie vielen Dank, Señora«, sagte er.

»Ich habe Sergent Lindberg vom Mittagessen weggeholt, bevor er Gelegenheit bekam, etwas zu sich zu nehmen«, schaltete Alex sich ein. »Der Leichenfund hatte für mich Priorität.«

Maria Arbol betrachtete die beiden Männer eine Weile schweigend, dann seufzte sie.

»Also gut. Sie beide informieren jetzt erst mal Bunyols Witwe. Dann gehen Sie nach Hause. Bevor die Untersuchungen abgeschlossen sind, können wir sowieso nichts tun. Sie halten mich über alles auf dem Laufenden. Und was die Presse angeht …«

Karl schluckte geräuschvoll seinen vierten Keks hinunter. Er hätte jetzt wirklich gern einen Kaffee gehabt.

»Vermutlich haben Sie recht, Lindberg, wenn Sie sagen, dass wir Artikel über den Fall nicht verhindern können. Wenn die Identität des Toten morgen unverrückbar feststeht, halten wir eine Pressekonferenz ab.«

Sie sah Alex an. »Darum kümmern Sie sich, Diaz.«

»Klaro, Jefa.«

»Und vorher gehen keine Informationen raus, kapiert?«

Die beiden Polizisten nickten, wobei Karl die Kekse bereits jetzt schon wie ein Stein im Magen lagen.

»Bitten Sie auch die Familie Bunyols, Stillschweigen zu bewahren. Das Letzte, was wir jetzt gebrauchen können, ist jemand, der ein Exklusivinterview gibt, bevor wir Gewissheit haben.«

»Der Fall ist sowieso recht heikel«, gab Karl zu bedenken. »Es könnte sein, dass der Mörder Bunyols Leiche in der Gruft versteckt hat. Sobald er erfährt, dass wir den Toten gefunden haben, ist er gewarnt und hat Gelegenheit, unterzutauchen. Es wäre vielleicht besser, mit einer Pressekonferenz zu warten, solange wir können.«

»Und zu riskieren, dass etwas durchsickert?«, fragte Maria Arbol entsetzt. Karl zuckte die Schultern.

»Auf keinen Fall, Lindberg. Ich werde nicht diejenige sein, die so etwas für sich behält. Das würde die Mossos in ein ganz schlechtes Licht rücken. Wie Diaz schon sagte: Seit Wochen spricht die Stadt über nichts anderes mehr.«

Maria Arbol stand auf, ein Zeichen für Karl und Alex, dass sie entlassen waren. Noch einmal musterte sie die beiden.

»Wenigstens haben Sie sich einmal ordentlich angezogen, Diaz. So muss ich mich nicht schämen, Sie zu Bunyols Witwe zu schicken. Benehmen Sie sich und seien Sie feinfühlig. Kapiert?«

»Aber natürlich, Señora«, antworteten Karl und Alex im Chor.

Dann verließen sie fluchtartig das Büro der Cap de la Unitat.

»Ich wusste gar nicht, dass du so große Stücke auf mich hältst, Flieger!«, sagte Alex, während die beiden nebeneinander die Treppe hinabhasteten.

»Wir sind Verwandte, Alex«, gab Karl zurück. »Das ist reines Rudelverhalten.« Tatsächlich war ihm nicht danach, das Lob, das er in Maria Arbols Büro ausgesprochen hatte, zu wiederholen. Er wusste nur zu gut, wie unerträglich Alex wurde, wenn sein ohnehin übergroßes Selbstbewusstsein gefüttert wurde. Dann kam der Alex zum Vorschein, den Karl nicht leiden konnte. Der jede Woche ein anderes blondes Dummchen mit zum Sonntagsessen brachte, viel Meinung, aber wenig Ahnung hatte und jeden vor den Kopf stieß. Ein Ego auf zwei Beinen.

An Alex' Dienstwagen angelangt, riss sich Karl endlich das Jackett vom Leib und schmiss es zu den diversen leeren Flaschen, getragenen Shirts und Take-away-Pappschachteln auf den Rücksitz des schwarzen Seat. Er hatte nicht vor, es in den nächsten Jahren noch einmal anzuziehen. Wenn es nach ihm ginge, könnte es mit all dem anderen Müll auf Alex' Rücksitz zu einer Kruste verwachsen. Wohlig seufzend öffnete er die obersten Knöpfe seines Hemdes und warf die Polizeimütze ebenfalls nach hinten.

Alex beobachtete seinen Schwager grinsend, während er seine Karte an das Lesegerät hielt, das die Schranke für die Tiefgarage steuerte.

»Und ich habe gedacht, du trägst gern Uniform.«

»Wie kommst du denn darauf?«, fragte Karl irritiert und fuhr sich mit den Fingern durch die verschwitzten Haare. »Na, weil meine Schwester drauf steht!«, feixte Alex und zwinkerte seinem Schwager zu.

Karl runzelte die Stirn. »Sie … was?«

Alex lachte. »Jetzt guck nicht so, Cuñado. Du weißt doch genau, dass ich recht habe. Alle Frauen lieben Männer in Uniform.«

»Dann solltest du vielleicht mal mit Mütze und Jackett in der Facultat de Medicina aufschlagen. Vielleicht hilft das ja.«

»Habe ich schon versucht«, gab Alex zerknirscht zu. »Aber dann hat mich im letzten Moment der Mut verlassen, weil ich nicht wusste, wie ich Chi die Uniform erklären soll.«

»Hm.« Karl dachte daran, wie Alba ihm an diesem Morgen mit einem breiten Lächeln die Krawatte gebunden und dann die Mütze aufgesetzt hatte; dazu hatte Karl sich tief zu ihr herunterbeugen müssen. Da hatte er noch gedacht, dass sie einfach nur stolz auf ihren Mann war.

Er schielte zu dem bereits völlig verknitterten Jackett auf dem Rücksitz. Alex brach in schallendes Gelächter aus, als er seinen Blick bemerkte.

»Keine Sorge, Mann. Sie liebt dich, obwohl du ständig in diesen albernen Anzügen rumrennst.«

»Hmpf«, brummte Karl und ließ das Beifahrerfenster heruntergleiten, um die Nase in den Fahrtwind zu halten.

Dieser fiel, sobald sie links auf die Avenida de Parallel einbogen, eher spärlich aus. Die große Straße, die vom Hafen der Stadt nach Norden führte, war wie immer um diese Tageszeit vollkommen verstopft. Im Gegensatz zu den anderen großen Straßen, die die Stadt durchzogen, konnte die Parallel sowohl in die eine als auch in die andere Richtung befahren werden, womit ihnen nur drei statt der üblichen sechs Fahrspuren in eine Richtung zur Verfügung standen. Was natürlich dazu führte, dass es noch langsamer voranging als überall sonst in der Stadt zu dieser Uhrzeit.

Doch hin und wieder fand ein laues Lüftchen den Weg durch das Fenster in den Wagen, was Karls Leiden ein wenig linderte. Kam es ihm nur so vor, oder waren die Sommer seiner Studienzeit nicht so elendig heiß gewesen?

»Ich bin versucht, mein Blaulicht auszupacken, wenn das so weitergeht«, brummte Alex ungehalten, als es bei der nächsten Grünphase wieder nur zwei Autos über die Ampel schafften.

»Wo müssen wir eigentlich hin?«, fragte Karl, dem gerade auffiel, dass er keine Ahnung hatte, was ihr Ziel war.

»Dreimal darfst du raten«, erwiderte Alex grimmig, und Karl brauchte nur wenige Augenblicke, um zu erahnen, was seinem Schwager die Stimmung so vermieste.

»Zona Alta?«, fragte er, und Alex verzog das Gesicht.

»Exacto. Zona Alta.«

Die Zona Alta ließ sich besonders treffend in ihrer englischen Übersetzung beschreiben – *uptown*. Das Gebiet zwischen Sant Gervasi und Gràcia beherbergte alle Städter, die einerseits zu mondän waren, um sich in den Luxusvillen von Pedralbes zu verschanzen, andererseits aber deutlich zu wohlhabend, um sich in die dunklen, feuchten und oft kleinen Wohnungen der Altstadt zu zwängen.

In der Zona Alta gab es gewaltige Häuser mit sieben oder mehr Stockwerken und großzügigen, lichtdurchfluteten Wohnungen, in denen sich die Besserverdiener wohlfühlten. Besonders bemerkenswert war, dass alle Bauten, die überwiegend aus den Jahren zwischen 1881 und 1920 stammten, über alte Aufzüge verfügten, bei denen man sofort an Filme denken musste, die in New York oder Paris spielten. Offene, hübsch verzierte Drahtkörbe, in denen man sich nicht recht zwischen Klaustrophobie und Höhenangst entscheiden konnte.

Und in der Zona Alta standen die prächtigsten dieser Bauten, da es die Schickeria schon immer vorgezogen hatte, möglichst weit »oben« zu wohnen.

Karl wusste, warum das so war. Nicht nur, weil Barcelona tatsächlich zu den Bergen hin anstieg und in den oberen Stadtteilen zum Teil spektakuläre Ausblicke auf die restliche Stadt und das Meer bot. Nein, früher hatte niemand, der klaren Verstandes war, in der Altstadt leben wollen. Der Strand, wie sie ihn heute kannten, hatte vor rund dreißig Jahren noch gar nicht existiert. Früher hatten Slums aus windschiefen Bretterbuden die Küste gesäumt, deren Bewohner oft in den großen Fabriken gearbeitet hatten, die ebenfalls am Wasser standen. Armut und Dreck hatten die Altstadt beherrscht, die von den restlichen Ciudadanos Barcelonas nur dann aufgesucht worden war, wenn es gar nicht anders ging. Wenn man beispielsweise einem Konzert im Palau de la Música oder im Liceu hatte lauschen wollen.

Mit den Olympischen Spielen hatte sich das Gebiet rund um die Altstadtviertel El Raval, El Barri Gòtic, El Born und La Barceloneta endgültig gewandelt. Seitdem der Strand nicht nur Stadtbewohner, sondern auch Touristen zum Baden anlockte, war die Ciutat Vella zu einer beliebten Gegend geworden, in der sich kaum noch jemand Wohnraum leisten konnte.

Doch das alte Geld wohnte noch immer in der Zona Alta und blickte im doppelten Sinne auf den Rest der Stadt herab. Karl wunderte sich nicht im Geringsten darüber, dass Bunyols Familie offensichtlich dazugehörte.

Am Plaza de España fuhren sie in den Kreisverkehr, an dem der Eingang zur Messe Barcelonas sowie das berühmte Einkaufszentrum »La Arena« lagen. Die Mall war früher tatsächlich eine Stierkampfarena gewesen, heute bot sie alles feil, was man sich nur vorstellen konnte.

Doch sie fuhren weiter geradeaus in Richtung der Estació de Sants und von dort quälend langsam die Avenida de Josep Tarradellas hinauf.

»Vielleicht hätten wir mit der Bahn fahren sollen«, überlegte Karl mit geschlossenen Augen. Er musste etwas sagen, weil er sonst Gefahr lief, einzuschlafen.

Doch Alex schnaubte nur verächtlich. Wie die meisten Spanier hatte er nicht viel für öffentliche Verkehrsmittel übrig. Die waren was für Studenten und Touristen. Und für Leute, die sich kein eigenes Auto leisten konnten.

»Und wie wären wir dann wieder zurückgekommen?«, fragte er und schlug dabei einen Tonfall an, der wohl dazu gedacht war, seinem Schwager die Absurdität seines Vorschlages aufzuzeigen.

»Mit der Bahn?«, gab dieser zurück, doch Alex schnaubte abermals.

»Was glaubst du, wie die Señora reagiert, wenn wir es ihr sagen?«

Karl öffnete sein linkes Auge einen Spaltbreit. Auf Alex' Gesicht lag deutliches Unbehagen. Ihm fiel wieder ein, dass sein Schwager noch kaum Erfahrung mit diesen Dingen hatte.

»Man kann vorher nie wissen, wie die Familie reagiert«, sagte er und gähnte. »Ich habe schon alles gesehen. Leute, die mich wie versteinert angestarrt haben. Männer, die weinend zusammengebrochen sind. Kinder, die angefangen haben, zu lachen, weil sie dachten, ich mache einen Scherz. Eine Frau hat sogar mal versucht, mich mit einem Küchenmesser zu verjagen, weil sie gedacht hat, ich sei der Teufel. Was du dir auch vorstellen kannst, es war alles dabei.« Alex verzog das Gesicht. »Das beruhigt mich jetzt nicht gerade.«

Karl nickte. »Ja, das gehört wirklich zu den miesesten Aspekten unserer Arbeit. Und das will was heißen. Immerhin sind wir auch diejenigen, die sich an Leichenfundorten und in Sektionssälen rumtreiben müssen.«

»Und warum machen wir das Ganze dann?«, fragte Alex halb ernst, halb belustigt.

»Ich habe vor Jahren aufgehört, mir diese Frage zu stellen«, antwortete Karl wahrheitsgemäß.

»Und als du dir die Frage noch gestellt hast?«

Karl rieb sich das stoppelige Kinn. In letzter Zeit, stellte er irritiert fest, wuchs sein Bart anscheinend mit doppelter Geschwindigkeit. Vielleicht sollte er ihn lieber wachsen lassen. Das war besser, als ständig mit Stoppeln im Gesicht herumzulaufen.

»Ich schätze, es hat was mit der Wiederherstellung des Gleichgewichtes zu tun«, antwortete er, nachdem er eine Weile nachgedacht hatte.

»Was denn für ein Gleichgewicht?«, fragte Alex. »Das zwischen Gut und Böse?«

Karl schüttelte den Kopf. »Je länger man in diesem Job arbeitet, desto häufiger stellt man fest, dass es eine echte Grenze zwischen Gut und Böse gar nicht gibt. Alles, was zwischen Menschen passiert, ist menschlich. Nein, es geht darum, die Ordnung zu wahren. Das Gleichgewicht zwischen Recht und Unrecht. Nur so können wir unsere ganze Energie auch in Fälle einbringen, bei denen das Opfer ein Arsch war.«

»So wie in diesem.« Alex klang zufrieden.

Karl nickte. »Genau wie in diesem.«

Sie umrundeten den Turo Park und kamen schließlich vor einem luxuriös verzierten Prachtbau am Scheitelpunkt des Parks zum Stehen.

Alex deutete auf das große Portal. »Wir sind da.«

Schon der Anblick des riesigen, herrschaftlichen Hauses genügte Karl, um den obersten Knopf des Hemdes wieder zu schließen und sich mit den Fingern ein paar Mal durch die Haare zu fahren. Beim Aussteigen ließ er den Blick prüfend über die dunkelblaue Uniformhose gleiten, nur um festzustellen, dass die gesamte Rückseite seiner Hosenbeine mit Spinnweben überzogen war. Auch Alex klopfte sich mit angespannter Miene die Kleidung ab.

Dann traten sie durch ein kniehohes Türchen in einen kleinen Vorgarten – etwas, das es in der Altstadt überhaupt nicht gab – und drückten auf die einzig vorhandene Klingel. Die Tür summte augenblicklich und ließ sie hinein.

Karl und Alex staunten nicht schlecht, als sie das Haus betraten. Der Raum, in dem sie standen, erinnerte sie an die Lobby eines Luxushotels. Eine Sitzgruppe aus Designersofas stand in einer Ecke auf dem hellen Marmorfußboden. Auf dem niedrigen Tisch in der Mitte lagen Hochglanzmagazine bereit, die sich im Licht sehr teuer wirkender Tischlampen sicher hervorragend lesen ließen. Wären nicht die schmalen Briefkästen aus Messing an der linken Wand gewesen, hätte Karl nicht daran gezweifelt, in einem Hotel gelandet zu sein.

Hinter einem Tresen aus dunklem Holz stand ein kleiner, schon etwas älterer Mann in dunklem Anzug und sah ihnen mit einem kleinen Lächeln abwartend entgegen. Karl war bewusst, dass er nicht aussah wie jemand, der in diesem Haus ein und aus ging, was auf Alex ganz genauso zutraf. Dementsprechend reserviert fiel auch die Begrüßung des Mannes aus.

»Buenas tardes, Señores«, sagte er höflich. »Sie wünschen?«

Alex räusperte sich und zog seinen Polizeiausweis hervor.

»Sergent Diaz von den Mossos d'Esquadra. Das hier ist mein Kollege Karl Lindberg. Wir müssen mit der Familie Bunyol sprechen.«

Der Concierge wurde um eine Nuance blasser, ließ sich seine Besorgnis jedoch kaum anmerken. Er nickte nur knapp und sagte: »Die Señora ist zu Hause. Ich melde Sie an.«

»Sehr freundlich«, erwiderte Karl.

Während der Concierge für das Telefonat in einen separaten kleinen Raum an der rechten Seite des Tresens ging, der wie eine vergoldete Telefonzelle aussah, fragte sich Karl, wie viele

Geschichten dieser Mann wohl erzählen könnte, wenn er wollte. Dieser stumme Türwächter sah Liebhaber kommen und gehen, sah Kinder, Ehemänner und Ehefrauen ausziehen. Er sah neue Möbel eintreffen, begrüßte berühmte Gäste sicher ebenso korrekt wie neue Haustiere und registrierte genau, wer in diesem Haus kam und ging – und wann. Alles an dem Mann strahlte Disziplin und Pflichtbewusstsein aus. Das war sicher niemand, der aus dem Nähkästchen plauderte.

Der Concierge trat aus der Telefonzelle und bedeutete Karl und Alex mit einem Kopfnicken, ihm zu folgen. Er führte die beiden Sergents zu einem breiten Aufzug und forderte sie mit einer Handbewegung auf, hineinzutreten. Als Karl und Alex in der verspiegelten Aufzugskabine standen, zog der Concierge einen großen Schlüssel hervor, den er in ein Schlüsselloch unterhalb der Stockwerkanzeige steckte und um neunzig Grad drehte. Dann drückte er auf die Nummer neun, die das oberste Stockwerk anzeigte, zog den Schlüssel ab und nickte knapp.

»Die Herren«, sagte er noch. Dann trat er durch die Lichtschranke, und die Tür glitt zu.

»Gràcias«, brummte Alex, doch die Tür hatte sich bereits geräuschlos geschlossen.

»Denkst du, was ich denke?«, fragte er Karl, und dieser lächelte leicht.

»Was ist, wenn er uns eingeschlossen hat?«

»Haargenau«, bestätigte Alex. »Ich meine, der Kerl hat die Herrschaft über diesen Aufzug. Und wir sind ihm ausgeliefert.«

Wie zum Beweis drückte Alex auf den Knopf für das vierte Stockwerk, doch nichts passierte. Es leuchtete einzig die Nummer neun. Allerdings setzte sich der Lift nun in Bewegung.

»Bei dieser exklusiven Klientel kannst du nicht einfach Hinz und Kunz in den Aufzug lassen«, gab Karl zu bedenken. »Stell dir mal vor, wer hier alles wohnen könnte. Schauspieler, Politiker … und du könntest einfach in ihrem Stockwerk aussteigen und an ihre Tür klopfen.«

Mit einem leisen »Pling« kam der Aufzug zum Stehen.

»Das ist ja wie im Film«, hörte Karl Alex murmeln, als er auf den breiten Flur hinaustrat, der auf eine einzige, ausladende Eichentür zuführte. Hier bestand der Boden aus dunkelgrauen, fast schwarzen Marmorfliesen, und die schummrige Beleuchtung erweckte den Eindruck, dass es mitten in der Nacht war. Dabei war der frühe Abend gerade erst angebrochen.

Noch bevor sie klopfen konnten, öffnete sich die Tür, und eine zierliche, dunkelhäutige junge Frau blickte ihnen entgegen. Sie trug eine altmodische Uniform und war daher leicht als Hausmädchen zu erkennen.

»Die Señora ist noch beschäftigt«, sagte sie leise und lächelte ein wenig, allerdings in Richtung der Bodenfliesen.

»Ich soll die Herren in den Salon führen.« An ihrem schönen, prononcierten Spanisch konnte man erkennen, dass sie aus Südamerika stammte. Die Lateinamerikaner nuschelten längst nicht so schlimm und so viel wie die Spanier.

»Ja, ähm. Danke«, sagte Alex und folgte der jungen Frau in die Wohnung.

Das Licht, das ihnen entgegenstrahlte, blendete Karl ein wenig. Nach dem schummrigen Flur und dem künstlich beleuchteten Fahrstuhl war die Wohnung, die sie nun betraten, das genaue Gegenteil. Hier wohnten keine Menschen, dachte Karl bei sich, hier wohnte das Licht. Ein heller Holzboden zog sich vom breiten Eingangsbereich in den Rest der Wohnung, die zu allen Seiten in riesigen Fensterfronten zu enden schien. Er musste ein paar Mal blinzeln, bis sich seine Augen an all das Licht gewöhnt hatten.

»Darf ich Ihnen etwas abnehmen?«, fragte das Hausmädchen, doch Karl und Alex schüttelten beide den Kopf. Karl fragte sich, ob sich Alex in der Gegenwart des Mädchens genauso unwohl und fehl am Platz fühlte wie er. Er war zwar in seiner Zeit bei der Berliner Kriminalpolizei schon in Haushalten mit Personal gewesen, selten jedoch hatte dieses Personal eine Uniform getragen. Außerdem hatte er schon damals nicht gewusst, wie er sich diesen Leuten gegenüber verhalten sollte. Er konnte nur hoffen, dass die junge Frau nicht in einer schäbigen Kammer unterm Dach wohnen musste.

Karl fühlte ihren Blick auf sich ruhen und hob den Kopf. Er war gerade schnell genug, um die Haushälterin anzulächeln. Während diese sein Lächeln schüchtern erwiderte, lief ihr Gesicht feuerrot an. Doch zu seinem großen Erstaunen richtete sie das Wort an ihn.

»Woher kommen Sie?«, wollte sie wissen, den Blick auf Karls hellrote Haare geheftet.

»Mein Vater war Deutscher. Meine Mutter stammt aus Nordirland. Von ihr habe ich auch diese verflixte Haarfarbe.«

Das Lächeln des jungen Mädchens wurde breiter.

»Und woher stammen Sie?«, erwiderte er die Frage höflich.

Sie zuckte zusammen und blickte wieder zu Boden.

»Mexiko«, murmelte sie knapp und setzte sich wieder in Bewegung. »Wenn die Herren mir bitte folgen würden?«

Sie führte Karl und Alex in ein riesiges Wohnzimmer mit einem daran anschließenden offenen Küchen- und Essbereich.

Hier war alles weiß. Die Möbel, die Teppiche auf dem hellen Fußboden, die Fensterrahmen, die Gardinen und der gewaltige Flügel. Alles. Was Karl am meisten irritierte, war die Tatsache, dass er nirgendwo den kleinsten Fleck ausmachen konnte. Die ganze Wohnung wirkte, als hätte sie jemand gemietet, um einen Film oder Werbespot zu drehen, aber nicht wie ein Lebensraum für Menschen.

Die Hardcover im Bücherregal schienen nach Farben sortiert zu sein, die Kissen auf der riesigen, u-förmigen Couchlandschaft standen alle im gleichen Winkel zueinander und waren alle auf dieselbe Art und Weise in der Mitte mit einem Knick versehen. Die Glasflächen der verschiedenen Tische und Beistelltische glänzten streifenfrei. Gab es hier nicht einmal so was wie Staub? Mit leichtem Unbehagen dachte er an das große

Wohnzimmer seiner Familie. An den vor Zeitschriften und zerfledderten Büchern übersäten Couchtisch, den platt gesessenen Lieblingssessel und den Stapel wild durcheinandergeworfener Schuhe, den man von der alten Couch aus sehen konnte, wenn man einen Blick durch die Tür in den Flur warf. Und wenn die Abendsonne durch die Fenster in ihrer Essecke in den Raum drang, beleuchtete sie Hunderte tanzender Staubkörner.

Nachdem Rafa bei ihnen eingezogen war, hatte er eine Weile versucht, den Haushalt in der Familie Lindberg-Diaz in Ordnung zu halten, doch nach einer Weile hatte er wie sie alle resigniert. Das lindbergsche Chaos war ein Naturgesetz, der Gravitation nicht unähnlich. Und eigentlich mochten sie es alle so.

Nun ärgerte sich Karl, dass er den Presseberichten über Fernando Bunyol nicht die geringste Beachtung geschenkt hatte. Er wusste nicht, ob der Politiker Kinder hatte oder nicht, ob er in erster, zweiter oder dritter Ehe verheiratet war oder in welchen Organisationen er und/oder seine Frau sich engagierten. Leider half ihm das Wohnzimmer auch hier nicht weiter. Es gab keine Familienfotos oder Urkunden, an denen er sich hätte orientieren können.

Die junge Haushälterin ließ sie einen Augenblick allein, um sich in der Küche zu schaffen zu machen. Karl trat an das größte der bodentiefen Fenster, das direkt auf den Park hinausging. Die hübsche kleine Grünanlage mündete in die Carrer de Comte d'Urgell, in der sich, zumindest im oberen Teil, die Luxusboutiquen aneinanderreihten. Hier lag einem die Stadt buchstäblich zu Füßen. Die Familie Bunyol hatte einen wunderbaren Blick auf die schnurgeraden Straßen von Eixample, das Gassengewirr der Altstadt, auf den Montjuïc und das Meer.

Alex war neben ihn getreten und stieß einen leisen Pfiff aus.

»Die Zona Alta hat ihre Vorzüge«, murmelte er. »Ich muss schon sagen.«

»Rocio«, schnitt eine strenge Stimme durch den Raum, und in der Küche ertönte ein grelles Scheppern. Auch Karl zuckte zusammen. Er drehte sich um und sah eine kleine, drahtige Frau in einem eleganten Kostüm am hinteren Ende des Raumes stehen. Das musste Bunyols Ehefrau sein. Er hatte sie gar nicht kommen hören. Ihrer Haushälterin schien es ähnlich zu gehen, denn sie klammerte sich vor Schreck an einer Wasserkaraffe fest, als hinge ihr Leben davon ab.

»Ja, Señora?«, fragte sie und stellte die Karaffe mit zittrigen Fingern auf dem Tablett ab.

»Hast du die Herren schon gefragt, was sie trinken möchten?«

Rocios Augen weiteten sich, doch Karl sprang ihr zu Hilfe.

»Sie war so freundlich, uns Kaffee in Aussicht zu stellen«, sagte er und machte zwei Schritte auf die Hausherrin zu, die ihre Dienstbotin noch eine Weile mit zusammengekniffenen Augen beim Kaffeezubereiten beobachtete. Dabei erinnerte sie Karl auf unangenehme Weise an Maria Arbol.

Auch diese Señora wirkte, als hätte sie Stahl in der Wirbelsäule verbaut.

Nach ein paar Sekunden schien sie sich wieder zu erinnern, weshalb sie in den Salon gekommen war. Sie musterte Karl und Alex nacheinander und setzte eine noch strengere Miene auf. Zwischen den Augen grub sich eine tiefe, schnurgerade Falte in ihre Stirn.

Mit festen Schritten kam sie auf Karl und Alex zu und reichte ihnen die Hand.

»Inés Herrero«, sagte sie.

»Mein Name ist Sergent Alexander Diaz. Das ist mein Kollege Karl Lindberg.«

Der Händedruck der schmalen Frau war fest, doch ihre Hände waren ein wenig feucht.

»Normalerweise kommt immer Inspector Pajaro«, sagte sie, und Karl meinte, etwas wie Unsicherheit aus ihren Zügen zu lesen.

»Ist er krank?«

Karl schüttelte leicht den Kopf. »Nein, Señora. Inspector Pajaro ist nicht mehr für Sie zuständig. Die Umstände haben sich geändert.«

Unter ihrem sorgsam aufgetragenen teuren Make-up wurde die schmale Frau blass. Von Nahem konnte Karl auch die dunklen Ringe unter ihren rot geränderten Augen erkennen. Ganz sicher hatte Bunyols Ehefrau in den vergangenen Wochen wenig Schlaf gefunden, aber dafür unzählige Sorgen gehabt. Sie schluckte schwer und zeigte auf die große Couch. Dabei bemerkte Karl, dass ihre Finger ein wenig zitterten.

»Bitte, setzen Sie sich doch.«

»Haben Sie vielen Dank, Señora«, sagte Karl und wünschte sich, er könnte einfach in dem weichen Polster versinken und am anderen Ende der Welt wieder zum Vorschein kommen.

Zwanzig Jahre in diesem Job, und doch wusste er nie, wie er ein solches Gespräch beginnen sollte.

Rocio verschaffte ihnen eine Gnadenfrist, indem sie den Kaffee brachte. Sie stellte eine edle weiße Porzellankanne mit passenden hauchfeinen Tassen auf einem Silbertablett vor ihnen ab.

Kurz darauf hatten alle eine der filigranen Tassen in der Hand. Ein Becher zum Daran-Festhalten wäre Karl bedeutend lieber gewesen, aber der erste Schluck des heißen Gebräus half ihm zumindest, seine Sinne zu ordnen. Señora Herrero rührte den Kaffee nicht an, sondern stellte die Tasse wieder zurück auf das Tablett, nachdem sie sie eine Weile in der Hand gedreht hatte.

»Danke, Rocio«, sagte sie matt und wedelte das Dienstmädchen aus dem Raum. Dann wandte sie sich wieder Karl und Alex zu.

»Ich bin nicht auf so was vorbereitet«, sagte sie und kam Karl mit einem Mal unter ihrer harschen Schale vor wie ein kleines Mädchen. Inés Herreros Blick schien zu sagen: *Kann das nicht jemand anderes machen?*

»Niemand ist auf so was vorbereitet«, sagte Karl, und Señora Herrero schluckte. Sie fixierte ihn aus dunklen Augen.

»Sie haben Fernando also gefunden?«

Karl senkte den Kopf. »Nun, wir gehen davon aus, Señora.«

»Die Leiche, die wir gefunden haben, muss noch abschließend identifiziert werden«, schaltete sich Alex mit dem gewohnten Feinsinn einer Abrissbirne ein.

Inés Herrero schloss die Augen, und Karl warf Alex einen wütenden Blick zu. Bei so etwas konnte man doch nicht einfach mit der Tür ins Haus fallen, verflucht. Rein theoretisch hätte Fernando Bunyol ja noch am Leben sein können. Nun, immerhin war es jetzt heraus.

»Und wieso können Sie mir nicht sagen, ob es sich bei dem Toten um meinen Mann handelt?«, fragte sie mit bebender Stimme.

»Sehen Sie, der Leichnam ist nicht unbedingt in einem guten Zustand«, erklärte Karl vorsichtig.

Inés Herrero presste ihre Augen fester zusammen, sodass sich in den Winkeln kleine Fältchen bildeten.

»Das ist nach so langer Zeit völlig normal, Señora.«

Inés Herrero, die straff wie eine Bogensehne auf dem äußersten Rand der weißen Couch saß, schien allein von dieser Anspannung zusammengehalten zu werden. Karl fürchtete, dass sie kurz davor war, aus den Fugen zu geraten. Er hatte so was schon öfter gesehen. Gerade Menschen, die geübt darin waren, die äußere Fassade um jeden Preis aufrechtzuerhalten, waren weniger gut darin, mit Schicksalsschlägen fertigzuwerden. Sie ließen den Druck, der in ihnen herrschte, nicht ab, ganz gleich, wie stark er auch wurde. Nicht wenige zerbrachen innerlich, während die äußere Hülle völlig intakt blieb. Señora Herrero machte genau diesen Eindruck.

»Kann ich Ihnen irgendetwas bringen, Señora?«, fragte Karl sanft.

»Nennen Sie mich Inés«, antwortete sie abwesend. Dann

wanderte ihr Blick zu einem kleinen Beistelltisch, auf dem ein paar Flaschen mit Spirituosen aufgereiht waren.

Karl verstand und ging zu dem Tisch hinüber, wo er Inés einen doppelten Scotch in ein dickwandiges Glas schenkte.

Inés nahm einen kräftigen Schluck und verzog das Gesicht. Dann lachte sie freudlos.

»Fernando hat immer gesagt, dieses teure Zeug wäre an mich verschwendet, weil ich es herunterkippe wie Wasser.« Sie blickte von der bernsteinfarbenen Flüssigkeit in dem Glas zu Karl.

»Wo hat man ihn gefunden?«

»Auf dem Cementiri de Montjuïc«, antwortete er, und Inés riss die Augen auf.

»Auf dem Friedhof, sagen Sie?«

Karl nickte.

»Das ist …« Inés Herrero suchte nach Worten. »Irgendwie makaber«, endete sie schließlich.

»Bitte, Señora«, sagte Karl. »Zum jetzigen Zeitpunkt wissen wir noch nicht mit Sicherheit, ob es sich wirklich um Ihren Mann handelt.«

Sie fixierte ihn eine Weile. Dann nickte sie. »Es ist mir klar, dass Sie an Ihre Vorschriften gebunden sind. Aber ich warte schon seit zwei Wochen darauf, dass mein Mann endlich wieder nach Hause kommt. Und ich weiß nicht, ob ich mit dieser neuerlichen Unsicherheit noch eine weitere Nacht durchhalte. Wenn ich Ihnen jetzt die Frage stelle, von Mensch zu Mensch, ob Sie glauben, dass der Tote mein Fernando ist, was würden Sie sagen?«

Karl wünschte sich, er hätte ebenfalls einen Scotch intus. Der Tag zehrte an ihm, und er hatte nach wie vor nur ein paar Tassen Kaffee und drei oder vier Haferkekse im Bauch. Sein Kreislauf drohte wegzusacken, und er wollte nur noch nach Hause. Doch er riss sich zusammen.

»Als Mensch muss ich Ihnen sagen, dass ich glaube, Ihr Mann wurde heute Vormittag von Spaziergängern auf dem Cementiri de Montjuïc tot aufgefunden. Als Polizeibeamter muss ich Sie bitten, mir den Namen Ihres Zahnarztes zu nennen und sich bis morgen zu gedulden.«

Inés Herrero nickte schwach. Erst ein Mal, dann ein zweites und schließlich ein drittes Mal. Karl und Alex warteten schweigend, bis sie sich ein wenig gefangen hatte.

Man konnte beinahe zusehen, wie die Luft aus der eleganten Frau entwich. Sie sackte in sich zusammen und schrumpfte vor ihren Augen. Ihr Atem ging schwer und stoßweise, als wäre sie kilometerweit gerannt. Doch Karl wusste, dass ihr Körper alle Energie brauchte, die er aufbringen konnte, um ihrem Verstand beizustehen.

»Ich muss die Kinder anrufen«, sagte sie schließlich tonlos.

»Das ist eine gute Idee«, sagte Karl. »Leben sie hier in Barcelona?«

»Unsere Jüngste schon. Antonia studiert Kunst und lebt in so einer Wohngemeinschaft.« Ihre Nase kräuselte sich, und vor Karls geistigem Auge tauchte das Bild des jüngsten Kindes einer reichen Familie auf, das Reichtum und Konventionen gleichermaßen den Rücken kehrte.

»Die Mittlere, Maria, ist Ärztin in Girona. Nur Nico ... Nico«, sie brach ab, und ihr Blick wanderte aus dem Fenster.

»Was ist mit ihm?«

»Er lebt seit Jahren in New York. Der Kontakt ist ... sporadisch.«

»Wenn Sie ihm erzählen, was passiert ist, kommt er sicher nach Hause«, sagte Karl sanft und hoffte, dass er recht behalten würde. Diese Frau brauchte ihre Kinder jetzt mehr als alles andere auf der Welt.

Inés nickte abwesend. »Wenn Fernando tot ist, kommt er vielleicht zurück.«

Karl und Alex wechselten einen kurzen Blick. Offensichtlich lag in dieser Familie so einiges im Argen.

»Wir brauchen nur die Telefonnummer von Ihrem Zahnarzt,

Inés«, sagte Karl ruhig. »Dann lassen wir Sie für heute in Ruhe. Als Polizist muss ich Ihnen allerdings raten, sich morgen ab dem späten Nachmittag auf einen weiteren Besuch gefasst zu machen.«

Inés Herrero nickte matt. Dann rief sie nach Rocio und bat diese, ihr das Adressbuch zu bringen.

»Unser Zahnarzt ist ein Freund der Familie. Sie können ihn sicher jetzt noch unter seiner Privatnummer erreichen.«

Inés Herrero schrieb ihnen eine Handynummer sowie die Nummer der Praxis auf. Anschließend ließen sich Karl und Alex von Rocio wieder hinausbegleiten.

Auf der Straße prallten sie regelrecht gegen eine Wand aus Hitze, Sonnenschein und Kinderlachen. Zumindest Karl brauchte einen Augenblick, um sich an die warme, fröhliche Realität zu gewöhnen, die auf der Straße vor dem Haus herrschte. Sie stand in krassem Gegensatz zu der weißen, kalten und verzweifelten Stille, die in der Penthouse-Wohnung geherrscht hatte.

Sie lehnten sich an den Dienstwagen, und Alex zündete sich eine Zigarette an. Ganz kurz war Karl versucht, eine zu schnorren. Nach emotional belastenden Situationen hatte er nach wie vor Lust, eine zu rauchen. Und das, obwohl er vor Olis Geburt damit aufgehört hatte. *Old habits die hard.*

»Puh«, sagte Alex schließlich nach einem langen Zug, der beinahe die halbe Zigarette aufgefressen hatte. »Ist das immer so heftig?«

Karl zuckte die Schultern. »Auf die eine oder andere Art.«

»Was hältst du von ihr?«

»Von Inés?«, fragte Karl zurück und erntete ein Nicken. »Ich glaube, sie hat gelernt, Schmerz zu ertragen und zu überspielen. Sie wird zurechtkommen. Aber sie schien ehrlich erschüttert zu sein.«

Alex nickte. »Nicht wie eine Mörderin.«

Karl schnalzte tadelnd mit der Zunge und kam sich dabei sehr spanisch vor. »Oh, glaub das nicht. Ich habe Mörder schon bittere Tränen über ihre Opfer vergießen sehen. Was zu tödlichem Hass wird, war in den meisten Fällen einmal Liebe, weißt du?«

»Karl Lindberg. Flieger, Polizist, Philosoph.«

Karl winkte ab. »Ach, ich weiß doch auch nicht. Dieser Tag hat mir deutlich zu lange gedauert. Fahr mich nach Hause, Cuñado. Wenn ich nicht bald was zu essen bekomme, löse ich ganz sicher überhaupt keinen Fall mehr.«

Alex schaute auf seine Uhr und legte den Kopf schief. Schließlich sagte er: »In Ordnung. Fahren wir nach Hause.« Zufrieden ging Karl zur Beifahrertür hinüber. Er wollte duschen, sich etwas anderes anziehen, Alba küssen und die Hand auf ihren leicht gewölbten Bauch legen. Und er wollte essen. Alles andere war ihm schon fast egal.

6

Da man in der Gegend rund um ihr Haus nirgendwo parken konnte, stellten sie den Wagen in einer nahe gelegenen Tiefgarage ab und gingen das kurze Stück zu Fuß durch die schmalen Gassen der Altstadt.

Die Mossos hatten allesamt das Privileg, kostenlos die Tiefgaragen der Stadt nutzen zu dürfen, doch Alex zog es meistens vor, den Seat widerrechtlich auf irgendwelchen Bordsteinkanten zu parken. Der heutige Abend stellte eine seltene Ausnahme dar, die sich Karl in seinem Kalender rot zu umkringeln gedachte.

Sowieso war sein Schwager ungewohnt friedlich und schien sehr gut gelaunt. Die vergleichsweise kurze Fahrt von der Zona Alta zurück in ihre geliebte, enge und gemütliche Altstadt schien die düstere Grundstimmung des Tages weggewischt zu haben. Karl steckte sie noch immer in den Knochen, doch er war froh, ein paar Augenblicke lang nicht darüber reden zu müssen.

Wie immer, wenn ein Fall begann, wirbelten die unterschiedlichsten Gedanken ungeordnet in seinem Kopf herum. Sein Gehirn spekulierte wild drauflos, ohne dass er es verhindern konnte. Er versuchte, ein Puzzle, das eigentlich hundertfünfzig Teile hatte, mit nur zwanzig Teilen zusammenzusetzen. Aussichtslos. Aber Karl konnte es nicht ändern. Er war auch schon immer zu ungeduldig für Glücksrad gewesen.

Die Tür zu ihrem Wohnhaus war nur angelehnt, was Karl einigermaßen verwunderte. Normalerweise achtete Doña Clara, die alte Dame, die im Erdgeschoss wohnte, peinlich genau darauf, dass die Haustür immer verschlossen blieb. Jedenfalls dann, wenn sie nicht draußen auf der Straße saß, um ihre Küchen- und Näharbeiten zu verrichten.

Dann standen nämlich sämtliche Fenster und Türen sperrangelweit offen, damit Doña Clara den Radiosender Catalunya FM hören konnte, den ein kleines Küchenradio auf die Straße plärrte.

Doch von Doña Clara war nichts zu sehen, und auch das Radio schwieg. Dafür drang undeutliches Stimmengemurmel an Karls Ohren, sobald die Tür hinter ihnen ins Schloss gefallen war. Ein ungutes Gefühl breitete sich in seiner Magengegend aus, als er sich an den Aufstieg in den sechsten Stock machte.

Und tatsächlich. Seine schlimmsten Befürchtungen wurden bestätigt, als er seine Wohnungstür verschlossen vorfand. Jemand, vermutlich Oli, hatte einen Zettel mit den knappen Worten »En la terrassa« (auf der Terrasse) daran geklebt.

Der Zettel war allerdings vollkommen unnötig, denn hier, ein Stockwerk unterhalb des Terrassenaufgangs, war die Party nicht zu überhören. Mit düsterer Miene drehte er sich zu seinem Schwager um, der nur gut gelaunt die Hände hob, um ihm zu zeigen, dass das alles nicht seine Idee gewesen war.

Was hätte er für einen ruhigen Abend gegeben, ausgestreckt auf seiner liebsten Sonnenliege, umgeben von seiner Familie und mit einem kühlen Glas Wein in der Hand. Aber das konnte er wohl vergessen.

Alex zog und schob Karl die letzten Treppenstufen zur Dachterrasse hinauf. Als sich sein Kopf durch die Holztür schob, schallte ihm aus zahlreichen Kehlen »Herzlichen Glückwunsch!« entgegen.

Er blinzelte und brauchte eine Weile, um sich auf der Terrasse umzusehen.

Sie waren alle da. Rafa und Oli, die sich zusammen auf eine der Sonnenliegen quetschten, seine Schwiegereltern mitsamt dem kleinen Malteserrüden Paco, ihre Freunde Javier und Anna, Doña Clara sowie vielleicht zu seiner größten Überraschung seine Kollegen Marla und Luisa und die jungen Mossos Nadal, Moix, Gomez und Rodriguez, die sich ein wenig unsicher um den schmalen Tisch drückten, auf dem ein üppiges Buffet aufgebaut war.

In der Mitte der Dachterrasse war der große Esstisch festlich gedeckt, mit den schönen, bunten Tellern, die sie von einem Ibiza-Urlaub mitgebracht hatten, blank polierten Gläsern und frischen Blumen. Zu Karls großem Erstaunen hatte Alba sogar die Stoffservietten hervorgekramt, die ihnen eine entfernte Tante zur Hochzeit geschenkt hatte und die sie meist nicht benutzte, weil sie es merkwürdig und sinnlos fand, Servietten zu waschen.

Die gesamte Szenerie wurde von unzähligen Kerzen sowie einer Lichterkette beleuchtet. Der warme, gelbe Schein der Stadt, die sie umgab, tat sein Übriges. Das Einzige, was dieses sehr stilvolle Bild ein wenig störte, war ein altes Planschbecken, das bis oben hin mit Eis und Getränken gefüllt war. Karl grinste. Aus seiner Frau würde niemals eine Grand Dame werden. Und das war auch gut so.

Karl schüttelte Hände und ließ sich umarmen, nahm Glückwünsche entgegen und versuchte sich an geistreichen Erwiderungen, doch sein Blick huschte auf der Suche nach Alba über die Terrasse. Und endlich kam sie durch die Tür. Sie hielt einen enormen, bis zum Rand gefüllten Brotkorb in den Armen, den sie grinsend auf ihrem kleinen Bauch abstützte, als sie ihn erblickte. Ihre dunklen Locken waren zu einer unordentlichen Hochsteckfrisur gewunden, aus der sich ein paar Strähnen gelöst hatten. Albas gebräunter, schmaler Körper steckte ausnahmsweise nicht in ausgewaschenen Jeans und einem Festival-Shirt, sondern in einem sommerlichen weißen Kleid, das mit pinkfarbenen Blüten bedruckt war. Doch das Schönste an ihr war immer noch ihr großer Mund. Wenn dieser Mund lachte, war Karls Welt in Ordnung. Und in diesem Augenblick lächelte sie so breit, dass ihre Mundwinkel beinahe die Ohren erreichten.

Mit zwei Schritten war er bei ihr, nahm ihr den Brotkorb ab, den Alex geistesgegenwärtig übernahm, und küsste sie auf Stirn, Nase und Mund.

»Herzlichen Glückwunsch, Kommissar Lindberg«, flüsterte

sie. »Tut mir leid, dass wir hier schon mal angefangen haben. Ich dachte, du kämst früher.«

»Mir ist eine Leiche dazwischengekommen.« Er schaute sich auf der Terrasse um, dann sah er wieder seine Frau an. Karl vergrub das Gesicht in ihren Haaren und atmete einmal tief durch. »Danke«, murmelte er und wusste, dass sie ihn verstand. Dass sie nicht mehr von ihm erwartete und alles wusste, was er jetzt nicht aussprechen konnte, weil seine deutsche Steifheit, die irische Verstocktheit und sein viel zu enger Hals die Worte zurückhielten. Statt zu sprechen, zog er seine Frau noch ein wenig fester an sich und spürte den kleinen Kugelbauch, der sich gegen seinen drückte.

»Es war gar nicht so einfach, das alles zu organisieren, ohne dass du es mitbekommst.«

Karl trat einen Schritt zurück und betrachtete kopfschüttelnd seine kleine, kluge, starke Frau.

»Mi vida. Du bist mein persönliches Wunder, weißt du das?«

Alba schüttelte lachend den Kopf. »Ich bin nur froh, wieder Polizistengattin zu sein. Der Titel hat mir echt gefehlt.«

Karl lachte ebenfalls. »Ja, jetzt darfst du wieder zu den Polizeibällen, die du so liebst. Und da mit all den anderen Gattinnen Small Talk machen.« Alba zog die Nase kraus, sodass ihre Sommersprossen tanzten.

»Ich kann's kaum erwarten. Aber weißt du, für wen es noch schön und wichtig ist, dass du wieder ein richtiger Polizist bist?«

Karl schüttelte den Kopf, und Albas Augen funkelten, als sie ihn ansah. »Für deine Tochter.«

Die Wärme, die Karl bei diesen Worten durchzog, war weder zu beschreiben noch mit irgendetwas zu vergleichen, das er an diesem Tag empfunden hatte. Tausend Gedanken rasten gleichzeitig durch seinen Kopf, doch alles, was ihn bis dato beschäftigt hatte, verstummte angesichts dieser Neuigkeit. Er würde eine Tochter haben. Ein kleines Mädchen.

»Aber …wie?«

Alba zuckte die Schultern. »Überraschung!«, sagte sie. Dann stellte sie sich auf die Zehenspitzen, drückte Karl noch einen Kuss auf die Wange und verschwand in Richtung Buffet. Karl blieb wie angewurzelt stehen und versuchte zu begreifen, was Alba ihm gerade gesagt hatte.

Irgendjemand drückte ihm einen Teller mit Essen in die Hand, und er begann, eine riesige Portion Brot mit Oliven und Mojo Verde, einige Scheiben Manchego, Ensaladilla Rusa sowie gefüllte Peperoni zu verputzen. Die Gäste wechselten sich damit ab, ihm Gesellschaft zu leisten und sich nach seinem ersten richtigen Tag bei den Mossos zu erkundigen. Irgendwann trat Alex zu ihm, ein Bier in der einen und ein Glas eisgekühlten Weißwein in der anderen Hand, das er ihm grinsend hinhielt.

Karl nahm das Glas dankbar entgegen, und Alex ließ sich auf den Stuhl neben ihm fallen. Mittlerweile war es dunkel geworden, doch die Sagrada Familia leuchtete im Hintergrund, die Berge zeichneten sich noch immer schwach gegen den Nachthimmel ab, und die verwinkelten Straßen glommen dank der Laternen wie ein warmes, gelbes Netz.

»Tut mir leid, Karl«, sagte Alex mit entschuldigender Miene. »Ich hab noch versucht, es Alba auszureden, aber sie war nicht zu stoppen.«

Er machte eine Geste, die die gesamte Terrasse umfasste, und schüttelte den Kopf. »Sie war völlig aus dem Häuschen. Oli und ich haben sie gemeinsam bearbeitet, aber na ja. Du kennst sie ja.« Karl lächelte und stieß mit seinem Glas gegen Alex' Bierflasche.

»Ich weiß deinen Einsatz zu schätzen, aber wenn Alba sich einmal was in den Kopf gesetzt hat, dann hat niemand die Macht, es ihr auszureden.«

Alex schnaubte. »Das musst du mir nicht sagen. Von ihrem achten Geburtstag an, bis sie zwölf war, hat sie sich ein Mini-Krokodil gewünscht. Ein echtes, lebendiges. In der Zeit war's unmöglich, ihr irgendwas zu schenken. Wenn es kein Krokodil war, hat sie angefangen zu weinen.« Karl stieß ein ungläubiges Lachen aus. »Wirklich? Das hat sie mir nie erzählt.«

»Warum sollte sie? Es rückt sie nicht gerade in ein freundliches Licht. Und unter ihrem Querkopf hast du ja heute Abend wieder genug zu leiden.«

Nachdenklich drehte Karl das Weinglas in seiner Hand. Dann schüttelte er den Kopf. »So merkwürdig das gerade für mich ist: Ich leide gar nicht. Im Gegenteil, ich freue mich sogar über diese Überraschung. Ehrlich. Ich mag es nur nicht, wenn sich alles um mich dreht.«

Karl trank einen Schluck. Wie er vermutet hatte, war es sein Lieblingswein. Ein fruchtig-trockener Verdejo, so kalt, dass sich seine Zunge beim ersten Schluck vor Schreck zusammenzog.

Dieser Wein war wie ein Chamäleon. Eiskalt schmeckte er nach Grapefruits und Zitronen. Je wärmer er wurde, desto mehr Süße entwickelte er und begann, nach dem mineralischen Boden zu schmecken, auf dem die Weinstöcke wuchsen, nach Sandelholz und reifen Pflaumen. Karl liebte es, wenn die Dinge ihren wahren Charakter erst nach und nach offenbarten. Bei Menschen war ihm das auch deutlich lieber. Es machte das Leben aufregend.

»Du könntest dich wirklich allmählich an den Gedanken gewöhnen, dass es Leute gibt, die dich mögen, Karl. Wenn du mal nicht rummeckerst, bist du tatsächlich ziemlich erträglich. Und eigentlich hast du doch gar nicht so viel zu meckern, oder?«

Karl sah sich lächelnd um. Sein Schwager hatte recht. Doch die meiste Zeit konnte er einfach nicht aus seiner Haut. »Tut mir leid, Cuñado. Das sind die Gene meines irischen Großvaters. Ich komme einfach nicht dagegen an.«

Alex klopfte seinem Schwager auf die Schulter. »Na ja, du hast ja uns. Wir zwingen dich einfach zu deinem Glück.«

Karl lachte. »Ja, das macht ihr wirklich gut.«

Alex stimmte in das Lachen ein und schickte sich an, aufzustehen, um sich wieder zu den jüngeren Mossos zu gesellen, doch Karl hielt ihn am Ärmel zurück.

»Du bekommst eine Nichte, Alex«, sagte er, und in dem Augenblick, in dem er es aussprach, wurde es endgültig real.

Alex grinste so breit, dass die Ähnlichkeit mit seiner großen Schwester nicht mehr zu übersehen war.

»Was sagt man dazu«, rief er fröhlich. »Una Nena. Die werde ich nach Strich und Faden verwöhnen.« Mit einem verschwörerischen Lächeln beugte er sich zu Karl. »Und wenn sie vierzehn oder fünfzehn ist, bringe ich ihr bei, wie man pokert. Dann hat sie immer ein Auskommen.«

Karl schlug nach ihm, doch Alex wich ihm mit Leichtigkeit aus. »Untersteh dich!«

Als hätte Alex seinen Schwager gar nicht gehört, fuhr er fort: »Und ich schlage alle windigen Typen zusammen, die es wagen, ihr zu nahe zu kommen.«

»Das gefällt mir schon viel besser.« Karl nickte zufrieden.

Alex zwinkerte seinem Schwager zu und verzog sich dann in Richtung der jüngeren Sergents, die noch immer dreinschauten, als hätten sie nur die Pizza gebracht und warteten lediglich auf ihr Wechselgeld. Karls Augen fanden Javier, der gerade in ein Gespräch mit Marla vertieft war. Ein Blick zu Anna verriet Karl, dass er dringend etwas dagegen unternehmen musste. Anna beobachtete die beiden eifersüchtig aus schmalen Augen. Sie war eine hübsche, warmherzige Frau, die mit ihrem jugendlichen Lächeln, den blonden kurzen Haaren und den immer rosigen Wangen locker zehn Jahre jünger aussah, aber mit jemandem vom Kaliber ihrer Assistentin konnte sie es trotzdem nicht aufnehmen. Maria Pilar Sanchez bestand zu einem großen Teil aus langen, schlanken Beinen.

Karl wusste zwar, dass Marla das nicht mit Absicht tat, doch ihre Wirkung auf Männer war die einer waschechten Sirene.

»Du hättest mir ruhig sagen können, wie hübsch sie ist«, hörte er Albas Stimme an seinem Ohr und drehte den Kopf. »Vielleicht ist mir das ja gar nicht aufgefallen, weil ich nur Augen für meine wunderschöne Frau habe«, gab er mit einem Lächeln zurück. Sie wussten beide, dass er log, aber das Kompliment stimmte seine Frau friedlich.

Kopfschüttelnd sagte sie: »Hätte ich das gewusst, hätte ich sie sicher nicht eingeladen. Jedes Y-Chromosom auf dieser Terrasse hechelt ihr hinterher. Sogar mein Vater ist hin und weg.«

Karl lachte. »Sei nicht unfair. Oli und Rafa scheinen sie gar nicht zu beachten. Außerdem wäre es nicht richtig gewesen, sie nicht einzuladen. Marla kann schließlich nichts dafür, wie sie aussieht.«

Albas Augen wanderten zu Marlas sehr, sehr kurzem Rock. »Aber sie kann etwas dafür, was sie anhat.«

»Das nächste Mal bitte ich sie, sich eine Burka überzuziehen. Zufrieden?«

Alba grinste. »Das wäre aber nicht sonderlich feministisch.«

»Nein, das wäre es nicht«, bestätigte Karl. »Und außerdem politisch inkorrekt, beleidigend, herabwürdigend … Wenn ich noch ein bisschen darüber nachdenke, fallen mir sicher noch ein paar passende Adjektive ein.«

Albas Lächeln wurde noch breiter, wobei sich ihre vollen Lippen an einer Seite deutlich weiter nach oben zogen als an der anderen. So schaute sie immer, wenn sie sich ertappt fühlte. Zum Beispiel, wenn sie es geschafft hatte, den liebevoll vorbereiteten Familiennachtisch ganz allein in sich hineinzustopfen. Sobald Schokolade im Spiel war, wurde Alba zur Egomanin.

»Mich wundert ja, dass Alex anscheinend immun gegen sie ist. Eigentlich ist sie doch genau sein Typ!«

Karl schüttelte den Kopf. »Nein, ist sie nicht.«

»Du meinst, sie ist zu intelligent?«, fragte Alba.

Karl lachte auf. »Früher hätte ich genau das gesagt, aber nein. Sie ist zu blond und zu mitteleuropäisch. Alex' Herz gehört einer anderen.«

Alba zog überrascht die Brauen hoch, und es erfüllte Karl mit einem kindlichen Stolz, dass er etwas über den Bruder seiner Frau wusste, das ihr vollkommen neu war.

»Raus mit der Sprache!«, forderte sie sofort.

»Das kann ich nicht machen. Alex und ich sind ein Team, da plaudert man keine Geheimnisse aus.«

»Ach. Und deine Ehefrau, seine Schwester, gehört nicht mit in dieses Team?« Albas Stimme bekam einen drohenden Unterton. Seit sie schwanger war, war dieser Ton häufiger zu hören. Karl musste aufpassen, dass er seinen eigenen Abend nicht in den Sand setzte. Er entschied, dass es sicherer war, nachzugeben.

»Also schön, aber du darfst mich nicht verpetzen.« Alba nickte eifrig. »Jetzt sag schon!« Karl senkte die Stimme. »Alex ist in die Rechtsmedizinerin verknallt.«

Albas Augen weiteten sich. »In die kleine Chinesin?«

Karl nickte. »Genau.«

»So ein Mist.«

»Wieso denn? Hast du dir zu deinem Antifeminismus jetzt auch noch einen latenten Rassismus zugelegt, während ich nicht da war?«

Alba knuffte ihren Mann in die Seite. »Manchmal bist du ein Arsch«, sagte sie, doch sie lachte dabei. »Ich hatte überlegt, sie einzuladen, aber dann wusste ich nicht, wie eng ihr überhaupt mit ihr zusammenarbeitet. Das Einzige, was ich von Alex jemals über sie gehört habe, ist, dass sie Furcht einflößend ist und niemals lacht.«

»Sie lacht selten. Und sie ist ziemlich großartig. Mit knappen eins fünfzig ist sie allerdings genau das Gegenteil von unserer Assistentin.«

Albas Augen wanderten wieder zu Marla. »Meinst du, Alex hat eine Chance bei ihr?«

Karl legte den Kopf schief. »Schwer zu sagen. Sie ist eine hochintelligente Frau, und Alex ist …«

Alba warf ihm einen warnenden Blick zu.

»… eben Alex«, schloss Karl lahm.

Javier klebte noch immer an Marlas Lippen, die mittlerweile ähnlich verzweifelt aussah wie Anna.

»Ich glaube, ich sollte mal dazwischengehen«, sagte Karl und nickte in Richtung seines Freundes. »Nicht, dass Javi ihr noch in den Ausschnitt fällt.« Mit einem schweren Seufzer erhob er sich. Auf der einen Seite fühlte er sich wie ein Backfisch, frisch vereidigt und kurz davor, Vater zu werden. Auf der anderen Seite lebte in seinem Körper ein winziger, sehr alter Mann, der sich hin und wieder zeigte. So wie jetzt gerade. Er merkte, wie steif sich seine Glieder anfühlten.

»Das klingt nach einer guten Idee.«

Karl lächelte spitzbübisch. »Ich kann sie ja deinem Vater vorstellen.«

»Untersteh dich, Karl Lindberg.« Alba lachte und erhob sich ebenfalls.

Karls Blick wanderte einen Moment lang zum Himmel. Es war eine dieser zauberhaften Sommernächte in Barcelona. Die Hitze hatte einer wohligen, dunklen Wärme Platz gemacht, der Himmel spannte sich sternenklar über die Stadt, und man konnte sogar das Meer riechen, das wenige Hundert Meter von der Dachterrasse entfernt die Boote im Hafen zum Schaukeln brachte.

Und mittendrin er. Als winziger Punkt auf einer der unzähligen Dachterrassen der Altstadt, umgeben von Familie und Freunden. Man konnte es wirklich schlechter treffen.

7

Karl hatte nicht die leiseste Ahnung, wie er ins Bett gekommen war. Mit dem hellen Sonnenlicht, das durch einen Spalt zwischen den Gardinen ins Schlafzimmer drang, sickerten auch die Ereignisse des gestrigen Tages in sein Bewusstsein. Die Vereidigung, die Leiche auf dem Friedhof, die Überraschungsparty.

Zu seiner Linken war das Bett bereits leer, Alba war offensichtlich schon aufgestanden. Da sie sich aufgrund ihrer Schwangerschaft an Wasser und Säfte halten musste, war sie sicherlich wesentlich fitter als er.

Und dann traf es ihn. Die wichtigste Erinnerung überhaupt, die gewaltigste Nachricht des vergangenen Tages: Er würde eine Tochter bekommen. Ein kleines Mädchen. Noch immer konnte er sein Glück nicht fassen, doch gleichzeitig hatte er jetzt schon gewaltige Angst. Er war nur mit Brüdern und Cousins aufgewachsen, hatte einen Sohn, einen Schwager und einen ganzen Haufen Neffen. Mit kleinen Mädchen hatte er so gut wie gar keine Erfahrung. Sein Bruder Martin hatte einmal gescherzt, Lindberg-Jungs könnten wohl nur Jungs zeugen. Und jetzt das erste Lindberg-Mädchen. Der Gedanke machte Karl nervös. Schon spukten mögliche Vornamen durch seinen Kopf, einer schlimmer als der andere. In Irland war es üblich, Kinder nach den Großeltern zu nennen, doch da seine Mutter Brietta Caragh hieß, fiel diese Möglichkeit schon einmal flach. Auf keinen Fall konnte er einem Kind, das zur Hälfte Katalanin war, einen altirischen Vornamen geben, den in dieser Stadt weder Ärzte noch Lehrer aussprechen konnten.

Wenn sie nur, genau wie Oliver, die Gene ihrer Mutter erben und so schön wie sie werden würde. Und nicht aussah wie seine Großtante Mildred, die sich aus irgendeinem Grund im irischen Zweig der Familie genetisch durchgesetzt hatte. Alle seine

Cousins trugen ihre mächtige Nase im Gesicht. Er konnte nur hoffen, dass seine Tochter von diesem Schicksal verschont bleiben würde. Seine Tochter.

Karl setzte sich auf und schwang die Beine über den Bettrand. Offenbar hatte er gestern Abend mehr geredet als getrunken, da ihm eher der Hals wehtat als der Kopf. Das würde sich mit einem großzügigen Schluck Kaffee sicher schnell beheben lassen. Überhaupt ließ sich mit Kaffee erstaunlich viel beheben. Und dann würde er sich rasch wieder in einen richtigen Menschen verwandeln, damit sie sich in die Arbeit stürzen konnten. Immerhin lag ein toter Politiker im Kühlschrank der Rechtsmedizin. Bunyol selbst mochte ja alle Zeit der Welt haben, seine Familie jedoch ganz sicher nicht.

Karls Blick fiel auf die zerknitterte dunkelblaue Uniformhose der Mossos d'Esquadra, die vor dem Wäschekorb auf dem Zimmerboden lag. Die Anfertigung war ziemlich teuer gewesen, vor allem da Karl mit seinen beinahe zwei Metern in keine spanische Standardgröße passte. Was auch der Grund war, warum sie ihre Matratze aus Berlin hatten mitbringen müssen. In Spanien waren Matratzen grundsätzlich nur einen Meter neunzig lang.

Es war so heiß in ihrer Wohnung unter dem Dach, dass Karl es nicht über sich brachte, vor dem Duschen etwas überzuziehen. So, wie er war, in T-Shirt und Boxershorts, schlurfte er in die Küche. Dort fand er neben seiner erweiterten Familie auch Alex, der offenbar mal wieder auf der Couch geschlafen hatte, was in letzter Zeit häufiger vorkam. Offenbar hielt ihn nicht mehr viel in seiner chaotischen kleinen Wohnung, die noch immer sehr an eine Studentenbude erinnerte. Und natürlich schätzte er auch, dass jemand für ihn kochte. Einmal Muttersöhnchen, immer Muttersöhnchen.

Alba sah zerknitterter aus, als er gedacht hätte. Trübsinnig saß sie auf einem Barhocker und starrte in ein Glas mit Wasser und Eiswürfeln, das vor ihr auf dem Tresen stand. Oli und Rafa hingen über ihren Kaffeetassen, während Alex mehr oder weniger hingebungsvoll eine Orange schälte.

»Morgen«, brummelte Karl, und Familie Lindberg-Diaz brummelte irgendwas zurück.

Wie jeden Morgen stellte Karl seinen großen Kaffeebecher unter den Vollautomaten und ließ das Programm für doppelten Espresso dreimal durchlaufen.

Währenddessen ging er zu Alba und küsste sie auf die Schläfe.

»Alles in Ordnung?«, fragte er, doch sie schüttelte nur leicht den Kopf. »Mirissschlecht«, nuschelte sie und schloss einen Moment die Augen.

»Kann ich irgendwas für dich tun?« Karl hasste es, wenn es Alba nicht gut ging. Dann fühlte er sich immer besonders hilflos.

»Körper tauschen?«, fragte Alba und legte ihren Kopf an Karls Schulter. Karl lachte leise. »Ich fürchte, die Option steht nicht zur Verfügung«, sagte er und strich ihr sanft übers Haar.

»Macht nix. Ich würde mich wahrscheinlich sowieso ständig stoßen.«

»Und ich könnte die Finger nicht von mir selbst lassen. Mit unvorhersehbaren Folgen.«

Alba knuffte Karl in die Seite und kicherte leise. Dann richtete sie sich plötzlich kerzengerade auf, rutschte von dem Barhocker und rannte aus der Küche. Die Männer sahen ihr mit einer Mischung aus Besorgnis, Unbehagen und der Erleichterung, dass es nicht sie getroffen hatte, nach.

»Das ist schon das dritte Mal heute Morgen«, berichtete Oli, während Karl seinen Becher nahm und eine beachtliche Portion Zucker hineinlöffelte.

»Das ist Morgenübelkeit. Ganz normal bei Schwangeren, fürchte ich.«

»War das bei mir auch so schlimm?«, fragte Oli ehrlich besorgt, und Karl hätte seinen Sohn am liebsten umarmt.

»Nicht dass ich wüsste. Aber wir sind ja jetzt auch ein paar Tage älter.«

»Oder Mädchen machen mehr Stress«, schlug Alex vor, woraufhin alle grinsten.

Karl öffnete aus alter Gewohnheit den Kühlschrank, obwohl er morgens eigentlich nie Appetit hatte. Doch der starke Kaffee machte ihn nicht nur wach, sondern auch rastlos, und er musste dann immer irgendetwas tun.

Sein Blick fiel auf ein Glas neben den Resten von gestern Abend, das offensichtlich Frosch-Laich enthielt. Mit spitzen Fingern holte er es aus dem Kühlschrank und hielt es gegen das Licht.

»Okay, wer von euch führt in meinem Kühlschrank ein biologisches Experiment durch?«

Alex, Oli und Rafa hoben die Köpfe, sagten aber nichts.

»Wie kommt der Froschlaich in meinen Kühlschrank?«, hakte er etwas lauter nach, und Rafa gluckste.

»Das ist kein Froschlaich, Karl. Das sind Chia-Samen.«

Karl runzelte die Stirn. »Was?«

»Chia-Samen. Oder vielmehr ein Pudding aus Chia-Samen.«

»Pudding?« Karl betrachtete das unerfreulich graue, glibberige Gemisch im Glas und verzog das Gesicht. »Du meinst, das hier ist was zu essen?«

Rafa nickte. »Ist ziemlich hip zurzeit. Soll sehr gesund sein.«

»Ist es auch«, murmelte Alba, während sie zurück in die Küche schlappte. Sie sah ein bisschen besser aus als vorher, ihre Wangen hatten einen leichten rosigen Schimmer.

Mit einem misstrauischen Blick nahm sie ihrem Mann das Glas ab und stellte es zurück in den Kühlschrank.

»Und es ist mein Frühstück. Wenn du Hunger hast, such dir was anderes.«

»Ich hatte ganz sicher nicht vor …«, sagte Karl, wurde aber von Oli unterbrochen.

»Papa hat gedacht, das wären Froscheier!«

Nun lächelte Alba dieses von Karl so geliebte erste Lächeln des Tages. Kopfschüttelnd sah sie ihn an. »Ehrlich, Karl. Wir müssen dringend über deine Ernährung reden. Du musst auch darauf achten, gesund zu bleiben.«

Karl stöhnte. »Erst die Salatlasagne, jetzt Froscheier. Was kommt als Nächstes? Flüssignahrung?«

»Wir sollten jedenfalls nicht zu viel essen«, schaltete sich Alex wieder ein, der den Blick auf sein Handy gesenkt hatte. »Sobald wir können, sollen wir zu Chi in die Rechtsmedizin kommen.«

Die Blicke von Alba und Karl trafen sich, und Alba schmunzelte. Alex blickte mit gerunzelter Stirn zwischen seinem Schwager und seiner Schwester hin und her. Dann setzte er die Kaffeetasse geräuschvoll auf dem alten Küchentisch ab.

»Du hast es ihr erzählt? Ernsthaft, Karl?«

Karl hob entschuldigend die Hände. »Sie hat mir keine andere Wahl gelassen. Du kennst doch deine Schwester.« Für diese Bemerkung kassierte er einen festen Knuff in die Seite. Manchmal hatte Karl das Gefühl, überhaupt nichts richtig machen zu können.

»Was hast du ihr erzählt?«, fragte Oli neugierig.

»Nichts«, entgegneten alle drei Erwachsenen wie aus einem Mund. Das brachte die ganze Familie zum Lachen.

Karl packte die Gelegenheit beim Schopfe. Er verzog sich ins Badezimmer und versprach, sich zu beeilen. Sie hatten heute einiges vor.

Zwanzig Minuten später stand er in einem hellblauen Leinenanzug mit weißem Hemd, passendem Einstecktuch und seinem liebsten Strohhut in der Hand wieder in der Küchentür.

»Du hast dich aber besonders schick gemacht!«, sagte Alba und musterte ihn von oben bis unten.

»Kein Wunder«, sagte Alex und schob sich von seinem Stuhl. Im Gegensatz zu Karl hatte er noch immer die Klamotten vom Vortag an. Oder besser gesagt, vom Vorvortag. »Wir müssen ja auch in die Zona Alta.«

»Und ich muss von deinem schändlichen Auftreten ablenken«, fügte Karl mit einem abschätzigen Blick auf Alex' zerknittertes Hemd hinzu.

Rafa richtete sich neugierig auf. »Wieso müsst ihr in die Zona Alta?«

»Das erzähle ich euch später«, versprach Karl mit dem Anflug eines schlechten Gewissens. Eigentlich hatte er sich gestern fest vorgenommen, mit Rafa über den toten Bunyol zu sprechen. Da dieser ein Kollege seines Vaters gewesen war, bestand eine hohe Wahrscheinlichkeit, dass Rafa den Mann gekannt hatte. Doch die Überraschungsparty hatte Karl von seinem Plan abgebracht, und jetzt hatten sie keine Zeit mehr. Er konnte so eine Nachricht schlecht zwischen Tür und Angel überbringen. »Jetzt müssen wir wirklich los, sonst kommen wir erst im Dunkeln zurück.«

Er küsste Alba zum Abschied auf den Scheitel, drückte erst Oli und dann Rafa kurz an sich und folgte seinem Schwager die sechs Stockwerke hinunter in die quirligen Gassen der Stadt.

Kaum waren sie auf der Straße, fing Alex schon an, sich zu beschweren. »Musstest du Alba unbedingt von Chi erzählen? Sie ist unausstehlich, wenn sie weiß, dass ich verliebt bin. Das war schon immer so.«

»Es tut mir echt leid, Cuñado. Ich hab mich verplappert. Als Alba gestern Abend Marla kennengelernt hat, ist sie davon ausgegangen, dass du hinter ihr her bist. Und dann ist es mir rausgerutscht.«

Alex schüttelte den Kopf. »Hinter Marla? Wie kommt sie denn darauf?«

Karl setzte ein gespielt nachdenkliches Gesicht auf. »Ich weiß auch nicht, Alex. Vielleicht, weil sie wie ein Boxenluder aussieht?«

Alex prustete los, und Karl grinste. Doch im nächsten Augenblick blieb ihm das Lachen im Halse stecken. Sie hatten gerade die engen Gassen der Altstadt verlassen und waren auf den Bürgersteig der Via Laietana getreten, als Karl abrupt stehen blieb.

An der Straßenecke stand, wie an vielen Ecken Barcelonas, ein Zeitungskiosk, vor dem die Ausgaben der großen Tageszeitungen in orangefarbenen Plastikaufstellern aufgereiht waren. Beim Anblick der Titelseite von *La Vanguardia* stockte Karl der Atem.

»Hey, was ist denn mit dir los?«, wollte Alex wissen und folgte dem Blick seines Schwagers. Im nächsten Moment ließ er eine gewaltige Fluchtirade los und scheuchte damit einige Tauben auf, die kurz zuvor noch friedlich Brotreste zwischen den Pflastersteinen hervorgepickt hatten.

»Das darf doch wohl nicht wahr sein!«, schimpfte Alex und suchte in seinen Hosentaschen nach Kleingeld, das er kurz darauf einem verdatterten Verkäufer auf den Tresen knallte. Entsetzt beugten sich Karl und Alex über die Zeitung.

Ist das Rätsel um den verschwundenen Bunyol gelöst?, schrie ihnen die Schlagzeile in fetten, roten Lettern entgegen.

Unter der Titelzeile prangte ein großes Foto von Karl und Alex hinter der Absperrung auf dem Friedhof.

»Diese Ratte«, zischte Alex. »Wir haben ihm doch verboten, Fotos zu machen.«

Karl brummte zustimmend, war jedoch bereits in den nicht weniger verheerenden Artikel vertieft.

Die Totenruhe auf dem Cementiri de Montjuïc wurde gestern am frühen Nachmittag durch eine Invasion der Mossos d'Esquadra empfindlich gestört. Nicht nur unsere beiden »Lieblingsskandalpolizisten« Alexander Diaz und der frischgebackene Mosso Karl Lindberg, der ursprünglich aus Deutschland stammt, trampelten über das historische Gräberfeld, sondern kurz darauf auch das gesamte kriminalistische Aufgebot unserer »Jungs«. Der Grund dafür war natürlich eine Leiche. Nun könnte man meinen, eine Leiche sei auf einem Friedhof noch nichts Besonderes, vielmehr das Profanste überhaupt, doch diese Leiche schien ganz und gar nicht auf den Cementiri zu gehören. Jedenfalls noch nicht. Ein Ehepaar aus Polen, das deutlich verstört und nicht bereit war, ein Interview zu geben, hat wohl in einer der Gruften eine Männerleiche gefunden. Gerüchten zufolge soll es sich um den verschwundenen Politiker Fernando Bunyol handeln, der seit nunmehr 16 Tagen vermisst wird.

Karl schloss einen Moment lang die Augen. Das durfte doch nicht wahr sein. Er fluchte leise, zwang sich aber, den Artikel zu Ende zu lesen.

Zwar gibt es vonseiten der Mossos noch keine Stellungnahme zu dem Fall, und die Leiterin der zuständigen Comisaría, Maria Arbol, verweigert am Telefon jeglichen Kommentar, doch für den späten Nachmittag ist eine Pressekonferenz anberaumt, die hoffentlich Klarheit darüber bringen wird, ob es sich bei der Leiche um den umstrittenen Politiker handelt. Bunyol, Vorsitzender der konservativen Partei TyF (Tradición y Forza), stand aufgrund seiner ambitionierten Bauprojekte immer wieder in der Kritik. So machen ihn viele Bürger Barcelonas für die Touristenflut von den Kreuzfahrtschiffen verantwortlich, weil er es war, der sich mit seiner Partei besonders für den Ausbau des Kreuzfahrthafens eingesetzt hat. Auch die Erweiterung des Flughafens El Prat sowie einige wenig beliebte Hotelprojekte gehen auf seine Kappe. Wir dürfen gespannt sein, ob die Mossos heute Abend das Geheimnis um den Verbleib Bunyols lüften werden oder nicht.

(Stefano Flores)

Alex' Finger, die noch immer die Zeitung hielten, zitterten vor Wut. Er packte so fest zu, dass man die Knöchel weiß hervortreten sah.

»Wo zum Teufel hat er das her?«, polterte er und sah sich dabei nach allen Seiten um, als vermutete er den Verantwortlichen irgendwo in seiner näheren Umgebung.

Karl kratzte sich nachdenklich am Kinn. »Wenn die Polen tatsächlich ein Gespräch verweigert haben, dann …« Er riss die Augen auf und sah seinen Schwager an.

»Was ist denn? Wieso guckst du so, Flieger?«

»Alex, ich fürchte, das war unsere Schuld.«

Alex trat von einem Bein auf das andere. »Wieso das denn? Wir haben dem Mistkerl doch gesagt, dass er sich verziehen soll.«

»Das stimmt, aber wir haben auch mit Maria Arbol telefoniert.«

Alex sah ihn verständnislos an. »Ja, und?«

»Wir hatten den Lautsprecher an, Alex! Und sie hat wie immer lauter gebrüllt als jeder Fußballtrainer. Vielleicht hat er was mitbekommen.«

Alex wurde blass. Karl konnte ihm ansehen, dass er, genau wie Karl selbst, versuchte, das Telefongespräch im Geiste noch einmal durchzugehen.

»Mierda«, flüsterte Alex. »Vielleicht war's aber auch einer von den jungen Kollegen?«

Karl schüttelte den Kopf. »Ich kann mir nicht vorstellen, dass sie sich so was getraut hätten. Immerhin haben sie mitbekommen, wie wir Flores zurechtgestutzt haben. Außerdem hatten wir sie die ganze Zeit im Blick. Wir müssen der Tatsache ins Auge sehen, dass wir das höchstwahrscheinlich ganz allein verbockt haben.«

Alex fuhr sich mit der Hand durchs Gesicht. »Oh Gott, das ist ein Albtraum.«

»Das Schlimmste daran ist, dass seine Familie es wahrscheinlich auch gelesen hat. Bestimmt klingelt bei den Bunyols seit heute früh das Telefon. Señora Herrero wird uns das sicher nicht nachsehen. Hoffentlich spricht sie überhaupt noch mit uns.«

Alex sah aus, als hätte er in eine Zitrone gebissen. Wortlos ging er zum nächsten Mülleimer und stopfte die Zeitung hinein. Als würde das irgendetwas an dem Artikel ändern, dachte Karl. Die Zeilen waren in der Welt, und die Märkte summten jetzt todsicher bereits schon von all den Gerüchten und Spekulationen, denen sich Kunden und Verkäufer ganz bestimmt gleichermaßen hingaben. Denn wenn die Bewohner dieser Stadt eines höher schätzten als frische Lebensmittel, dann waren es frische Gerüchte. Gerade in den heißen Sommermonaten, in denen normalerweise nichts Aufregendes passierte, weil alle im Urlaub waren.

»Und jetzt?«, fragte Alex und holte Karl damit aus seinen düsteren Spekulationen. Der zuckte die Achseln.

»Alles wie gehabt. Wir müssen Bunyol erst noch offiziell identifizieren. Dann müssen wir die Familie offiziell informieren. Danach ist immer noch Zeit, uns von Arbol in Grund und Boden rammen zu lassen.«

»Ungespitzt«, fügte Alex hinzu.

»Ungespitzt.«

8

Chi Yung erwartete sie bereits. Und nach ihrem Gesichtsausdruck zu urteilen, wohl sogar schon seit einer ganzen Weile. Die strenge Rechtsmedizinerin schätzte es gar nicht, wenn man sie warten ließ, und weigerte sich standhaft, sich an die spanische Auffassung von Pünktlichkeit zu gewöhnen, die einen Spielraum von mindestens einer Stunde vorsah.

Sie trug wieder ihr übliches Outfit, einen großen weißen Arztkittel, dessen Gürtel sie zweimal um ihre schmale Taille geschlungen hatte, Jeans und rote Gummistiefel mit weißen Punkten. Ihre glänzenden schwarzen Haare hatte sie zu einem unordentlichen Knoten gewunden. Sie sah müde aus, und Karl verspürte Gewissensbisse. Während sie alle am vergangenen Abend gefeiert hatten, hatte Chi die Zeit über dem geöffneten, halb verwesten Leichnam eines älteren Mannes verbracht.

»Schön, dass ihr euch zu mir bequemt«, begrüßte sie die beiden Polizisten in einem Tonfall, der zu ihrer Miene passte. Wie meistens hatte Chi ein Kaugummi im Mund, nur fand Karl, dass sie es diesmal besonders wütend bearbeitete. Ihre Kaumuskeln zeichneten sich deutlich unter den hohen Wangenknochen ab.

Er wechselte einen kurzen Blick mit Alex und fand sich in seinem Unbehagen bestätigt.

»Wir sind so schnell gekommen, wie wir konnten«, beteuerte Alex entschuldigend. »Der Verkehr, du weißt doch.« Er setzte sein charmantestes Lächeln auf, das Chi allerdings nur mit hochgezogenen Augenbrauen quittierte. Die kleine Chinesin betrachtete Karl und Alex eine Weile, als lägen ihr ein paar Worte auf der Zunge, doch schließlich drehte sie sich auf dem Absatz um, wobei ihre Gummistiefel auf dem hellen Fliesenboden leise quietschten.

»Ich hole eure Leiche«, sagte sie und ging auf eine Tür zu, die sich am hinteren Ende des Raumes befand und höchstwahrscheinlich zu den Kühlräumen führte.

»Brauchst du Hilfe?«, rief Karl ihr nach, doch Chi winkte über die Schulter hinweg ab. »Kein Problem, ich mache so was ständig. Und gestern Abend hat es auch keinen interessiert, ob ich Hilfe brauche oder nicht.«

Die schwere Metalltür fiel krachend hinter Chi ins Schloss.

»Scheiße, Flieger. Meinst du, sie ist sauer?« Alex zog ein Gesicht wie ein kleiner Junge, der etwas kaputt gemacht hatte. Karl nannte diesen Gesichtsausdruck immer »Alex' Welpengesicht«. Er massierte sich den Nacken. Es war nicht einmal zehn Uhr, und dieser Tag versprach bereits, ein waschechter Scheißtag zu werden. Sofort überkam Karl das kindische Bedürfnis, nach Hause zurückzufahren und sich unter der Decke zu verkriechen, bis sich der Sturm verzogen hatte.

Seufzend antwortete er: »Das weiß man bei ihr nie so genau. Aber ich schätze schon, ja.«

»Aber warum hat Alba sie denn nicht eingeladen?«

Karl schmunzelte. »Wenn du sie darum gebeten hättest, hätte sie Chi sicher eingeladen. Aber sie dachte, du könntest sie nicht leiden.«

Alex riss die Augen auf. »Wie kommt sie denn darauf?«

Karl holte Luft, doch er kam nicht mehr dazu, seinem Schwager zu antworten, denn in diesem Augenblick ging die Tür wieder auf, und Chi schob eine silberne Rollbahre in den Raum. Die zierliche Frau musste sich mit ihrem ganzen Gewicht gegen die Bahre stemmen, um sie in Bewegung zu halten, doch weder Karl noch Alex wagten es, ihr beizuspringen. Sie ahnten beide, dass sie Gefahr liefen, angegiftet zu werden. Stattdessen nahmen sie Haltung an und lächelten ihr beide so strahlend und unschuldig entgegen, dass jeder normale Mensch Verdacht geschöpft hätte. Als Chis Blick auf die Polizisten fiel, machte sie halt und stemmte die Hände in die Hüften.

»Habt ihr euch irgendwo das Hirn verbrannt, oder warum grinst ihr so? Das ist ein Toter, zeigt ein bisschen Respekt.«

Karl und Alex ließen gehorsam die Mundwinkel sinken und traten näher an die Bahre heran. Chi zog eine der großen Operationslampen über den Leichnam, knipste sie an und schlug das hellblaue Laken zur Seite.

Karl hatte schon so viele Leichen in der Rechtsmedizin gesehen, doch der Anblick verwirrte ihn jedes Mal aufs Neue. Wenn sie gefunden wurden, sahen die Toten noch wie Menschen aus. Sie steckten in Kleidung, lagen am Tatort oder in einer anderen, »normalen« Umgebung und wirkten durch und durch menschlich. Hier, unter dem grellen Licht, nackt auf der Metallbahre, kamen sie Karl immer eher vor wie menschliche Hüllen, die auf ihren nächsten Bewohner warteten. Oder wie riesige Dummies, an denen die Rechtsmediziner üben konnten. Karl konnte sich einfach nicht vorstellen, dass dieser Mann einmal gelebt, gelacht und gesprochen hatte.

Zwar hatte die Kühlung die Verwesung aufgehalten, aber einen schönen Anblick bot die Leiche noch immer nicht. Im Gegenteil, der helle Scheinwerfer machte es Karl noch schwerer, sie anzusehen. Hier blieb nichts mehr der Fantasie überlassen.

»Ich sage euch erst mal, was ich habe, okay?«, meinte Chi, und Karl riss den Blick vom Gesicht des Mannes los und holte sein Notizbuch aus der Innentasche seines Sakkos. Mit einem Nicken bedeutete er der Rechtsmedizinerin, dass sie loslegen konnte.

»Also, erst mal das Wichtigste. Ihr habt es euch ja schon gedacht, und die Presse hat es heute Morgen auch schon verkündet, aber jetzt hört ihr es auch noch mal offiziell von mir: Vor euch liegt Fernando Bunyol. Sein Zahnarzt war so freundlich, mir die Akten noch gestern Abend zu faxen; der Befund ist eindeutig. Er schien sehr erschüttert zu sein.«

Karl nickte und machte sich die ersten Notizen. Bereits Inés Herrero hatte angedeutet, dass der Zahnarzt ein Freund der Familie war.

Chi verschränkte die Arme. »Dann habe ich mit den Kollegen der Bodyfarm der University of Tennessee telefoniert und die Auffindungssituation beschrieben. Wir haben Fotos ausgetauscht, und sie haben mir ihre Datenbank zur Verfügung gestellt. Wahrscheinlich ist Bunyol seit circa 15 Tagen tot.«

»Dann ist er sofort nach seinem Verschwinden gestorben«, sagte Karl nickend, während Alex leise »Bodyfarm?« fragte. Der Blick, den ihm Chi daraufhin zuwarf, lud ihn allerdings nicht ein, die Frage zu wiederholen, wenn er nicht selbst auf der Bodyfarm landen wollte.

Chi zog das Laken ein wenig weiter nach unten. Jetzt, wo der Hals des Mannes frei lag, konnte man eindeutig die dunklen Striemen sehen, die sich auf der Haut abzeichneten. Chi zeigte darauf. »Und hier haben wir auch schon – wie gestern bereits vermutet – die Todesursache.«

»Er wurde erwürgt«, sagte Alex und nickte wissend. Karl verdrehte die Augen, und Chi schnalzte ungehalten mit der Zunge.

»Nein, Sergent Dummkopf, er wurde keineswegs erwürgt, sondern erdrosselt.«

Beschämt schob Alex die Hände in die Hosentaschen und presste die Lippen aufeinander. Wäre Karl sein Anwalt, so würde er ihm raten, von nun an zu schweigen.

»Der Täter hat den Mann mit einem schmalen, flexiblen Werkzeug stranguliert, bis er erstickt ist.«

»Kommt seine Krawatte als Mordwerkzeug infrage?«, erkundigte sich Karl, doch Chi schüttelte den Kopf. »Nein, die fällt raus.«

Das erstaunte Karl ein wenig.

»Dazu komme ich gleich noch. Erst mal will ich euch etwas anderes zeigen.«

Chi trat an die Seite der Bahre und warf Alex einen auffordernden Blick zu. »Komm, mach dich mal nützlich, wir müssen ihn auf die Seite drehen. Das hast du ja gestern schon geübt.« Sie hielt ihm ein Paar Latexhandschuhe hin.

Alex verzog das Gesicht, gab aber keine Widerworte und streifte sich die Handschuhe über. Dann schob er seine Hände beherzt unter Bunyols Becken. Karl war heilfroh, dass sie nicht ihn aufgefordert hatte. Obwohl er auch das schon ein paar Mal gemacht hatte, hatte er sich nie an das Gefühl von totem Fleisch gewöhnt.

Chi und Alex drehten den Leichnam um neunzig Grad, und Chi gab Bunyols Kopf einen beherzten Schubs mit der linken Hand, sodass auch dieser zur Seite fiel.

Die Rechtsmedizinerin deutete auf den Hinterkopf des Mannes, der sorgsam geschoren worden war. Mehrere Beulen und Platzwunden zeichneten sich deutlich auf der hellen Haut ab.

»Wie ihr seht, haben wir hier sieben Hämatome unterschiedlicher Schwere sowie drei Platzwunden.« Sie zeigte auf jede einzelne.

»Wahrscheinlich ist er die Treppe hinuntergestürzt«, murmelte Karl.

»Eher gestoßen worden«, ergänzte Alex und schnalzte mit der Zunge.

»Es dürfte euch interessieren, dass die Verletzungen post mortem entstanden sind«, warf Chi ein, und Karl blickte zu ihr auf.

»Er war schon tot?«

Chi nickte.

Alex runzelte verwirrt die Stirn. »Das heißt, er ist nicht in der Gruft gestorben?«

»Es heißt zumindest, dass er nicht im Untergeschoss der Gruft gestorben ist«, berichtigte Karl, und Chi nickte.

»Nicht mehr und nicht weniger«, bestätigte sie. »Und noch etwas ist interessant.«

Ihr Zeigefinger deutete auf die Rückseite des Halses. »Fällt euch da was auf?«

Karl trat näher an den Toten heran. »Keine Strangulationsmarken an der Rückseite«, sagte er, und Chi nickte zufrieden.

»Richtig. Sehr gut, Karl.« Sie gab Alex mit einem Kopfnicken zu verstehen, dass sie den Leichnam wieder auf den Rücken legen sollten.

»Und was bedeutet das?«, fragte Alex vorsichtig, nachdem er einen Schritt zurückgetreten war.

»Bei einer Strangulation, meistens mit einem Strick oder auch einer Krawatte, ziehen sich die Strangulationsmarken normalerweise rund um den Hals herum. Handelt es sich nicht um eine Selbststrangulation durch Erhängen, findet man des Weiteren auf der Rückseite des Halses normalerweise sich überkreuzende Strangulationsmarken.« Chi ballte die Hände zu Fäusten und ahmte die Täterbewegung nach. »Es ist viel leichter, jemanden auf diese Weise zu erdrosseln. Das kostet weniger Kraft und hält das Opfer auf Abstand. So was wie das hier habe ich noch nie gesehen.«

Karl betrachtete den Toten nachdenklich. »Das heißt, jemand hat dem Mann das Mordwerkzeug um den Hals gelegt und ihn dann an sich herangezogen?«, fragte er und versuchte, sich das Ganze bildlich vorzustellen. Chi schüttelte den Kopf.

»Das glaube ich kaum. Die Strangulationsspur ist vorne sehr tief. Da hätte der Mörder schon sein Knie in den Rücken des Opfers stemmen müssen, doch am Rücken findet sich kein solcher Abdruck. Selbst, wenn er wehrlos gewesen wäre, wofür es keine Hinweise gibt, so wäre das doch eine sehr unübliche Art, jemandem die Luft abzudrücken. Ich denke eher, er hat auf einem hohen Stuhl oder etwas Ähnlichem gesessen, und dem Mörder war die Lehne im Weg.«

»Hm.« Karl ließ diese Neuigkeit erst einmal sacken.

»Und jetzt komme ich zu der Frage mit der Krawatte«, fuhr Chi fort und legte zwei Finger an den Hals des Toten. Sie zog die Haut an der Vorderseite auseinander, sodass sie die Drosselmarken besser sehen konnten. Chi lenkte ihre Aufmerksamkeit auf die Stelle, an der die dunkelrote Strieme nach rechts auslief.

»Hier sieht man, warum Bunyol nicht mit einer Krawatte erdrosselt worden sein kann.« Die Ärztin bedachte Karl und Alex mit einem herausfordernden Blick, und Karl begriff, dass sie keineswegs bereit war, es ihnen zu erklären. Zur Strafe für ihre Verfehlungen mussten sie es selbst herausfinden. Was beinhaltete, sich tief über den Kopf des Toten zu beugen. Mit der Nase zuerst. Der Aufenthalt in der Kühlung hatte den Verwesungsgeruch zwar schwächer werden lassen, verschwunden aber war er nicht.

Schicksalsergeben beugte sich Karl zum Hals des Mannes hinab, um die Stelle, auf die Chis Zeigefinger wies, genauer in Augenschein zu nehmen. Zuerst konnte er nichts erkennen, doch dann zog Chi die Haut noch etwas weiter auseinander, und Karl entdeckte eine kleine, kreisrunde Druckstelle innerhalb des roten Striemens. Dank seiner Erfahrung wusste er, was das bedeutete.

»Ein Gürtel«, stellte er fest, und Chi nickte zufrieden.

»Ja, das denke ich auch. Diese Lochstanzung kommt nur dann zustande, wenn das Opfer mit einem gelochten Gegenstand erdrosselt wird, also einem Gürtel.«

»Hatte Bunyol nicht einen Gürtel um?«, fragte Alex.

»Hatte er«, bestätigte Chi. »Aber ich glaube nicht, dass es sich dabei um die Tatwaffe handelt. Der Ledergürtel des Opfers ist viel zu breit, und außerdem war Bunyol ein kräftiger Mann. Mit seinem Gürtel hätte es diese Strangulationsmarke so nicht gegeben.«

Alex runzelte fragend die Stirn. »Warum nicht?«

Chis Lippen kräuselten sich amüsiert. »Sagen wir, bei einem dicken Menschen gibt es zum Würgen genug lochfreie Gürtelfläche.«

»Oh«, Alex kratzte sich verlegen den Nacken. »Verstehe. Logisch.«

Karl rieb sich nachdenklich die Schläfen. »Das ergibt ein merkwürdiges Gesamtbild.« Dann notierte er sich alles gewissenhaft in seinem Notizbuch und fertigte eine Skizze von den Strangulationsmarken an.

»Für das Gesamtbild bin ich nicht zuständig, das müsst ihr schon selbst zusammensetzen«, meinte Chi und zog das Laken wieder über Bunyols Kopf. Dann griff sie nach einer Hand des Leichnams und legte sie auf dem Leichentuch ab. »Aber ich habe hier noch etwas, das euch vielleicht dabei helfen könnte.«

Karl und Alex traten wieder näher an die Leiche heran und erkannten beide recht schnell, was sie meinte.

»Die Finger sehen ja grauenvoll aus«, sagte Alex, und Karl nickte. »Abgebrochene Fingernägel und blutige Fingerspitzen. Eigentlich typische Zeichen dafür, dass sich das Opfer gegen seinen Angreifer gewehrt hat. Doch bei einer Erdrosselung von hinten eher ungewöhnlich. Ich habe so was nur einmal gesehen, allerdings hat der Mörder damals mit einem dicken Hanfstrick getötet, den sich das Opfer verzweifelt vom Hals zu reißen versucht hat. Aber das scheidet hier ja aus.«

»Unter den Fingernägeln befand sich jedenfalls ein Haufen Fasern. Luisa hat sie mitgenommen, zusammen mit der Kleidung des Toten.«

Karl hob überrascht die Augenbrauen. »Luisa war schon hier?«

»›Schon‹ ist nicht das Wort, das ich in diesem Zusammenhang benutzen würde«, sagte Chi, und ihre Miene wurde noch eisiger, falls das überhaupt möglich war. »Sie ist heute Nacht gegen zwei Uhr hier aufgekreuzt. Immerhin hat sie mir ein Stück Kuchen von deiner Feier mitgebracht, Karl.« Ihr dunkler Blick traf ihn direkt und mit voller Wucht. Karl konnte die Traurigkeit deutlich erkennen, die unter der dünnen Schicht distanzierter Härte schimmerte. »War wirklich köstlich. Kompliment an den Bäcker.«

Karl schluckte. »Wir hätten dich gern dabeigehabt, Chi«, sagte er leise und vergrub die Hände in den Hosentaschen. »Weißt du, es war eine Überraschungsparty. Ich hatte keine Ahnung.«

Chi stopfte die Hand des Toten etwas unsanft zurück unter das Laken. »*Dir* mache ich ja auch keinen Vorwurf, Karl«, sagte sie, und Alex gab ein erstauntes Schnauben von sich.

»Außerdem gibt es ja auch noch Telefone. Habe ich jedenfalls gehört.«

Alex trat einen Schritt auf Chi Yung zu. »Chi ... ich«, aber sie brachte ihn mit einer kurzen Handbewegung zum Schweigen.

»Ich lege den hier jetzt wieder auf Eis. Die Untersuchung hat jedenfalls sonst nichts Besonderes ergeben. Fettleber, Übergewicht, vergrößertes Herz. Alles nicht sonderlich überraschend bei einem Mann seines Gewichts und seiner gesellschaftlichen Stellung. Keine Kampfspuren. Was wissenswert war, habe ich euch gesagt.«

Sie schob die Bahre auf die Stahltür zu, hinter der der Kühlraum lag. Über die Schulter rief sie den beiden Beamten noch zu: »Der Bericht liegt vorne auf dem Schreibtisch. Wenn noch was ist, meldet euch.«

Dann fiel die Tür krachend hinter der Medizinerin ins Schloss. Der Ausdruck auf Alex' Gesicht verursachte Karl beinahe körperliche Schmerzen. Er selbst hatte schon ein mehrere Tonnen schweres schlechtes Gewissen; er wollte sich gar nicht ausmalen, wie seinem Schwager zumute war.

Der jüngere Bruder seiner Frau starrte auf die Stahltür, als hoffte er, dass Chi mit einem lauten »Inocente palomita«, der spanischen Version des deutschen »April, April«, durch die Tür gesprungen kam.

Karl schnappte sich den von Chi erwähnten Bericht und legte seinem Schwager tröstend die linke Hand auf die hängende Schulter. »Ich glaube, wir sind für heute entlassen, Cuñado«, sagte er leise. »Komm, wir gehen einen Kaffee trinken.«

Seufzend nickte Alex. »Vielleicht ist sie mir doch ein Kaliber zu scharf«, sagte er traurig, was Karl zum Lachen brachte.

»Ach, Alex. Was wäre das Leben ohne Herausforderungen?«

9

»Egal was passiert«, sagte Karl, als sie vor der Akademie standen, »ich muss jetzt erst mal was essen. Lassen wir den Wagen stehen und gehen zu Fuß zu den Bunyols, dann können wir unterwegs irgendwo einkehren.«

Alex verzog das Gesicht. »Karl. Wir sind in der *Zona Alta*.« Die letzten Worte betonte er so, als handele es sich bei dieser Gegend nicht um eine der reichsten und begehrtesten Nachbarschaften der Stadt, sondern um ein Kriegsgebiet. Oder eine hoch ansteckende Geschlechtskrankheit.

Karl zuckte die Schultern. »Na und? Meinst du, hier oben haben sie nichts zu essen?«

Sein Blick folgte einer jungen Frau in kurzen, schwarzen Hosen, die ein winziges Hündchen an einer mit Glitzersteinchen besetzten Leine hinter sich herzog. Die braun gebrannten Beine der Frau waren dünn wie Stelzen. »Erklären würde das jedenfalls einiges«, murmelte er und fragte sich, wie man auf solch dünnen Zweiglein überhaupt laufen konnte.

»Natürlich gibt es hier oben auch Essen. Nur eben nicht das, was normale Leute konsumieren, sondern lauter Dinge, die winzig und überteuert sind.«

»Das ist mir mittlerweile egal«, sagte Karl, und er meinte es auch so. Es war inzwischen später Vormittag und höchste Zeit, etwas zu sich zu nehmen.

Sie schlenderten die Straße hinauf in Richtung Turo Park. Tatsächlich hatte Karl das Gefühl, dass die Gegend sich mit jedem Schritt veränderte, schicker und schicker wurde, die Läden teurer und die Frauen dünner. Zu seinem großen Verdruss nahm die Dichte der kleinen Restaurants und Cafés hingegen merklich ab, während die teuren Boutiquen und Juweliere zunahmen. Zwar wusste er, dass es in Richtung Sant Gervasi großartige Feinkostläden und Gran Cafés gab, doch für diesen Schlenker hatten sie keine Zeit. Außerdem wollte Karl seinem Schwager einen Besuch in einer solchen Einrichtung nicht antun. Er fühlte sich ja hier oben grundsätzlich nicht wohl. Karl konnte es ihm zwar nicht verdenken, doch allzu sehr störte es ihn nicht, in der Zona Alta umherzuschlendern. Wohnen könnte er hier oben zwar nie, aber er fand es eigentlich recht amüsant, den reichen Menschen dabei zuzusehen, wie sie von Laden zu Laden stöckelten, während die festen Papiertüten teurer Boutiquen, die sie am Handgelenk trugen, sie fast aus dem Gleichgewicht brachten.

Alex schien keinen Blick für seine Umgebung zu haben. Mit finsterer Miene starrte er auf den Bürgersteig.

»Das ist wirklich blöd gelaufen«, bemerkte Karl mitfühlend, und Alex nickte finster.

»Das kann man wohl sagen.«

»Aber auch eine kleine Vorsitzende kann nicht ewig sauer sein.«

Alex lachte bitter auf. »Ich persönlich glaube, es gibt nichts, was Chi nicht kann, wenn sie wirklich will.«

Im Stillen dachte Karl, dass da wohl was dran war, doch er hütete sich, es auszusprechen. »Jedenfalls wird es langsam Zeit für dich, in die Offensive zu gehen, Alex«, bemerkte er stattdessen.

»In die Offensive? Meinst du das ernst?«

»Natürlich. Wenn du nicht vorhast, dich in nächster Zeit zu entlieben, solltest du schleunigst etwas unternehmen. Du kannst doch nicht ewig wie ein Teenager heimlich in eine Frau verliebt sein, die du auch noch jede Woche zu Gesicht bekommst.«

Alex fuhr sich mit den Fingern durch die Haare. »Ich weiß schon, Flieger. Aber ich kann einfach nicht, verstehst du? Mit Frauen wie Chi habe ich keine Erfahrung!«

Karl grunzte belustigt. »Das ist eine bodenlose Untertreibung.«

»Kannst du mal aufhören, darauf herumzureiten?«, herrschte Alex ihn an. »Immerhin hat meine Schwester damals *dich* angesprochen. Du musstest überhaupt nichts tun. Also mach dich bloß nicht über mich lustig, hast du verstanden, Cuñado?«

Karl holte tief Luft, um etwas Empörtes zu erwidern, klappte dann aber den Mund unverrichteter Dinge wieder zu. Alex hatte recht. Er, Karl, hatte eigentlich in seinem ganzen Leben nur ein einziges Mal ein Mädchen angesprochen. Auf seiner eigenen Abifeier. Und leider war er zu betrunken gewesen, um sich zu erinnern, wie die Geschichte ausgegangen war.

»Du hast ja recht«, gab er widerwillig zu. »Ich bin kein Experte auf diesem Gebiet. Vielleicht solltest du mal mit deiner Schwester darüber reden. Mich hat sie, wie du gerade sehr treffend festgestellt hast, ja auch aufgerissen.«

Alex schmunzelte. »Ich glaube nicht, dass du es ihr damals sonderlich schwer gemacht hast.«

»Nein«, bestätigte Karl. »Das habe ich ganz und gar nicht.«

»Hm«, machte Alex. »Vielleicht rede ich trotzdem mal mit ihr.«

Sie betraten den gepflegten Turo Park, ohne dass Karl etwas in den Magen bekommen hatte. Doch zum Glück stießen sie im hinteren Bereich der Grünanlage auf eines der vielen Cafés, die in Barcelona in den größeren Parks eigentlich immer zu finden waren. Diese Cafés waren oft nicht viel mehr als kleine Bretterbuden, vor denen die Betreiber ein paar Gartenstühle aufgestellt hatten, doch auch hier merkte man den Unterschied zwischen der Zona Alta und dem Rest der Stadt. Zwar war auch dieses Café ein typisches »Cafe de Parc«, doch im gepflegten Kiesbett vor der Holzbude standen Teakholzmöbel, die mit Kerzen und Blumen dekoriert waren; darüber spannten sich helle Sonnenschirme.

Und zu Karls großer Freude verkaufte der kleine Stand nicht nur Chips und eingeschweißte Bocadillos, wie so viele seiner Art, sondern hatte sogar eine richtige kleine Speisekarte und eine Siebträgermaschine für feinsten Kaffee zu bieten. Mit einem wohligen Seufzer ließ sich Karl auf einem der Stühle im Schatten nieder und bestellte nach kurzer Überlegung eine Schale Ajoblanco und einen doppelten Cafe Solo, was eigentlich ein Widerspruch in sich war. Dann zog er sein Notizbuch heraus und überflog, was er bisher geschrieben hatte.

Irgendetwas passte nicht. Zwar zweifelte er keine Sekunde an der Richtigkeit von Chi Yungs Angaben, trotzdem hing in dem Bild, das sich vor seinem geistigen Auge entfaltete, etwas schief. Doch er konnte den Finger noch nicht darauflegen. Nachdenklich tippte er mit dem Kugelschreiber immer wieder auf das Blatt, wie ein Dirigent, der sein Orchester zur Ordnung ruft. Als hoffte er, seine Notizen würden sich neu anordnen und ihm so ihr Geheimnis offenbaren. Doch natürlich geschah nichts dergleichen.

Ein Kellner erschien mit ihren Bestellungen. Typisch Zona Alta, hier bekam man sogar in Parkcafés das Essen an den Tisch gebracht, und natürlich von Kellnern in voller Montur. Mit Krawatte.

Karl schlug sich an die Stirn. »Die Krawatte!«, stieß er hervor, was den armen Camarero völlig verunsicherte, und auch Alex sah ihn an, als hätte er den Verstand verloren. Doch Karl grinste breit. Gerade hatte sich das Bild in seinem Kopf zurechtgerückt.

Er wedelte geistesabwesend in Richtung des Kellners und sagte: »Keine Sorge, ich meine eine völlig andere Krawatte.«

Alex musterte Karl belustigt, und dieser wand sich zu ihm um.

»Findest du es nicht auch merkwürdig, dass jemand einen Menschen, der eine Krawatte trägt, trotzdem mit einem Gürtel erdrosselt?«

Alex zuckte die Schultern. »Politiker tragen nun mal Krawatten, na und? Das heißt doch noch lange nicht, dass der Mörder auch eine als Mordwerkzeug zur Hand hatte.«

»Denk doch mal nach. Wenn Bunyol zur Tatzeit die Krawatte getragen hätte, dann hätte man das an der Drosselmarke erkennen müssen. Der Knoten hätte sich sicher abgezeichnet. Kein Mörder hat Zeit, den Gürtel sorgfältig über oder unter der Krawatte zu platzieren, während das Opfer geduldig stillhält. Und Bunyol war auch nicht sediert, sonst hätte er nicht diese heftigen Verletzungen an den Fingern.«

Alex nickte langsam. »Bei dem dicken Hals hätte was von der Krawatte eingeklemmt werden müssen. Außerdem saß sie ganz ordentlich, wie frisch gebunden.«

Karls Augen blitzten auf. »Genau. Hätte er sie zur Tatzeit getragen, dann würde sie Spuren aufweisen. Moment.«

Karl zog sein Handy aus der Tasche und wählte eine Nummer. Nach mehrmaligem Klingeln hörte er die vertraute, müde Stimme von Luisa Ramirez.

»Dime!«

»Buenas, Luisa«, sagte Karl hastig. »Sag mal, hast du dir die Krawatte des Toten schon angesehen?«

Luisa gähnte am anderen Ende. »Ich kann nicht hexen, Karl, ich bin noch voll und ganz mit den Fasern beschäftigt, die ich unter seinen Fingernägeln hervorgeholt habe.«

»Und?«

»Wie gesagt: Ich kann nicht hexen.«

»Natürlich, natürlich. Kannst du mir einen Gefallen tun und die Krawatte für mich fotografieren?«

»Sicher. Soll ich dir die Bilder aufs Handy schicken?«

»Nein, schick sie lieber Alex. Sein Handy ist besser als meins.«

»Ist gut. Ich melde mich, wenn ich mehr für euch habe.«

»Danke, Luisa!«

»Keine Ursache.«

Karl nahm das Handy vom Ohr und wollte schon auflegen, als er noch einmal Luisas Stimme hörte. »Ach, Karl?«

»Ja?«

»Ich war heute Nacht noch bei Chi. Sie wirkte ziemlich ange-
fressen. Ich glaube, sie war sauer, weil sie nicht zu deiner Party
eingeladen war.«

Karl seufzte. »Was du nicht sagst, Ramirez. Was du nicht
sagst.«

Er legte auf. Im nächsten Augenblick pingte Alex' Handy, und
mehrere Fotos erschienen auf dem Display. Luisa hatte die Krawatte von beiden Seiten fotografiert, sodass man auch das Fähn-
chen mit dem Markennamen lesen konnte.

Karl betrachtete die Bilder nachdenklich.

»Hm. Sieht nicht gerade nach Zona-Alta-Material aus.« Er
zoomte näher heran und betrachtete das Muster genauer. Ein
altmodisches Paisley-Muster. Überhaupt machte die Krawatte
keinen allzu modernen Eindruck. Nach unten hin etwas zu
breit, wie man sie in den Neunzigerjahren getragen hatte.

Langsam griff er nach der Schüssel kühler Mandelsuppe und
begann abwesend, darin herumzurühren. Schließlich sagte er:
»Wir werden der Witwe dieses Foto zeigen. Aber ich gehe jede
Wette ein, dass die Krawatte nicht Fernando Bunyol gehörte.«

Alex biss in sein belegtes Brötchen und legte den Kopf schief.
»Aber wem soll sie sonst gehört haben?«, fragte er mit vollem
Mund.

»Na, dem Mörder. Es passt alles. Er erdrosselt Bunyol von
hinten und legt ihm erst nachträglich die Krawatte an. Vielleicht
wollte er damit einfach nur die Drosselmarken verdecken. Oder
er hat sie extra mitgebracht, um den Mann posthum zu verhöh-
nen.«

»Könnte es eine Botschaft an uns sein? Immerhin war der
Mann Politiker.«

Karl überlegte. »Eigentlich passiert so was ziemlich selten.
Ich weiß, im Kino senden Mörder reihenweise Botschaften an
die Polizei, um sie zum Narren zu halten, aber in der Wirklichkeit versuchen Mörder eigentlich, so wenig Kontakt wie möglich mit uns zu haben. Außerdem war Bunyols Leiche gut ver-

steckt. Wenn das nette Ehepaar sie nicht gefunden hätte, wäre der Mann vielleicht für immer verschwunden geblieben. Das macht doch niemand, der mit einem Mord ein Zeichen setzen will.«

»Aber warum bindet man einem Toten sonst eine Krawatte um den Hals? Das ist doch verrückt!«

Karl nickte abwesend. Ja, das war in der Tat völlig verrückt. Einerseits.

Während er überlegte, nahm er ein paar Löffel der Ajoblanco. Die traditionelle Suppe aus Mandeln und Knoblauch hatte genau die richtige Sämigkeit, war durch seine Grübelei aber ein wenig zu warm geworden. Trotzdem war sie köstlich und erinnerte Karl auf wunderbare Weise an seinen ersten Urlaub mit Alba auf den Balearen. Zufrieden tunkte er das knusprige Brot in die Suppe, das der Kellner ebenfalls auf den Tisch gestellt hatte.

Es war verrückt. Er saß auf einem gemütlichen Stuhl, mitten in einem der schönsten Parks der Stadt und aß ein köstliches Mittagessen. Die Sonne schien vom Himmel, und die Papageien meckerten aus den Palmkronen auf die Spaziergänger herab. Doch Karl war gar nicht richtig anwesend. Der größere Teil von ihm befand sich in der kalten, dunklen Gruft und versuchte, die wenigen Informationen, die er bis jetzt hatte, zu einem Bild zusammenzufügen. Je mehr er darüber nachdachte, desto stärker beschlich ihn ein merkwürdiges Gefühl.

»Ich habe Abdrücke eines Stuhls auf dem Boden der Gruft gefunden. Daneben hat jemand seine Zigarette an der Wand ausgedrückt. Es sah aus, als hätte der Mörder dort gesessen und Bunyol beobachtet. Oder vielmehr betrachtet, zu diesem Zeitpunkt war er ja schon tot.«

Karl nahm sein Notizbuch und zeigte Alex die Zeichnung, die er von der Gruft angefertigt hatte. Sein Schwager betrachtete sie eine Weile.

»Also hat der Mörder Bunyol nach der Tat schick gemacht,

um ihn sich anzusehen?« Er verzog das Gesicht. »Meinst du, wir haben es mit einem Perversen zu tun?«

Karl wischte den letzten Rest Ajoblanco aus der weißen Schüssel. Er hätte glatt noch eine Portion verdrücken können, doch er wollte nicht allzu sehr nach Knoblauch riechen, wenn er gleich mit den Angehörigen des Toten sprach. Geistesabwesend tastete er in seiner Tasche nach der Dose mit den Pfefferminzbonbons.

Alex zündete sich eine Zigarette an und wartete geduldig, bis Karl seinen Gedanken zu Ende gebracht hatte. Mittlerweile hatte er gelernt, dass man Karl Lindberg beim Denken am besten nicht unterbrach.

Schließlich schüttelte Karl den Kopf. »Ich denke eher, das Ganze hat einen emotionalen Hintergrund. Vielleicht wollte der Mörder die Verletzung, die er seinem Opfer zugefügt hat, nicht mehr sehen. Vielleicht war die Krawatte ein Symbol für einen alten Streit oder eine Demütigung.«

»Vielleicht hat der Mörder seine Tat bereut und hat den Toten deswegen auf den Friedhof gebracht. Sozusagen als Wiedergutmachung?«

»Vielleicht«, bestätigte Karl, auch wenn sein Bauchgefühl ihm sagte, dass es nicht so war.

»Hm. Jetzt aber mal was ganz anderes, Karl. Was um alles in der Welt ist eine Bodyfarm?«

Karl schüttelte bei diesem plötzlichen Themenwechsel den Kopf. Er war noch völlig in seine Überlegungen vertieft gewesen. Nur langsam kehrte er aus der dunklen Gruft wieder vollständig an die Oberfläche zurück.

»Auf Bodyfarmen werden verschiedene Verwesungs-Szenarien nachgestellt und dann erforscht«, erklärte er nach einer Weile. »Es ist ein gewaltiger Unterschied, ob ein Körper im Wasser, im Wald, in einem Haus, bei Hitze oder Kälte verwest. Die Forscher der Bodyfarm denken sich immer wieder andere Ablageorte aus oder stellen Fälle nach, um die Frage nach dem Todeszeitpunkt besser beantworten zu können.«

Alex sah ihn an, als hätte er eine dicke Nacktschnecke auf der Stirn. »Klingt nach einem echten Traumjob«, bemerkte er kopfschüttelnd. »Und wo haben sie die ...« Er suchte nach den richtigen Worten. »... Forschungsobjekte her?«

»Das sind Menschen, die sich freiwillig in den Dienst der Wissenschaft stellen, glaube ich. Sie spenden ihre Körper, könnte man sagen.«

»Und ich dachte, Chis Job wäre eklig. Aber das ist ja noch krasser.«

Karl lachte. »Soweit ich weiß, arbeiten auf den Bodyfarmen fast nur Frauen. Wir müssen der Tatsache ins Auge sehen, dass *wir* das zarte Geschlecht sind.«

»Würde mich nicht wundern, wenn Chi auch auf so einer Farm gearbeitet hätte«, bemerkte Alex lächelnd.

»Mich auch nicht. Im Gegenteil: Es würde mich überraschen, wenn sie sich so etwas hätte entgehen lassen.«

Seufzend ließ er seine Stoffserviette auf den Tisch fallen. »Aber jetzt reden wir erst mal mit der Familie. Da kommen wir ja sowieso nicht drum herum.«

Der Fußmarsch vom Turo Park zum Haus der Familie Bunyol war für Karls Geschmack viel zu kurz. Nach drei Minuten standen sie wieder vor dem zierlichen alten Concierge, der sie heute aber mit bedeutend weniger Höflichkeit behandelte als am Vortag. Kurz fragte Karl sich, woran das liegen könnte, bis er eine eindeutig gelesene Ausgabe von *La Vanguardia* auf dem Tresen liegen sah. Er fluchte innerlich. Tatsächlich hatte er den Artikel zwischenzeitig vollkommen vergessen. Doch die Scham darüber, dass die Familie es ebenfalls gelesen haben musste, kam mit voller Wucht zurück. Auch Alex trat nervös von einem Bein auf das andere, als sie auf den Fahrstuhl warteten.

Karl hatte im Laufe seiner Karriere schon viele schlechte Nachrichten überbracht, und doch fiel es ihm diesmal besonders schwer. Vielleicht lag es an dem Kontrast zu der sonnigen Stadt draußen vor dem Haus, oder daran, dass man in der Zona Alta automatisch das Gefühl bekam, die Menschen hätten hier weniger Sorgen. Und sicher dachten einige von ihnen auch, dass ihr Geld sie weniger angreifbar machte. Jedenfalls stellte Karl es sich so vor. Oder es lag schlichtweg daran, wie zerbrechlich und zugleich stark Inés Herrero bei ihrem gestrigen Besuch gewirkt hatte. Er wollte nicht derjenige sein, der dieser Frau zusätzlichen Kummer bereitete. Aber er musste. Es war Teil seines Jobs.

Die junge Haushälterin Rocio öffnete ihnen die Tür, doch auch sie wirkte distanzierter und lächelte nicht, sondern geleitete Karl und Alex wortlos in das große Wohnzimmer. Beinahe hatte Karl das Gefühl, dass er zum Schafott geführt wurde.

Zu seinem Erstaunen befand sich nicht nur Señora Herrero in dem großen Raum mit den riesigen Fenstern, sondern auch alle drei ihrer Kinder. Offenbar hatte sich der Sohn nach dem Anruf seiner Mutter sofort ins nächste Flugzeug nach Hause gesetzt. Die Bunyol-Herreros standen und saßen in dem großen Raum herum wie auf der Bühne eines Kammerspiels, das gleich beginnen würde. Inés Herrero stand mit verschränkten Armen am Fenster und blickte hinaus. Ihre beiden Töchter saßen; eine auf der Couch und eine auf einem Hocker vor dem riesigen, weißen Flügel. Der Sohn lehnte mit geschlossenen Augen am großen Bücherregal. Zu gern hätte Karl einfach »Cut« gerufen und sie für heute nach Hause geschickt, doch niemand hatte die Macht, diese Familie aus ihrer Situation zu befreien.

Rasch musterte Karl die Kinder. Es war nicht schwer, zuzuordnen, wer hier wer war. Die jüngere Tochter hatte diverse Piercings im Gesicht und volltätowierte Arme. Ihr Körper steckte in einem wilden Durcheinander aus Jeans, Netzstrumpfhosen, einem zerrissenen T-Shirt und unzähligen klimpernden Ketten und Armreifen. Sie sah aus wie jede zweite oder dritte Studentin, die abends die Gassen des Raval unsicher machten. Trotz ihres rebellischen Äußeren wirkte sie ähnlich zerbrechlich wie ihre Mutter, die sie nicht aus den rot geweinten Augen ließ. Antonias schwarz lackierten Fingernägel waren bis aufs Nagelbett abgeknabbert. Mit der linken Fußspitze trat sie wieder und wieder auf eines der Pedale des Flügels.

Maria, die Ärztin und offenbar das mittlere Kind, saß auf der Sofakante und rang die Hände. Unglücklicherweise hatte sie die massige Gestalt sowie die Gesichtszüge ihres Vaters geerbt. Im Stillen dachte Karl kurz, dass er Angst hätte, sich von ihr behandeln zu lassen, schob den Gedanken aber schnell wieder verschämt beiseite.

Der junge Mann, Nico, kam Karl vor wie ein Wesen von einem anderen Stern. Obwohl er auf den ersten Blick ganz normal mit Jeans und Lederjacke gekleidet war, wirkte er auf den zweiten Blick jedoch viel mondäner, als die Menschen in Berlin oder Barcelona es jemals sein würden. Die lässige Coolness, die er ausstrahlte, ließ Karl unwillkürlich an seinem Sakko herumzupfen.

Alex räusperte sich, und die Starre, die über der Szenerie gelegen hatte, löste sich. Wie in Zeitlupe drehte Inés sich um, und Karl erschrak ein wenig. Sie sah aus, als wäre sie über Nacht um Jahre gealtert.

»Sergents«, sagte sie und lächelte matt. »Buenas tardes.«

»Buenas tardes«, erwiderte Karl, überbrückte den Abstand zu Inés mit ein paar Schritten und ergriff ihre Hand.

»Es tut mir so leid, Señora«, murmelte er. Sein Blick fiel auf den Kaffeetisch, auf dem natürlich eine Ausgabe der Zeitung lag. »Sie hätten es nicht so erfahren dürfen. Dafür gibt es keine Entschuldigung.«

Inés Herrero machte eine Bewegung, die wie eine Kreuzung aus Kopfschütteln und Schulterzucken wirkte. »Wir haben es ja ohnehin schon gewusst. Irgendwie wussten wir es die ganze Zeit. Es ist nur …«

Sie ließ den Satz in der Luft hängen, doch Karl verstand auch so. Alles wurde wahrer, wenn man es aussprach. Und in diesem Fall hatte jemand es nicht nur ausgesprochen, sondern in die Stadt hinausgeschrien.

»Ich verstehe voll und ganz, Señora. Dennoch möchte ich Ihnen versichern, wie leid uns die Sache tut.«

»Ach, Señor Lindberg. Glauben Sie nicht, wir als Fernandos Familie hätten nicht schon einschlägige Erfahrung mit der schreibenden Zunft gemacht? Niemand von uns geht davon aus, dass dieser Artikel Ihre Schuld war.«

Karl senkte den Blick. »Vielen Dank, Señora. Sie hätten jedes Recht gehabt, Ihre Wut an uns auszulassen.«

»Welche Wut denn? Ich fühle alles Mögliche, nichts davon ist angenehm. Aber auch nichts davon ist Wut.«

Inés Herrero ließ die Schultern hängen und deutete auf die Sitzgruppe. »Wollen wir uns nicht setzen? Ich glaube, dieses Gespräch möchte ich lieber nicht im Stehen führen.«

Langsam ging Inés auf das Sofa zu, und wie auf Kommando löste sich das familiäre Stillleben auf. Die Kinder, die eben noch im ganzen Raum verteilt gewesen waren, scharten sich schützend um ihre Mutter. Links und rechts von Inés saßen ihre beiden Töchter, hinter ihr stand Nico und legte ihr die Hände auf die Schultern. Wie in einem Sonnensystem drehten sich die Planeten hier um Inés, und Karl war gerührt von dem Bild, das sich ihm bot. Als glaubten die Kinder, sie hätten die Macht, ihre Mutter zusammenzuhalten. Ihm wurde das Herz eng, und auch Alex, der neben ihm auf der Couch Platz genommen hatte, wand die Hände umeinander.

Karl räusperte sich. »Es tut mir leid, dass Sie das jetzt durchmachen müssen. Nichts auf der Welt konnte Sie darauf vorbereiten, und ich werde nicht so dumm sein zu behaupten, ich wüsste, wie Sie sich jetzt fühlen. Und doch ist es meine traurige Pflicht, Ihnen mitzuteilen, dass wir nun Gewissheit haben. Bei dem Leichnam, der gestern am frühen Nachmittag auf dem Cementiri de Montjuïc aufgefunden wurde, handelt es sich tatsächlich um Fernando Bunyol. Ihren Ehemann und Vater.«

Karl hielt einen Augenblick inne. Er sah, dass der Griff des Sohnes um die Schultern der Mutter fester wurde. Die beiden jungen Frauen hielten Inés' Hände. Sie wappneten sich für das Schlimmste.

»Ferner muss ich Ihnen leider sagen, dass Fernando eines gewaltsamen Todes gestorben ist. Er wurde ermordet. Und zwar wahrscheinlich schon in der Nacht, in der er verschwand.«

Ein Krächzen drang aus Inés' Kehle, und ihr Gesicht verzerrte sich ein wenig. Die Mundwinkel drängten nach unten, die Augen schlossen sich, und ihr Atem ging schwerer. Jetzt wusste Karl, warum es »um Fassung ringen« hieß. Inés kämpfte gegen ihre Mimik an, gegen die Enge in der Brust und die Schreie in ihrer Kehle. Drängte sie mit aller Macht zurück. Die beiden Töchter hatten den Kampf bereits verloren und weinten leise. Doch auch sie zitterten am ganzen Leib. Karl ahnte, dass sie versuchten, wenigstens die Klagelaute zurückzuhalten, bis sie wieder unter sich waren. Die Polizisten ließen ihnen die Zeit, auch wenn Karl sich wie ein Kleinkind wünschte, wegsehen zu dürfen. Er kam sich vor wie ein Voyeur, wollte die Familie jetzt eigentlich allein lassen, damit sie sich ihrer Trauer hingeben konnte. In diesen Momenten fühlte er sich immer wie ein Eindringling. Das Leid, das er gerade zu sehen bekam, war eigentlich nicht für seine Augen bestimmt.

»Wie?«, fragte Nico schließlich. Der Sohn schien sich noch am besten im Griff zu haben. Das hatte Karl schon oft gesehen. Wenn ein Vater starb, übernahm der Sohn die Rolle des Beschützers. Ganz egal, wie alt er war. Karl hatte schon zehnjährige Jungen gesehen, die sich zu Beschützern ihrer volljährigen Schwestern oder ihrer Mütter aufschwangen. Doch vielleicht hatte seine Gefasstheit auch ganz andere Gründe.

»Er wurde erdrosselt«, beantwortete Alex die Frage und schaute dabei auf seine Schuhe.

Antonia, die Jüngste der Familie Bunyol-Herrero, schluchzte nun doch laut auf, und ihre Mutter legte schützend einen Arm um sie.

»Wir wissen, dass es viel verlangt ist«, schaltete Karl sich nun wieder ein. »Aber die ersten Stunden sind bei einer Mordermittlung die wichtigsten, und wir müssen Ihnen leider ein paar Fragen stellen.«

Inés zog geräuschvoll die Nase hoch, was sie auf sympathische Weise noch menschlicher wirken ließ, und nickte tapfer.

»Natürlich, Sergent. Wir sind ja nicht unvorbereitet. Nico ist heute Nacht um zwei Uhr in El Prat gelandet. Seitdem er zu Hause ist, haben wir geredet. Wir haben geahnt, dass es so kommen würde.«

»Ja, und die Zeitung hat uns heute früh das bange Warten abgenommen«, bemerkte die ältere Tochter bitter. Sie warf Karl einen giftigen Blick zu, der ihm zu verstehen gab, dass es in dieser Familie durchaus jemanden gab, der ihnen den Artikel in der Zeitung übel nahm. Maria Bunyol-Herrero sah ihrem Vater in diesem Moment noch ein bisschen ähnlicher. Karl wollte sich solche Gedanken eigentlich verbieten, kam aber nicht um die Feststellung herum, dass die junge Ärztin ihn an eine Bulldogge erinnerte.

»Das hätte nicht passieren dürfen«, sagte er. »Seien Sie sicher, dass wir ein ernstes Wort mit dem Journalisten wechseln werden.«

Maria schnaubte, verkniff sich aber weitere Kommentare.

Karl zückte sein Notizbuch und klappte es auf.

»In Ordnung. Mir ist klar, dass Sie das alles dem Kollegen Pajaro wahrscheinlich schon erzählt haben, doch ich würde gern noch einmal von Ihnen hören, wie der Tag verlief, an dem Fernando verschwand.«

»Nun, meine Kinder können dazu wahrscheinlich wenig sagen«, bemerkte Inés und streckte sich nach einer silbernen Schale, die auf dem kleinen Kaffeetisch stand und, wie Karl fasziniert feststellte, Taschentücher enthielt. »Fernando und ich waren mit Rocio allein. Wie meistens. Ich habe die Kinder erst am nächsten Morgen verständigt.«

Karl nickte. »Ich verstehe. Wie verlief denn der Tag aus Ihrer Sicht? Und bitte zögern Sie nicht, uns alles zu erzählen, was

Ihnen einfällt, selbst wenn es auf den ersten Blick unwichtig erscheint.« Inés Herrero putzte sich die Nase und setzte sich aufrechter hin. Dann wandte sie sich an ihren Sohn. »Nico, Cariño. Kannst du mir ein Glas Wasser holen?«

Der junge Mann drückte die Schulter seiner Mutter und ging in die offene Küche hinüber. Obwohl er von dort alles mitbekam, was sich im Wohnzimmer abspielte, schien er seinen Platz an der Seite seiner Mutter nur widerwillig zu verlassen. Doch Inés begann ohnehin erst zu sprechen, als Nico mit dem Glas zurückgekehrt war.

»Wir haben wie immer gemeinsam gefrühstückt«, Inés deutete zum großen, blank polierten Glastisch, der vor der imposanten Fensterfront stand. »Fernando hat ein paar Mal telefoniert, aber mit wem, kann ich Ihnen nicht sagen.« Sie lächelte entschuldigend. »Vor dem zweiten oder dritten Kaffee bin ich völlig unbrauchbar. Die meiste Zeit verstecke ich mich hinter meiner Zeitung und hoffe, dass mich niemand anspricht.«

Karl nickte verständnisvoll. Dieses Gefühl kannte er nur allzu gut.

»Außerdem interessiert es mich sowieso nicht, was Fernando mit seinen Parteikollegen so bespricht. Wir reden nicht viel über Politik.«

Alex zog erstaunt die Augenbrauen hoch. »Wieso denn nicht?«, fragte er und nahm Karl damit das Wort aus dem Mund. Inés lächelte müde. »Weil die meisten Mitglieder dieser Familie diesbezüglich nicht mit Fernando einer Meinung waren.«

»Na ja«, brummte Maria. »Es stand immer zwei zu drei.«

»Das heißt, Sie teilen die politischen Ansichten Ihres Mannes nicht?«, hakte Karl nach, und Inés nickte. »So könnte man es ausdrücken. Allerdings …« Sie suchte nach den richtigen Worten, dann seufzte sie und massierte sich mit der rechten Hand die Schläfe. »Ich weiß nicht, wie ich es ausdrücken soll. Politisch gesehen, war nicht einmal Fernando Fernandos Meinung.«

Karl runzelte die Stirn. »Wie haben wir das zu verstehen?«

Inés verzog gequält das Gesicht. »Sehen Sie, Fernando stammt aus einer sehr armen Familie. Seine Eltern waren Fischer, die im Zuge der ›Sanierung‹ von Barcelona fast alles verloren haben. Wir haben uns beim Jurastudium kennengelernt. Damals wollte Fernando Rechtsanwalt werden – ich hatte immer das Gefühl, er wollte das Unrecht, das seinen Eltern widerfahren ist, wieder gutmachen. Ich bin Anwältin für Arbeits- und Familienrecht, müssen Sie wissen. Uns beide einte ein ausgeprägter Sinn für Gerechtigkeit. Wir waren linkspolitisch sehr aktiv.«

»Linkspolitisch?«, echote Karl erstaunt, bevor er es verhindern konnte, und Inés nickte.

»Ja, genau.«

»Aber …«, setzte Alex an, doch Inés brachte ihn mit einer Handbewegung zum Schweigen.

»Sehen Sie, ich weiß, dass das schwer zu verstehen ist. Ich finde ja selbst kaum die richtigen Worte. Lassen Sie es mich einfach so sagen: Fernando wurde verführt. Im Gegensatz zu meinem Mann stamme ich aus einer sehr wohlhabenden Familie. Tatsächlich befinden wir uns hier in der Wohnung, in der ich geboren und aufgewachsen bin. Durch mich ist er mit ›höheren Kreisen‹ in Berührung gekommen, wie man so schön sagt.«

Sie schlug die Augen nieder. »Er wollte meinem Vater gefallen. Und mein Papa war ihm nur allzu gern ein Lehrer. Er hat Fernando zu den Treffen der Vorgängerpartei von TyF mitgenommen, der er angehört hat.« Inés trank einen Schluck Wasser und starrte einen Moment an die Decke. Ihre Augen waren glasig; ihr Gesicht war das eines Menschen, der sich an schönere Zeiten erinnert. Sie schüttelte den Kopf.

»Als er mit dem Parteibuch nach Hause kam, haben wir fürchterlich gestritten. Ich bin nicht umsonst Anwältin für die weniger Privilegierten geworden, Sergents. Eigentlich wollte ich nur weg von meinem Vater, von den verknöcherten Moralvorstellungen meines Elternhauses und dem ganzen, alten Geld.«

Sie verzog das Gesicht. »Aber Fernando hat mich überzeugt, dass es ein besserer Weg sei, sich den Reichen und Mächtigen anzuschließen, um die Strukturen von innen heraus zu verändern, als Teil der Horde von Träumern zu bleiben, die ja doch nichts ausrichten kann. Ich wusste, dass er die besten Absichten hatte.« Gedankenverloren drehte sie ihr Glas in der Hand. »Aber diese Absichten sind ihm irgendwann abhandengekommen. Jedenfalls kam es mir immer mehr so vor.«

Karls Finger wurden steif, so sehr beeilte er sich, die wichtigsten Stichpunkte aufzuschreiben.

»Wie äußerte sich das?«, fragte Alex neugierig, der im Gegensatz zu Karl nicht viel zu tun hatte.

Inés holte Luft, doch Nico kam ihr zuvor. »Mein Vater war erfolgreich. Er hat einen Haufen Geld verdient, wurde von den richtigen Leuten zum Essen eingeladen, bekam wertvolle Geschenke …«

Karl schrieb »bestechlich« in sein Notizbuch und dachte bei sich, dass es ziemlich praktisch war, die Notizen auf Deutsch machen zu können. So konnte ihm niemand in die Karten schauen; auch Alex nicht.

»Geschenke?«, hörte er seinen Schwager dann auch fragen, und Nicos Mundwinkel kräuselten sich. »Tun Sie doch nicht so naiv, Sergent«, sagte er mit einer Härte, die Karl ihm gar nicht zugetraut hätte.

»Nico, bitte!«, mahnte seine Mutter müde, und der Sohn begnügte sich wieder damit, den stummen Leibwächter zu mimen. »Fernando hat also seine hehren Ziele und Motive mit der Zeit aus den Augen verloren, und deshalb gab es innerhalb der Familie immer wieder Streit. Wäre es richtig, das so zusammenzufassen?«

Inés nickte, und Antonia schnaubte.

»Keine Sorge. Ich verstehe das. Aber hat dieser Sinneswandel auch zu Problemen in Ihrer Beziehung geführt, Inés?«

Die Anwältin sah ihn irritiert an. »Wir sind seit über zwanzig

Jahren verheiratet, Sergent. Wenn ich jeden Tag mit ihm darüber hätte streiten wollen, dann hätte ich viel zu tun gehabt. Und vergessen Sie nicht: Ich hätte ihn jederzeit aus der Wohnung werfen können.«

»Sie sagten aber, dass Ihnen die Kreise, in denen Ihre Familie verkehrte, eigentlich zuwider waren und Sie als junge Frau versucht haben, sich davon frei zu machen. Wie passt das zusammen?«

Inés zuckte die Schultern. »Jeder zweitklassige Psychologe wird Ihnen erklären, dass eine Frau ihr Leben lang eigentlich nur die Liebe des Vaters sucht. Und sich deshalb auch Männer aussucht, die dem Vater ähneln.«

Unwillkürlich fragte sich Karl, ob er selbst Ähnlichkeiten mit seinem Schwiegervater Mateo hatte, die Alba veranlasst hatten, sich in ihn zu verlieben. Bis heute stellte die Liebe seiner Frau für Karl ein absolutes Rätsel dar. Sein verschwiegener Schwiegervater allerdings auch, weshalb diese Frage ins Leere lief.

»Zurück zum Tag seines Verschwindens. Sie haben gemeinsam gefrühstückt, und Fernando hat telefoniert.« Inés nickte. »Haben Sie überhaupt miteinander gesprochen?«

»Nicht viel. Fernando hat erwähnt, dass er am frühen Abend noch einen Termin hatte, aber sicher rechtzeitig zur Cena wieder zurück wäre. Wir waren mit Freunden zum Tapeo verabredet. Fernando und ich haben noch kurz darüber gesprochen, wann und wo wir uns mit unseren Freunden treffen wollten, und dann war er auch schon aus der Tür. Ich musste mich ebenfalls beeilen, weil ich einen Termin bei Gericht hatte. Wenn ich gewusst hätte, dass es das letzte Frühstück mit Fernando sein würde …«

Die letzten Worte blieben der eleganten Frau im Hals stecken. Karl konnte sie gut verstehen.

»Machen Sie sich keine Vorwürfe, Inés«, sagte er sanft. »Sie können sich gar nicht vorstellen, wie oft ich mir angesichts der Schrecken, mit denen ich beruflich zu tun habe, vornehme, meine Frau auf Händen zu tragen. Und dann streite ich mit ihr im nächsten Augenblick schon wieder über eine hohe Stromrechnung oder sonst irgendeine Unwichtigkeit. Es geht uns allen so, das ist nur menschlich.«

Inés schluckte, dann nickte sie.

»Als Fernando zu unserem Treffen nicht auftauchte, habe ich mir erst nichts dabei gedacht. Gut, ich war sauer, aber wenn man mit einem Politiker verheiratet ist, gewöhnt man sich schnell daran, auf der Prioritätenliste nach unten zu rutschen. Ich habe ein paar Mal versucht, ihn zu erreichen, habe ihm auf die Mailbox gesprochen und ihm ein paar Nachrichten geschickt. Dann habe ich es mir mit unseren Freunden gut gehen lassen.«

»Wir brauchen die Kontaktdaten dieser Freunde«, warf Alex ein. »Damit sie Ihre Angaben bestätigen können.«

Maria warf Alex einen bösen Blick zu, doch dieser konterte mit einem charmanten Lächeln, das die Züge der strengen Ärztin schmelzen ließ. Manchmal konnte Alex' besondere Fähigkeit wirklich ganz praktisch sein.

»Ich habe die Kinder angerufen und gefragt, ob sie etwas von Fernando gehört haben, dann seine Sekretärin, Parteifreunde und jeden, der mir sonst noch so einfiel. Schließlich habe ich die Polizei verständigt.« Sie seufzte. »Den Rest der Geschichte kennen Sie ja.«

Karl nickte, obwohl sie den Rest der Geschichte nicht unbedingt in allen Einzelheiten kannten. Zwar hatte Marla versprochen, die Akten von den zuständigen Kollegen zu besorgen, doch noch hatten sie nichts zu Gesicht bekommen.

»Können Sie mir vielleicht sagen, wie Ihr Mann am Morgen seines Verschwindens gekleidet war, Inés?«

»Wie immer, wenn er zur Arbeit ging. Dunkler Anzug, weißes Hemd, dunkle Schuhe. Fernando trug nichts anderes.«

»Keine Krawatte?«, fragte Alex.

»Das kann ich nicht mit Sicherheit sagen. Manchmal trug er eine Krawatte, manchmal nicht. Er mochte Krawatten eigentlich nicht, weil er das Gefühl hatte, sie schnitten ihm die Luft ab.« Inés erschrak über ihre eigene Wortwahl und hielt sich kurz die Hand vor den Mund. Sie schlug die Augen nieder und atmete einmal tief durch. »Aber ich habe Ihren Kollegen damals schon gesagt, dass ich keine Ahnung habe, welche Krawatte er getragen haben könnte. Fernando hatte einfach zu viele, und für mich sahen die alle gleich aus. Nicht einmal Rocio konnte ihnen weiterhelfen, und die kümmert sich um unsere Wäsche.«

Karl warf Alex einen Blick zu, und dieser zog sein Handy aus der Tasche hervor, rief eines der Fotos auf, das Luisa ihnen geschickt hatte, und hielt es der Familie hin.

»Können Sie uns trotzdem sagen, ob dies eine Krawatte Ihres Mannes gewesen ist?«

Antonia schnalzte mit der Zunge. »So was hätte Papa doch nie getragen!«

Inés hielt Alex das Telefon hin. »Sie hören es. Und ich muss mich meiner Tochter anschließen. Fernando hat ausschließlich bei Corbatas Barcelona gekauft. Immer nur dort. Und meistens gestreifte. So was habe ich an ihm noch nie gesehen.«

Karl nickte und machte sich ein paar weitere Notizen. »Ist Ihnen an Ihrem Mann«, er wandte sich an die Kinder, »oder an Ihrem Vater irgendetwas Ungewöhnliches aufgefallen, bevor er verschwunden ist? War er besonders nachdenklich oder in sich gekehrt, oder hat er sich öfter mit fremden Leuten getroffen? Wirkte er nervös oder verstimmt?«

Inés' Mundwinkel kräuselten sich. »Sie meinen nervöser und verstimmter als sonst?«

»Genau das meine ich.«

»Nein, Sergent. Es war alles wie immer.« Sie schniefte. »Bis dann plötzlich alles anders war.«

Eine merkwürdige Stille senkte sich über den Raum. Karl wusste, dass der Familie allmählich klar wurde, dass sie Fernando für immer verloren hatte. Nachdem man die Nachricht überbracht hatte, gab es immer ein enges Zeitfenster, das einem erlaubte, mit den Angehörigen zu sprechen, bis der Schock nachließ und die Trauer mit voller Wucht zuschlug. Dieses Fenster schloss sich gerade immer mehr. Ihnen blieb nicht mehr viel Zeit.

»Wir wissen, dass es viele Leute gab, die mit den Ideen und Projekten Fernandos nicht einverstanden waren, aber fällt Ihnen irgendjemand ein, der besonders mit ihm im Clinch gelegen hat? Jemand, mit dem er sich vielleicht oft oder heftig gestritten hat?«

»Sie meinen, ob mein Mann Feinde hatte?«

Karl nickte. »Ja, genau das meine ich, Señora.«

Inés schüttelte den Kopf. »Bedaure, Sergent. Aber diese Frage kann ich Ihnen nicht beantworten. Da werden Sie wohl oder übel mit Fernandos Parteikollegen sprechen müssen.«

»Gibt es da jemanden, der ihm besonders nahestand?«, fragte Alex.

»Seine Sekretärin vielleicht«, murmelte Antonia leise und wurde von ihrer Mutter mit einem giftigen Blick in die Schranken gewiesen.

»Am besten, Sie sprechen mit seinem Stellvertreter«, beantwortete Inés die Frage, als hätte sie den Einwurf ihrer Tochter überhaupt nicht gehört.

»Mit Señor Barcelo?«, fragte Alex und dachte eindeutig dasselbe wie Karl. Victor Barcelo war Rafas Vater und wurde in der Familie Lindberg-Diaz nur »das Arschloch vom Dienst« genannt. Er war so ziemlich der letzte Mensch, mit dem Karl sich unterhalten wollte.

Doch als Inés nickte, verzog er keine Miene. Die Witwe war in den vergangenen Minuten deutlich blasser geworden, es würde nicht mehr lange dauern, bis sie unter der Last ihrer eigenen Selbstbeherrschung zusammenbrach.

»Ich gehe davon aus, dass wir alle notwendigen Adressen und Kontaktdaten sowie Ihre Aussagen in den Aufzeichnungen der Kollegen finden werden«, sagte Karl. »Ich denke, für heute haben wir Ihnen genug zugemutet.«

Sie erhoben sich beide gleichzeitig von der Couch. Als Inés ebenfalls Anstalten machte, aufzustehen, drückte Nico seine Mutter zurück in das Polster. »Bleib sitzen, Mama. Ich bringe die Herren hinaus.«

Sie folgten dem jungen Mann in Richtung Ausgang, als sie Inés hinter sich fragen hörten: »Haben Sie eigentlich das Auto gefunden?«

Karl drehte sich um. »Perdona?«

»Fernando war an dem Tag, an dem er verschwunden ist, mit dem Auto unterwegs. Ich dachte, Sie hätten es vielleicht gefunden.«

Karls Herz klopfte schneller. Sein Körper schien noch vor seinem Gehirn zu begreifen, was das bedeuten könnte. »Können Sie uns vielleicht sagen, um was für ein Auto es sich handelt?«

»Um einen Audi Q8«, antwortete Inés.

»Das perfekte Auto für die Großstadt«, murmelte Alex leise, und Karl stieß ihm den Ellbogen in die Rippen.

»Wir haben schon bei der Partei nachgefragt, in der Zentrale steht es nicht«, sagte Maria nun. »Der Wagen hat eine auffällige Sonderlackierung.«

Fragend zog Karl die Brauen hoch, doch es war Nico, der hinter ihm antwortete. »Mein Vater fand es lustig, seine Autos in den Parteifarben Orange und Blau lackieren zu lassen. Damit auch jedem gleich klar war, wer da aus dem schicken Wagen steigt.«

Karl notierte sich hastig die Spezifika des Autos, dann nickte er noch einmal in die Runde. »Wir werden danach Ausschau halten. Haben Sie vielen Dank für Ihre Geduld. Und noch einmal unser aufrichtiges Beileid.«

Allmählich bekam Karl keine Luft mehr. Er konnte spüren, wie sich die Trauer in der großen Wohnung ausbreitete. Sie staute sich unter der Decke wie schwarze Gewitterwolken, die nur darauf warteten, Blitze, Donner und Regen auf die Familie einprasseln zu lassen. Karl kam sich vor wie ein Hund, der das Unwetter nahen fühlt und sich aus dem Staub machen möchte.

Rocio, die kleine Haushälterin, drückte sich mit verweinten Augen im Türrahmen zu einem der Zimmer, die von dem schmalen Flur abgingen. Sie kaute auf einer Haarsträhne herum und starrte Nico an, der keine Notiz von ihr zu nehmen schien. Als Karl ihr ein kurzes Lächeln schenkte, schreckte sie auf und verschwand in der Tür.

Nico Bunyol legte die Hand auf die Türklinke, drückte sie jedoch nicht hinunter. Es war offensichtlich, dass er noch etwas loswerden wollte. Karl und Alex traten ein wenig näher an ihn heran.

»Als ich jünger war, habe ich mit meinen Freunden auf dem Friedhof wilde Partys gefeiert«, sagte der junge Mann leise. »Von der Santa Eulalia kam man immer ungehindert auf das Gelände, selbst wenn der Friedhof offiziell geschlossen war – ich könnte wetten, dass das immer noch so ist.«

Alex nickte. »Ja, ich habe auch schon von den Partys da oben gehört. Vielleicht hat eines von den Kids ja was gesehen oder gehört. Wissen Sie sonst noch etwas, das uns weiterhelfen könnte?«

Nico schüttelte den Kopf. »Ich wohne seit zwölf Jahren in New York. Einmal in der Woche telefoniere ich mit meiner Mutter, manchmal auch mit meiner kleinen Schwester. Leider habe ich keinen blassen Schimmer, was im Leben meines Vaters vor sich ging. Tut mir leid.«

»Warum sind Sie so früh von zu Hause weg?«, fragte Karl, doch in diesem Moment zerriss ein gellender Schrei die Luft. Wenn Karl nicht genau gewusst hätte, dass es Inés war, die da schrie, hätte er vermutet, dass irgendwo ein Tier verwundet worden war. Die dunklen Wolken waren aufgerissen und hatten ihre schwarze Fracht ausgeschüttet.

Sein Blick fand kurz die Augen des jungen Mannes, bevor Nico ins Wohnzimmer hastete.

10

Auf dem Bürgersteig angekommen, musste Karl ein paar Mal mit geschlossenen Augen tief durchatmen und die warmen Sonnenstrahlen auf seiner Haut spüren, um sich wieder zu ordnen. Wie immer in solchen Momenten musste er den sehr starken Impuls unterdrücken, nach Hause zu eilen und seine gesamte Familie daheim an diverse Möbelstücke zu ketten, damit ihnen nichts geschehen konnte.

Auch Alex wirkte durchgeschüttelt, er hatte sich in den vergangenen Minuten häufiger als üblich die Haare gerauft, die nun wieder eine logische Einheit mit seinem knittrigen Hemd bildeten.

Schließlich atmete er schwer aus. »Junge, Junge. Dafür, dass ich ihn immer für ein gewaltiges Ekel gehalten habe, hat der Mann eine ziemlich nette Familie.«

»Und eine Frau, die ihn offensichtlich sehr geliebt hat«, ergänzte Karl und nickte. »Wir müssen uns unbedingt die Akten von diesem Señor Pajaro ansehen und herausfinden, ob schon eine Fahndung nach dem Auto läuft. Außerdem brauchen wir die Kontaktdaten sämtlicher Zeugen und Kollegen des Ehepaars sowie sämtliche Alibis. Die Kollegen müssten uns ja schon einen Teil der Fleißarbeit abgenommen haben. Und ich will wissen, wovon der Sohn in New York lebt.«

Alex zog sein Handy aus der Tasche. »Ich rufe Marla an. Die müsste eigentlich alles schon organisiert haben. Und dann fahren wir zurück in die Altstadt. Hier oben kann man ja kaum atmen.« Karl nickte und öffnete wie zur Bestätigung die beiden obersten Hemdknöpfe. Da er den Blick des strengen Concierge im Nacken fühlte, zog er Alex ein Stück zur Seite, den Bürgersteig entlang und weg vom Haus. Das hier versprach ein Fall mit sehr, sehr viel Laufarbeit zu werden. Karl zückte seinerseits sein

Handy, schickte eine SMS an die Kollegen Nadal und Moix und wies sie an, einen der Einsatzräume für sie vorzubereiten. Bei einem Fall mit dermaßen viel Akteuren und verschiedenen Schauplätzen würden sie Platz brauchen, um sich auszubreiten. Als er von seinem Handy aufsah, blickte er in Alex' ratloses Gesicht.

»Marla ist nicht da. Ich habe mit der Zentrale gesprochen. Sie hat sich weder krankgemeldet noch sonst irgendwie Bescheid gesagt. Und an ihr Handy geht sie auch nicht.«

»Merkwürdig«, sagte Karl und raufte sich ebenfalls die Haare. Er war müde; es war fast zu heiß zum Denken.

»Komm, wir fahren in die Comisaría. Ich schreibe Nadal, dass sie sich auch um die Akten von Pajaro kümmern soll, vielleicht kann sie sie ja schnell beschaffen. Und Marla ist sicher unterwegs. Vielleicht hat sie uns ja eine Nachricht hinterlassen.« Alex zögerte einen Augenblick, dann nickte er. »Wir müssen vor der Pressekonferenz sowieso noch zur Arbol. Es wundert mich, dass sie noch nicht angerufen hat, um uns anzuschreien.«

Karl stöhnte. Die Pressekonferenz. Die hatte er völlig vergessen.

»Hast du ein Ersatzhemd?«, fragte er seinen Schwager schroff.

Der schaute an sich herunter. »Wofür hältst du mich, Flieger? Für einen Bankangestellten?«

»Dann müssen wir noch bei El Cortes Inglés vorbei. Du brauchst ein neues Hemd, bevor die Pressekonferenz anfängt.«

»Wir haben keine Zeit für diesen Mist«, gab Alex ungehalten zurück.

»So kannst du nicht vor die Kameras treten. Was wirft das denn für ein Licht auf die Mossos?«

Alex zündete sich eine Zigarette an und stapfte los, in Richtung Auto.

»Vielleicht macht es den Eindruck eines Sergents, der sich bereits die letzte Nacht um die Ohren geschlagen hat und alles tun wird, um den Fall zu lösen? Eines Polizisten, der nicht ruhen und wenig schlafen oder essen wird, bis der Mörder des ehrenwerten Politikers hinter Gittern sitzt?«

Karl überlegte eine Weile und musterte seinen Schwager kritisch. Irgendwie hatte er ja recht. Und irgendwie auch nicht. Er könnte jetzt mit Alex darüber streiten, welche Außenwirkung die Mossos bei solchen Pressekonferenzen erzielen wollten, oder er könnte es bleiben lassen. Karl entschied sich für Letzteres. Immerhin riskierte er damit weder seinen Kopf noch seinen zerknautschten Hemdkragen.

»Bitte, aber auf deine Verantwortung«, lenkte er ein. »Wenn die Arbol einen Anfall bekommt, badest du das aus.«

Alex zuckte die Schultern. Seine Schritte waren lang und schnell, es war ganz offensichtlich, dass er sich wirklich beeilte, zum Wagen zu kommen.

»Was rennst du denn so?«, fragte Karl, der trotz seiner langen Beine Mühe hatte, mit dem Jüngeren Schritt zu halten. »Ich weiß auch nicht«, antwortete Alex halblaut. »Aber ich habe ein ganz blödes Bauchgefühl.«

Karl zog verwundert die Augenbrauen hoch, sagte aber nichts. Normalerweise war er doch für blöde Bauchgefühle zuständig. Sie hasteten den breiten Prachtboulevard hinab. Es war schon etwas Besonderes, die Stadt und das Meer von hier oben zu sehen. Ganz Barcelona kletterte an drei Seiten die Hausberge hinauf, und wenn man sich in der Zona Alta befand, konnte man von beinahe überall das Gewirr aus Häusern und Gassen sehen, durch das sich im Schachbrettmuster die breiten Avenidas und Passeiges zogen. Quirliges Chaos, das wiederum in ordentliche, klar abgegrenzte Stücke aufgeteilt war. Kleine nachbarschaftliche Durcheinander, von breiten Straßen begrenzt. Ein Widerspruch in sich.

Karl hatte einmal gelesen, dass die Erweiterung Barcelonas, Eixample oder die Neustadt genannt – die trotzdem noch älter war als die ältesten Häuser Berlins –, als Vorbild für andere

Städte wie zum Beispiel New York fungiert hatte. Von hier oben ergab das in seinen Augen deutlich mehr Sinn als unten im Gewühl. Trotzdem hatte die Zona Alta eine Kühle, die er normalerweise nicht mit der Stadt verband und die auch nichts mit dem Wind zu tun hatte, der hier oben etwas stärker wehte. Zwar teilte er die heftige Abneigung seines Schwagers nicht, aber er konnte es auch nicht erwarten, endlich wieder »nach unten« zu kommen.

Alex wirkte während der ganzen Fahrt sehr angespannt, sodass Karl es vorzog, die Gedanken in seinem Kopf zu ordnen und ein grobes Bild von der Tat zu zeichnen.

Der Politiker hatte vor gut zwei Wochen das Haus verlassen und war nicht mehr zurückgekehrt. Er hatte weder ein ungewöhnliches Treffen noch einen heftigen Streit erwähnt, sondern war nach einem kurzen Frühstück zu seinem Arbeitstag aufgebrochen. Im dunklen Anzug ohne oder mit gestreifter Krawatte. Zwei Wochen später hat man seine Leiche gefunden. Erdrosselt, in einer Gruft auf dem Friedhof. Mit einer altmodischen Krawatte um den Hals, die nicht die Mordwaffe war. Stranguliert von einem schlanken Täter, dem ein Hindernis die Tat erschwert hatte. Ein Mann, der sein Opfer nach dem Tod nicht nur mit der fremden Krawatte geschmückt, sondern es auch eine Zeit lang betrachtet hatte. In der Finsternis der Gruft. In einem Punkt war sich Karl sicher: Fernando Bunyol war seinem Mörder ganz und gar nicht egal gewesen. Im Gegenteil: Zwischen den beiden hatte es ein starkes emotionales Band gegeben. Das sich schließlich wie ein Strick um den Hals des Mannes gelegt hatte.

»Hättest du vermutet, dass Bunyol aus ärmlichen Verhältnissen stammt?«, fragte Alex unvermittelt, als sie kurz vor dem Plaza de España an einer Ampel hielten.

»Um ehrlich zu sein, habe ich bis gestern überhaupt keinen Gedanken an den Mann verschwendet, Alex. Ich hab's nicht so mit konservativen Politikern.«

Alex schüttelte ungläubig den Kopf. »Der Typ hat die Anlegestellen für die Kreuzfahrtschiffe durchgeboxt. Er hat die Deals mit den Billig-Airlines ausgehandelt. Und er hat sich für eine zweite Flughafenerweiterung starkgemacht. Bunyol ist schuld, dass die ganze Stadt von Touristen überflutet wird.« Alex seufzte schwer. »Die gesamte Ciutat Vella hasst diesen Kerl. Streng genommen gibt es also etwa hunderttausend Menschen, die ein Motiv hatten, Bunyol zu töten.«

Karl lachte. »Aber wir sind doch auch Altstadtbewohner, Alex. Ich kann zwar nicht für dich sprechen, aber ich hatte kein Motiv.«

»Du bist ja auch gerade erst hergezogen«, grummelte Alex zurück.

Um Punkt fünfzehn Uhr rollten sie auf den Hof der Comisaría. Die Pressekonferenz war für siebzehn Uhr angesetzt, somit hatten sie noch knapp zwei Stunden Zeit, ihre Kollegen und sich selbst auf den neusten Stand zu bringen.

Auf dem Flur kam ihnen Nadal entgegen und informierte sie, dass sie Einsatzraum drei geblockt und die anderen informiert hätte. Sie war gerade auf dem Weg, die Akten aus Jorge Pajaros Büro abzuholen, dann hätten sie alles zusammen.

Karl und Alex eilten in ihr eigenes Büro, beide schneller, als es notwendig gewesen wäre. Alex' Unruhe hatte Karl angesteckt, und er wollte in dem Augenblick, in dem er die Tür öffnete, nichts lieber sehen als Marla, die ihnen entgegenlächelte. Doch weder ihre Assistentin noch eine Notiz von ihr war zu entdecken. Das Büro war aufgeräumt und vollkommen leer. Die abgestandene Luft schien eindeutig zu beweisen, dass heute noch niemand den Raum betreten hatte. Auf Marlas Telefon blinkte das rote Lämpchen für die Rufumleitung.

Alex fluchte leise und zog erneut sein Handy aus der Tasche, um es noch einmal bei Marla zu versuchen. Doch er blieb auch diesmal erfolglos.

»Das gefällt mir nicht«, murmelte er. »Das gefällt mir nicht, das gefällt mir nicht.«

»Könnte sie nicht einfach fürchterlich krank sein und zu Hause im Bett liegen?«, bot Karl an, doch auch er kam sich bei dieser eigentlich ganz normalen Aussage komisch vor. Was hauptsächlich daran lag, dass Marlas Leben bisher alles andere als normal verlaufen war. Immerhin wurde ihr Bruder wegen Mordes an ihrem Vater gesucht. Wenn er nun nach Hause zu seiner kleinen Schwester gekommen war, um sein blutiges Werk zu vollenden? Wenn er Marla in irgendetwas mit hineingezogen hatte?

»Du weißt genau, dass sie angerufen hätte, Karl. Wenigstens uns beide.«

Karl nickte langsam. »Ja, das hätte ich auch gedacht. Aber Marla ist erwachsen, Alex. Nur weil sie einmal nicht zur Arbeit auftaucht, können wir nicht gleich eine Großfahndung anleiern. Heute Nacht war sie noch wohlauf und guter Dinge. Hoffen wir einfach, dass sie morgen wieder da ist.« Alex nickte schwach und ließ sich auf Marlas Schreibtischstuhl fallen. Normalerweise hatte sie um diese Uhrzeit immer eine kleine Kaffeepause mit Keksen und Obst vorbereitet. Doch auch darauf mussten sie heute verzichten.

Karl rief im Labor an und bat Luisa, mit allem, was sie hatte, in den Einsatzraum zu kommen, während er zusah, wie Alex die Schubladen von Marlas Schreibtisch aufzog und mit Märtyrermiene eine Kekspackung aus einem der Fächer hervorkramte. Zwei schokolierte Kekse verschwanden zwischen seinen missmutig verzogenen Lippen.

Karl scheuchte ihn nach wenigen Minuten wieder hoch, nicht zuletzt, weil er nicht wusste, was er sonst im Büro tun sollte. Ohne Marla fühlte er sich dort seltsam fehl am Platz.

Im Einsatzraum waren Ramirez, Nadal und Moix schon fleißig dabei, eine Wand mit braunem Packpapier zu bekleben und Flipcharts aufzustellen. Bei ihrem Anblick stahl sich ein Lächeln auf Karls Lippen.

So sah der Anfang einer polizeilichen Ermittlung aus. In wenigen Tagen würde dieser Raum vermutlich den Eindruck machen, als wäre darin eine Bombe hochgegangen. Oder als hätte jemand ein paar Mülltonnen über den Tischen ausgeleert.

Der Einsatzraum half ihm, in den üblichen Modus zu finden, und so war er es auch, der die jüngeren Kollegen über den Stand der Dinge informierte.

»Ich muss euch wohl nicht sagen, wie pikant dieser Fall ist«, schloss er seine Ausführungen. »Ihr wisst, dass die Cap schwache Nerven hat. Darüber hinaus gilt es um jeden Preis, die Angehörigen des Opfers zu schonen und die Ermittlungen nicht zu gefährden. Deshalb sage ich euch jetzt in aller Deutlichkeit: Kein Wort. Kein einziges Wort von dem, was hier drin und im Laufe der Ermittlungen passiert, darf nach draußen dringen. Was in jedem Fall selbstverständlich sein sollte, wird hier überlebenswichtig.« Er sah jedem der Anwesenden nacheinander unverwandt in die Augen. »Ein paar unbedachte Worte in einer Eckkneipe nach zwei oder drei Gläsern Rioja können uns alle die Stellung kosten und einem Mörder die Chance geben, sich aus dem Staub zu machen.«

Seufzend ließ er sich auf einen der alten Polsterstühle fallen und betrachtete die Papierwand, an die er seine spärlichen Aufzeichnungen und ein paar Fotos gepinnt hatte. »Ist das angekommen?«

»Ja, Chef«, murmelten die jungen Beamten, und Alex' Mundwinkel zuckten. Karl fragte sich, ob sein Schwager über die Ansprache amüsiert oder beleidigt war.

Karl klopfte auf den Tisch. »Gut. Und jetzt fasst bitte mal jemand die Akte des Kollegen Pajaro für uns zusammen.«

Nadal nahm einen dünnen Aktenordner zur Hand und stand auf.

»Das ist alles?«

Nadal zuckte die Schultern. »Ich fürchte, ja.«

»Ein berühmter Politiker verschwindet, und was es dazu an Unterlagen gibt, passt in das kleine Ding da?«

»Ich habe mich auch gewundert, Lindberg. Aber Pajaro meinte, mehr gäbe es dazu nicht.«

»Mierda«, brummte Alex leise. Dann fragte er lauter: »Wie kann das sein?«

Victor Gomez hob wie ein braver Schüler die Hand. »Vielleicht hatte Pajaro ja kein Interesse daran, Bunyol zu finden? Soviel ich weiß, ist er sehr liberal.«

»Madre mía«, stöhnte Karl. Er war hin- und hergerissen zwischen dem Wunsch, sofort ins Büro dieses Kollegen zu stürmen und ihn zur Rede zu stellen, und dem Wissen, dass es ihm nicht mehr einbringen würde als einen noch schlechteren Stand unter den Mossos.

»Okay, Nadal. Ist da überhaupt was Brauchbares drin?«

Nadal zuckte die Schultern. »Hier sind der Bericht des Beamten, der die Vermisstenanzeige aufgenommen hat, ein paar Adressen von Kollegen und Freunden, die Bunyol an diesem Tag getroffen hat, sowie Protokolle der Gespräche mit ihnen.« Sie blätterte ein Stück weiter. »Hier sind die Aufzeichnungen von den Befragungen der Angehörigen, allerdings alles sehr kurz, außerdem die Alibis und deren Überprüfung. Nur Nico taucht so gut wie gar nicht auf. Wahrscheinlich reichte den Kollegen die Angabe, dass er sich in New York aufhält.«

Karl grunzte. »Haben die das Auto des Mannes zur Fahndung ausgeschrieben?«

Nadal blätterte durch die Seiten. »Ja, haben sie. Einen dunkelblauen Audi Q8«, las sie direkt vom Blatt ab.

»Was ist mit der Sonderlackierung?«

Nadal runzelte die Stirn, den Blick noch immer auf die Akten geheftet. »Was denn für eine Sonderlackierung?«

Karl und Alex stöhnten auf.

11

Nachdem Moix losgeflitzt war, um die Fahndung nach dem Fahrzeug zu aktualisieren, kam Luisa mit einigen Ergebnissen aus dem Labor. Sie sah noch müder aus als am Vortag, aber sie grinste schief, als sie Karl, Alex und die anderen erblickte.

»Wo habt ihr denn Marla gelassen?«, fragte sie, während sie ihren Laptop auf einem der Tische abstellte.

»Das wissen wir leider auch nicht«, antwortete Karl wahrheitsgemäß, und Alex fing wieder an, nervös mit dem Unterkiefer zu mahlen. »Sie ist heute nicht aufgetaucht, sie hat nicht Bescheid gesagt, und sie ist nicht zu erreichen.«

»Hm. Ich kann ja auf dem Heimweg bei ihr vorbeischauen; ich komme quasi an ihrem Haus vorbei.«

»Das wäre toll, danke, Luisa.« Karl nickte, und Alex lächelte Luisa so breit an, dass sich ihre blassen Wangen röteten. Sie schloss den Laptop an den Beamer an und startete eine Power-Point-Präsentation.

Zuerst zeigte sie ein paar Fotos von der Gruft mit und ohne Leiche, damit die jüngeren Kollegen auch eine Vorstellung davon hatten, was sie auf dem Cementiri vorgefunden hatten.

»Wir haben die Gruft auf Spuren untersucht und das eine oder andere gefunden«, erklärte Luisa anschließend. »Was ich euch mit Sicherheit sagen kann, ist, dass es sich bei der Gruft nicht um den Tatort handelt. Natürlich ist bei einem Mord durch Erdrosseln der Tatort besonders schwer zu bestimmen, weil es keine Blutspuren gibt. Ein Indiz sind die fehlenden Kampfspuren, aber bei dem dreckigen Boden hat das allein keine besondere Aussagekraft.« Sie drückte auf die Fernbedienung, und die Abbildung eines einzelnen Moleküls erschien.

»Allerdings kann man anhand von Partikeln in der Lunge des Toten feststellen, ob er auf dem Friedhof gestorben ist oder nicht.

In so einer Gruft fliegt alles Mögliche herum, das man sonst nirgendwo findet. Inklusive winziger Partikel menschlicher Asche.«

»Soll das heißen, wir haben Leichen eingeatmet?«, fragte Alex entsetzt, und Luisa schob lächelnd ihre große, runde Brille hoch.

»Natürlich.« Und mit einem verschmitzten Schmunzeln fügte sie hinzu: »Menschliche Asche ist aber weitaus ungefährlicher als zum Beispiel Zigarettenrauch.«

»Mir ging es dabei weniger um meine Gesundheit.« Alex verzog angewidert das Gesicht, und auch Karl musste den Gedanken, dass sich in seiner Lunge nun winzige Teilchen verbrannter fremder Menschen befanden, tief in die hintersten Schubladen seines Gehirns verbannen.

»Bunyols Lunge war jedenfalls völlig aschefrei. Ich würde sogar behaupten, dass er in den vergangenen Monaten nicht einmal in die Nähe des Friedhofs gekommen ist.« Sie blickte zu Karl hinüber. »Asche ist allerdings ein gutes Stichwort. Ich habe den Aschefleck an der Wand analysiert, Karl.«

Karl setzte sich aufrechter hin und klappte sein Notizbuch auf. »Und?«

»Nun, es handelt sich tatsächlich um Zigarettenasche. An der Stelle wurden zu verschiedenen Zeitpunkten Zigaretten ausgedrückt. Dort war Asche von vor zwei Wochen, und welche, die erst wenige Tage alt ist.«

Er hatte es geahnt. Der Täter war tatsächlich ein paar Mal zu Bunyols Leichnam zurückgekehrt. Die Frage war nur: Warum? Offenbar war er vor ein paar Tagen zum letzten Mal dort gewesen – wieso hätte er sonst seinen Stuhl mitnehmen sollen?

»Und kannst du sagen, welche Zigarettenmarke?«

»Ganz normale Marlboros«, antwortete sie achselzuckend.

»Das hilft uns jetzt nicht unbedingt weiter«, bemerkte Alex. »Die rauche ich auch.«

»Klar, aber seit ungefähr zehn oder fünfzehn Jahren gibt es in Spanien sowieso keine von den alten Marken mehr. Wenn ich Camel gesagt hätte, hätte euch das auch nichts gebracht, oder?«

»Hm. Hast du eine Idee, wie der Leichnam in die Gruft gekommen sein könnte? Hier tappen wir noch ziemlich im Dunkeln.«

Luisa lächelte und schob ihre Brille hoch. »Da kann ich euch weiterhelfen, Karl. Wir haben nicht nur an den Treppenstufen, sondern auch auf dem Friedhof selbst jede Menge grauer Filzfasern gefunden. Die Konzentration war jeweils an der Vorderkante der Stufen am höchsten.«

»Eine Decke?«

Die Kriminaltechnikerin nickte. Sie kramte eine Papiertüte hervor, in der sie anscheinend Asservate aufbewahrte, und förderte eine fest verschlossene Plastiktüte zutage. Darin befand sich ein kleines Stück grauer Stoff.

»Das hier haben wir in der Nähe der Gruft hinter einem Stein gefunden, die Fasern passen eins zu eins zu denen aus der Gruft. Der Tote war ziemlich schwer, wahrscheinlich ist der Stoff beim Ziehen abgerissen.«

Karl kniff die Augen zusammen und betrachtete das kleine Stück Stoff. Er konnte sich lebhaft vorstellen, wie sich der Mörder abgemüht hatte, die Leiche rechtzeitig in das Versteck zu bringen, das er sich ausgesucht hatte. Es musste ein Gewaltakt gewesen sein.

»Konntest du herausfinden, um was für eine Decke es sich handelt?«

»Kommt sie dir nicht bekannt vor?«, fragte Luisa. »So eine liegt nicht nur auf meiner Couch, sondern im Herbst auch im Außenbereich jeder zweiten Bar.«

»Schwedische Massenware«, stellte Nadal trocken fest, und Luisa nickte.

»Die Decke selbst kann uns nicht weiterhelfen, aber wenigstens wissen wir nun, wie der Leichnam in die Gruft geschafft worden ist«, stellte Karl fest.

Als wäre das ihr Stichwort, schaltete Luisa zum nächsten Bild, das die aufgescheuerten Fingerkuppen des Toten zeigte.

»Jetzt wird es allerdings interessant«, sagte sie. »Wie ihr sehen könnt, hat Bunyol seine Fingernägel im Todeskampf ganz schön malträtiert.«

Gomez verzog das Gesicht und wurde ein wenig blasser.

»Normalerweise finden sich unter den Fingernägeln Spuren vom Täter. Meist Hautzellen oder Blutspuren. Hier haben wir allerdings etwas ganz anderes gefunden.«

Das nächste Bild erschien. Es zeigte die mikroskopische Aufnahme dessen, was sich unter den Nägeln befunden hatte. Ein paar helle Fasern konnte Karl erkennen, doch der Rest sagte ihm gar nichts.

Luisa stand vor ihnen wie eine erwartungsvolle Lehrerin vor der Tafel.

»Fasern?«, bot Alex unsicher an, und Luisa nickte, zog dabei aber spöttisch die Brauen hoch. »Genau, Diaz. Fasern. Und zwar Kunstfasern, wie man sie zum Beispiel in Winterjacken oder Kuscheltieren findet.«

Alex lehnte sich auf seinem Stuhl zurück und verschränkte die Arme.

»Richtig interessant sind aber die anderen Spuren. Es handelt sich um Rindsleder. Und da ich dazwischen winzige weiße Farbpartikel gefunden habe, würde ich auf weißes Leder tippen. Bunyol hat sich also im Moment seines Todes an weißem Leder festgekrallt. Vielleicht trug der Mörder eine weiße Lederjacke, oder ...«

»Das Auto!«, rief Karl, und sofort richtete sich die Aufmerksamkeit aller im Raum auf ihn.

»Luisa. Könnte es sein, dass die Spuren von einem Autositz stammen?«

Luisa nickte. »Ja, das kann sehr gut sein.«

Karl sprang auf und begann, in dem kleinen Raum hin und her zu tigern. »Es passt alles zusammen«, murmelte er. »Genau ... das erklärt ... oh Mann.«

»Wenn es dir zeitlich möglich wäre, würden wir uns natürlich freuen, wenn du uns an deinen Überlegungen teilhaben lässt«, holte Alex Karl ein wenig gereizt aus seiner Gedankenspirale. »Natürlich nur, wenn es dir keine Umstände macht«, setzte er noch hinzu.

Karl nickte und fuhr sich mit der Hand übers Gesicht.

»So, wie sich die Spuren darstellen, müssen wir davon ausgehen, dass Bunyol in einem Auto getötet wurde. Chi Yung hat uns darauf aufmerksam gemacht, dass die Drosselmarken sich hinten am Hals nicht kreuzen, wie es normalerweise der Fall ist. Wahrscheinlich hat Bunyol vorn gesessen und der Täter auf dem Rücksitz. Und der Täter hat den Gürtel nicht direkt hinter dem Hals gekreuzt, sondern hinter der Nackenlehne.«

»Ein fahrender Tatort«, murmelte Moix.

»Ja, genau!« Karl nickte eifrig. »Und im Todeskampf hat Bunyol die Fingernägel so tief in seinen Sitz gegraben, dass er bis zum Futter durchgedrungen ist.«

»Weiße Ledersitze. Das würde zu ihm passen.« Alex zupfte an seiner Unterlippe.

Karl atmete tief durch. »Rodriguez, find bitte heraus, ob der Q8 von Bunyol weiße Ledersitze hatte.« Der junge Mann nickte und eilte hinaus.

»Ich gehe jede Wette ein, dass Fernando in seinem eigenen Auto getötet wurde. Dann hat ihn der Täter zu der Gruft gefahren und hat ihn auf der Decke das kurze Stück von der Straße bis in das Grab gezogen und dort versteckt. Dann ist er mit dem Wagen auf und davon. Der Wagen ist unser Tatort.«

»Dieser Idiot Pajaro hat nicht mal nach dem richtigen Auto fahnden lassen. Die Karre könnte überall sein. Umlackiert und ins Ausland verkauft. Mitsamt der Spuren.«

»Das stimmt, aber wir müssen trotzdem versuchen, den Wagen zu finden. Nadal und Moix klappern nachher sämtliche großen Parkplätze außerhalb der Stadt ab, die ihnen einfallen. Alex und ich fahren zur Parteizentrale von TyF und sprechen mit Bunyols Stellvertreter und seiner Sekretärin. Rodriguez und

Gomez bleiben hier, stellen die Informationen zusammen, graben in Bunyols Vergangenheit und versuchen, herauszufinden, woher die Krawatte stammen könnte, mit der das Opfer gefunden wurde. Und kann bitte einer von euch die Aussagen des Sohnes überprüfen? Um acht treffen wir uns alle wieder hier und gehen zusammen essen und eine ordentliche Portion Kaffee trinken.«

Alle sahen Karl verwundert an. Der zog die Brauen hoch und sagte mit einem leichten Lächeln: »Auf dem Friedhof ist heute Nachtschicht!«

Nach der Lagebesprechung hatten Karl und Alex noch ein wenig Zeit und beschlossen, auf dem Hof einen Kaffee zu trinken. Sie setzten sich in den Schatten eines der großen Feigenbäume, und Alex zündete sich eine Zigarette an. Er war ungewöhnlich schweigsam.

»Bist du nachdenklich, oder was ist mit dir los?«, fragte Karl. Alex nahm erst einen langen Zug von seiner Zigarette und trank dann einen großen Schluck Kaffee.

»Du gehst mir auf die Nerven, Karl.«

Karl zog die Augenbrauen hoch. »So? Wieso denn?«

Alex gestikulierte wild. »Na, du weißt einfach, was zu tun ist. Du hast die Besprechung geleitet, du hast die Aufgaben verteilt, du hast die Schlüsse gezogen. Ich hab nur dagesessen wie Dekoration.«

Karl schmunzelte. »Jeder muss sein Handwerk lernen, Alex. Am Anfang seiner Karriere wird ein junger Polizist immer mit einem alten Hasen zusammengesteckt, damit er von ihm lernen kann. Ich habe einfach mehr Erfahrung als du.«

Alex drehte trotzig seine Kaffeetasse zwischen den Fingern. »Aber bei den Mossos bin ich der alte Hase.«

»Willst du etwa, dass ich mich zurückhalte und warte, bis du von selbst darauf kommst, was zu tun ist? Alex, wir stehen am Anfang einer Mordermittlung. Und leider sind seit dem Tod des

Mannes schon zwei Wochen vergangen. Der Mörder hat einen gewaltigen Vorsprung, und wir können es uns nicht leisten, Zeit zu verplempern.«

»Ja, ich weiß«, Alex schnippte die Kippe weg, so weit er konnte. »Aber es nervt manchmal gewaltig, immer in den Schatten gestellt zu werden. So nimmt mich doch keiner ernst.«

Karl klopfte seinem Schwager auf die Schulter. Er konnte nachvollziehen, wie er sich fühlte, war aber nicht bereit, ihn allzu sehr zu bemitleiden. Immerhin war er völlig unverdient in diesen höheren und besser bezahlten Rang befördert worden.

»Dann streng dich ein bisschen an, Cuñado. Lies ein paar Bücher, bilde dich fort! Das Lernen kann ich dir nicht auch noch abnehmen.«

Alex gab ein missmutiges Grunzen von sich. »Los, gehen wir zur Arbol. Ihr Gekeife ist mir gerade fast lieber als dein Oberlehrergequatsche.«

12

»Hey, das war doch gar nicht so schlimm!«

Mit zufriedenem Gesicht öffnete Karl das Beifahrerfenster und ließ sich den Fahrtwind um die Nase wehen.

»Das sagst du jetzt schon zum dritten Mal«, gab Alex zurück.

»Ich finde, man kann das nicht oft genug betonen.«

Alex lächelte ein wenig. »Das liegt nur daran, dass du ein Problem mit der Öffentlichkeit hast.«

»Wenn ich in die Öffentlichkeit gewollt hätte, wäre ich Schauspieler geworden.« Karl fächelte sich mit seinem Strohhut noch etwas mehr Luft zu. Beinahe hatte er das Gefühl, die letzten beiden Stunden die Luft angehalten zu haben und nun einfach nicht genug davon bekommen zu können.

»Schauspieler? Du? Du bist ja nicht mal in der Lage, deinen Ärger zu verbergen, wenn es um Leben und Tod geht. Dein Gesicht ist ein Buch, Flieger.«

»Nenn mich nicht so«, gab Karl zurück, allerdings mehr aus alter Gewohnheit als aus Hoffnung, dass er seinen Spitznamen in diesem Leben noch einmal loswerden würde. Er würde es nie zugeben, aber in Wahrheit hatte er sich mittlerweile daran gewöhnt. Auf der Comisaría nannte ihn auch fast jeder so.

»Außerdem habe ich als junger Mann im Laientheater Moabit beachtliche Erfolge gefeiert.«

Alex lachte. »Gibt's davon noch Fotos?«

»Nein.« Karl schüttelte heftig den Kopf. »Und wenn, dann würde ich sie dir nicht zeigen.« Gut gelaunt trommelte er mit seinen Fingern einen Takt auf den Knien. »Ich bin nur froh, dass dieser Zirkus heute vorbei ist.«

»Stimmt. Aber das wird sicher nicht die letzte Pressekonferenz in diesem Fall gewesen sein. Immerhin ist unser Toter Fernando Bunyol.«

»Weißt du, Alex, daran denke ich jetzt noch nicht. Ich bin ein Mensch, der im Augenblick lebt.«

Die Pressekonferenz war tatsächlich nicht so katastrophal gelaufen, wie er es befürchtet hatte. Maria Arbol hatte ihnen eingeschärft, nur zu sprechen, wenn sie direkt gefragt wurden, und das Reden ansonsten ihr zu überlassen. Und Karl hatte sich nur allzu gern daran gehalten. Außerdem hatte er so Zeit gehabt, Stefano Flores zu beobachten, der erwartungsgemäß ganz vorn in der ersten Reihe gesessen hatte.

»Hast du gesehen, wie Flores sich aufgeführt hat?«, fragte er Alex.

»Wieso? Was meinst du damit? Für mich hat er sich genauso benommen wie gestern. Wie ein kleines Wichtigtuerarschloch.«

»Das meine ich nicht. Ist dir nicht aufgefallen, wie er rumstolziert ist? Wie ein Gockel auf dem Misthaufen. Seine Kollegen sind um ihn herumgetanzt, und er hat die Aufmerksamkeit sichtlich genossen.«

Alex zuckte die Schultern. »Wahrscheinlich ist das seine erste große Story. Und dafür auch ein ziemlich großer Wurf. Die Fliegen schwirren doch immer um den größten Scheißhaufen.«

»Wahrscheinlich. Aber ich finde, er spielt sich ganz schön auf. Er hat kein Heilmittel gegen Krebs gefunden, sondern ein Telefongespräch belauscht.«

»Mag sein, aber wir wissen immer noch nicht, warum er überhaupt auf dem Friedhof war. Bestimmt nicht wegen seiner Großmutter.«

»Stimmt«, gab Karl zu. »Irgendwoher muss er sich die Information beschafft haben. Leider ist es bis zu einem gewissen Grad normal, dass die Polizei der Presse Tipps gibt. Ein paar schwarze Schafe sind bei uns immer dabei.«

Alex schnaubte und malte Anführungszeichen in die Luft. »Ja. Ein paar.«

»Wenigstens hat die Arbol sich mit ihren Schimpftiraden

diesmal zurückgehalten, und wir haben noch Zeit, in die Parteizentrale zu fahren.«

»Hm. Ich hoffe nur, Marla kommt morgen wieder. Wenn ich Nadal noch einmal bitte, Sekretärin für uns zu spielen, kratzt sie mir die Augen aus.«

»Ja, ich habe auch ein bisschen Angst vor ihr. Aber sie ist eine gute Polizistin. Und ganz sicher unbestechlich. Sie hat aber einen Termin für uns gemacht, oder?«

»Na ja, sie hat gemeint, ›Die Sekretärin von dem Oberarsch hat gesagt, er ist noch bis mindestens zwanzig Uhr im Büro‹.«

Karl kicherte. Barcelo war bei den meisten Leuten ungefähr genauso beliebt wie der tote Fernando Bunyol, den Karl allerdings noch nicht einzuordnen vermochte. Das, was seine Frau über ihn erzählte, deckte sich so gar nicht mit dem Bild, das der Rest der Stadt offenbar von ihm hatte. Und Inés Herrero machte nicht den Eindruck eines verklärten Dummchens. Auch was sie über ihr gemeinsames Studium und Bunyols wahre politische Gesinnung erzählt hatte, passte irgendwie nicht.

»Meinst du, er erkennt dich?«, fragte Alex, der den Wagen gerade nach rechts in die Carrer de Mallorca lenkte, in der die TyF ihren Sitz hatte.

Karl zuckte die Schultern. »Wir sind einander nie begegnet. Rafas Mutter war mal bei uns, aber Barcelo selbst hat sich nicht blicken lassen und, soviel ich weiß, auch keinen Kontakt aufgenommen, seit Rafa bei uns wohnt.«

Alex stieß einen Pfiff aus. »Aber das sind doch sicher schon …«

»Vier Monate.« Karl nickte. »Ich weiß, ich weiß. Es gibt einen Grund für seinen Spitznamen. Wahrscheinlich weiß er aber, dass ich Polizist bin, und mein Name ist in dieser Stadt nicht gerade weitverbreitet, also …« Karl zuckte die Schultern. »Ich kann nicht darauf hoffen, unerkannt zu bleiben.«

Vor dem großen, modernen Glasgebäude in der breiten Avenida gab es einen ganzen Bereich, in dem strenges Halteverbot herrschte und der somit den perfekten Parkplatz für Alex darstellte. Karl hatte schon lange aufgehört, sich zu sorgen, dass sie eines Tages abgeschleppt wurden. In dieser Stadt würde es niemand wagen, ein Dienstfahrzeug der Mossos abzuschleppen. Als er Alex einmal darüber aufklärte, dass er mit seiner Falschparkerei streng genommen Amtsmissbrauch beging, hatte der ihn nur ausgelacht.

Sie traten durch eine der beiden großen Glasdrehtüren in eine Empfangshalle, wie Karl sie schon hundert Mal gesehen hatte. Eine Statue des Parteigründers stand links neben dem Eingang, eine hochwertige Sitzecke umrahmte einen niedrigen Tisch, auf dem die Parteizeitung auslag, und hinter einem Betontresen stand eine hübsche, schwarzhaarige Frau und lächelte ihnen entgegen, als hätte sie ihr ganzes Leben auf Karl und Alex gewartet.

»Buenas tardes, Señores«, sagte sie und entblößte dabei eine Reihe perfekter weißer Zähne. »Was führt Sie zu uns?«

Karl und Alex zogen ihre Polizeiausweise hervor und legten sie vor der jungen Frau auf den Tresen, die daraufhin filmreif erblasste. Sollte man jemals einen Empfangsdamen-Roboter bauen, dann müsste man diese junge Dame als Vorbild nehmen, dachte Karl.

»Wir sind hier, um mit Señor Barcelo zu sprechen. Er müsste über unser Kommen informiert sein.«

Die junge Frau nickte. »Der linke Aufzug, bis ganz nach oben in den achten Stock. Sie müssen sich im Vorzimmer anmelden.«

Karl und Alex folgten ihren Anweisungen und fanden in Señor Barcelos Vorzimmer eine Frau, die genau das Gegenteil der freundlichen Empfangsdame darstellte. Barcelos Assistentin war sicherlich an die sechzig, trug einen strengen Kurzhaarschnitt und hatte eine schwarze Lesebrille auf der Nasenspitze. Als die beiden Mossos eintraten, warf sie ihnen über den Rand dieser Brille einen Blick zu, der jeden weniger tapferen Mann in die Flucht geschlagen hätte. Sie erinnerte Karl an seine Schwiegermutter.

»Ja?«, fragte sie schneidend.

Wieder zückten Karl und Alex ihre Ausweise, doch sie warf nur einen kurzen Blick darauf und nickte knapp. »Ich nehme an, die junge Dame, die vorhin angerufen hat, gehört zu Ihnen?«

Karl unterdrückte ein Lächeln. Zu gern hätte er Nadal jetzt dabeigehabt. Einfach nur, um zu sehen, wie sie auf den Titel »junge Dame« reagiert hätte.

»Ja, unsere Kollegin hat angerufen«, bestätigte Alex und schenkte der Frau ein waschechtes Alex-Lächeln, das an ihrer steinernen Miene abperlte wie Regen an einer Fensterscheibe. Armer Alex. Er fühlte sich sicher gerade, als hätte er seine Superpower verloren, dachte Karl.

»Ich kündige Sie an«, sagte die strenge Señora. Ihre Hand glitt in Richtung des Telefonhörers, doch in diesem Augenblick ging die Tür rechts von ihrem Schreibtisch auf, und ein großer, hagerer Mann streckte den Kopf hindurch. Die Ähnlichkeit mit Rafa, stellte Karl betroffen fest, war ziemlich eindeutig.

»Ah«, sagte er und musterte Karl und Alex, als hielte er sie für Staubsaugervertreter. »Die Staatsmacht, nehme ich an?«

»Äh«, sagte Alex, doch Karl nickte schnell.

»Sergent Lindberg, das ist mein Kollege Sergent Diaz. Wir müssen Sie sprechen, Señor Barcelo.«

»Das will ich meinen«, erwiderte der Politiker gereizt. »Kommen Sie.«

Er öffnete die Tür etwas weiter, damit Karl und Alex eintreten konnten.

»Ich bin für niemanden zu sprechen, Rosa«, bellte er noch, dann knallte er die Tür zu.

Sie standen in einem großen Büro mit Blick auf die breite Straße. Doch wenn Karl Prunk erwartet hatte, wurde er enttäuscht. Das Büro von Rafas Vater glich eher dem Studienzimmer eines zerstreuten Professors. Überall stapelten sich Akten und Zeitungen; die Besucherstühle waren genauso voll wie der Schreibtisch und das Regal dahinter. In der rechten Ecke stand ein vollgekritzeltes Flipchart. Berge von Katalogen, Mitschriften und Schnellheftern säumten die Wände. Auf dem Fensterbrett starben ein paar Zimmerpflanzen.

Der durchgesessene Schreibtischstuhl war die letzte Bestätigung, dass dies das Büro eines Mannes war, der vollkommen in seiner Arbeit aufging. Karls Augen suchten nach Familienfotos, fanden aber keine. Barcelo kam ihm vor wie ein Junggeselle.

Mit flinken Handbewegungen räumte er zwei der Besucherstühle frei und bedeutete Karl und Alex, sich zu setzen.

»Wie schön, dass Sie sich endlich herbequemen«, eröffnete er das Gespräch, kaum dass Karls Hintern das Stuhlpolster berührte.

»Mit Verlaub, Señor Barcelo, die offizielle Bekanntgabe des Todes von Fernando Bunyol ist jetzt …« Karl blickte auf seine Armbanduhr, »genau fünfundvierzig Minuten her. Wie viel schneller hätten wir Ihrer Meinung nach hier sein sollen?«

»Mit Verlaub, Señor …«

»Lindberg«, half Karl dem Politiker höflich weiter, und dessen Augen verengten sich zu Schlitzen. Es schien, als hätte er bei Karls erster Vorstellung nicht richtig zugehört. Ein paar Sekunden sagte er gar nichts, und Karl konnte an seinem Gesicht ablesen, dass er darüber nachdachte, Rafa anzusprechen. Schließlich entschied er sich dagegen.

»Ja, Señor Lindberg. Wie ich und mit mir die halbe Stadt heute früh aus der Presse erfahren musste, ist mein Freund und Parteikollege gestern tot aufgefunden worden. Die Partei hat viel früher mit Ihrem Erscheinen gerechnet.«

Karl runzelte die Stirn. »Ihnen muss doch klar gewesen sein, dass wir vor der offiziellen Pressekonferenz mit niemandem über die Identität des Toten sprechen durften. Abgesehen von seiner Familie natürlich, auf die wir uns heute vornehmlich konzentriert haben.«

Barcelos Gesichtszüge wurden eine Nuance weicher. »Wie geht es Inés?«

»Haben Sie noch nicht versucht, sich mit ihr in Verbindung zu setzen?«, fragte Alex erstaunt.

»Natürlich, was denken Sie denn?«, wies Barcelo Alex schroff zurecht. »Aber sie lässt sich von ihrer Haushälterin verleugnen.« Er schüttelte den Kopf. »Ich kann es ihr nicht verdenken. Was sie in den letzten Wochen durchgemacht hat …«

»Da haben Sie recht«, bestätigte Karl.

»Trotzdem hätten wir uns natürlich gewünscht, dass Sie uns früher informieren. Hier war heute die Hölle los.«

»Bedaure«, sagte Karl und setzte dabei eine Miene auf, die zum Ausdruck brachte, wie wenig er es tatsächlich bedauerte. Barcelo lehnte sich in seinem Schreibtischstuhl zurück und betrachtete die Polizisten eine Weile. Er sah ziemlich müde aus. Die Ringe unter seinen Augen hatten einen ungesunden, violetten Schimmer.

»Nun, ich schätze, Sie machen Ihren Job, und wir machen unseren. Wie kann ich Ihnen also weiterhelfen?«

»Indem Sie uns ein paar Fragen beantworten.«

Karl zog sein Notizbuch hervor und schlug eine neue Seite auf.

»Seit wann kennen Sie Fernando Bunyol?«

Barcelo legte die Stirn in Falten. »Seit etwa fünfzehn Jahren, würde ich sagen.«

»Dann kannten Sie einander gut«, bemerkte Alex. Es klang nicht wie eine Frage.

»Sagen wir, ich kannte den Politiker gut. Privat hatten wir nicht viel miteinander zu tun. Manchmal haben wir gemeinsam soziale Termine absolviert, aber das war doch eher selten. Unsere Frauen treffen sich manchmal, aber Fernando und ich …«

»Sie kamen nicht gut miteinander aus?«, fragte Alex.

»Doch, wir kamen sehr gut miteinander aus. Aber wissen Sie, genauso wenig, wie es gut für eine Ehe ist, gemeinsam zu arbeiten, ist es gut für eine fruchtbare Arbeitsbeziehung, zu eng befreundet zu sein.«

So nachvollziehbar Karl diese Erklärung fand, so wenig konnte er sie aus eigener Erfahrung bestätigen, wenn er darüber nachdachte, wie eng er mit seinem alten Teamkollegen Thomas befreundet war. Sie hatten viel Freizeit miteinander verbracht, waren sogar mit den Familien gemeinsam in den Urlaub gefahren. Und das, obwohl sie im Dienst jeden Tag und auch einige Nächte aufeinandergehockt hatten.

»Was war Bunyol für ein Mensch?«, fragte Alex nun, und Barcelos Lippen kräuselten sich.

»Nun, er war … jovial. Leutselig. Zugänglich und laut. Aber auch zuverlässig und freundlich. Einer, der gern lachte, gern aß und trank und es schaffte, dass sich die Menschen schnell wohlfühlten. Er war das Gesicht dieser Partei und hat alles für TyF gegeben. Das war sein Lebenswerk.«

»Und wie passen Sie da ins Bild?«, fragte Karl freundlich. Barcelo legte die Stirn in strenge Falten.

»Wie meinen Sie das?«

Karl machte eine umfassende Geste mit den Armen. »Nun, Ihr Büro lässt darauf schließen, dass die Partei genauso Ihr Lebenswerk ist, wie sie seines war.«

Barcelo lachte bitter. »Es gibt ein Gerücht, das sich in diesen Fluren hartnäckig hält, wenn es um das Verhältnis zwischen Fernando und mir geht.«

»Das da wäre?«

»Dass Fernando das Gesicht von TyF ist und ich das Gehirn.«

»Das Gesicht *war*, meinen Sie wohl«, korrigierte ihn Alex, und Barcelo schüttelte vehement den Kopf. »Da irren Sie sich. Fernando wird auch über seinen Tod hinaus das Gesicht der Partei bleiben. Er hat die TyF nach außen hin groß gemacht. Die Leute verbinden ihn mit der TyF.«

»Wie gut, dass es nur das Gesicht und nicht das Gehirn getroffen hat, nicht wahr?« Alex hatte sich auf seinem Stuhl vorgebeugt. Wer ihn kannte, konnte ihm ansehen, wie unsympathisch ihm der Mann auf der anderen Seite des Schreibtisches war.

Merkwürdig, dachte Karl. Es war durchaus möglich, dass sie in ein paar Jahren alle miteinander verwandt sein würden. Und wenn sich Señor Barcelo und seine Frau nicht so schrecklich benommen hätten, würde Alba es sich sicher nicht nehmen lassen, sie jetzt schon zu allen möglichen Festen einzuladen. Wenn Karl recht darüber nachdachte, war er fast froh, dass sie keinen Kontakt zu Rafas Eltern hatten. Er konnte sich diesen Mann, der ihn stark an einen alten Stock erinnerte, nur schwer auf einer seiner Terrassenpartys vorstellen.

»Was wollen Sie damit sagen?«, fragte Barcelo mit wachsamer Miene.

»Wer wird jetzt eigentlich die Leitung der Partei übernehmen?«, überging Alex die Frage Barcelos.

»Nun, Fernandos Nachfolger wird auf einer Parteiversammlung gewählt werden.«

»Und wie wahrscheinlich ist es, dass Sie dieser Nachfolger werden?«

Barcelos Miene versteinerte. »Sehr kreativ, Sergent. Ich muss schon sagen. Sie glauben also, ich hätte meinen Konkurrenten aus dem Weg geräumt, weil ich es nicht mehr ertragen habe, dass er im Rampenlicht stand, während die ganze Arbeit an mir hängen blieb?«

»Es wäre ein Motiv, das müssen Sie zugeben«, konterte Alex, und Karl musste ihn für seine Kaltschnäuzigkeit bewundern. Meist war es unpraktisch, dass Alex alles herausposaunte, was ihm durch den Kopf ging. Manchmal führte es allerdings auch zu erstaunlichen Ergebnissen.

»Mir ist schon klar, dass es sich für ein simples Gemüt so darstellen muss«, meinte Barcelo, und Alex schnaubte. »Aber warum hätte ich fünfzehn Jahre damit warten sollen? Wie Ihr Kollege so treffend festgestellt hat, gilt meine Loyalität und Hingabe der Partei. Dazu gehört, dass ich für richtig halte, was das Beste für die TyF ist. Und das Beste ist nun mal, wenn jeder hier Aufgaben übernimmt, die seinen Talenten entsprechen. Zu

Fernandos Talenten gehörte etwa, Reden zu halten, Menschen kennenzulernen und Deals auszuhandeln. Hier ein Abendessen, da ein Empfang. Ich habe diesbezüglich weder Neigung noch Talent. Und wenn ich den Parteivorsitz übernehmen sollte, dann nur, weil es derzeit sonst niemanden gibt, der diesen Posten ausfüllen könnte. Aber Lust habe ich darauf nicht. Das können Sie mir glauben. Ich operiere lieber im Hintergrund.«

Das konnte Karl sich lebhaft vorstellen. Überhaupt kam ihm in Gegenwart des strengen Barcelo der Verdacht, dass dieser seinen Kollegen gelenkt haben könnte. Dass er derjenige war, der in Wahrheit hinter allen großen Projekten Bunyols steckte. Der große, breite, laute Mann hatte nicht nur als Gesicht der Partei gedient, sondern auch als Schutzschild für Barcelo; dessen war Karl sich plötzlich ziemlich sicher.

»Trotzdem sind wir natürlich gezwungen, Ihr Alibi für den Abend des 8. Juli zu überprüfen. Wissen Sie zufällig noch, wo Sie da waren?«

»Natürlich weiß ich das noch. Inés hat mich angerufen, als Fernando nicht wie verabredet aufgetaucht ist. Ich war mit meiner Frau und unserer großen Tochter erst im Liceu und anschließend im Pla de Gótico zum Abendessen. Dort hat mich auch Inés' Anruf erreicht. Die Karten für das Liceu waren seit Monaten gebucht, unsere Tochter hatte Geburtstag. Auch im Restaurant war der Tisch reserviert. Das Personal kennt uns und wird das sicher gern bestätigen. Mein Alibi wird Sie also vor keine allzu großen Herausforderungen stellen.«

»Wie schön, wenn einem die Arbeit leicht gemacht wird«, stellte Karl fest, und Barcelo lächelte freudlos.

»Gibt es jemanden, der Señor Bunyol Böses wollte, ihn vielleicht sogar gehasst hat?«

Barcelo lachte bitter. »Wir sind Politiker und fahren einen äußerst umstrittenen Kurs. Natürlich gibt es einen Haufen Leute, die Fernando nicht wohlgesonnen waren.«

»Aber haben Sie vielleicht einen Verdacht, oder fällt Ihnen

jemand ein, der aus der Menge herausstach? Jemand, der kein üblicher Querulant war, sondern seine Bemühungen, Ihrem Kollegen zu schaden, vielleicht intensiviert hat?«

»Das gibt es in der Tat. Im Laufe der Jahre hat Fernando einige Drohbriefe erhalten. Manche der Verfasser haben sich beinahe wöchentlich gemeldet, und einer davon hat ihn mehrfach mit dem Tod bedroht. Wir haben die Briefe aufbewahrt, falls sie einmal relevant werden sollten.«

»Könnten wir davon Kopien bekommen?«, fragte Karl, und Barcelo nickte. »Selbstverständlich. Ich habe Fernandos Assistentin schon heute Morgen gebeten, alles zusammenzusuchen. Die Mappe liegt draußen für Sie bereit.«

»Sehr freundlich«, sagte Karl und kramte ein dünnes Lächeln hervor.

»Man tut, was man kann.«

»Mit Bunyols Assistentin müssen wir natürlich auch sprechen. Ist sie da?«, fragte Alex. Auch er schien sich um einen höflichen Tonfall zu bemühen. Dass der Politiker so weit vorausgedacht hatte und ihnen entgegenkam, musste man ihm anrechnen. Oft genug rannten Karl und Alex gegen Wände, da waren sorgsam vorbereitete Informationen eine nette Abwechslung.

Barcelo schüttelte den Kopf. »Bedaure. Sie war heute Morgen derart aufgelöst, dass ich mich gezwungen sah, sie für den Rest der Woche freizustellen. Also müssen Sie Señorita Pinol zu Hause aufsuchen. Rosa gibt Ihnen die Adresse.«

»Das ist sehr zuvorkommend, Señor Barcelo.«

»Aber selbstverständlich, Señor Lindberg. Die TyF würde es natürlich begrüßen, wenn Sie sich als ebenso zuvorkommend erweisen könnten.«

Karl runzelte die Stirn. »Wie meinen Sie das?«

Barcelo beugte sich über seinen Schreibtisch, sodass er Karl und Alex bedrohlich nahe kam. Seine Augen funkelten.

»Die TyF ist eine seriöse Partei mit hochrangigen, ehrenwerten Mitgliedern. Wühlen Sie nicht im Dreck und stacheln Sie die Presse nicht auf.«

»Im Dreck zu wühlen ist unser Job«, bemerkte Karl ruhig. »Es wird sich zeigen, ob dieser Dreck etwas mit Ihrer Partei zu tun hat oder nicht. Wir Polizisten sind nicht die Quelle, wir folgen nur der Spur.«

Barcelo schnaubte. »Wo wir gerade bei Quellen sind«, sagte er und fixierte Karl mit steingrauen Augen. »Zufällig weiß ich aus sicherer Quelle, dass Sie, Señor, ein liberaler Schwachkopf sind, dem ich durchaus zutrauen würde, meiner Partei mit Absicht zu schaden.«

Karls Gesichtszüge verhärteten sich. Mit Antipathie konnte er umgehen, das war kein Problem. In seinem Beruf begegnete er ständig Menschen, die er nicht leiden konnte. Aber er schätzte es nicht, wenn man ihn beleidigte. »Und ich weiß zufällig, dass Sie ein kalter, hartherziger Mann sind, der es nicht einmal fertigbringt, seinem eigenen Sohn zuliebe sein antiquiertes Weltbild zurechtzurücken.«

»Halten Sie Rafael da raus!«, zischte Barcelo und sah nun grauer aus als zuvor.

»Das hätte ich ja gern getan«, entgegnete Karl. »Aber Sie haben mir keine andere Wahl gelassen. Aber seien Sie unbesorgt, ich bin ein Profi. Mein Kollege ebenfalls. Wir lassen uns nicht blenden, wir halten uns an die Fakten. Sollten die Fakten in diesem Fall von Ihrem Büro wegführen, dann haben Sie nichts zu befürchten. Führt uns die Dreckspur allerdings wieder zurück zu Ihrer Türschwelle, werde ich sicher nicht aus familiärer Verbundenheit davor zurückschrecken, Ihnen Handschellen anzulegen.«

»Mehr kann ich nicht verlangen.«

Karl stand hastig auf. Mit einem Mal kam ihm die Luft im Raum sehr dünn vor.

»Ich denke, wir sind hier fertig«, sagte er.

13

»Puh, was war das denn?« Alex ließ sich schwer in den Autositz fallen, während Karl die Beifahrertür fester zuschlug als nötig. Er schnaubte ungehalten.

»Ich weiß auch nicht. Ein menschlicher Eisberg?«

»Dem möchte ich jedenfalls nicht im Dunkeln begegnen«, nickte Alex. »Wie kann jemand wie der einen Sohn wie Rafa haben?«

Karl lachte knapp. »Ich wette, das fragt er sich auch jeden Tag.«

Sie konnten nicht schnell genug von der Parteizentrale wegkommen. Mit jedem Meter Straße, den sie hinter sich ließen, fühlte Karl sich freier. Es war lange her, dass er ein so starkes Bedürfnis verspürt hatte, jemandem die Faust ins Gesicht zu rammen.

Sein Blick wanderte zu der Digitaluhr im Armaturenbrett. Es war kurz vor sieben.

»Alex, kannst du mich noch mal schnell daheim absetzen?«, fragte er, und sein Schwager sah ihn fragend an. »Wieso denn?«

Karl schaute an sich herunter. »Ich würde mich gern umziehen. Auf dem Friedhof werden hauptsächlich Kids abhängen; wenn ich im Anzug da aufkreuze, reden die kein Wort mit mir.«

Das traf zwar zu, doch der eigentliche Grund, weshalb Karl noch einmal zu Hause vorbeischauen wollte, war, dass er mit Rafa sprechen musste. Gestern Abend auf der Party hatte er kaum Gelegenheit dazu gehabt, und heute Morgen nicht genug Zeit. Aber er hatte ein schlechtes Gewissen, dass er zu Barcelo gefahren war, ohne vorher mit dem Jungen zu reden.

Alex grinste. »Da sagst du was Wahres, Flieger. Wenn du so da aufschlägst, vertreibst du die alle.«

Alex bog links in die Gran Via ein, um in Richtung El Born zu fahren und Karl am Rand des Viertels aussteigen zu lassen.

»Ich bin spätestens um halb neun im Rincon«, versprach Karl. »Bestellt mir einen doppelten Cheeseburger mit Pommes und die Albondigas. Und ein großes Bier.«

Alex zog die Brauen hoch. »Was ist denn mit dir los?«

Karls Miene verdunkelte sich. »Erst die Salatlasagne, dann die Haferkekse und schließlich der Froschlaich. Ich habe das Gefühl, meine Jugend zu verlieren.«

Nun lachte Alex schallend. »Du bist ja auch nicht mehr der Jüngste, Cuñado. Und ihr habt noch eine Tochter großzuziehen. Ich wette, es dauert nicht mehr lange, und Alba verfolgt dich mit frischem Spinat und Karottensticks.«

»Du sagst es«, seufzte Karl. »Ich muss mir meine kleinen Freiheiten nehmen, solange ich noch kann. Vielleicht könnt ihr euch die Drohbriefe schon mal anschauen, wenn ihr Zeit habt?«

»Als wäre ich darauf nicht auch selbst gekommen«, gab Alex trocken zurück und warf seinem Schwager einen indignierten Blick zu, während er am Straßenrand der Via Laietana anhielt, ohne zu blinken, was ein gellendes Hupkonzert auslöste.

Wie Karl vermutet hatte, fand er Rafa in seine Unterlagen vertieft auf der Dachterrasse. Der Junge lernte wie ein Verrückter, um den Aufnahmetest für das Psychologiestudium zu bestehen. Als wolle er beweisen, dass er etwas wert war.

Karl betrat die Terrasse und klopfte an den Türrahmen, damit Rafa ihn bemerkte. Der Junge hob den Kopf und nickte ihm zu, lächelte jedoch nicht. Karl ahnte, dass er etwas wiedergutzumachen hatte.

»Darf ich mich kurz zu dir setzen?«, fragte er, und Rafa zuckte die Schultern.

»Es ist dein Haus, nicht meins.«

Karl zog sich einen Stuhl heran und setzte sich. »Es ist auch dein Haus, das weißt du doch. Außerdem möchte ich dich nicht beim Lernen stören. Wie kommst du voran?«

Wieder ein Schulterzucken. »Schon okay.«

Eine Weile schwiegen sie, und Karl suchte nach den richtigen Worten, um das Gespräch zu beginnen. Dabei legte er den Kopf in den Nacken, als hoffte er, der passende Gesprächsstrang würde irgendwo um sie herumschwirren, getragen von dem leichten Wind, der heute vom Meer her wehte.

»Ich komme gerade von deinem Vater«, begann er schließlich, und Rafa blickte auf. In seinen Augen stand ein alter Schmerz, und er sah aus, als wäre er drauf und dran, aufzuspringen.

Die Familie Lindberg-Diaz erwähnte Rafas Eltern in dessen Gegenwart so wenig wie möglich. Seit sie den Jungen nach seinem Coming-out vor die Tür gesetzt hatten und Rafa bei den Lindbergs wohnte, hatte nur die Mutter einen kurzen und sehr unsympathischen Versuch unternommen, ihren Sohn nach Hause zurückzuholen. Es ging Rafa besser, wenn so wenig wie möglich über Señor Barcelo und seine Frau gesprochen wurde.

»Und?«, fragte Rafa vorsichtig. »Wie geht's ihm?«

Karl zuckte die Achseln. »Ich war nicht da, um mich nach seinem Befinden zu erkundigen, aber er sah müde aus.«

Rafa schnaubte. »Er sieht immer müde aus. Aber ich schätze, im Moment ist es noch schlimmer.«

»Ja, das denke ich auch«, stimmte Karl zu. »Hör mal, Rafa. Ich bin hier, um mich zu entschuldigen. Ich hätte dir sagen müssen, dass wir Bunyol gefunden haben. Aber die Party hat mich gestern völlig kalt erwischt, und außerdem war er da noch nicht identifiziert.«

Rafa entspannte sich ein wenig. Er unterhielt sich gern mit Olis Vater über dessen Arbeit. Es interessierte ihn, wie Menschen funktionierten, und Gespräche über Polizeiarbeit stellten für ihn sicheres Terrain dar.

»Ist schon gut. Du konntest ja nicht wissen, dass ich ihn kenne. Oder kannte.«

»Aber ich hätte es mir denken können. Immerhin ist er der engste Kollege deines Vaters.«

Rafa nahm ein Blatt Papier zur Hand und begann, einen Kranich daraus zu falten. Das machte er gern; seine Finger waren ständig in Bewegung.

»Als ich es heute Morgen in der Zeitung gelesen habe, war das schon ein Schock. Immerhin kenne ich den Mann schon mein ganzes Leben, wenn auch nicht gut. Aber Oli war richtig sauer auf dich!«

Karl hob überrascht die Augenbrauen. »Warum denn?«

»Na, weil du es mir nicht selbst gesagt hast. Wie du gerade treffend festgestellt hast: Du hättest es dir denken können.«

Karl nahm ebenfalls ein Blatt Papier und begann, es in winzige Fetzen zu reißen, da er nicht einmal ein Papierschiff falten konnte.

»Hat er mich erwähnt?«, fragte Rafa, ohne die Augen von seinem kleinen Kranich zu heben.

»Erwähnen würde ich es nicht nennen.« Unbehaglich rutschte Karl auf dem Stuhl hin und her.

»Wie würdest du es denn nennen?«, fragte Rafa ruhig.

»Ich würde sagen, dass es sowohl Alex als auch mich einiges an Selbstbeherrschung gekostet hat, ihm keine reinzuhauen!«

Rafa lachte ungläubig auf und sah Karl das erste Mal seit Beginn ihres Gespräches direkt an. Dann schüttelte er den Kopf. »Das hätte ich zu gern gesehen.«

Karl lehnte sich auf seinem Stuhl zurück und setzte eine Miene auf, als würde er eine lieb gewonnene ferne Erinnerung hervorkramen. »Ach, du weißt ja, wie das ist«, sagte er schließlich. »Er hat mich einen liberalen Schwachkopf genannt, woraufhin ich ihn als kalt und hartherzig bezeichnet habe. Das Übliche.«

Nun lächelte Rafa. »Ja. Das kenne ich.« Nach einer Weile fügte er leise »Danke« hinzu. Der Papierkranich war fertig, und Rafa stellte ihn vorsichtig in die Mitte des Tisches.

»Ich wusste gar nicht, dass du eine Schwester hast«, sagte Karl vorsichtig, und die Züge des Jungen verdüsterten sich wieder. Nicht zum ersten Mal dachte Karl, wie ungerecht es war, dass manche Menschen ihre Familie wie Ketten durch ihr Leben schleppen mussten. Ketten, die sie fesselten und ihr Fortkommen erschwerten.

»Ich würde Anabel auch nicht unbedingt als ›Schwester‹ bezeichnen. Sie ist eher so was wie die Reinkarnation meines Vaters.«

»Verstehe. Hast du noch andere Geschwister?«

»Einen großen Bruder. Aber der ist ausgezogen, als ich fünf war. Er ist zwölf Jahre älter. Sein Name ist Cristof, und er lebt in Madrid. Oli und ich wollen ihn mal besuchen.«

»So?«, Karl zog die Augenbrauen hoch. »Und wieso weiß ich noch nichts davon?«

Rafa lächelte. »Weil wir sowieso pleite sind.«

Er fing an, Dreck unter seinen Fingernägeln hervorzupulen.

»Warst du bei Inés?«

Karl nickte. »Ja, gestern und heute.«

»Waren ihre Kinder auch da?«

»Ja. Der Älteste ist sogar aus New York gekommen.«

Rafa legte den Kopf schief. »Nico und Toni sind cool«, sagte er schließlich. »Ich hoffe, sie kommen da gut durch.«

»Was ist mit Maria?«, fragte Karl neugierig.

»Du hast sie doch kennengelernt.«

»Ja, das stimmt.«

Das winzige, schiefe Lächeln erschien erneut auf Rafas Gesicht. »Warum fragst du dann?«

»Ich weiß auch nicht.« Karl seufzte und rieb sich den Nacken.

»Anabel und Maria sind dicke Freundinnen«, fügte Rafa noch hinzu.

Das konnte sich Karl nur allzu lebhaft vorstellen.

»Kanntest du Fernando gut?«

Rafa zog die Augenbrauen nach oben. »Fernando ist sozusagen der Chef meines Vaters, und ich bin der missratene Sohn. Was denkst du? Manchmal musste ich mit zu wichtigen Veranstaltungen, aber dann wurden wir mit seinen Kindern zusammen an den Katzentisch gesetzt. Von ihm selbst habe ich nie viel mitbekommen.«

»Und dein Vater? Ist er gut mit Fernando ausgekommen?« Rafas Augen wurden eng. Er nahm den Papierkranich zur Hand und drehte abwesend einen der Flügel zwischen den Fingern.

»Ich hoffe, du fragst mich jetzt nicht, ob ich glaube, dass mein Vater Fernando umgebracht haben könnte, Karl.«

Der Blick, den Rafa ihm zuwarf, ließ Karl einen kalten Schauer den Rücken hinunterlaufen. Rafa war zwar erst achtzehn, und mit den gefärbten Haaren, dem Lippenpiercing und dem Tattoo auf dem Unterarm wirkte er auf den ersten Blick wie ein rebellischer Teenager, aber er kam Karl oft viel älter vor.

Seufzend schüttelte er den Kopf. »Nein, natürlich nicht. Entschuldige.«

Nach einem Moment des aufgeladenen Schweigens wechselte Rafa das Thema. »Oli und ich wollten euch schon eine Weile was fragen, aber wir haben uns nicht getraut.«

Karl sah Rafa an und kicherte. »Und du dachtest, nachdem ich mich jetzt zweimal wie ein Idiot aufgeführt habe, wäre das der richtige Moment, zu fragen?«

»Genau das dachte ich.« Rafa grinste.

»Du Fuchs«, knurrte Karl. »Na, spuck's schon aus.«

»Wir dachten, na ja, wenn das Baby kommt, wird's in der Wohnung ganz schön eng. Und ich fange ja ziemlich genau dann an zu studieren.«

Er druckste noch ein wenig herum und hob schließlich den Kopf. Sein Blick war flehend, als er leise sagte: »Wir dachten …«

Karl schüttelte den Kopf. »Ihr dachtet, ihr könntet zusammenziehen?«

Rafa nickte.

»Oli ist erst sechzehn, Rafa. Wir möchten ihn noch eine Weile bei uns haben. Und außerdem soll er doch auch ein bisschen von seiner kleinen Schwester mitbekommen, oder?« Rafa nickte und schaute auf die Tischplatte.

Karl streckte den Arm aus und legte ihn dem Jungen auf die Schulter. »Oli bleibt hier, und du auch.«

Rafa hob den Blick. »Aber wo sollen wir denn alle hin?«

Karl schnaubte. »Ich weiß nicht, wann du zuletzt ein Baby gesehen hast, aber meiner Erinnerung nach nehmen die nicht allzu viel Platz weg.«

»Aber sie wachsen doch!«

»Das mag zwar stimmen, aber ich werde mein altes Kind sicher nicht aussortieren, nur weil ein neues kommt. In Indien leben weitaus mehr Menschen auf viel weniger Raum.«

»Ah. Ich liebe das Indienargument.« Rafas Stimme klang sarkastisch. »Das passt so gut auf unsere Lebenssituation.«

Das brachte Karl zum Lachen. »Hör mal, Rafa. Ich gebe zu, dass ich über diese Frage noch nicht wirklich nachgedacht habe, aber wir finden eine Lösung. Wir werden dich ganz sicher nicht einfach rauswerfen, weil die Wohnung zu klein wird. Was wäre das denn für ein dämlicher Grund?«

»Ungefähr so dämlich, wie den eigenen Sohn rauszuwerfen, weil er nicht so geworden ist, wie man ihn haben wollte.«

»Eben. Und jetzt komm mit ins Schlafzimmer. Du musst mir helfen, ein paar Klamotten rauszusuchen, in denen ich unter Jugendlichen nicht wie ein Vollidiot wirke.«

»Ich weiß nicht, ob ich dieser Aufgabe gewachsen bin«, feixte Rafa und wich einem Papierkügelchen aus, das Karl nach ihm warf.

Tatsächlich war es nicht so einfach gewesen, etwas in Karls Kleiderschrank zu finden, das nicht laut »Bulle oder Zuhälter« schrie, wie Rafa es ausgedrückt hatte, doch schließlich einigten sie sich auf eine alte Jeans, deren Bund unangenehm spannte, und ein schwarzes Shirt. Anschließend hatte es sich Rafa nicht nehmen lassen, Karls Haare mit Haarwachs gekonnt in Unordnung zu bringen, und jetzt war Karl zu spät dran. Es war schon nach acht, und normalerweise brauchte er für die Strecke quer durch die

Altstadt etwas mehr als eine halbe Stunde. Jetzt jedoch, am frühen Abend im Hochsommer, glich die Tour durch El Gótico und den Raval einem Slalom- und Hürdenlauf, so viele Menschen waren auf der Straße und genossen die Kühle, die der Abend brachte.

Trotz seiner Eile machte er an dem kleinen Zeitungskiosk an der Ecke halt, um zu sehen, was Flores in der Abendausgabe der *Vanguardia* über die Pressekonferenz geschrieben hatte.

Aus Ahnung wird Gewissheit – Fernando Bunyol ist tot

Nun, die Überschrift war schon einmal wenig überraschend. Die Headline prangte unter einem großen Foto von Maria Arbol, Alex und ihm selbst. Sogar auf dem Foto – so bildete Karl es sich zumindest ein – konnte man deutlich erkennen, wie sehr ihm diese Veranstaltung missfiel. Er kaufte die Zeitung und überflog den Artikel, während er an der roten Ampel wartete.

Die Polizei hat offiziell bestätigt, was wir schon heute Morgen berichteten. Bei dem Toten, der gestern Nachmittag in einer Gruft auf dem Cementiri de Montjuïc gefunden wurde, handelt es sich tatsächlich um Fernando Bunyol, den Vorsitzenden der konservativen TyF. Die Pressekonferenz, die in der Comisaría der Ciutat Vella hierzu abgehalten wurde, war unbefriedigend kurz. Entweder die Polizei hielt Informationen zurück, oder ihr liegen noch keine vor. Was umso erstaunlicher wäre, da der Politiker doch bereits die letzten beiden Wochen vermisst wurde. Die Konferenz machte den Eindruck, als wollten die Mossos überspielen, dass sie noch keine Ergebnisse vorweisen können. Über Todesursache und Todeszeitpunkt darf die Stadt weiter spekulieren, da hierzu – angeblich aus ermittlungsstrategischen Gründen – keine Angaben gemacht wurden. Wir dürfen gespannt sein, ob die Mossos diesmal ein professionelleres Vorgehen an den Tag legen als in den letzten Fällen, die an die Öffentlichkeit gelangten. Doch da Diaz und Lindberg auch diesen Fall bearbeiten, könnte man den Eindruck gewinnen, dass Maria Arbol an einer Aufklärung wenig Interesse hat.

(Stefano Flores)

Karl knurrte ungehalten und widerstand dem Impuls, es seinem Schwager gleichzutun und die Zeitung in der nächsten Mülltonne zu versenken, nur mit Mühe. Stattdessen klemmte er sie unter den Arm und hastete in Richtung Plaça Sant Jaume.

Er war mitten auf dem großen Platz zwischen Rathaus, Generalitat und Hunderten anderer Menschen, als sein Handy klingelte.

Die Nummer auf dem Display war ihm gänzlich unbekannt.

»Lindberg«, meldete er sich.

»Buenas tardes, Sergent«, hörte er eine junge Männerstimme sagen. »Hier spricht Nico Bunyol.«

Karl spitzte die Ohren und drückte sich, so gut es ging, in den nächsten Hauseingang, um Nico verstehen zu können.

»Buenas tardes, Nico. Was kann ich für Sie tun?«

»Meine Schwester und ich würden gern mit Ihnen sprechen«, kam der junge Mann gleich zur Sache. »Es gibt Dinge, die wir nicht in Gegenwart unserer Mutter sagen möchten. Es würde sie nur noch mehr aufwühlen.«

Karls Herz klopfte schneller. Dass sich die Kinder an sie wandten, konnte nur eines bedeuten: Bunyol hatte Geheimnisse gehabt. Und Geheimnisse waren oft der erste Schritt, der zum Mörder führte.

»Selbstverständlich. Das verstehe ich. Heute Abend ist es allerdings schlecht, wir nehmen uns Ihren Tipp zu Herzen und verbringen die Nacht auf dem Friedhof.«

»Heute werden wir unsere Mutter auch nicht allein lassen. Aber morgen früh möchte Antonia ein paar Klamotten aus ihrer WG holen, für die nächsten Tage. Ich begleite sie. Wir können uns dort treffen, wenn es Ihnen passt.«

»Aber sicher«, sagte Karl. »Das geht klar. Wo sollen wir hinkommen?«

Nico nannte dem Kommissar eine Adresse, die dieser sich hastig notierte. Ein weiterer Vorteil von Notizbüchern. Schließlich konnte man nicht gleichzeitig telefonieren und sich mit dem Handy Notizen machen.

Nachdem er aufgelegt hatte, bekamen Karls Schritte in Richtung Raval deutlich mehr Schwung. Natürlich hätten sie so oder so morgen versucht, mit Bunyols Kindern zu sprechen, doch Karl hatte schon überlegt, wie sie sie allein erwischen sollten. Dass sie sich nun von selbst bei ihm gemeldet hatten, sprach Bände. Die beiden wussten etwas.

Es war bereits zehn vor neun, als er am Ricón del Artista ankam. Das Restaurant hatte sich in den vergangenen Wochen zu ihrem Stammlokal entwickelt, und das Eintreten fühlte sich für Karl beinahe an wie Nachhausekommen. Nicht dass das Essen hier besonders gut war, eher mittlerer Standard, aber die Stimmung und die Mischung der Menschen, die hier aus und ein gingen, waren einmalig. Das Rincón lag nicht nur auf der Straße der Comisaría, sondern grenzte zur Linken an das Epizentrum des europäischen Pornos, den Sala Bagdad, und lag direkt gegenüber von Barcelonas größtem Revuetheater, dem Teatro Apolo.

Und alle aßen in der »Künstlerecke«, dem Rincón del Artista. Allein die Wände des großen Lokals zeugten von dieser Tatsache – sie waren über und über mit Fotos von Showstars gepflastert, die das Restaurant einmal oder mehrfach besucht hatten. Die Mischung der Leute, die hier aßen, machte den Charme des Ladens aus. Pornostars, an deren Körper fast nichts mehr natürlichen Ursprungs war, plauderten, über ein riesiges Schnitzel gebeugt, mit den Kollegen von der Sitte, Theaterschauspieler setzten sich dazu, die Streifenpolizisten schauten vorbei, und mittendrin saßen Karl, Alex und ihre Kollegen und genossen das Treiben. Auch heute Abend war es wieder brechend voll. Schließlich war Samstagabend, und das Bagdad würde bald seine Pforten für eine lange Nacht öffnen.

»Dein Burger ist bestimmt schon kalt«, begrüßte Alex seinen Schwager, als dieser sich durch die Menge zu ihrem Tisch in der linken hinteren Ecke durchkämpfte.

»Flieger!«, rief Samuel Rodriguez mit gespielter Überraschung, als er das Outfit seines Kollegen musterte. »Beinahe hätte ich dich nicht erkannt.«

»Entschuldigt, entschuldigt. Ich wurde aufgehalten.« Karl ließ die Zeitung in die Mitte des Tisches fallen, und seine Kollegen lasen kauend den Artikel, während sich Karl über seinen tatsächlich nur noch lauwarmen Burger hermachte. Auch das Bier hatte kaum noch Schaum und schmeckte abgestanden, aber das war seine eigene Schuld, schließlich hätte er ja auch selbst bestellen können.

»Was hat der Typ eigentlich gegen uns?«, fragte Nadal und tippte mit dem spitzen Nagel ihres rechten Zeigefingers auf den Artikel. Karl zuckte die Schultern.

»Ist wahrscheinlich nichts Persönliches. So gewinnt man Leser, ganz einfach. Außerdem hat er sicher nichts gegen dich«, sagte er augenzwinkernd zwischen zwei Fleischbällchen.

»Ich würde ihm gern einen Grund geben«, murmelte Nadal und schob sich eine Gabel Paella de marisco in den Mund.

»Irgendwas Neues von Marla?«, fragte Karl, doch Alex schüttelte den Kopf. »Luisa hat bei ihr geklingelt. Nichts.«

»Das sieht ihr gar nicht ähnlich. Einfach so nicht aufzutauchen«, murmelte Moix besorgt, der gestern Abend im angetrunkenen Zustand ebenfalls recht lange mit Marla geplaudert hatte. Offenbar dachte Nadal dasselbe wie Karl; sie verdrehte die Augen in Richtung Decke.

»Stimmt, aber sie ist erwachsen, und wir haben andere Sorgen. Der Sohn des Toten hat mich vorhin angerufen und um ein Treffen gebeten.« Er sah Alex an. »Er und die kleine Schwester wollen allein mit uns reden. Morgen früh.«

Alex zog die Brauen hoch; sein Blick war hellwach. »Hat er schon was durchblicken lassen?«

Karl schüttelte den Kopf. »Nur, dass es Dinge gibt, die sie nicht in Gegenwart ihrer Mutter besprechen wollen.«

Er wandte sich an die Runde. »Und was habt ihr?«

Moix räusperte sich. »Wir haben beim Audihändler angerufen. Die Sitze in Bunyols Auto sind tatsächlich aus weißem Leder. Dann haben wir sämtliche großen Parkplätze rund um die Altstadt abgeklappert. Ohne Erfolg. Morgen müssen wir wohl weiter raus.«

»Keine Überraschungen an dieser Front. Rodriguez, Gomez?«

»Wir haben den Hersteller der Krawatte kontaktiert, mit der Bunyol gefunden wurde. Der Mitarbeiter dort hat gesagt, das Modell würde seit fast zwanzig Jahren nicht mehr hergestellt. Damals konnte man es in jedem Cortes Inglés kaufen, aber heute findet man so was wohl nur noch auf dem Flohmarkt.«

»Ich habe mir schon gedacht, dass die Krawatte nicht unbedingt der neusten Mode entspricht. Die Chancen, herauszufinden, wer das Ding gekauft hat, stehen also gleich null. Ein Jammer, sie ist die einzige Verbindung, die wir bisher zum Mörder haben. Hat Luisa eigentlich irgendwelche Spuren darauf gefunden?«

»Einen Haufen Hautschuppen«, antwortete Gomez. »Sie extrahiert gerade die DNA, aber wenn der Typ nicht im System ist, wird uns das nicht viel nützen.«

»Vielleicht aber, um ihn zu überführen. Habt ihr euch die Drohbriefe schon angesehen?«

Die beiden jungen Beamten nickten. »Zwei Verfasser fallen immer wieder auf. Ein Hugo Centellas und eine Bel Perez. Sie haben im Laufe der Jahre jeweils mehr als zwanzig Briefe an Bunyol geschrieben. Allesamt nicht sehr freundlich. Dann war natürlich noch ein Haufen anonymer Morddrohungen dabei, aber ich wüsste nicht, wie wir die alle bearbeiten sollen.«

»In Ordnung. Ihr fahrt morgen zu den beiden Brieffreunden und redet mit ihnen. Habt ihr sonst noch was gefunden?«

Alex nickte und zog einen Stapel Briefe hervor, die er offensichtlich neben sich auf der Sitzbank verwahrt hatte. »Allerdings. Sieh dir das mal an, Cuñado.«

Karl griff nach dem Stapel. Er bestand aus mindestens fünfzig

Briefen, die alle jeweils aus nur einem einzigen Satz bestanden, mit Kugelschreiber und in Großbuchstaben geschrieben.

»Rede mit mir. Du kannst mich nicht ewig ignorieren. Ich bin ein Teil von dir. Ich habe ein Recht darauf. Rede mit mir. Rede mit mir. Ich will kein Geld, ich will nur reden. Rede mit mir«, murmelte Karl, während er die Briefe wie Spielkarten durchblätterte. »Geht das die ganze Zeit so weiter?«, fragte er, und Alex nickte.

Karl nahm ein kaltes Pommes und kaute gedankenverloren darauf herum. »Da ist jemand sehr verletzt«, sagte er.

»Allerdings«, bestätigte Alex. »Meinst du, die sind vom Mörder?«

»Sie könnten jedenfalls von ihm sein«, sagte Karl nachdenklich.

»Wieso gehen wir eigentlich davon aus, dass es ein Mann war?«, fragte Nadal spitz und schaute ihre Kollegen herausfordernd an.

»Olivia, du hast den Typen doch gesehen«, entgegnete Victor Gomez amüsiert. »Der hat bestimmt über hundert Kilo gewogen. Es ist schon ein Wunder, dass ein Mann es geschafft hat, ihn vom Auto bis in die Gruft zu bugsieren.«

»Außerdem muss der Mörder die Krawatte getragen haben.«

»Frauen können auch Krawatten tragen«, brummelte Nadal, gab sich aber geschlagen.

»Sei doch froh, dass du zum friedlicheren Geschlecht gehörst«, bemerkte Rodriguez beschwichtigend, woraufhin ihn Nadal mit ihrer Gabel bedrohte und »Ich geb dir gleich friedliches Geschlecht« fauchte.

»Gut«, übertönte Karl die Kabbelei seiner Kollegen. »Das sind wichtige Informationen. Habt ihr euch schon Gedanken über die Strategie gemacht, die wir auf dem Friedhof fahren sollen?«

»Halt.« Moix' Stimme war so laut, dass sich andere Gäste nach der Gruppe am Ecktisch umschauten.

Beschämt senkte er die Stimme. »Was ist mit Antonio Blanes?«

Er schaute in fünf fragende Gesichter.

»Antonio Blanes. Erinnert ihr euch nicht?«

Allesamt schüttelten sie den Kopf.

»Es ist ein paar Jahre her«, erklärte Moix, »aber für eines von Bunyols Hotelprojekten, das Estrella Catalunya, mussten einige Wohnhäuser abgerissen werden. Blanes hat sich allerdings geweigert, seine Wohnung zu verlassen, und hat sich schließlich sogar eingemauert. Zwei Wochen sind die Verhandlungen hin und her gegangen; die Presse hat jeden Tag mit dem Mann geredet. Schließlich hat die Polizei zu den Spitzhacken gegriffen und Blanes mit Gewalt aus seiner Wohnung geholt.«

»Ich erinnere mich«, sagte Alex mit gerunzelter Stirn. »War das nicht so ein kleiner alter Kubaner?«

Moix nickte. »Ja. Und unheimlich streitbar. Er hat Bunyol beinahe täglich vor laufender Kamera mit dem Tod gedroht.«

»Hm. Aber wieso sollte er dann so viele Jahre damit warten, seine Drohung wahr zu machen?«, fragte Alex.

»Wenn es um Rache geht, warten die Täter oft bis zum ihrer Meinung nach richtigen Zeitpunkt«, erklärte Karl. »Oft werden sie erst zu Mördern, wenn noch ein Unglück dazukommt. Wenn der Partner stirbt oder sie selbst krank werden, zum Beispiel. Hast du die aktuelle Adresse von diesem Blanes?«

Moix schüttelte den Kopf. »Aber ich kann sie sicher schnell besorgen.«

»Tu das. Dann reden wir morgen früh mit ihm.« Karl blickte in die Runde. »So, und jetzt bestellen wir sechs starke Kaffee und besprechen das weitere Vorgehen.«

14

Karls Kiefer schmerzte, so oft hatte er heute schon ausgiebig gegähnt. Wenn er nicht aufpasste, bekam er noch eine Maulsperre. Aber er konnte einfach nichts dagegen machen, egal, wie viel Kaffee er auch in seinen armen leeren Magen schüttete.

Gegen halb drei heute Nacht hatten sie die Aktion auf dem Friedhof für beendet erklärt und waren nach Hause gefahren; Karl hatte genau eine Stunde später im Bett gelegen. Doch da sie um halb zehn bereits wieder mit Bunyols Kindern verabredet waren, war ihm nicht besonders viel Schlaf vergönnt gewesen. Früher hatte er solche Nachtschichten besser weggesteckt, heute jedoch machte ihn der Schlafmangel wirklich fertig.

Das Schlimmste daran war, dass die Nachtschicht auf dem Cementeri mehr oder weniger für die Katz gewesen war. Zwar hatten sie ein paar Jugendliche dazu bewegen können, mit ihnen zu sprechen, doch lediglich eine junge Frau erinnerte sich daran, in zwei Nächten jemanden ganz oben auf dem Friedhof rauchen gesehen zu haben. Selbst wenn es sich bei diesem Raucher um ihren Mörder gehandelt haben sollte, half ihnen das nicht weiter, da sie sich beim besten Willen nicht an die genauen Tage erinnern konnte. Karl gähnte erneut so herzhaft, dass ihm Tränen in die Augen traten. Neben ihm lachte Alex leise.

»Mensch, Flieger, jetzt reiß dich mal ein bisschen zusammen. Schließlich bekommst du bald eine kleine Tochter, da sind schlaflose Nächte wieder an der Tagesordnung. Sieh es als Übung.«

Karl warf seinem Schwager einen säuerlichen Blick zu. Zwar hatte Alex auch graue Ringe unter den Augen, und sein Bart zeichnete einen dunklen Schatten um die Mundpartie, doch das war bei ihm eher der Normalzustand als eine Ausnahme. Er wirkte relativ frisch.

»Warum bist du eigentlich so munter?«, fragte Karl missmutig, während sie sich ihren Weg durch Gótico in Richtung Raval suchten. Wie immer zu dieser für Barcelona recht frühen Stunde glänzten die Pflastersteine am Boden von der allmorgendlichen Straßenreinigung, und die schmalen Gassen der Altstadt wurden von Lieferanten verstopft. Am Vormittag bekamen die unzähligen Restaurants und Bars, die tagsüber hungrige Touristen mit Tapas und Wein versorgten, ihre Ware geliefert. Es war Karl ein absolutes Rätsel, wie die Kastenwagen und Kleinlaster es um die scharfen Kurven und durch die engen Straßen schafften. Doch wie alles in dieser Stadt klappte auch die Anlieferung der Waren irgendwie; nur für Fußgänger war dann meist kein Platz mehr, sodass Karl und Alex schon zum dritten Mal an diesem Morgen in einer lieferungsbedingten Sackgasse gelandet waren.

»Der Trick ist, einfach gar nicht zu schlafen«, sagte Alex mit einem Augenzwinkern und zog Karl in eine noch schmalere Gasse, durch die mit viel Glück ein Fahrrad passen würde, aber garantiert kein Lieferwagen. Karl war erstaunt, dass er diese Gasse noch nie bemerkt hatte, und fragte sich, wie lange es wohl dauern würde, bis er dieses eng verzweigte Netz endlich kannte wie seine Westentasche.

Sie landeten auf dem Plaza del Pi und damit deutlich weiter nördlich, als sie es eigentlich geplant hatten. Doch als sie endlich die Ramblas überquerten und in den Raval eintauchten, wurde es leichter, voranzukommen. Die Gassen waren nicht so eng wie im ältesten Teil der Stadt, und auch die Restaurantdichte war hier längst nicht so hoch. Und die Betreiber kleinerer Gaststätten oder Bars besorgten im Raval gern noch alles mit Hand- oder Sackkarren aus der nahe gelegenen Bocaria, sodass hier deutlich weniger Staus entstanden. Raval war ein Viertel, das sich auf der einen Seite rasend schnell entwickelte und auf der anderen Seite oft wirkte, als wäre die Zeit stehen geblieben. Eine einzigartige Mischung.

Antonias Studenten-WG lag in einer beliebten Gegend an der Grenze zum Stadtteil St. Antoni, unweit der großen, erst kürzlich wiedereröffneten Markthalle des Viertels. Auf ihr Klingeln hin ertönte beinahe sofort das Summen des Türöffners, und sie betraten ein schäbiges, schmales Treppenhaus, wie es sie in diesem Teil der Stadt zu Hunderten gab. Für Karl und Alex war es unmöglich, nebeneinander die engen Treppen hinaufzusteigen.

Es kam nicht selten vor, dass die Bewohner Barcelonas zu kreativen Mitteln greifen mussten, wenn sie sich zum Beispiel eine neue Couch anschaffen wollten. Die meisten Möbel wurden entweder komplett auseinandergebaut in kleinen Teilen durch die Treppenhäuser bugsiert oder mit einer Seilwinde durch Fenster und über Dachterrassen in die Wohnungen geschafft.

Der gesamte Hausrat der Familie Lindberg-Diaz war mit einem kleinen Lastenaufzug an der Hauswand und über die Terrasse in ihre Wohnung gelangt, da auch ihr Treppenhaus für alles zu schmal war, das breiter als ein hochkant getragener Umzugskarton war.

Als diese Häuser im Mittelalter erbaut worden waren, hatte eben noch niemand Sitzlandschaften gekannt, geschweige denn Kleiderschränke.

Antonia Bunyol-Herrero sah genauso müde und abgekämpft aus, wie Karl sich fühlte, was ihn sofort für die junge Frau einnahm. Sie war deutlich unauffälliger gekleidet als am Vortag, in schwarze Shorts und ein graues T-Shirt. Hinter ihr erschien ihr großer Bruder und legte ihr schützend eine Hand auf die Schulter.

»Danke, dass Sie gekommen sind«, sagte er und rang sich ein Lächeln ab. »Kommen Sie doch herein.«

Er führte die beiden in eine Küche, in der jeder Zentimeter nach WG aussah. In der Spüle und auf der Arbeitsfläche darum herum stapelte sich bunt zusammengewürfeltes Geschirr. Die Tassen, die Karl sehen konnte, hatten alle einen Sprung. Der schmale Gasherd war dreckverkrustet, daneben standen drei leere orangerote Gasflaschen, von denen man pro Gerät eigentlich nur eine besitzen durfte – aus Sicherheitsgründen. An den Wänden hingen eingerissene Poster längst vergangener Festivals, und der Mülleimer ging schon lange nicht mehr zu. Wehmut überkam ihn, als er auf den zerschrammten Tisch zutrat, um den billige Holzstühle gruppiert waren. Wie lange war diese Zeit für ihn jetzt schon vorbei? Beinahe zwanzig Jahre. Bald würden Rafa und Oli in einer ähnlichen Küche sitzen, in der Zwischenwelt zwischen Jugend und Erwachsensein.

Antonia stand auf der Türschwelle und beobachtete die Beamten mit peinlich berührter Miene.

»Entschuldigen Sie«, sagte die junge Frau. »Wir haben es nicht geschafft …«

»Machen Sie sich deswegen keine Gedanken, Antonia«, sagte Karl lächelnd. »So alt sind mein Kollege und ich auch noch nicht. Außerdem haben Sie gerade ganz andere Sorgen.«

Der Hauch eines Lächelns huschte über das hübsche Gesicht der jungen Frau, dann sah sie ihren Bruder an.

»Ich mache mal Kaffee. Wir sehen alle aus, als könnten wir einen brauchen«, verkündete Nico, ganz der große Bruder, der versuchte, in dem Chaos aus kaputten Tassen, Emotionen und Ereignissen den Überblick zu behalten. »Setzt euch doch.«

Sie nahmen am Tisch Platz, und Karl bemerkte, dass Antonia immer wieder ein Stück ihres T-Shirts um den Zeigefinger drehte. Ihr war die ganze Situation deutlich unangenehmer als ihrem großen Bruder.

»Also«, begann Alex das Gespräch. »Warum wollten Sie uns sprechen?«

Die beiden Geschwister wechselten Blicke, schwiegen aber. Es war kein feindliches Schweigen; es erschien eher hilflos, als wüssten sie nicht, wo sie anfangen sollten.

»Antonia, Sie haben gestern Abend eine Bemerkung über die Sekretärin Ihres Vaters gemacht«, versuchte Karl zu helfen. »Was haben Sie damit gemeint?«

Die Augen der jungen Frau wurden groß, und sie begann, an ihren ohnehin schon abgekauten Nägeln herumzuknabbern.

»Es war nur ein Gefühl«, sagte sie schließlich. »Aber ich hatte immer den Eindruck, Maribel und mein Vater haben sich eine Spur zu gut verstanden.«

»Wie darf ich das verstehen?«, fragte Karl. »Haben Sie vielleicht einmal beobachtet, wie die beiden sich näher gekommen sind, als es normalerweise angemessen wäre?«

Antonia schüttelte vehement den Kopf. »Nein, das nicht. Aber sie hat ihn immer angeschaut, als wäre er Gott oder so was. Und immer, wenn er etwas gesagt hat, egal wie belanglos es war, hat sie so blöd gekichert.« Ihr Mund verzog sich. »Ich hatte immer den Eindruck, die Frau kann nicht bis drei zählen. Keine Ahnung, warum Papa sie eingestellt hat.«

»Toni«, sagte Nico scharf. »Das ist nicht fair. Maribel ist ein netter Mensch.«

Der junge Mann kam mit einer Kaffeekanne und vier der angeschlagenen Steingutbecher an den Tisch.

»Maribel ist zwar nicht unbedingt die Hellste, aber sie ist bei meinem Vater, seit er die Partei führt.«

Antonias Augen füllten sich mit Tränen, als sie sagte: »Geführt *hat*, meinst du wohl.«

Nico rieb sich den Nacken und legte seiner Schwester anschließend die Hand auf den Unterarm. »Stimmt. Geführt hat.«

Er schenkte Kaffee ein und erklärte: »Für mich ist es leichter als für den Rest meiner Familie, müssen Sie wissen. Ich habe meinen Vater seit fünfzehn Jahren nicht mehr gesehen. In meinem Leben fand er überhaupt nicht mehr statt. Natürlich bin ich auch betroffen, und ein Teil von mir trauert um den Vater, den ich als kleiner Junge hatte, aber ich kann damit umgehen.«

»Warum haben Sie denn so lange nicht mit Ihrem Vater gesprochen?«, fragte Karl neugierig und schlug so unauffällig wie möglich sein Notizbuch auf.

Nico registrierte das zwar, ließ es aber unkommentiert. »Bevor wir Ihnen erzählen, was wir wissen, möchte ich eines sagen: Unser Vater war sicher nicht so gut, wie unsere Mutter glaubt und glauben will, aber er war auch kein durch und durch schlechter Mensch. Wenn wir Ihnen von seinen weniger netten Seiten erzählen, möchten wir damit trotzdem nicht sagen, dass er ein kompletter Arsch war.«

Antonia schluchzte leise, und ein paar Tränen tropften in ihre Kaffeetasse. Sie hinterließen Kreise wie kleine Kieselsteine in einem schlammigen See.

»Wir verstehen das«, sagte Karl ruhig, und Alex nickte.

»Ja, sogar sehr gut. Sie müssten mal meine Mutter kennenlernen.«

Nico lächelte ein wenig, dann holte er tief Luft.

»Ich bin von zu Hause ausgezogen, als ich achtzehn war, um ein Praktikum bei einem berühmten Fotografen in New York zu machen. Das hat meinem Vater nicht gepasst, um es mal vorsichtig auszudrücken.«

»Wieso denn nicht? Es zeugt doch von großem Mut, so früh von zu Hause wegzugehen, um seinen Traum zu verwirklichen«, meinte Karl.

»Ich beneide Ihre Kinder«, seufzte Nico, und Karl konnte sich ein Lächeln nicht verkneifen.

»Mein Vater war sauer, dass ich die Schule nicht fertig gemacht habe. Mein ganzes Leben lang wollte ich nichts anderes als Fotograf werden, und ich habe mich heimlich bei den größten Fotografen der Welt beworben. Als die Zusage aus New York kam, hat mich hier nichts mehr gehalten. Ich hätte nur noch ein halbes Jahr bis zum Abitur gehabt, aber ich dachte mir: wenn ich keinen Erfolg habe, kann ich es ja immer noch nachholen. Und wenn ich Erfolg habe, brauche ich es sowieso nicht mehr.«

»Ein nachvollziehbarer Gedankengang«, sagte Alex, und Karl nickte, auch wenn er hinzufügte: »Ich kann aber verstehen, wenn Eltern das ein bisschen anders sehen. Ein so waghalsiger Plan kann einen als Vater schon nervös machen.«

»Nervös ist nicht das Wort, das ich benutzen würde«, erwiderte Nico. »Er hat sich geweigert, mich finanziell zu unterstützen, und mein Konto gesperrt. Wenn der Fotograf nicht so großzügig gewesen wäre und mir das Geld für den Flug vorgestreckt hätte, hätte ich hierbleiben müssen.«

Er sah Karl an.

»Ich hatte schon lange geahnt, dass mein Vater mich nicht unterstützen würde, deshalb habe ich jahrelang Nebenjobs gemacht und mir ein kleines Vermögen angespart. Doch ein Wort von Papa, und der Bankangestellte hat mein Konto gesperrt, obwohl ich schon volljährig war.«

Alex pfiff durch die Zähne.

»Dass das nicht zu Ihrem guten Verhältnis mit ihm beigetragen hat, kann ich mir gut vorstellen.«

Nico nickte. »Das letzte Mal habe ich ihn am Abend vor meinem Abflug gesehen. Da hat er eine Lampe nach mir geworfen.«

Karl zog die Augenbrauen hoch. »Das heißt, er neigte zu Gewaltausbrüchen?«

Nico zuckte die Schultern. »Manchmal schon. Aber er hat uns nie geschlagen, sondern eher mit Sachen um sich geschmissen. Es war aber weniger die Lampe als das, was er gesagt hat.«

»Wie meinen Sie das?«, hakte Karl nach.

»Irgendwann mitten in seinem Wutanfall hat er mich angeschrien, er hätte gedacht, dass ›wenigstens aus mir was Anständiges werden würde‹. Ich konnte mir darauf keinen Reim machen. Schließlich war Maria damals erst vierzehn, und Toni war acht.«

Karl runzelte die Stirn, sagte aber nichts, weil er dem jungen Mann ansah, dass er noch nicht fertig war. Nico trank einen großen Schluck Kaffee und straffte die Schultern. »Als ich am nächsten Morgen im Flugzeug saß, habe ich mich an etwas erinnert. Als ich noch ganz klein war, ist mein Vater mit mir ein paar Mal zu einem anderen Jungen gefahren. Er war ungefähr so alt wie ich. Papa hat gesagt, er wäre der Sohn einer Freundin und würde mit uns beiden einen Ausflug machen.« Nico schielte zu seiner Schwester hinüber, die ihre Finger mit seinen verschränkte.

»Ich weiß noch, dass wir den Jungen ein paar Mal abgeholt haben. Wir sind zusammen auf den Tibidabo gefahren oder nach Castelldefels zum Schwimmen. Ich war noch ziemlich klein, vielleicht fünf oder sechs, und habe das alles nicht infrage gestellt.«

Alex runzelte die Stirn. »Ich weiß nicht genau, worauf Sie hinauswollen.«

Nico rutschte unbehaglich auf seinem Stuhl hin und her. »Ich war damals noch ein kleines Kind und habe keine Ahnung, ob ich mich jetzt richtig erinnere. Es ist alles ewig her.« »Das verstehen wir«, sagte Karl. »Erzählen Sie einfach, was Sie uns erzählen möchten.«

Die Augen des jungen Mannes wurden glasig, und er schien mit einem Mal weit weg zu sein. Wahrscheinlich versuchte er, sich so genau wie möglich an die Treffen mit dem anderen Jungen zu erinnern. Doch das schien ihm schwerzufallen. Als er wieder zu sprechen begann, klang Nicos Stimme hohl. »Der andere Junge. Ich habe ihn meinen Vater ›Papa‹ nennen hören.«

Karls Nackenhaare stellten sich auf. Er beeilte sich, die wichtigsten Dinge zu notieren.

»Sie glauben also, Ihr Vater hatte noch einen anderen Sohn?«, fragte Alex erregt, und Nico zuckte die Schultern. »Ich weiß selbst nicht, was ich glauben soll, aber das ist, woran ich mich erinnere.«

»Haben Sie Ihre Mutter jemals darauf angesprochen?«, fragte Karl und fühlte, wie sich seine Wangen vor Aufregung röteten. Das hier war ihre erste heiße Spur, er konnte es fühlen.

Nicos Miene verdüsterte sich. »Nur ein einziges Mal, als sie bei mir in New York zu Besuch war. Durch den Streit, der darauf folgte, hätte ich sie beinahe auch noch verloren. Ich habe das Thema dann lieber ruhen lassen, aber ich wollte, dass Sie es wissen. Vielleicht hilft es Ihnen ja weiter.«

»Wissen Sie noch, wie der Junge hieß oder wo er gewohnt hat?«

Nico kniff die Augen zusammen. »Er hieß Fernando, wie mein Vater. So viel weiß ich. Und, dass er in einer ärmlichen Gegend gewohnt hat. Papa hat immer gesagt, dass wir Ferdi – so hat er ihn genannt – mitnehmen, weil seine Mama nicht genug Geld hat, um mit ihm schöne Sachen zu unternehmen. Ich habe es nie infrage gestellt.«

Karl beugte sich aufgeregt über den Tisch, als hoffte er, die Informationen aus Nico herausziehen zu können. »Können Sie sich sonst noch an irgendwas erinnern?«, fragte er. »Jede Kleinigkeit könnte wichtig sein.«

Nico schüttelte bedauernd den Kopf. »Leider nicht. Ich habe immer im Auto gewartet, wenn Papa den Jungen abgeholt hat. Seine Mutter habe ich nie gesehen. Und wir haben ihn auch nur vier- oder fünfmal abgeholt. Danach nie wieder.«

Karls Gedanken rasten. Vielleicht war die Erinnerung des jungen Bunyol fehlerhaft, doch wenn es stimmte, was er sagte, dann gab es jemanden, der ein sehr starkes Motiv hätte, den Politiker zu töten.

»Maribel hat einen Sohn, der so alt ist wie Nico«, schaltete sich Antonia wieder in das Gespräch ein. »Er heißt zwar Alvaro, aber ich dachte …«

Sie zuckte die Schultern und begann, auf ihrer Unterlippe zu kauen. Karl lächelte sie an. »Das ist auf jeden Fall etwas, was wir überprüfen werden. Haben Sie vielen Dank.«

»Wir müssen Sie bitten, unserer Mutter nichts von dem zu sagen, was Sie heute erfahren haben«, sagte Nico. Seine Stimme klang zwar fest und ruhig, doch sein Blick war flehend. Karl seufzte. »Wenn diese Spur tatsächlich zum Mörder Ihres Vaters führt, was natürlich mehr als unwahrscheinlich ist, dann werden wir Ihre Mutter nicht vor dieser Information schützen können. Wir können Ihnen nur versprechen, es bis dahin für uns zu behalten.«

Nico nickte knapp. »Natürlich. Hauptsache, Sie finden Papas Mörder. Alles andere ist nicht so wichtig.«

»Wie geht es Ihrer Mutter?«, fragte Alex, und Nico schluckte schwer.

»Gestern Abend hatte sie einen Zusammenbruch. Maria musste zurück ins Krankenhaus, also blieb uns nichts anderes übrig, als den Notarzt zu rufen. Sie schläft jetzt.«

»Es tut uns leid, dass Sie das durchmachen müssen«, sagte Karl. »Sie sind Ihrer Mutter bestimmt alle drei eine große Hilfe.«

Nico lächelte ein wenig. »Wir geben uns zumindest Mühe.«

»Hat sich Ihr Mut eigentlich ausgezahlt?«, fragte Alex neugierig, und Nico hob fragend die Augenbrauen.

»Dass Sie damals nach New York gegangen sind, meine ich.«

»Oh ja!« Nico lachte. »Ich habe mein eigenes Fotostudio in Brooklyn und arbeite für große Modemagazine. Meine Freundin und ich wohnen in einem Loft direkt über dem Studio, und im Winter bekommen wir ein Baby.«

Antonia sah ihren Bruder an, und Karl entging die Verehrung in ihren großen dunklen Augen nicht. Es war mehr als eindeutig, dass Antonia ihrem großen Bruder nachzueifern gedachte. Auf ihre Weise.

Ein Schatten huschte über Nicos Gesicht. »Ich hatte immer vor, mich mit Papa auszusöhnen, bevor das Kind kommt. Ich will meinem Sohn schließlich zeigen, wo ich herkomme; ich will nach Barcelona kommen können, ohne Angst zu haben, ihm begegnen zu müssen.«

Er stieß ein bitteres Lachen aus. »Nun, das habe ich ja jetzt bekommen. Aber ganz anders, als ich gedacht hatte.«

Nachdem sich Karl und Alex von den Geschwistern verabschiedet hatten, beschlossen sie, erst einmal ein spätes Frühstück einzunehmen. Die Nacht auf dem Friedhof hatte Karls Biorhythmus komplett durcheinandergebracht. Sein Magen knurrte wie verrückt, und er hoffte, sich vielleicht etwas frischer zu fühlen, wenn er gefrühstückt hatte. Sie hatten die Geschwister noch gebeten, Rocio heute Nachmittag für ein privates Gespräch in das Café am Park zu schicken, damit Inés nicht noch mehr in Aufregung geriet, und die beiden hatten versprochen, das möglich zu machen. Die Polizisten mussten allein mit der Haushälterin sprechen, und Karl nahm an, dass dies außerhalb der vier Wände am besten möglich war.

Nach einem kurzen Fußmarsch durch das quirlige Viertel, das gerade erst richtig wach wurde, setzten sie sich an das Museum für moderne Kunst, vor das Café Kino. Die Terrasse dieses Cafés war ein besonders geeigneter Ort, wenn man gern andere Menschen beobachtete. Der große Platz vor dem Museum wurde von Skatern genutzt; sie schossen die Rampen hinauf und hinunter, wagten riskante Sprünge, fielen ein ums andere Mal von ihren Boards und filmten sich dabei gegenseitig.

Karl konnte sich nicht erinnern, dass es in Berlin eine so rege Skaterszene gegeben hätte wie in Barcelona. Die halbe Stadt bewegte sich auf Rollen vorwärts; Skateboards und Inlineskates waren in den engen Gassen deutlich beliebter als Fahrräder. Bevor Karl nach Barcelona zurückgekommen war, hatte er gedacht, Skateboards und Inliners gehörten überall ins Reich der Erinnerung an die Neunzigerjahre. Wie sehr er sich doch geirrt hatte.

Die Luft war erfüllt vom Geräusch der Rollen, dem Krachen und Klappern von Sprüngen und Skateboards, die zu Boden fielen. Dabei steckten die Fahrer lachend Stürze weg, bei denen Karl schon beim Zuschauen der ganze Körper schmerzte.

Seitdem er bei den Mossos arbeitete und täglich im Raval unterwegs war, war ihm der Stadtteil ans Herz gewachsen. Hier fühlte er sich deutlich jünger, als er in Wirklichkeit war. Alles war ein bisschen zu dreckig, bunt und laut – es erinnerte ihn tatsächlich manchmal an das alte Kreuzberg seiner Jugend, wo, von der Mauer zu drei Seiten eingekesselt, alle nur erdenklichen Seltsamkeiten in Hülle und Fülle geblüht hatten. Auch hier gab es noch besetzte Häuser und Wohnungen, lebte eine wilde Mischung aus Menschen aller Nationen Wand an Wand mit linken Studenten, die spätabends ihre Überzeugungen mit bunten Farben an die Häuserwände sprühten. Im Raval pulsierte das Leben; von diesem Viertel ging ein Gutteil der Kreativität und Toleranz aus, die Barcelona so einzigartig machten. Darüber hinaus war das Essen günstig.

Karl bestellte sich einen Frühstücksteller, der mit Chorizo, Hashed Browns, Bohnen, gegrillter Tomate, Pilzen und Tortilla eine spanische Interpretation des englischen Frühstücks darstellte, während Alex sich an einen Bagel mit Frischkäse und Avocado hielt.

»Flieger, es sieht wirklich so aus, als ob du deinen Kardiologen mit aller Macht reich machen willst«, bemerkte Alex, während er versuchte, es sich in dem Terrassenstuhl aus Aluminium gemütlich zu machen, was ihm natürlich kläglich misslang. Diese unbequemen Dinger standen sehr zu Karls Leidwesen vor beinahe jeder Bar der Stadt. Natürlich waren die Stühle praktisch; sie wogen fast nichts und waren abwaschbar, aber es war beinahe unmöglich, bequem darin zu sitzen.

»Ich weiß auch nicht, woran das liegt. Aber seit Alba schwanger ist, habe ich das Gefühl, mich verhalten zu müssen, als wäre ich jünger«, gab Karl zu. Zwar hatte er bisher noch gar nicht darüber nachgedacht, doch jetzt, wo er es aussprach, wurde ihm bewusst, dass es tatsächlich so war. Als wollte er sich selbst beweisen, dass er noch nicht zu alt für ein zweites Kind war, oder für einen Neuanfang auf einem fremden Präsidium.

Alex schüttelte belustigt den Kopf. »Du weißt schon, dass es da nicht gerade im Sinne des Erfinders ist, dein Leben zu verkürzen.«

Karl nahm die Gabel, die ihnen die von oben bis unten tätowierte, glatzköpfige Kellnerin mit einem strahlenden Lächeln an den Platz gelegt hatte, und zeigte damit auf Alex. »Sagt der

Raucher! Mach mir bloß nicht mein Frühstück madig. Überhaupt, seit wann bist du denn so ein Gesundheitsapostel?«

Alex zuckte die Schultern und schaute ertappt aus der Wäsche.

»Chi hat mir ein vergrößertes Herz und eine Fettleber gezeigt. Das war ... widerlich.«

»Ich rede mal mit ihr. Vielleicht kann sie dir ja bei Gelegenheit eine Raucherlunge zeigen.«

Alex lächelte verlegen.

Das Frühstück kam mit zwei Café Solo und zwei frisch gepressten Orangensäften, und langsam spürte Karl, wie die Lebensgeister sich zurück in seinen Körper bequemten. Mit dem Blutzuckerspiegel stieg auch seine Gehirnaktivität deutlich an. Alex schien es ähnlich zu gehen.

»Meinst du, an der Geschichte mit dem unbekannten Bruder ist was dran, Karl?«, fragte er zwischen zwei Bissen.

»Darüber denke ich auch schon die ganze Zeit nach. Mit Erinnerungen von Kindern ist das so eine verzwickte Sache. Mal sind sie sehr akkurat, mal mischt sich viel zu viel Fantasie darunter. Oli hat mal zwei Monate lang steif und fest behauptet, du wärst in Berlin und würdest nachts unter seinem Bett schlafen.«

Alex riss die Augen auf. »Ich?«

Karl nickte.

»Wieso das denn?«

Karl zuckte die Schultern. »Ich habe einen Haufen Brüder, aber aus irgendeinem Grund, der sich mir nicht erschließt, warst du immer sein Lieblingsonkel.«

»Haha«, knurrte Alex säuerlich.

»Wirklich! Und dann wieder konnte er uns ganz genau sagen, wie die adoptierten Bonobo-Affen im Berliner Zoo hießen. Das weiß ich noch wie heute. Es waren fünf Jungtiere, und wir haben Oli die Namen nur ein einziges Mal vorgelesen. Ich wette, er kennt sie immer noch auswendig.«

Alex lächelte. »Kleiner Freak.«

Karl verpasste ihm unter dem Tisch einen kleinen Tritt, der genauso liebevoll ausfiel wie Alex' Beleidigung.

»Was mich aber an die ganze Geschichte glauben lässt, ist, dass es perfekt zum Mörder passen würde.«

»Wie meinst du das? Wir kennen ihn doch noch gar nicht.«

»Ja, aber die Tat hatte doch beinahe etwas Liebevolles«, meinte Karl. »Jemand, der den Toten noch tagelang auf dem Friedhof besucht, ihm sogar eine Krawatte umbindet. Die meisten Mörder wollen den Leichnam einfach nur loswerden. Ein Großteil der Mordopfer landet auf die eine oder andere Art im Müll.«

»Außerdem sind da noch die anonymen Briefe. ›Rede mit mir. Ich bin nicht unsichtbar.‹«

Karl nickte heftig. »Genau. Das passt alles zusammen. Ein Kind, das für den eigenen Vater praktisch nicht existiert hat. Was für ein Motiv.«

Alex trank seinen Orangensaft in einem Zug aus. »Blöd nur, dass uns diese Spekulation kein bisschen weiterbringt. Wie sollen wir rausfinden, wer dieser Sohn ist, falls er denn existiert? Nicos Angaben waren nicht gerade hilfreich.«

»Vielleicht haben ja Rocio oder die Sekretärin ein paar brauchbare Infos für uns.« Karl wischte mit einem Stück Weißbrot den Rest Eigelb-Bohnengemisch vom Teller.

»Oder der kleine Fernando war einfach nur ein Hirngespinst.«

»Oder das«, bestätigte Karl und schaute auf sein Handy.

»Marla ist heute wieder nicht im Büro aufgetaucht«, berichtete er. »Moix hat mir gerade die Adresse von Antonio Blanes geschickt.«

»Wahrscheinlich hat sich Nadal geweigert, schon wieder ›Sekretärin zu spielen‹.« Alex malte Anführungszeichen in die Luft.

Karl seufzte. »Ich hatte so gehofft, dass sie heute einfach wieder da ist. Wir sind doch sowieso bei ihr um die Ecke, sollen wir mal vorbeischauen?«

»Ja«, stimmte Alex zu. »Wir sollten es wenigstens versuchen. Und wo wohnt Blanes?«

Karl gab die Adresse in sein Navigationsprogramm ein. »Irgendwo in Sants.«

»Und die Sekretärin wohnt in Barceloneta«, seufzte Alex. »Einmal Stadtrundfahrt, bitte.«

»Sollen wir den Hop-on-hop-off-Bus nehmen?«, schlug Karl amüsiert vor, und sein Schwager schnaubte kopfschüttelnd.

»Schon gut. Immerhin komme ich so endlich mal wieder ans Meer.«

Alex nahm ein paar Geldscheine aus der Tasche und klemmte sie unter sein Glas. Der Gedanke an Marla hatte ihn offenbar wieder nervöser gemacht.

»Also, dann los!«, sagte er.

»Wenn das nicht meine beiden Lieblings-Sergenten sind!« Alex und Karl, die gerade im Aufstehen begriffen waren, drehten sich um. Vom Museumshof her kam ausgerechnet Stefano Flores auf sie zugeschlendert. Genau wie beim letzten Mal, als sie ihm begegnet waren, trug er einen schicken, schmal geschnittenen Anzug und ein selbstsicheres Lächeln.

»Ausgerechnet das wandelnde Gesicht zum Reinschlagen«, knurrte Alex und sah dem Journalisten mit unverhohlener Antipathie entgegen.

»Wir wollten gerade gehen«, sagte Karl etwas lauter und ebenfalls nicht sehr freundlich. Er hatte nicht vergessen, was Flores in den letzten beiden Artikeln über Alex und ihn vom Stapel gelassen hatte.

Mittlerweile war der junge Mann an ihrem Tisch angekommen und lächelte sie so unbekümmert an, als würde die Zurückweisung an ihm abperlen wie an einer Teflonpfanne. Überhaupt erinnerte er Karl an Teflon. Glatt und kratzfest.

»Das ist aber jammerschade, meine Herren. Ich hatte gehofft, Sie zu einem Kaffee einladen zu können.«

»Wir sind sehr beschäftigt, Flores. Und selbst wenn wir Urlaub hätten, wären Sie einer der letzten Menschen, mit dem wir reden wollten.« Karl setzte seinen Hut auf, um zu unterstreichen, dass hier kein längeres Gespräch stattfinden würde.

Doch auch diese Abfuhr steckte Flores unbekümmert weg. Wahrscheinlich war es eine Grundvoraussetzung für den Beruf des Journalisten, sich nicht um die Wünsche anderer zu scheren. Sein Blick wanderte über die leeren Teller auf dem Tisch. »Sie machen mir eigentlich keinen allzu beschäftigten Eindruck.«

»Nun, der Eindruck täuscht«, zischte Alex verärgert. »Wir haben schon einen Teil unseres Arbeitstages hinter uns, während Sie wahrscheinlich gerade erst aus Ihrem Loch gekrochen sind.«

»Aber, aber, Diaz. Sie müssen doch nicht gleich grob werden! Geben Sie mir einfach zwei, drei kleine Informationsbröckchen – die Todesart oder einen Verdächtigen –, und schon sind Sie mich los. Versprochen.«

»Das könnte Ihnen so passen. Und wenn Sie nicht gleich verschwinden, lasse ich Sie festsetzen.«

Flores zog belustigt die Brauen hoch. »Ach. Und weswegen, wenn ich fragen darf?«

»Beamtenbeleidigung, Behinderung von Ermittlungen, eine unerträgliche Visage, Störung der öffentlichen Ruhe und Ordnung«, zählte Alex ungerührt auf. »Mir fällt schon was ein.«

»Damit würden Sie aber die Pressefreiheit verletzen«, gab Flores zurück. »Aber machen Sie nur. Einer meiner Kollegen wird sicher liebend gern einen Artikel darüber schreiben.«

Die beiden Männer funkelten einander an wie Boxer im Ring. Karl fürchtete ernsthaft, sie könnten jeden Augenblick aufeinander losgehen. Er schob sich mit der Schulter zwischen die beiden Heißsporne und sagte: »Alex, wir haben zu tun. Flores, Sie üben Ihre Pressefreiheit wohl besser woanders aus. Und wehe, Sie dackeln uns hinterher. Dann verliere selbst ich meine Engelsgeduld.« Er wandte sich an seinen Schwager. »Vamos!«

Alex blieb noch einen Augenblick stehen und starrte Flores

an, als hoffe er, dieser würde unter seinem Blick zu Staub zerfallen. Dann nickte er und machte auf dem Absatz kehrt, um Karl in die Carrer de Ferlandina zu folgen. Als sie außer Hörweite waren, brach es aus ihm heraus. »Was für ein Arschloch, ehrlich! Wo ist der denn auf einmal hergekommen?«

Karl zuckte die Schultern. »Ich schätze, er folgt uns. Das machen viele Journalisten so. Schließlich arbeiten wir alle im selben Business.«

»Ach. Und ich dachte, wir sind in völlig verschiedenen Bereichen tätig. Wir stellen die Ordnung wieder her und sorgen für Gerechtigkeit, und ihr Job ist es, uns dabei auf die Nerven zu gehen.«

Karl lachte. »Das stimmt zwar, aber sie sind auf der Jagd nach Informationen, genau wie wir. Aber Flores ist wirklich ein besonders unangenehmes Exemplar, das muss ich schon sagen. Wo sind die Zeiten hin, als sich Kriminaler und Journalisten noch ähnlich sahen? Alle mit dunklen Hüten, Zigaretten im Mundwinkel und müden Gesichtern, missmutig, aber entschlossen?«

Karl seufzte und erlaubte sich kurz, sich jene Filme in Erinnerung zu rufen, die in ihm als Kind zum ersten Mal den Wunsch geweckt hatten, Polizist zu werden. »Du kannst jedenfalls froh sein, dass Flores nicht auch noch einen Fotografen im Schlepptau hatte«, fügte er hinzu und blieb urplötzlich stehen, weil ihn ein Gedanke getroffen hatte wie ein Blitzschlag.

»Was ist denn jetzt los?« Alex hatte erst nach ein paar Schritten bemerkt, dass Karl nicht mehr neben ihm lief.

»Ein Fotograf«, murmelte Karl und schloss zu Alex auf, der ihn weiterhin verwirrt ansah.

»Ja, das sind die Leute, die alles Mögliche fotografieren. Und deren Beruf dem Untergang geweiht ist, seit mein Smartphone bessere Bilder machen kann als so manche Kamera.«

»Genau«, murmelte Karl zerstreut, dann sah er seinen Partner an. »Wir müssen Nico noch mal genauer überprüfen.«

»Ähm …«

»Sieh mal, all die Motive, die wir gerade für den unbekannten Bruder zusammengetragen haben, treffen doch auf Nico genauso zu. Er hat's uns selbst erzählt.«

Alex nickte langsam. »Der vom Vater verstoßene Sohn, der nichts richtig machen kann. Der kein Geld mehr bekommen hat, der in Ungnade gefallen ist und es nicht geschafft hat, sich da herauszuarbeiten, egal, wie viel Mühe er sich gegeben hat.«

»Genau. Und wie du gerade gesagt hast: Viele Fotografen haben Geldprobleme. Außerdem ist das Leben in New York sehr teuer. So ein Studio-Loft will unterhalten werden.«

»Aber er lebt doch sehr weit weg. Hat sich ein völlig neues Leben aufgebaut.«

»Hm. Er wirkt auf mich zwar nicht psychisch labil, aber wir müssen das überprüfen. Sein Wohnsitz in New York ist allein noch kein Alibi. In zwei Wochen könnte er rein theoretisch zweimal hin- und herfliegen. Oder er könnte sich schon seit dem Mord hier aufhalten, ohne es seiner Familie zu sagen. Immerhin war er verdächtig schnell hier. Jemand muss überprüfen, ob er in den letzten Wochen schon mal hergeflogen ist. Und wie es finanziell um sein Fotostudio bestellt ist.«

Alex ließ die Schultern sinken. »Verdammt. Wo steckt Marla?«

15

Wie sie bereits befürchtet hatten, öffnete Marla auch ihnen nicht die Tür. Mittlerweile begann Karl, sich ernsthaft Sorgen zu machen. Sie hatte ihnen gegenüber nichts erwähnt, keinen Anruf, keinen Besuch, keine kranke Großmutter. Er versuchte, das Bild von Marla, die tot oder bewusstlos auf ihrem Küchenboden lag, aus seinem Kopf zu verdrängen. Sollten sie jemanden rufen, der die Tür aufbrach? Wenn sie bloß wüssten, ob einer ihrer Nachbarn einen Ersatzschlüssel hatte.

Sie wussten, welche Fenster zu Marlas Wohnung gehörten, und starrten hinauf, doch auch hier rührte sich nichts. Die Schlafzimmer würden ohnehin, wie in den meisten Häusern üblich, nach hinten zum Patio hinausgehen, damit sich die Hitze dort in Grenzen hielt. Alex rüttelte frustriert an der Haustür.

»Scheiße, was ist, wenn sie sich was getan hat? Weißt du, ob sie auf deiner Party viel getrunken hat?«

»Ich glaube nicht«, antwortete Karl und stemmte die Hände in die Hüften. »Sie ist schließlich kaum dazu gekommen, so, wie sie umschwärmt wurde. Außerdem ist sie gar nicht der Typ dafür.«

»Und wenn sie nun einen Herzinfarkt hatte? Oder einen Hirnschlag?«

Karl trat nervös von einem Bein auf das andere. »Dann könnten wir ihr jetzt auch nicht mehr helfen. Wir haben seit über sechsunddreißig Stunden nichts mehr von ihr gehört.«

In diesem Augenblick ging die Tür auf, und eine junge Mutter mit Kinderwagen versuchte, sich auf die Straße hinauszumanövrieren. Alex hielt ihr zuvorkommend die Tür auf. Sie bedankte sich lächelnd und ging in Richtung der Ramblas des Raval davon. Karls Schwager stellte den rechten Fuß gegen das Türblatt, sodass sie nicht ganz zufallen konnte. Er warf Karl einen fragenden Blick zu, und dieser nickte.

Gemeinsam stiegen sie in den dritten Stock hinauf, und Karl fand es nicht zum ersten Mal äußerst unpraktisch, dass auf spanischen Klingelschildern keine Namen standen; weder unten an der Haustür noch an den Wohnungstüren. So mussten sie sich, oben angekommen, für eine der beiden Türen entscheiden.

Karl hatte einmal gelesen, dass dieser Unwille, die Klingelschilder zu beschriften, auf die Zeit der Franco-Diktatur zurückging. Damals hatten die meisten Leute nicht das Bedürfnis gehabt, gefunden zu werden. Das war zwar nachvollziehbar, machte ihm aber gerade nicht zum ersten Mal das Leben schwer.

Nach kurzem Zögern entschieden sie sich für die linke Tür, hinter der nach wenigen Momenten ein leises Schlurfen zu hören war. Eine Kette wurde zurückgeschoben, und kurz darauf sah sie ein kleiner alter Mann durch den Türspalt an.

»Disculpe, Señor«, sagte Alex höflich und beugte sich ein wenig zu dem Alten herab, damit er ihm in die Augen sehen konnte.

»Wir sind auf der Suche nach Maria Pilar Sanchez. Ihrer Nachbarin. Wissen Sie, wo sie ist?«

Die wachen, dunklen Augen verengten sich. »Wer will das wissen?«, fragte er mit so kräftiger Stimme, dass Karl beinahe erschrak.

Karl trat neben Alex ins Sichtfeld des Mannes. »Wir sind ihre Kollegen«, sagte er freundlich. »Sie ist gestern und heute nicht zur Arbeit erschienen, da wollten wir mal nach ihr sehen.«

»Sie arbeiten mit der kleinen Marla in der Wäscherei?«, fragte der alte Mann skeptisch, und Karl brauchte einen Augenblick, um sich von dem Schock zu erholen, den diese Frage bei ihm ausgelöst hatte. Wäscherei? Auch Alex gab sich alle Mühe, sich seine Verwunderung nicht anmerken zu lassen, doch die Reaktion des Mannes zeigte, dass sie keinen Erfolg hatten.

»Dachte ich's mir doch!«, grollte er verärgert und funkelte sie misstrauisch an.

»Ich glaube Ihnen kein Wort, Señores. Marla ist erwachsen,

sie kann selbst auf sich aufpassen, aber wenn das mal nicht hinhaut, dann ist der alte Sergio auch noch da.«

Er klopfte sich mit der Faust auf die Brust und richtete sich ein wenig höher auf, um seinen Standpunkt zu unterstreichen. Sein Anblick und die heroische Einstellung des Mannes rührten Karl zutiefst.

»Also seien Sie vorsichtig. Ich bin bewaffnet und schrecke vor nichts zurück!«

Alex lächelte verbindlich. »Wir sind froh, Marla in so guten Händen zu wissen, wenn sie zu Hause ist«, sagte er freundlich. »Und Sie haben recht. Man kann nicht vorsichtig genug sein. Aber glauben Sie uns, wir sind Freunde von ihr und machen uns wirklich Sorgen. Es ist schön, dass Sie sie beschützen, wenn sie zu Hause ist, aber wir fürchten, das ist sie eben gerade nicht. Also, wenn Sie sie sehen, sagen Sie ihr bitte, dass Karl und Alex nach ihr suchen und sich Sorgen machen. Würden Sie das tun?«

»Bricht mir ja keiner bei ab«, nuschelte der Alte und schoss noch einen warnenden Blick auf sie ab. »Jetzt verschwinden Sie aber von meiner Fußmatte. Wenn ich Marla sehe, sage ich ihr, sie soll sich bei Ihnen melden.«

»Das wäre sehr freundlich«, sagte Karl. Die letzten Worte erreichten allerdings nur noch das Türblatt, denn der Mann hatte die Tür bereits grußlos wieder geschlossen. Ein Schatten, der kurz darauf hinter dem Spion erschien, verriet Karl, dass sie weiterhin unter Beobachtung standen.

Er zog Alex, der mit grimmigem Blick Marlas Wohnungstür anstarrte, hinter sich her die Treppe hinunter.

»Wäscherei? Was soll der Scheiß?«, fragte er leise, aus Angst, der Alte könnte ihn vielleicht hören. Zwar war die Holztür dick gewesen, und sie waren bereits im ersten Stock, doch Karl fühlte sich nach wie vor von diesen listigen, strengen Augen beobachtet.

»Offensichtlich soll niemand wissen, dass Marla bei der Polizei arbeitet«, raunte Alex zurück.

»Aber warum denn nicht? Gerade hier wäre es für die Nachbarn doch vielleicht beruhigend, das zu wissen?«

Alex schüttelte den Kopf. »So hip der Raval jetzt an manchen Ecken auch wirken mag, hier war bis vor zehn Jahren noch Gangland. Hier wurden der Drogenhandel und die Prostitution für fast die ganze Stadt organisiert, hier sind die meisten Menschen umgekommen. Die Sicherheit wurde damals nicht durch Polizisten gewährleistet, sondern durch Schutzgeld und Schweigen.«

Karl schüttelte den Kopf. Nicht dass ihm diese Strukturen unbekannt waren, ganz im Gegenteil. Er kannte sie nur allzu gut aus Berlin. Aus dem Wedding, aus Kreuzberg oder Neukölln. In seiner Jugend war er mehr als einmal mit Gangs aneinandergeraten. Doch er schaffte es einfach nicht, diese Informationen mit der hübschen, sanften und intelligenten Marla in Verbindung zu bringen, die ihn jeden Tag mit Keksen und Kaffee versorgte.

»Vielleicht soll ihr Bruder ja auch nicht wissen, dass sie bei der Polizei ist«, überlegte er laut. »Wenn er das wüsste, käme er bestimmt nie zurück nach Hause.«

Alex lächelte. »Du Menschenflüsterer. Immer siehst du emotionale Motive.«

»Es sind ja meistens auch emotionale Motive, die uns riskante oder dumme Dinge tun lassen, Alex.«

»Oder Geld«, warf Alex ein, und Karl lachte.

»Stimmt. Solche Leute haben auch zu Geld eine eher emotionale Verbindung. Aber jetzt komm – wir müssen um sechzehn Uhr bei Rocio sein und vorher noch mit Blanes reden.«

Antonio Blanes wohnte in einem schnörkellosen, etwas heruntergekommenen Hochhaus in der Nähe der Estació de Sants. In Anbetracht der Tatsache, dass der Mann sich so vehement geweigert hatte, seine alte Bleibe zu verlassen, hatte Karl definitiv mit Schlimmerem gerechnet. Gestern Abend hatte er sich auf dem Friedhof mit den anderen noch einige der Zeitungsartikel angeschaut, die zum Fall Blanes erschienen waren. Blanes war verzweifelt und sehr verbittert dargestellt worden, doch der gepflegte Herr, der ihnen gleich nach dem Klingeln die Tür öffnete, hatte glänzende Laune.

»Ah, mit Ihnen habe ich schon gerechnet, auch wenn ich gedacht hätte, Sie kämen erst morgen oder in den nächsten Tagen«, begrüßte er Karl und Alex fröhlich, noch bevor diese Gelegenheit hatten, sich vorzustellen. Der alte Kubaner winkte sie herein und führte sie in ein ordentliches, farbenfrohes Wohnzimmer, das genauso viel gute Laune versprühte wie sein Bewohner.

Obwohl er, wie Karl und Alex aus der Zeitung wussten, weit über siebzig war, hatte der Mann schwarzes, volles Haar und hielt sich sehr gerade. Im Wohnzimmer lagen bunte Flickenteppiche auf den hellen Fliesen, ein Bücherregal nahm beinahe eine ganze Wand ein, und auf einer Kommode, die ebenfalls in bunten Farben gestrichen war, standen Unmengen Fotos. Blanes hatte einige der Zeitungsartikel, die damals über ihn erschienen waren, gerahmt und aufgehängt.

Karl hatte sofort das Gefühl, dass sie hier falsch waren. Was immer Blanes auch in der Wut und der Hitze der Ereignisse gesagt haben mochte, er konnte sich einfach nicht vorstellen, dass dieser Mann Bunyol getötet hatte. Dafür wirkte er viel zu ausgeglichen. Unwillkürlich wanderte Karls Blick zur schmalen Taille des Mannes, wo eine helle Stoffhose von einem dünnen Ledergürtel an Ort und Stelle gehalten wurde.

»Bitte, setzen Sie sich doch. Setzen Sie sich!«, forderte Blanes sie auf, und da Karl und Alex nicht unhöflich sein wollten, protestierten sie nur kurz. Vielleicht, dachte Karl, konnte Blanes ihnen ja trotzdem weiterhelfen. Wenn er richtig verstanden hatte, hatte Antonio viele Gespräche mit Bunyol geführt.

Verblüfft und dankbar nahmen sie den Eiskaffee entgegen, den Blanes ihnen wenig später mitsamt Strohhalm, Dulce de Leche und Waffel servierte.

Alex nahm einen großen Schluck. »Haben Sie immer so gute Laune?«, fragte er neugierig. Karl fand insgeheim, dass Alex in dem tiefen Sessel mit dem Eiskaffee in der Hand wie ein Schuljunge aussah.

»Ich bin ein fröhlicher Mensch«, antwortete Blanes. »Aber seit ein paar Tagen habe ich glänzende Laune. Nichts kann sie mir verderben. Meine Frau hält es in meiner Nähe kaum noch aus.«

»Und was verschafft Ihnen so gute Laune?«, fragte Karl höflich.

»Na, dass das alte Arschloch tot ist«, erwiderte Blanes unbekümmert. Alex verschluckte sich und hustete eine ganze Weile, bis sie den Gesprächsfaden wieder aufnehmen konnten.

»Da habe ich Sie wohl ganz schön überrascht, Sergent«, bemerkte Blanes entschuldigend. »Ich dachte eigentlich, Sie sind deswegen hier.«

»Sind wir auch, Señor«, sagte Karl. »Sie haben schon richtig vermutet.«

»Hab mich nur verschluckt«, krächzte Alex.

»Ja, das kommt vor. Sie müssen vorsichtig sein, wenn Sie durch einen Strohhalm trinken.«

»Wenn ich Sie richtig verstehe, haben Sie Bunyol nie verziehen, dass er Sie aus Ihrem Zuhause vertrieben hat«, lenkte Karl das Gespräch auf das eigentliche Thema zurück.

Blanes' Augen wurden groß. »Hätten Sie das verziehen? Ich bin in der Wohnung geboren und aufgewachsen. Niemals hätte ich sie freiwillig verlassen. Die Geister meiner Eltern wohnten noch in den Wänden!«

Karl und Alex tauschten einen kurzen Blick.

»Das kann ich gut verstehen.« Vorsichtig sog Alex an seinem Strohhalm.

»Aber hier haben Sie es doch auch sehr schön«, hakte Karl nach. Antonio Blanes kicherte.

»Ich erwarte nicht, dass Sie das verstehen, Sergent. Aber diese Wohnung war für mich mehr als nur ein Kasten aus Stein. Meine Lebensenergie und die der Verstorbenen waren mit dieser Wohnung verbunden. Einen Ort, der einen so geprägt hat, darf man nicht einfach aufgeben. Ich hatte das Gefühl, ich hätte meine Familie im Stich gelassen, als sie mich schließlich hinausgezerrt haben.«

»Und Sie machen Bunyol dafür verantwortlich, dass Sie umziehen mussten?«

»Aber sicher doch. Wen denn sonst? Er war es schließlich, der immer wieder zu mir gekommen ist. Er hat den Investor überzeugt, dass man die Bewohner schon aus dem Haus kriegen wird.«

Blanes beugte sich vor und kniff die Augen zusammen. »Zuerst war er ganz nett und freundlich. Wie die meisten Dämonen hat auch er versucht, mich zu verführen. Mit Geld und guten Worten. Einer neuen Wohnung in einem ganz neuen Haus. Er hat nicht verstanden, worum es mir ging.«

Der freundliche Mann zuckte die Schultern. »Als die anderen draußen waren, hat er seine Freundlichkeit an den Nagel gehängt und angefangen, mir zu drohen. Da ist mir nichts anderes übrig geblieben, als mich einzumauern.«

»Aber Ihnen muss doch klar gewesen sein, dass Sie keine Chance hatten«, gab Karl zu bedenken.

Blanes kicherte erneut. »Ich habe eine Frage an Sie, Señor Lindberg. So heißen Sie doch, oder? Sie sind doch der Alemany?«

Karl bestätigte dies mit einem knappen Nicken.

»Glauben Sie, dass man das Verbrechen wirklich bekämpfen kann? Dass Sie, wenn Sie nur fleißig genug arbeiten, irgendwann über das Böse siegen?«

Karl musste über die Bauernschläue des Mannes lächeln. »Sie haben mich erwischt, Señor«, sagte er und begann, mit dem langen Löffel die herrliche Schicht Dulce de Leche herauszukratzen, die sich unten in seinem Glas abgesetzt hatte.

»Manche Kämpfe müssen einfach geführt werden, völlig egal, ob wir glauben, dass wir gewinnen können. Nachdem ich mich so lange geweigert hatte, aus meiner Wohnung auszuziehen, konnte ich doch nicht einfach meine Sachen packen und aufgeben. Ich musste doch darauf aufmerksam machen, was sich die Mächtigen alles rausnehmen können.«

»Das war aber sehr mutig von Ihnen«, stellte Alex fest, der ebenfalls die letzten Reste aus seinem Glas kratzte. Wie hatte Karl vergessen können, wie herrlich ein traditioneller Eiskaffee schmeckte? Er nahm sich vor, so bald wie möglich einen Vanilleeisvorrat anzulegen.

Blanes zuckte auf Alex' Lob hin nur die Achseln. »Ach, wissen Sie, es hätte mich mehr Mut gekostet, mit mir selbst zu leben, wenn ich es nicht versucht hätte.«

Karl kam nicht umhin, den Alten zu bewundern. Dieser kleine Mann hatte Rückgrat für vier oder fünf junge Männer.

»Wann haben Sie Fernando Bunyol das letzte Mal gesehen?«

Blanes legte den Kopf schief. »Das dürfte an dem Tag gewesen sein, bevor ich mich eingemauert habe. Er ist ein letztes Mal gekommen und hat mir Geld angeboten, damit ich die Wohnung räume. Das Doppelte von dem, was die anderen Hausbewohner bekommen haben.«

Er schüttelte sich, als ekele er sich vor etwas. »Dieser Idiot hat mich beleidigt.« Jetzt sah man in Blanes' Augen den Hass funkeln, der auch auf den Zeitungsfotos so deutlich zu erkennen gewesen war.

»Er hat gedacht, man könnte jeden Menschen kaufen. Dass er mich kaufen könnte. Egal, wie oft ich ihm gesagt habe, dass er sich das Geld in seine fettigen Haare schmieren kann. Leute wie er denken, früher oder später knickt jeder ein, wenn nur die Summe stimmt.«

Blanes schnaubte. »Aber ich bin nicht eingeknickt. Ich bin standhaft geblieben. Wenn ich nur daran denke, dass ich anfangs noch geglaubt habe, man könnte das Ganze gütlich lösen. Denken Sie nur, meine Herren. Es ging um ein Hotel! Als gäbe es in dieser Stadt nicht genug davon.«

Dem konnte Karl nur im Stillen beipflichten.

»Und das war das letzte Mal, dass Sie Bunyol gesehen haben?«, hakte Alex noch einmal nach.

»Aber ja! Oder glauben Sie, ich hätte das Bedürfnis verspürt, diesen hijo de puta noch einmal wiederzusehen? Er hat mir schon genug Tage meines Lebens vergiftet, glauben Sie mir!«

Karl hatte es geahnt. Sie vergeudeten hier ihre Zeit. Blanes war bei Weitem nicht der einzige Bürger Barcelonas, der Bunyol die Pest an den Hals gewünscht hatte. Viele hatten wegen ihm ihren Job oder ihre Wohnung verloren. Blanes war lediglich das Gesicht einer ganzen Masse Geschädigter.

»Wenn Sie ihn seitdem nicht mehr gesehen haben, dann haben Sie ihn also auch nicht umgebracht?«, fragte Alex, mehr pro forma als alles andere.

»Oh, das wollte ich damit nicht sagen«, erwiderte der Kubaner.

Karl zuckte zusammen. Er hatte sich gerade so wohlgefühlt, in diesem Wohnzimmer, mit dem netten alten Herrn, dass er mit dieser Wende des Gespräches niemals gerechnet hätte.

»Was sagen Sie da?«

Blanes streckte sich, und seine kohleschwarzen Augen funkelten listig in den tiefen Höhlen. »Ich will damit sagen, dass ich Fernando Bunyol sehr wohl umgebracht habe.«

Die Stille, die sich nach diesen Worten im Wohnzimmer ausbreitete, war vollkommen. Karl und Alex schienen beide unter Schock zu stehen, denn sie rührten sich nicht. Sie saßen nur da, in bunten Sesseln und mit leeren Eiskaffeegläsern in den Händen, und starrten Blanes an, als wäre er eine Geistererscheinung.

Schließlich räusperte sich Karl. »Das müssen Sie uns erklären.«

Blanes nickte. »Ich kann es Ihnen gern zeigen. Wenn Sie mir bitte folgen würden?«

Verwirrt stellten Karl und Alex ihre Gläser ab und folgten dem noch immer völlig gelassenen Antonio Blanes durch einen schmalen Flur in eines der hinteren Zimmer.

Der Raum war ein schmaler Schlauch, der sicher einmal als Kinderzimmer gedacht gewesen war, nun aber eine Art Gebetsraum darzustellen schien. Er enthielt nichts weiter als einen kleinen bunten Altar, der auf einer Kommode stand, und einem niedrigen Hocker davor.

Blanes zeigte auf den Altar und sagte: »Bitte. Sehen Sie selbst.«

Karl und Alex traten langsam und vorsichtig auf den Altar zu. Beide rechneten halb damit, in dem kleinen Schrein etwas Schreckliches vorzufinden, zum Beispiel einen abgetrennten Körperteil. So wäre es jedenfalls in jedem billigen Horrorfilm, dachte Karl, als er sich bückte, um die Konstruktion näher in Augenschein zu nehmen. Als er erkannte, was er da vor sich sah, hätte er am liebsten laut aufgelacht. Alex und er hatten einen Voodoo-Altar vor sich, mit einer ziemlich akkuraten Bunyol-Puppe im Zentrum.

Der einzige Grund, warum ihm das Lachen im Hals stecken blieb, war die helle Kordel, die der kleinen Voodoo-Puppe um den Hals gewickelt war. Karl schluckte trocken.

Mit tausend Fragen im Kopf drehte er sich zu Antonio Blanes um, der gelassen in der Tür stand, eine Hand auf der Klinke.

»Warum ihn eigenhändig töten, wenn es jemand anderes für mich erledigen kann?«, fragte er ruhig.

16

»Mann, war das ein nutzloser Nachmittag!« Alex ließ sich mit einem schweren Seufzer in den warmen Sand fallen. Nach dem Gespräch mit der Sekretärin und ihrem Sohn hatten sie beschlossen, es für heute gut sein zu lassen und am Strand noch etwas zu trinken. Alex hatte sich in einem kleinen Supermarkt in der Nähe ein Bier gekauft, während Karl eine winzige Weinflasche mit Plastikbecher in den Händen hielt, die Alex amüsiert beäugte. Doch das war ihm egal, er hatte gerade keine Lust auf Bier.

Karl ließ sich neben Alex nieder, streifte die Schuhe ab und vergrub die Zehen mit einem wohligen Seufzer im Sand.

»Ich würde ihn nicht gerade als nutzlos bezeichnen«, entgegnete Karl. »Interessant wäre wahrscheinlich das bessere Wort.« Er öffnete den Wein und goss ihn in den Plastikbecher.

»Na ja. Eigentlich haben wir gar nichts erreicht«, murrte Alex.

»Stimmt. Wenn du außer Acht lässt, dass wir den Mörder Bunyols gefunden haben.« Er zwinkerte Alex zu.

Der zog eine Grimasse. »Was für ein schräger Typ. Aber ich glaube nicht, dass er Fernando tatsächlich umgebracht hat.«

»Wir sollten ihn aber auch nicht komplett aus den Augen lassen. Immerhin wusste er, wie Bunyol gestorben ist.«

»Ja, das war ziemlich gruselig.« Alex schüttelte sich. »Aber der Rest des Tages war doch totale Kalorienverschwendung.«

Karl lachte. »Immerhin, ich kann ein bisschen Kalorienverschwendung ganz gut gebrauchen.«

Er lehnte sich zurück und betrachtete das Treiben um sie herum. Wie immer um diese Jahreszeit war es am Strand von Barceloneta brechend voll. Überall saßen Gruppen vor allem junger Leute auf ihren Strandtüchern. Viele waren noch im Wasser, obwohl die Rettungsschwimmer ihre Posten längst verlassen hatten.

Das Licht des Tages ging langsam in weicheres Abendlicht über, Pfirsich- und Rosatöne überzogen einen Himmel, an dem sich seit Wochen keine Wolke mehr gezeigt hatte. Weiter unten, in Richtung Poble Nou, glitzerten die Fenster der Hochhäuser und die riesige Kupferfisch-Skulptur am Rand des Jachthafens. Die Ausläufer der Pyrenäen strebten hinter Badalona auf das Wasser zu und sahen aus, als wollten sie die Stadt und ihre Bewohner beschützen.

So ungern Karl es normalerweise zugab: Alex hatte recht. Wenn sie den ganzen Nachmittag hier unten am Strand verbracht hätten, anstatt mit Rocio oder Bunyols Sekretärin zu sprechen, hätte es für ihre Ermittlungen keinen Unterschied gemacht. Die beiden Frauen hatten ihnen leider nichts sagen können, das ihnen irgendwie weitergeholfen hätte. Und auch Maribels Sohn kam als Verdächtiger nicht infrage; er konnte ein wasserdichtes Alibi vorweisen. Er war Chirurg im Hospital de Barceloneta und hatte am Tag von Bunyols Verschwinden Dienst gehabt. In der Nacht, in der nach Rekonstruktion von Bunyols Tagesplan die Tat begangen worden sein musste, hatte der Arzt einen Mann zusammengeflickt, dessen Bein in eine Bootsschraube geraten war. Heute waren sie tatsächlich nur in Sackgassen gerannt, doch das war bei Mordermittlungen eher die Regel als die Ausnahme.

»Immerhin haben wir das Gespräch mit Bunyols Kindern. Der Tag war also nicht ganz für die Katz.«

»Ja, zumal der feine Nico für den Tattag kein Alibi hat. Außer natürlich seine Freundin, und wir wissen ja, wie zuverlässig Alibis von Partnern sind.«

»Wer hat mit ihr gesprochen?«, fragte Karl und verzog nach dem ersten Schluck Wein das Gesicht. Mit zusammengekniffenen Augen studierte er das Etikett. Wahrscheinlich füllten sie nur Wein in winzige Flaschen, der in größeren Dosen nicht zu genießen wäre.

»Rodriguez«, antwortete Alex. »Der spricht am besten Englisch. Natürlich hat die Freundin auch behauptet, dem Fotostudio ginge es blendend, aber online findet man wenig zu Nico oder seiner Arbeit. Er könnte ihr auch Gott weiß was erzählt haben.«

»Hat Rodriguez schon Nicos Flugdaten gecheckt?«

»Leider nicht«, antwortete Alex. »Bei der Fluggesellschaft, mit der Nico angeblich geflogen ist, ist der Server abgestürzt, und bis der Flughafen alle Passagierdaten abgeglichen hat, dauert es ewig.«

»Zumal Nico ja auch auf jedem anderen Flughafen in Spanien gelandet sein könnte.«

»Oder in Frankreich!« Alex hob den Zeigefinger wie ein fleißiger Schüler.

»Oder das.« Karl runzelte die Stirn. »Rodriguez soll versuchen, Kontakt zu einem renommierten Studio in New York aufzunehmen. Oder besser gleich zu mehreren. Vielleicht kann er so mehr über Nico und sein Renommee in der Szene da drüben herausfinden.«

Alex nickte. »Hat er selbst auch schon vorgeschlagen.«

Mit zufriedenem Nicken trank Karl noch einen Schluck Wein. Das Zeug wurde ja nicht besser, wenn man es auch noch warm werden ließ. »Guter Mann. Es ist selten, dass junge Polizisten so mitdenken.«

»Na, schönen Dank auch!«

Sie saßen eine Weile schweigend nebeneinander. Die Details des Falles spukten Karl im Kopf herum, und er war unzufrieden mit sich selbst. Normalerweise hatte er ein gutes Bauchgefühl, aber im Moment sagte ihm dieses Gefühl nur, dass er langsam wieder Hunger bekam, ansonsten aber schwieg es beharrlich. Bisher war er noch niemandem begegnet, dem er den Mord an Bunyol tatsächlich zugetraut hätte. Nico noch am ehesten, das stimmte wohl. Und auch Barcelo hätte ein fast schon lehrbuchreifes Motiv, doch Karl hielt Rafas Vater für egozentrisch und gerissen genug, dass er Bunyol jederzeit hätte stürzen können, ohne ihn umzubringen. Das hätte seinem Ruf und seiner

Macht weit mehr gedient, als einen ermordeten Kollegen einfach nur zu beerben, weil sich sonst kein Besserer fand. Natürlich war es möglich, dass Barcelo noch andere, persönliche Motive hatte, von denen sie nichts wussten. Karl und Alex hatten Nadal auf ihn angesetzt. Zum einen, weil sie gut darin war, auch die kleinsten Risse in einer Geschichte oder einer Persönlichkeit zu finden, und zum anderen, weil sie Barcelo nicht ausstehen konnte und deswegen den nötigen Eifer an den Tag legte. Karl selbst wollte nach dem Gespräch mit Rafa so wenig wie möglich mit Barcelo oder seinem Umfeld zu tun haben. Auch weil er Gefahr lief, tatsächlich befangen zu sein.

»Ich hoffe, Marla taucht bald wieder auf«, sagte Alex mit einem Seufzer.

In dem Augenblick brummte das Handy in seiner Hosentasche, und er zog es hervor.

»Moix, was gibt's?«, fragte er fröhlich. Doch wenige Augenblicke später konnte Karl sehen, wie sich das Gesicht seines Schwagers ungläubig verzog.

»Was?« Alex sprang auf, wobei er eine beträchtliche Menge Sand über Karl und dessen Weinbecher rieseln ließ. Doch Karl beachtete es kaum. Alex' Tonfall hatte ihn elektrisiert.

»Wo?«, fragte Alex nun und gestikulierte wild in Karls Richtung. Dieser verstand, zog sein Notizbuch hervor und notierte sich eine Adresse.

»Carrer via Sant Lluis, in der Nähe der Bushaltestelle.« Karl runzelte die Stirn. Irgendwie kam ihm das bekannt vor.

»Seid ihr schon da?«, hörte er Alex fragen, während er noch versuchte, sich zu erinnern.

»Okay, wir sind unterwegs.«

Karls Körper war schneller als sein Verstand. Binnen Sekunden war auch er auf den Füßen.

»Was ist los?«, fragte er, sobald Alex auflegte. Das sonst so unbekümmerte Gesicht seines Schwagers sah ehrlich besorgt aus, fast ein wenig panisch.

»Es wurde eine zweite Leiche gefunden«, brummte Alex.

»Wie meinst du das?«

Alex zerrte Karl am Ärmel hinter sich her zur Strandpromenade.

»Auf dem Friedhof ist eine zweite Leiche.«

Karl blieb abrupt stehen. Er hatte das unbestimmte Gefühl, dass es ihm unmöglich war, Beine und Gehirn gleichzeitig zu bedienen.

»Was?«

Alex nickte grimmig. »Eine alte Frau. Sie wurde erdrosselt.« Er zeigte in Richtung des Passeig des Joan Borbo. »Komm, da vorn steht um diese Jahreszeit immer eine Streife. Wir lassen uns hinfahren.«

Die Streifenpolizisten waren tatsächlich so nett, Karl und Alex auf den Friedhof zu fahren, doch zu Karls Unglück handelte es sich bei den Mossos um Mitglieder der Motorradstaffel. Und sie fuhren leider sehr, sehr spanisch. Mit Blaulicht rasten sie im Slalom durch den Feierabendverkehr, und Karl musste seine gesamte Willenskraft aufbringen, um dem Kollegen nicht auf die Jacke zu kotzen. Die Fahrt durch den dichten Verkehr dauerte ewig, doch als sie auf die Autobahn kamen, wurde es noch schlimmer. Der Mosso, der das Motorrad lenkte, beschleunigte so stark, dass Karl für den Rest der Fahrt die Augen schließen musste, um seine Todesangst niederzukämpfen. Das hier, so entschied er irgendwann zwischen der Kolumbusrotunde und der Auffahrt zum Friedhof, war sogar noch schlimmer als Fliegen.

Als sie den Friedhof erreichten und Karl abstieg, schlotterten ihm die Knie. Alex hingegen sah aus, als hätte er die Fahrt genossen. Die Beklommenheit, die zuvor noch auf seinem Gesicht gestanden hatte, schien für kurze Zeit wie weggefegt. Bis er das Flatterband entdeckte. Es spannte sich quer über die breite Straße, unzeremoniell an jeweils einer Blumenvase festgeknotet. Ein paar Meter weiter war ein zweites Flatterband auf dieselbe

Weise gespannt. Und innerhalb dieser knapp drei Meter breiten Begrenzung lag die Leiche.

Diesmal waren sie die Letzten, die auf dem Friedhof eintrafen. Chi Yung kniete neben dem Leichnam und nickte ihnen kurz zu, als Karl und Alex sich unter dem Flatterband hindurchduckten. Ein paar Kollegen von der Spurensicherung waren auch schon eingetroffen, allerdings waren diesmal weder Luisa noch Guardiola dabei. Die zweite Leiche schien weniger wichtig zu sein. Alles wirkte kleiner und ruhiger als bei Bunyol.

Auch die Tote selbst. Es handelte sich um eine zierliche, kleine alte Frau. Sie lag ausgestreckt vor einem der Hochgräber und sah aus, als würde sie schlafen.

»Sie ist steif wie ein Brett«, sagte Chi Yung.

»Also kann sie noch nicht lange tot sein«, murmelte Karl fast automatisch. Sein Verstand spulte ab, was er auf der Polizeischule gelernt hatte, aber sein Herz zog sich zusammen. An der toten Frau war alles so falsch. Ein roter Striemen um ihren Hals zeigte deutlich, dass auch sie erdrosselt worden war. Aber warum? Warum sollte man eine wehrlose alte Frau töten?

Eine Streifenbeamtin, die den Tatort sicherte, brachte Karl und Alex Latexhandschuhe und, nachdem sie sich beide ein Paar übergestreift hatten, eine Handtasche. »Die haben wir direkt neben ihr gefunden«, sagte die junge Frau und hielt Alex die braune, unscheinbare Ledertasche hin.

Alex nahm sie und fand nach kurzer Suche eine Brieftasche mit der DNI der toten Frau. »Laura Moreno Vasquez«, las er vor. »Wohnhaft in El Gótico, in der Nähe der Post. Sie war neunundachtzig Jahre alt.«

Karl schluckte. »Mein Gott. Warum musste man ihr ein solches Ende bereiten?« Sein Blick glitt von der Leiche zu den Wandnischen mit den Urnengräbern, vor denen sie lag. Er brauchte nicht lange zu suchen.

»Sie hat das Grab ihres Bruders besucht«, sagte er und deutete auf die letzte Ruhestätte eines gewissen Roberto Moreno

Vasquez. Dann glitt sein Finger ein Stück nach rechts. Dort lag, von der Leiche halb zerdrückt, ein Blumenstrauß.

»So ein Feigling«, grollte Alex, und Karl konnte ihm nur zustimmen.

»War es die gleiche Mordwaffe wie bei Bunyol, Chi?«, fragte er. Die Rechtsmedizinerin winkte Alex und ihn heran. Am Rand des Halses konnte man die kreisrunde Aussparung in dem Würgemal nur allzu gut erkennen. Karl seufzte kopfschüttelnd. Ihm war, als fiele der ganze Fall gerade in sich zusammen wie ein Kartenhaus.

»Was haben eine kleine alte Frau aus El Gótico und ein Politiker aus der Zona Alta gemeinsam?«, überlegte Alex laut.

»Jedenfalls dürfte sie dem Mörder ordentlich was mit auf den Weg gegeben haben«, sagte Chi und zeigte auf die Fingerknöchel der rechten Hand der Toten. Sie waren aufgeplatzt und teilweise blau angelaufen. Laura war nicht kampflos gestorben. Sie hatte sich gewehrt.

»Ich hoffe, sie hat seine Eier getroffen«, knurrte Alex und provozierte damit bei Chi ein winziges Lächeln, das er jedoch nicht bemerkte.

»Gottverdammte Scheiße!« Er sprang auf und begann, zwischen den Flatterbändern auf und ab zu laufen. Offensichtlich verstörte ihn der Anblick dieser zerbrechlichen alten Frau genauso wie Karl. Kinder waren schlimm, aber der gewaltsame Tod von alten Menschen war beinahe genauso schwer zu verkraften.

Natürlich war ein Mord nie etwas Schönes, aber in ihrem Metier waren die meisten Opfer Männer mittleren Alters, die der Unterwelt zugeordnet werden konnten. Menschen, die sich für ein Leben abseits der Legalität entschieden hatten und auf gewisse Weise mit ihrem Ende hatten rechnen müssen. Oder, wie Karl sich Alex gegenüber ausgedrückt hatte, es waren wenigstens Arschlöcher, die ihren Tod durch ihr Verhalten zumindest provoziert hatten. Es fiel Karl immer leichter, mit diesen

Toten umzugehen, als mit den Wehrlosen. Doch da war er nicht allein. Es ging ihnen allen so.

Ein Kollege der Spurensicherung kam zu ihnen und zeigte auf die Schuhe der Frau.

»Ihre Absätze sind total abgewetzt«, sagte er. »Ich habe auf dem Asphalt Spuren gefunden, die zu dem Absatzmaterial passen. Ich muss die Proben zwar noch im Labor untersuchen, aber ich wette, dass sie von den Schuhen der Frau stammen.«

Karl sah es bildlich vor sich. Wie die kleine Frau versuchte, sich gegen ihren Angreifer zu wehren, und verzweifelt kämpfte, während ihre Schuhe über die Straße schrammten. Er schloss für einen Moment die Augen.

»Also ist sie hier gestorben«, schlussfolgerte er, und der Kriminaltechniker nickte. »Davon würde ich ausgehen.«

Aus dem Augenwinkel sah Karl, dass Alex bereits wild gestikulierend telefonierte. Wahrscheinlich informierte er gerade das restliche Team. Gut.

»So schnell sieht man sich wieder!«

Karl schloss erneut die Augen und rang um Geduld. Die Stimme von Stefano Flores. Eindeutig. So langsam er konnte, drehte er sich um. Der junge Journalist stand direkt am Flatterband und grinste zu Karl herüber, doch für den Kommissar sah er etwas derangiert aus. Er hielt sich schief, und ein Pflaster zierte seine rechte Augenbraue. Offenbar hatte jemand dem Kerl ordentlich eine verpasst. Karl konnte nicht behaupten, dass er Mitleid empfand.

»Flores«, sagte er so beherrscht wie möglich. »Was ist denn mit Ihnen passiert?«

Der junge Mann zuckte die Schultern. »Auch Journalisten leben gefährlich. Und nicht jeder ist so kultiviert wie Sie, Sergent, und belässt es bei Worten.«

Karl gab ein Grunzen von sich, sagte aber nichts weiter. »Wieder auf dem Weg zum Grab Ihrer Großmutter?«

Flores zuckte die Schultern und grinste. »Und wenn?«

Karl schnaubte ungläubig. »Sie haben recht. Mit Ihren Lügen verschwenden Sie nur meine Zeit.«

»Ich sehe schon, langsam gewöhnen wir uns aneinander.«

Der junge Journalist kam näher, und Karl bemerkte ein leichtes Humpeln. War das heute Mittag auch schon da gewesen?

»Da haben Sie aber ordentlich was abgekriegt. Sie humpeln ja sogar.«

Flores winkte ab. »Das Humpeln hat andere Gründe. Heute ist anscheinend einfach nicht mein Tag. Ich habe mir gerade den Fuß verknackst, als ich aus dem Funi ausgestiegen bin.«

Das Funicular de Barcelona, von Einheimischen liebevoll »Funi« genannt, war eine Standseilbahn, die den Montjuïc hinaufführte. Karl wunderte sich, dass der Journalist mit dem Funi auf den Berg gekommen war. Immerhin war es von der Haltestelle bis zum Friedhof ein ordentlicher Fußmarsch. Mit einem verknacksten Fuß nicht leicht zu bewältigen. Es war also wahrscheinlich, dass der junge Mann log, doch das war Karl von ihm ja nicht anders gewohnt. Und er sorgte sich nicht so sehr um Flores' Wohlergehen, dass es ihn tatsächlich interessiert hätte.

»Dann sollten Sie besser ins Krankenhaus fahren, damit sich ein Arzt das mal ansieht.«

»Vielleicht später. Erst mal wollte ich mir das hier näher ansehen.« Er schielte auf die Leiche der alten Frau, die glücklicherweise von den Kollegen weitgehend vor seinen neugierigen Blicken verborgen wurde.

»Noch ein Toter?«

Karl fühlte, wie Alex neben ihn trat. »Verzieh dich, Schreiberling«, knurrte dieser, und Flores lachte nur spöttisch. »Sind Sie etwa neidisch, Diaz? Wie man hört, haben Sie es nicht so mit der Kopfarbeit.«

Alex trat wütend einen Schritt vor. »Pass ja auf, Mann. Beamtenbeleidigung ist keine Kleinigkeit.«

Flores trat einen Schritt zurück und tat, als wischte er sich

Staub vom dunkelblauen Sakko. »Ich kann nur weitergeben, was mir zugetragen wurde.«

Karl schüttelte den Kopf und ging ein paar Schritte zu den Kollegen hinüber.

»Braucht ihr uns hier noch?«, fragte er in die Runde, und alle Anwesenden schüttelten den Kopf. »Gut. Seht zu, dass dieses Milchgesicht im Anzug da drüben keine Fotos von dem Tatort oder von der Leiche machen kann.«

Einer der jüngeren Kollegen drehte den Kopf dorthin, wo sich Alex und Flores noch immer ein wütendes Wortgefecht lieferten. Genauer gesagt, war nur Alex wütend. Dem Journalisten schien das Ganze eher Spaß zu machen.

»Ist das einer von der Presse?«

»Nicht irgendeiner«, nickte Karl. »Der von *La Vanguardia*. Er hat schon zwei Artikel über den Friedhofsmörder geschrieben.«

Chi blickte kurz von ihrer Arbeit auf, und ihre Augenbrauen schossen empor, als sie Flores entdeckte. Doch sie sagte kein Wort, sondern warf Karl nur einen kurzen Blick zu.

Auch die anderen Kollegen, die das Gespräch verfolgt hatten, beäugten Flores nun skeptisch. »Es werden keine Informationen weitergegeben, egal, wie unwichtig sie euch auch erscheinen mögen, klar? Wenn ihr überhaupt mit dem Mann reden müsst, dann nur, um ihm ein Platzverbot zu erteilen oder ihn am Knipsen zu hindern. Sonst nichts, kapiert?«

»Ja, Chef.« Die jungen Mossos nickten eifrig.

»In Ordnung, danke. Meldet euch, sobald ihr mehr habt. Wir müssen in die Comisaría.«

In diesem Moment fiel ihm ein, dass sie ja gar keinen Wagen hatten. Er wollte gerade fragen, ob es ein Fahrzeug für sie gäbe, da fiel sein Blick auf die Streifenpolizisten aus Barceloneta, die so freundlich gewesen waren, sie herzufahren. Die beiden Männer standen ein wenig abseits neben ihren Maschinen und warteten geduldig, bis man ihnen sagte, was sie tun sollten.

»Wir können Sie fahren«, rief der eine, als hätte er Karls Gedanken gelesen. Es war der, mit dem er hergefahren war. Der Mann grinste. Wahrscheinlich war auch ihm nicht entgangen, wie fest sich Karl an seine Schultern geklammert hatte.

»Natürlich nur, wenn Sie wollen«, setzte er noch hinzu.

Auf keinen Fall!, dachte Karl, während seine Lippen ihn betrogen. »Das wäre sehr nett von Ihnen«, hörte er sich sagen. »Vielen Dank.«

Die Stimmung im Einsatzraum war angespannt, als sie eintrafen. Die vier jungen Beamten saßen an dem großen U verteilt, das sie aus Tischen gestellt hatten – alle starrten auf die mittlerweile zahlreichen Informationen, als hofften sie, dass sich in all dem Chaos ein Mörder zeigen würde. Wie bei einem dieser alten 3-D-Bilder, die in den Neunzigerjahren so populär gewesen waren, dachte Karl. Er selbst hatte Stunden damit zugebracht, diese Krisselbilder anzustarren, ohne auch nur das kleinste bisschen zu erkennen, während Alba immer wieder verzückt »Oh, ein Pferd«, oder »Siehst du den Vogel?« von sich gegeben hatte.

»Karl, du siehst aus, als hättest du ein Gespenst gesehen!«, rief Nadal, als sie ihn erblickte.

»Sehr taktvoll, Olivia, ich muss schon sagen«, tadelte Moix sie mit dem Anflug eines Lächelns. Nadals Wangen röteten sich, während sie »disculpe« murmelte.

»Wer ist das Opfer?«, fragte Rodriguez, als Karl und Alex sich setzten.

»Eine winzige alte Frau«, seufzte Alex. Er sah so ernst aus, dass Karl der irrwitzige Gedanke kam, Alex könnte in der vergangenen Stunde erwachsen geworden sein.

Alex tippte auf seinem Handy herum, und das Gerät verband sich über Bluetooth mit dem Projektor, der in der Mitte zwischen den Tischen auf einem Rollwagen stand. Gomez stand wortlos auf und zog die Leinwand herunter. Kurz darauf erschien das Foto von Laura Moreno.

Betretenes Schweigen legte sich wie eine Decke über den Raum. Das Entsetzen, das Alex und ihn erfüllt hatte, sprang auf die restlichen Beamten über. Ohne es ansprechen zu müssen, ahnte Karl, dass in diesem Augenblick jeder im Team an seine eigene Großmutter dachte. Oder an eine Frau, die in ihrer Nachbarschaft wohnte; genauso alt und ähnlich gekleidet. Der Tod kam einem bei so einem Anblick sehr, sehr nah.

»Laura Moreno«, sagte Alex leise. »Neunundachtzig Jahre alt. Gestorben durch dieselbe Hand wie Fernando Bunyol.«

»Ist das schon sicher?«, fragte Gomez.

Karl nickte. »Leider ja. Mir wäre es auch lieber gewesen, sie hätte da oben einen Hitzschlag bekommen, aber an ihrem Hals sind Drosselmarken mit einem Loch, genau wie bei Bunyol. Sie dürfte mit demselben Gürtel umgebracht worden sein.«

Er massierte sich den Schädel, um die aufsteigenden Kopfschmerzen im Zaum zu halten.

»Wir haben weder die Todesursache noch die Mordwaffe an die Presse gegeben. Was die Öffentlichkeit Barcelonas angeht, könnte Bunyol auch erschlagen, erschossen oder vergiftet worden sein.« Er schüttelte den Kopf. »Nein, davon weiß nur der Mörder. Und er ist kaltblütig genug, sich seiner Mordwaffe nicht zu entledigen, sondern sie noch einmal zu benutzen.«

»Aber was hat diese alte Dame mit Bunyol zu tun?«, fragte Nadal stirnrunzelnd, während ihr Blick noch immer auf Lauras Leichnam ruhte. »Was verbindet die beiden?«

»Nun«, antwortete Karl. »Es ist an uns, das herauszufinden.« Er wandte sich an Rodriguez. »Samuel, kannst du mal schauen, ob du bei der Stadtverwaltung noch jemanden erreichst? Ich wüsste gern, ob sie Angehörige hat, mit denen wir sprechen müssen, und ob etwas über ihren Beruf bekannt ist.«

Rodriguez nickte und flitzte ins Nebenzimmer, wo ein Schreibtisch mit Computer und Telefon stand.

»Weiß die Arbol schon Bescheid?«, erkundigte sich Alex, und Moix schüttelte den Kopf. »Sie ist heute wegen einer Familienfeier früher gegangen. Wir konnten sie noch nicht erreichen.« Er lächelte ein wenig. »Ich habe es dreimal versucht. Allerdings habe ich jedes Mal nur ein- oder zweimal klingeln lassen. Das sieht sie ja nicht, wenn sie ihre verpassten Anrufe entdeckt.«

»Eine kleine Gnade«, sagte Alex und lächelte seinem Kollegen zu. »Gut gemacht.«

»Habt ihr heute sonst noch etwas rausfinden können?«, fragte Karl, und Alex schaltete den Beamer ab. Als hätte sich ein Bann gelöst, fokussierte sich die Gruppe langsam wieder.

»Ich habe das Alibi von Barcelo auf Herz und Nieren geprüft.« Nadal sah nicht sonderlich glücklich aus. »Er ist sauber. Die Kellner erinnern sich gut an den Besuch der Familie, weil die Tochter Geburtstag hatte und Barcelos Frau von den dortigen Partissieren eine Überraschungstorte anfertigen lassen hat.«

»Hm. Dass sie sich an einen anderen Tag erinnern, fällt damit wohl aus.«

»Sie meinten, noch mal würden sie so was nicht für einen Barcelo machen«, fuhr Nadal grimmig fort. »Sie haben extra Wunderkerzen besorgt und alles, aber trotzdem hat Barcelo keinen Cent Trinkgeld gegeben.«

»Wundert mich gar nicht«, bemerkte Karl kopfschüttelnd. In Spanien war es zwar weitaus weniger üblich, Trinkgeld zu geben, als in Deutschland, doch in der gehobenen Gastronomie und vor allem, wenn sich ein Team so viel Mühe gegeben hatte, zeigte man sich trotzdem für gewöhnlich erkenntlich.

»Auch das Liceu bestätigt seine Angaben«, sagte Nadal. »Die Tickets sind vor Wochen online gebucht und auch eingecheckt worden. Allerdings konnte ich nicht überprüfen, ob tatsächlich Familie Barcelo die Vorstellung besucht hat. Die Oper löscht ihre Videoaufzeichnungen immer nach sieben Tagen.«

»Schade«, sagte Alex. »Aber so bleibt uns ja noch ein bisschen Hoffnung.« Er zwinkerte Nadal zu.

»Ich hab niemanden mehr erreicht.« Rodriguez streckte den Kopf durch die Tür. Er schaute auf die Uhr. »Es ist ja schon halb zehn.«

Wie auf Kommando begann Karl zu gähnen. »Gut. Dann bestellt Gomez bitte für morgen früh um neun einen Schlüsseldienst zur Wohnung von Laura Moreno, und du versuchst morgen noch im Schlafanzug, die Verwaltung zu erreichen.«

Beide Beamten nickten.

»Wir haben auch die Briefeschreiber überprüft«, berichtete Gomez, doch ihm war anzusehen, dass diese Überprüfung ins Leere gelaufen war. Trotzdem fragte Karl: »Und?«

Gomez schüttelte den Kopf. »Centellas wohnt schon eine halbe Ewigkeit in Bilbao und arbeitet dort in einem Hotel. Der Manager persönlich hat mir bestätigt, dass Centellas die letzten Wochen jeden Abend im Dienst war. Es ist Saison, da fällt es auf, wenn eine Servicekraft nicht erscheint. Und Bel Perez ist vor drei Monaten gestorben.«

Karl massierte sich die Schläfen und nickte. »Danke, Gomez. Auch eine tote Spur ist eine gute Spur. So können wir das abhaken.« Er wandte sich an die anderen Kollegen.

»Hast du noch was über Nico rausfinden können, Rodriguez?«

Das jungenhafte Gesicht des Mannes begann zu leuchten. »Allerdings«, sagte er und setzte sich wieder. »Ich habe vorhin mit der *Vogue* in New York telefoniert. Angeblich hat er für die gearbeitet, aber ich habe erfahren, dass sie ihn nicht mehr engagieren.« Er lächelte wissend. »Sie waren ziemlich redselig. Offensichtlich hat er was Großes in den Sand gesetzt. Die Redakteurin meinte außerdem, er hätte ein handfestes Alkoholproblem.«

Karl stieß einen leisen Pfiff aus, und Rodriguez nickte eifrig. »Ja, die Branche tratscht wohl gern«, sagte er nun. »Es hat sich anscheinend rumgesprochen, dass ›der schöne Spanier‹ – so nennen sie ihn da wohl alle – Geldprobleme hat. Offenbar hat er sein Studio schon ein paar Kollegen zum Verkauf angeboten.«

»Wenn das mal nicht ein Haufen Sachen sind, die uns Nico nicht erzählt hat«, sagte Alex, der vor Aufregung ausnahmsweise bolzengerade auf dem Stuhl saß.

»Sind wir bezüglich seiner Flugtickets schlauer geworden?«

»Ja und nein«, antwortete Gomez, und Karl zog fragend die Brauen hoch.

»Wie habe ich das zu verstehen?«

»Sein Name war auf keiner Passagierliste der letzten Wochen zu finden«, erklärte Gomez, und Karl begann, nervös einen kleinen Zettel zu zerreißen, auf dem jemand herumgekritzelt hatte.

»Das könnte natürlich an dem Serverproblem der Airline liegen«, bemerkte Nadal trocken, doch ihre Augen glänzten listig. Sie nickte Rodriguez zu, der angefangen hatte, auf seinem Handy zu tippen.

»Es könnte aber auch daran liegen«, sagte er und hielt Karl und Alex das Handy hin, »dass er schon den ganzen Sommer als Hochzeitsfotograf auf Mallorca arbeitet.«

Karl und Alex beugten sich über das Telefon, und Alex riss erstaunt die Augen auf. »Er hat einen eigenen Hashtag?«, fragte er halb ungläubig und halb belustigt. Rodriguez zuckte die Achseln. »Wenn die Leute zufrieden mit dir sind, kannst du das gar nicht verhindern.«

Karl besah sich die Bilder genauer. Unter #nicolasbunyolherrero fanden sich tatsächlich unzählige Bilder von glücklichen Brautpaaren, die vor dem türkisblauen Meer der Baleareninsel in die Kamera strahlten. Ging man in dem Feed ein wenig weiter zurück, fand man Bilder aus New York und sogar Fotos vom Studio des ältesten der Bunyol-Kinder.

»Warum hat seine Freundin dann gelogen?«, fragte Alex verwirrt.

»Wahrscheinlich ist es ihm peinlich. Hier in Barcelona sollen alle denken, er wäre immer noch der glamouröse Modefotograf«, meinte Rodriguez.

Karl nickte langsam. Zwar fand er es ärgerlich, dass Nico und seine Freundin gelogen hatten, doch das bedeutete noch lange nichts. Bei Mordermittlungen wurde man ständig angelogen.

»Gut gemacht, Rodriguez. Wirklich gut gemacht.«

17

Sie sprachen noch ein wenig über die beiden Morde, über die Toten und ihre Gedanken dazu. Doch schon bald merkte das Team um Karl und Alex, dass es sich im Kreis drehte. Egal, wie oft sie die Informationen hin und her wälzten, es kam nichts Neues dazu. Und mittlerweile waren ihnen die Ideen ausgegangen. Die Cap de la Unitat war nach wie vor nicht zu erreichen, und somit waren ihnen für diesen Abend die Hände gebunden. Sie konnten sich eine weitere Nacht mit ihren Grübeleien um die Ohren schlagen, doch das würde nichts bringen.

Karl und Alex beschlossen, es für heute gut sein zu lassen und die anderen nach Hause zu schicken. Ihnen allen steckte die Nacht auf dem Friedhof in den Knochen, deshalb protestierte niemand.

Die beiden Schwager wollten noch nicht von den Ereignissen des Tages lassen, fanden aber, dass sie ebenso gut draußen in einer der Bars weiterreden könnten. Denn beide hatten schon wieder Hunger; Karls Magen hatte bereits vor Stunden am Strand zu murren begonnen.

Alex führte Karl in eine Gastrobar namens Colibrí, die im westlichen Teil Ravals nahe dem Mercat de Sant Antoni lag. Das hübsche Lokal befand sich in einem Eckhaus und hatte an zwei Seiten riesige Fenster, an denen man auf Barhockern sowohl drinnen als auch draußen sitzen konnte.

Im Innenraum der Bar sah Karl ein wildes Sammelsurium aus Kronleuchtern, einer Jukebox, kleinen runden Tischen, unendlich viel Kitsch und Fotos an den Wänden sowie einer weißen Marmorbar, in der unter einer Glaskuppel diverse Tapas bereitstanden. Insofern war das Colibrí eine Besonderheit, denn normalerweise ließen sich Bars in Barcelona in zwei Kategorien einteilen: »Hip, neu und superchic« oder »traditionell, ungemütlich und ein bisschen heruntergekommen«. Das Colibrí jedoch schien in dieser Form schon seit Jahren zu bestehen; es war chic, ohne hip zu sein, und sehr, sehr einladend. Karl konnte nicht fassen, dass er zum ersten Mal hier war.

»Hübscher Laden«, bemerkte er anerkennend, und Alex grinste.

»Meine Eltern hatten hier ihr erstes Date«, sagte er, und Karl gab einen erstaunten Laut von sich. Er konnte sich seine Schwiegermutter nicht in einer Bar vorstellen, sei sie auch noch so schön.

»Ich weiß, ich weiß«, lachte Alex, als er den Blick seines Schwagers auffing. »Das Colibrí gibt es schon ewig, seit den Vierzigerjahren. Ich komme gern hierher. Raus oder rein?«

Karl überlegte einen Moment. Drinnen sahen die Stühle gemütlich aus, und das goldene Licht der Lampen, das von den unzähligen Spiegeln und den Kristallen der Kronleuchter zurückgeworfen wurde, wirkte äußerst einladend im Vergleich zu den elenden Alustühlen und den Alutischen mit den Plastikdecken auf der Terrasse. Doch die Luft war draußen besser, und durch die besondere Lage der Bar an einer Ecke konnte man relativ geschützt sitzen und trotzdem das Treiben beobachten.

»Draußen«, beschloss er, und sie suchten sich einen der Tische aus, die im Schatten eines Baumes standen.

»Das Essen hier ist wirklich gut, Karl«, versicherte Alex fröhlich, und Karl nickte geistesabwesend. Er fühlte zwar, dass sein Magen leer war, und hörte ihn in regelmäßigen Abständen vernehmlich grollen, doch er hatte keinen großen Appetit. Den hatten ihm die Ereignisse des Abends anscheinend verdorben.

Ein junger Mann brachte ihnen die Speisekarten, und trotz all der wohlklingenden Gerichte fand Karl nichts, was er essen wollte. Schließlich entschied er sich mehr aus Verlegenheit als aus anderen Gründen für einen Brotkorb mit Aioli und schwarzer Tapenade sowie gegrillten grünen Spargel mit Mojo, ein Gericht, das er eigentlich liebte. Mit das Beste an Barcelona war, dass man zu jeder Jahreszeit frischen grünen Spargel kaufen konnte. Dank des milden, spanischen Klimas hatte sein Lieblingsgemüse eigentlich immer Saison.

Alex bestellte sich einen russischen Salat, frittierte Calamari, Albondigas in Chilisoße sowie eine Platte mit Manchego und Chorizo. So betroffen er auf dem Friedhof auch gewirkt hatte, so unbekümmert erschien er angesichts des nahenden Festessens. Karl fragte sich nicht zum ersten Mal, wie Alex es schaffte, die schlimmen Dinge, denen er ausgesetzt war, am Ende des Tages einfach beiseitezuschieben. Es war eine Kunst, die nur wenige Polizisten wirklich beherrschten. Jedes Mal, wenn Karls Gedanken abdrifteten, fanden sie sich auf dem Friedhof wieder, neben Laura Morenos Leiche. Er spürte, wie seine Kopfschmerzen langsam stärker wurden, und war froh, als der Kellner wenig später eine große Karaffe Wasser und einen Viertelliter Weißwein für Karl sowie ein großes Bier für Alex brachte. Karl konnte sich nicht mehr recht erinnern, wann er das letzte Mal etwas getrunken hatte. Und als er dann auch noch einen Weißwein seiner Lieblingskelterei »Albet y Noya« auf der Karte entdeckt hatte, war ihm die Entscheidung leichtgefallen.

»Ich hätte nie gedacht, dass so was wie heute passieren würde«, sagte Alex kopfschüttelnd und brach damit das Schweigen.

»Hmm«, sagte Karl und trank einen Schluck aus seinem Weinglas. Der Weißwein war exzellent, eiskalt, fruchtig und leicht moussierend. Und trotzdem konnte er die dunkle Wolke nicht vertreiben, die sich über sein Gemüt gelegt hatte.

»Und obwohl ich weiß, dass es nicht unsere Schuld ist, sondern die des Mörders, denke ich: Wenn wir den Mistkerl schon gestern geschnappt hätten, dann wäre das alles nicht passiert.«

»Stell dir mal vor, vielleicht war der Mörder ja auch schon letzte Nacht auf dem Friedhof und hat sie umgebracht, während wir dort waren.«

Karl zog skeptisch eine Augenbraue hoch. »Wohl kaum. Welche alte Frau geht nachts auf den Friedhof, um ihrem Bruder Blumen zu bringen?«

Alex zuckte die Schultern.

»Außerdem wäre die Leichenstarre vermutlich dann wieder vergangen. Aber es kann natürlich trotzdem sein, dass der Mörder zusammen mit uns auf dem Cementeri war«, sagte Karl. »Wir wissen nicht, was ihn mit dem Ort verbindet. Vielleicht wohnt er ja sogar dort.«

»Wieso sollte er denn auf dem Friedhof wohnen?«, fragte Alex ungläubig.

»Nun ja, die Gruften sind groß und trocken. Der Friedhof ist so riesig, dass es kaum auffallen würde, wenn jemand sich in einem der verlassenen Mausoleen einquartieren würde. Manche haben keine Fenster und massive Holztüren. Kein schlechtes Versteck.«

»Wenn einen die Anwesenheit von Leichen nicht stört«, brummelte Alex, nach wie vor nicht überzeugt. Karl lächelte. »Mörder, zumindest Wiederholungstäter, stören sich eher selten an der Anwesenheit von Leichen«, gab er zu bedenken. Alex verzog das Gesicht.

»Gott, ich hoffe nur, es gibt irgendeine Verbindung zwischen Fernando und Laura!« Alex zündete sich eine Zigarette an, und Karl nickte. »Ja, das wäre besser für uns alle. Aber ich glaube es kaum.«

»Vielleicht war sie ja eine politische Aktivistin, oder wusste von irgendeinem Geheimnis?«

»Alex, sie war eine kleine alte Frau aus der Altstadt, und er war einer der wichtigsten Politiker der Stadt. Was sollen sie gemeinsam haben, außer ihren Mörder?«

Das Essen kam, und Alex bestellte sich noch ein Bier, bevor er sich daranmachte, die Riesenportion zu vernichten, die der junge Camarero vor ihm aufgetürmt hatte. Eine Etagere wäre bei der eher geringen Größe des Tisches nicht schlecht gewesen, dachte Karl, als er mangels einer anderen Möglichkeit seinen Teller mit dem Spargel auf den Brotkorb stellte, wo er bei jeder Bewegung des Tisches bedrohlich wackelte.

»Du glaubst also, wir müssen wieder ganz von vorn anfangen?«, fragte Alex kauend, und Karl bemühte sich, den Anblick zu ignorieren, der sich ihm immer dann bot, wenn Alex den Mund öffnete.

So streng und kultiviert seine Schwiegermutter auch war, selbst sie hatte es nicht geschafft, ihrem Sohn auch nur die banalsten Tischmanieren beizubringen. Davon einmal abgesehen, hatte Alex gerade eine verdammt gute Frage gestellt.

Karl zerteilte die Spargelstange auf seinem Teller, während er darüber nachdachte, was er darauf antworten sollte. So sicher er auch war, dass Laura und Fernando nichts gemeinsam gehabt hatten, so sicher war er sich gleichzeitig, dass Fernando Bunyol der Schlüssel war, der zu dem Mörder führte, und nicht die alte Frau. Zwar war hier eindeutig derselbe Täter am Werk gewesen – die Drosselmarken ließen gar keinen anderen Schluss zu. Doch bei der alten Frau hatte der Mord – auch wenn das völlig paradox klang – lieblos gewirkt. Wie ein Mittel zum Zweck. Karl konnte selbst noch nicht ganz erkennen, wohin seine Gedanken führten, doch er hatte dieses ganz spezielle, unbestimmte Gefühl, dass ihnen der Mörder mit Laura Moreno mehr über sich verraten hatte, als ihm klar war.

Während der Täter Bunyols Leiche auf den Friedhof gefahren, dort sorgsam versteckt und immer wieder besucht hatte, hatte er Laura einfach an Ort und Stelle liegen gelassen, genau dort, wo er sie umgebracht hatte. Alles am Tatort hatte gewirkt, als sei die alte Frau dem Mörder völlig egal gewesen.

Man landet nicht zufällig hinter seinem Mordopfer in dessen Auto, aber man kann zufällig über eine einsame alte Frau stolpern, die sich nicht wehren kann.

Während Bunyols Tod geplant gewesen war, hatte der Mörder Laura Moreno spontan erwürgt, dessen war sich Karl ziemlich sicher.

Aber da er sich gerade lediglich in Spekulationen erging, teilte er seine Gedanken nicht mit Alex. Karl hatte mehr als einmal die leidvolle Erfahrung gemacht, was passierte, wenn er seine Mutmaßungen äußerte, bevor er sich wirklich sicher war.

»Also. Wo fangen wir morgen an?«, fragte Alex resigniert, während er seine Serviette auf den Teller fallen ließ. Verdutzt stellte Karl fest, dass sein Schwager bereits seine gesamte Bestellung verdrückt hatte.

»Wir schauen uns Lauras Wohnung an«, sagte er. »Und hoffen, dass wir etwas finden, das sie mit Bunyol in Verbindung bringt. Oder irgendwas anderes, das uns in Bezug auf ihren Tod weiterhelfen könnte. Bis neun sollten wir die Erlaubnis von Arbol dafür haben.«

»Am besten, wir treffen uns direkt in Gótico. Erstens müssen wir dann nicht in den Raval und wieder zurück, und zweitens erspart uns das ein Gespräch mit Arbol.«

»Sie hat ein Telefon und weiß es zu benutzen«, meinte Karl schmunzelnd, während er abwesend auf einem Stück Baguette herumkaute. Es schmeckte wie Fensterkitt. Trotzdem griff er nach einer weiteren Scheibe und begann, das weiche Innere herauszuzupfen.

»Hat dir eigentlich niemand beigebracht, dass man mit Essen nicht spielt?«, fragte Alex leicht belustigt und zeigte auf den noch immer vollen Brotkorb und die beiden Dips, auf denen sich bereits eine dünne Haut gebildet hatte.

»Isst du das nicht mehr?«

»Tu dir keinen Zwang an.« Karl seufzte und trank noch einen Schluck Wein. Während er seinem Schwager dabei zusah, wie der sich daranmachte, auch noch den Brotkorb mit Aioli und Tapenade systematisch zu vernichten, machte sich eine unangenehme Unruhe in ihm breit. Dieser Tag war kein sonderlich guter gewesen, und Karl ahnte, dass es ihm nicht gelingen würde, einzuschlafen. Und er konnte sich auch noch nicht vorstellen, nach Hause zu gehen. Das hatte er manchmal.

Wenn er das Gefühl hatte, ein Mord klebe an ihm wie der Matsch eines feuchten Waldwegs, dann wollte er sein schönes, fröhliches Zuhause nicht damit besudeln. Er hatte immer das Gefühl, das Böse hätte ihn kontaminiert, und gerade jetzt, wo Alba von der Schwangerschaft geschwächt und Rafa so nervös war, wollte er sie nicht mit seinem Bericht belasten. Genauso wusste er aber, dass er ihnen alles erzählen würde, sobald er zur Tür hereinkam. Wenn er einen Mordfall bearbeitete, ließen sie ihn nie so einfach vom Haken.

»Wollen wir noch mal bei Marla vorbeischauen?«, fragte er daher, und Alex nickte. »Ja, das sollten wir machen. Auch wenn wir vorsichtig sein müssen. Nicht dass der Nachbar uns abknallt!«

Sie tranken aus und zahlten, doch der Kellner ließ sie erst gehen, nachdem sie einen Hierbas de Mallorca getrunken hatten, den er ihnen als Dank für die große Bestellung an den Tisch brachte.

Karl konnte dem süßen Zeug nichts abgewinnen. Wenn es etwas gab, das er – abgesehen von seinen roten Haaren, den Sommersprossen und der Boxernase – vom irischen Zweig seiner Familie geerbt hatte, dann seine Vorliebe für rauchigen torfigen Whiskey. Etwas, das quietschgrün war und schmeckte, als hätte man Mundwasser mit Alkohol vermengt, konnte er kaum als Getränk durchgehen lassen.

Es wurde bereits dunkel, und die Straßenlaternen gingen an. Für Karl war es nach wie vor irritierend, dass es gleichzeitig früh dunkel werden und dennoch weit über zwanzig Grad sein konnte. Sein Körper war gewohnt, in den Wintermodus zu schalten, sobald es früher dunkel wurde. Das Colibrí lag direkt um die Ecke von Marlas Wohnung, was Karl ein wenig traurig fand, da er gern einen ordentlichen Spaziergang gemacht hätte. Obwohl er fast nichts gegessen hatte, fühlte er sich randvoll. Was entweder an den Getränken oder an den Ereignissen des Tages liegen mochte.

Doch seine düstere Stimmung verflüchtigte sich schnell, als sein Blick zu den Fenstern von Marlas Wohnung hinaufglitt, ohne Hoffnung, dort etwas zu entdecken. Doch wider Erwarten brannte Licht.

»Sie ist zu Hause!« Die Erleichterung stand Alex deutlich ins Gesicht geschrieben.

»Irgendjemand ist auf jeden Fall zu Hause«, berichtigte Karl, den Blick auf die Fenster geheftet. Die Vorhänge waren zugezogen, doch es war deutlich zu erkennen, dass in mindestens einem der Zimmer Licht brannte.

Alex drückte mehrfach auf die Klingel, doch wie an den Tagen zuvor öffnete ihnen niemand. Um besser sehen zu können, trat Karl ein paar Schritte zurück. Er hatte das Gefühl, dass sich der Vorhang leicht bewegte, und hob den Arm zum Gruß. Falls Marla Grund hatte, misstrauisch zu sein, wollte er ihr zeigen, dass sie es waren, die vor der Tür standen.

»Mensch, jetzt mach schon auf«, murmelte Alex und klingelte ein weiteres Mal. Diesmal drückte sein Daumen den Knopf mindestens zehn Sekunden lang.

Karls Blick wanderte prüfend über die Haustür, und er erstarrte, als seine Augen an ein paar roten Schmierflecken hängen blieben.

Langsam zog er sein Handy aus der Hosentasche und schaltete die Taschenlampe an.

Sein Herz schlug ihm bis in den Hals hinauf. »Alex.« Karl leuchtete auf die Flecken, die im Licht der hellen Lampe nun eindeutig aussahen wie Blut. Die vier schmalen, verschmierten Abdrücke machten den Eindruck, als hätte sich jemand mit blutigen Fingern am Türrahmen festgehalten. Er war sich sicher, dass die Flecken am Tag zuvor noch nicht da gewesen waren.

Karls Atem ging schwer, und in seinen Ohren begann es zu rauschen.

»Scheiße. Jetzt reicht's aber!«

Nur am Rande nahm er wahr, wie Alex mit einem gezielten Tritt die Glasscheibe in der Tür eintrat, durch die Öffnung griff und innen die Klinke herunterdrückte. Sein Schwager hechtete in den Hausflur, und Karl blieb nichts anderes übrig, als sich an seine Fersen zu heften.

Noch bevor er oben angekommen war, hörte er Alex schon mit den Fäusten gegen die Wohnungstür hämmern.

»Marla, mach auf!«, schrie Alex aus vollem Hals, und Karl meinte, die Erschütterung seiner Faustschläge in den Füßen zu spüren.

Als er auf dem Treppenabsatz ankam, hörte er, wie die Tür des Nachbarn hinter ihm aufging. Ohne hinzusehen, zog Karl seinen Polizeiausweis aus der Tasche und hielt ihn in Richtung Tür.

»Bleiben Sie in Ihrer Wohnung!«, befahl er. »Und gehen Sie von der Tür weg.«

Seine Finger klappten automatisch das Holster auf, in dem seine Dienstwaffe steckte. Er hatte den ganzen Tag nicht an sie gedacht, doch jetzt wurde ihm wieder bewusst, dass er sie bei sich trug. Er spürte das Metall unter den Fingern, fühlte, wie das Holster leicht gegen seine Hüfte drückte. Karl konnte bloß hoffen, dass sich nur ihre Assistentin in der Wohnung befand und ihnen aus irgendeinem Grund nicht öffnen wollte, und nicht ihr mordbereiter Bruder.

»Verdammt, jetzt mach endlich auf! Oder ich trete die Tür ein.«

Alex trat einen Schritt zurück, offensichtlich, um seine Drohung in die Tat umzusetzen, doch Karl hielt seinen Schwager an der Schulter zurück. Gerade hatte er gesehen, wie sich ein Schatten über den Türspion gelegt hatte. Sie wurden beobachtet.

»Bitte, Marla«, sagte Karl ruhig. »Bitte mach die Tür auf. Ganz egal, was passiert ist – wir sind hier, um dir zu helfen. Okay? Wir sind deine Freunde.«

Karl legte die Hand auf die Brust und lächelte in Richtung Tür.

Nach ein paar Herzschlägen vollkommener Stille hörten sie, wie eine Kette zur Seite geschoben wurde, und kurz darauf wurde die Tür einen Spaltbreit geöffnet.

Sie blickten in die vertrauten dunkelbraunen Augen von Maria Pilar Sanchez, die sie weit aufgerissen anstarrten.

»Ihr müsst verschwinden«, flüsterte sie und sah ihre Kollegen nacheinander durchdringend an. »Bitte. Es ist lieb, dass ihr euch Sorgen macht, aber ich komme allein klar.«

»Wo warst du die ganze Zeit?« Alex machte einen Schritt auf die Tür zu. »Scheiße, Marla, wir haben uns Sorgen gemacht. Ist alles in Ordnung?«

»Ich erkläre euch alles, versprochen. Aber jetzt geht nach Hause, bitte. Ihr dürft nicht hier bleiben!«

»Das könnte dir so passen!«, erwiderte Alex. Er packte das Türblatt und drückte es mit aller Kraft nach innen. Marla stolperte zurück, und Karl sog erschrocken die Luft ein, als er sie im Licht der Flurlampen richtig sehen konnte.

Sie trug noch immer dieselben Kleider, die sie auf Karls Party angehabt hatte. Nur mit einem Unterschied. Die helle Bluse und der ebenso helle kurze Rock waren voller Blut. Genauso wie Marlas Hände und ihre Beine.

Die Assistentin fing die entsetzten Blicke ihrer Kollegen auf. »Das ist nicht mein Blut!«, beteuerte sie hastig. »Ich … Mit mir ist alles in Ordnung.« Resigniert ließ sie die Schultern herabsinken und öffnete die Tür, sodass Karl und Alex die Wohnung betreten konnten. Dabei vermied sie es, ihren Kollegen in die Augen zu sehen.

»Kommt erst mal rein«, sagte sie müde.

Sie folgten Marla durch einen düsteren, vor ewigen Zeiten ockerfarben gestrichenen Flur in eine geräumige Küche, die, wie so viele spanische Küchen, bis unter die Decke mit Blümchenfliesen gepflastert war. Immer, wenn Karl solche Küchen sah, fragte er sich, ob die Leute in den Siebzigerjahren damit gerechnet hatten, ihre Wohnung bei knappem Einkommen fluten und an Touristen als Pool vermieten zu müssen. Er fühlte sich in solchen Räumen immer ein bisschen unwohl – wie in einer Metzgerei.

Alle Möbel in dieser Küche waren viel älter als Marla selbst und sahen auch so aus. Braun, Moosgrün und Orange dominierten den Raum.

Diese Umgebung wollte nicht zu der jungen, attraktiven Frau passen, nach der sich die Männer reihenweise umdrehten. Sie hatte Karl und Alex einmal anvertraut, dass dies die Wohnung ihrer Eltern war, in der sie selbst geboren und aufgewachsen war. Als Assistentin bei der Polizei verdiente sie wohl nicht genug, um die Wohnung renovieren zu lassen. Und wahrscheinlich hing sie auch daran.

Marla ließ sich auf eine schäbige Eckbank fallen und bedeutete Karl und Alex, sich ebenfalls zu setzen. Karl machte sich lieber an dem verkrusteten Wasserkocher zu schaffen, und Marla protestierte nicht. Es war deutlich zu sehen, dass sie eine lange und schmerzvolle Geschichte zu erzählen hatte, und da war es immer besser, sich an einem Glas oder einer Teetasse festhalten zu können.

In einer winzigen Speisekammer, die von der Küche abging, fand Karl alles, was er brauchte. Eine halb volle Gallone mit Trinkwasser, Pfefferminztee und eine angebrochene Flasche Rum.

»Wo zur Hölle hast du gesteckt?«, hörte er seinen Schwager über das Rauschen und Pfeifen des Wasserkochers hinweg fragen. »Wir haben uns wahnsinnige Sorgen um dich gemacht, weißt du? Und wo kommt das ganze Blut her?«

Karl verteilte drei großzügige Schlucke Rum in die Tassen und goss den Pfefferminztee auf. Die ganze Zeit saß Marla am Küchentisch und sagte kein Wort. Sie starrte auf die abgenutzte Holzplatte des Küchentisches, als könnte sie darin lesen.

Lächelnd stellte Karl seiner Kollegin und Alex die Tassen hin. Sein Schwager roch skeptisch an dem dampfenden Gebräu und verzog dann das Gesicht, sagte aber nichts.

Sie schwiegen eine Weile. Karl gab sich der Erleichterung hin, dass Marla am Leben und wieder in ihrer Wohnung war. Sichtlich erschüttert und völlig fertig, aber am Leben und nach eigenen Angaben unversehrt.

»Du weißt schon, dass wir als deine Freunde hier sind, oder?«, fragte Karl sanft, und das erste Mal, seit sie ihnen die Tür geöffnet hatte, sah Marla ihm direkt in die Augen.

»Vergiss mal einen Moment, dass wir Polizisten sind, dass wir für die Mossos arbeiten und streng genommen deine Vorgesetzten sind, und erzähl uns einfach, was passiert ist.«

Marla schüttelte den Kopf. »Das kann ich nicht«, flüsterte sie, und ihre Finger zogen ein paar Kratzer auf der Tischplatte nach.

»Doch, du kannst«, sagte Karl bestimmt.

»Ich sag dir jetzt mal, was du nicht kannst«, schaltete sich Alex ein, und Marla wandte sich zu ihm um. »Du kannst nicht ganz allein mit der Scheiße leben, die dir offensichtlich passiert ist. Das denkst du jetzt vielleicht, aber mit der Zeit werden solche Lasten eher schwerer als leichter. Du kannst es dir selbst nicht antun, keine Hilfe anzunehmen. Du kannst nicht alles schlucken und weitermachen wie vorher. Das macht krank und unglücklich. Und das lassen wir nicht zu. Hab ich recht, Karl?«

»Sosehr es mich auch verblüfft: Du hast vollkommen recht.«
Der Hauch eines Lächelns huschte über Marlas müdes Gesicht, doch sie sagte noch immer nichts.

»Du kannst uns vertrauen«, versprach Alex.

Marla presste die Lippen zusammen.

Karl und Alex tauschten besorgte Blicke. Karl ahnte, dass sich Alex genauso große Sorgen machte wie er, dass Marla in eine schreckliche Sache hineingeraten war, aus der sie aus eigener Kraft nicht mehr herauskommen würde. Sie musste mit ihnen reden, sonst konnten sie ihr nicht helfen. Aber Marla war erwachsen. Niemand konnte sie zwingen, ihnen zu vertrauen.

Ihre Finger fuhren wieder über einen besonders tiefen Kratzer in der Tischplatte.

»Wisst ihr, dass ich nie in dieser Küche esse?«, fragte sie unvermittelt.

»Wieso nicht?«, fragte Alex, dem dieser Themenwechsel anscheinend Rätsel aufgab.

»Weil es hier passiert ist«, flüsterte Marla.

Karl und Alex saßen still da und schwiegen, sie wollten ihrer Kollegin den Raum geben, den sie brauchte, um ihre Geschichte erzählen zu können.

»Mein Vater war …« Sie schüttelte den Kopf. »Schon allein ›Vater‹ ist ein Scheißwort für diesen Mann.« Marla lachte bitter. »Ein Scheißwort für einen Scheißkerl.« Sie suchte an der Küchendecke nach den richtigen Worten. »Er hat getrunken. Hat uns geschlagen. Meinen Bruder Mario und mich, aber vor allem unsere Mutter. Manchmal ist er sogar mit einem Holzscheit auf sie losgegangen oder hat sie gewürgt.« Sie schnaubte. »Ich habe früh gelernt, wie man Platzwunden näht. Mama wollte nie ins Krankenhaus. Wollte nicht, dass die Nachbarn reden. Wollte keinen Ärger. Sie hatte eine riesige Kollektion Kopftücher und Sonnenbrillen, wollte ihre Blessuren elegant verbergen. Wie jemand, der versucht, eine Jauchegrube mit einem Seidentuch abzudecken.«

Alex schüttelte angewidert den Kopf. »Warum ist sie mit euch bei so einem geblieben und hat euch nicht eingepackt, als er mal nicht da war, und ab durch die Mitte?«

»Er war der Einzige, der Geld verdient hat. Meine Mutter hatte keins. Ihre ganzen Ersparnisse hat sie damals in diese Wohnung gesteckt. Am Anfang. Als sie noch verliebt waren und ihre Beziehung in Ordnung war.« Sie verdrehte die Augen. »Wann immer das gewesen sein soll. Und dann hat sie uns bekommen und durfte nicht mehr arbeiten. Außerdem hat er ihr immer gedroht, er würde uns überall finden.«

Marla zuckte mit den Schultern. »Meine Großeltern sind früh gestorben, Geschwister gab es keine. Meine Mutter hätte nicht gewusst, wo sie mit uns hinsollte. Ich bin arbeiten gegangen und habe für unsere Flucht gespart, seit ich dreizehn war.« Sie trank noch einen Schluck Tee, und Karl tat es ihr gleich. Die

Kombination aus Minze und Rum hatte etwas. Er fühlte, wie der Alkohol seine Glieder wärmte.

»Je älter mein Bruder Mario wurde, desto mehr hat er gegen unseren Vater rebelliert. Ist dazwischengegangen und hat ihn manchmal mit voller Absicht provoziert. Er hatte ein schlechtes Gewissen, dass er es nicht geschafft hat, unsere Mutter vor ihm zu schützen.« Sie lächelte matt. »Er ist zwei Jahre jünger als ich, und wir haben uns ein Zimmer geteilt. Wenn das Geschrei besonders schlimm wurde, hat er sich immer bei mir unter der Bettdecke verkrochen, und wir haben gemeinsam fantasiert, wie wir Mama eines Tages retten würden. Mario wollte mit fünfzehn von der Schule abgehen und eine Ausbildung machen, damit er für uns beide sorgen konnte. Ich hatte eine prall gefüllte Geldkassette unter dem Bett.« Marla zuckte die Schultern, und ihre Augen glänzten. »Natürlich wären wir damit zu dritt nicht weit gekommen, aber wir wussten einfach nicht, was wir machen sollten.« Sie schniefte, und Karl stand auf, um ihr ein Stück Küchenpapier zu holen, damit sie sich die Nase putzen konnte.

»Mit vierzehn hat Mario einen richtigen Schuss getan und angefangen, unten am Strand Kraftsport zu machen. Die Wut auf unseren Vater hat ihn angetrieben. Mario war damals schon fast einen Kopf größer als er, und es hat nicht lange gedauert, da war er doppelt so breit. Zu dieser Zeit begann er auch, bis spätabends wegzubleiben, sich mit Freunden zu treffen und überall im Viertel abzuhängen, nur nicht hier. In der Nacht, als es passiert ist, war er wieder einmal unterwegs. Genau wie unser Vater.«

Sie putzte sich die Nase und zerknüllte das Papiertuch in ihrer Faust. Streckte die Wirbelsäule durch, straffte die Schultern.

»Der Scheißkerl ist früher heimgekommen als Mario. Und es war schlimmer als sonst. Er war natürlich betrunken, wie immer. Und hatte eine irre Wut auf unsere Mutter, weil sie mir einen Tag davor ein wunderhübsches, rotes Kleid gekauft hatte und ihm seiner Meinung nach zu wenig Geld blieb, um sich

›nach der Arbeit zu entspannen‹. Erst habe ich versucht, das Geschrei zu ignorieren, so wie immer, doch bald habe ich gemerkt, dass diesmal etwas anders war. Meine Mutter war regelrecht in Panik. Außerdem hat es nicht lange gedauert, bis ich hörte, wie Gläser zu Bruch gingen und Möbel umfielen.«

Marla schluckte. »Ich bin in die Küche gerannt. Meine Mutter lag auf dem Boden, er saß auf ihr und hat sie gewürgt.« Tränen rollten Marlas Wangen hinab und klatschten auf die Holzplatte. »Ich habe mich auf ihn geworfen, habe an ihm gezerrt, ihn angeschrien und gebissen, aber ich kam nicht gegen ihn an. Er hat mich abgeschüttelt wie ein lästiges Insekt.«

Sie hob die Arme. Getrocknetes Blut löste sich von der hellen Bluse und rieselte herab. »Mit meinen Spindelärmchen konnte ich überhaupt nichts ausrichten. Mein Vater war ein riesiger Kerl.«

»Und dann ist Mario nach Hause gekommen.« Karls Ton war sanft, und Marla nickte. »Ja, genau. Ich habe gar nicht mitbekommen, wie er hereingekommen war, oder gehört, dass auch er angefangen hatte zu schreien. Irgendwann habe ich hochgeschaut und ihn mit dem Messer über mir stehen sehen. Einen kurzen, schrecklichen Augenblick lang dachte ich, jetzt würde er mich umbringen, aber das war natürlich Blödsinn. Ich bin zur Seite gesprungen, und … Mario hat unserem Vater das Messer in den Rücken gerammt.« Sie schluchzte. »Ich werde nie vergessen, wie er geröchelt hat. Er ist auch nicht sofort gestorben, sondern auf Knien über den Küchenboden gekrochen wie ein Tier und hat versucht, unsere Knöchel zu fassen zu bekommen. Ich habe mich schreiend auf den Küchentisch geflüchtet, wie als Kind, wenn ich mir vorgestellt habe, der Küchenboden bestünde aus glühender Lava.«

Sie schloss die Augen und atmete tief durch. »Es hat eine Ewigkeit gedauert, bis es endlich still war. Ich kann gar nicht sagen, wie lange. Die Zeit auf dem Küchentisch hat sich angefühlt wie ein ganzes Menschenleben. Zwischendurch war ich mir sicher, dass er niemals sterben würde, sondern dass er sich rächen würde für das, was seine Kinder ihm angetan hatten. Dass er sich das Messer aus dem Rücken ziehen und es Mario ins Herz rammen würde, bevor er sich um mich kümmern würde.« Sie schluckte. »Ich war so froh, als er endlich still war.«

»Es war Notwehr«, sagte Alex sanft. »Was hättet ihr denn tun sollen?«

Marla zog die Nase hoch. »Ich weiß, aber, es war so furchtbar. Wie es sich angehört hat. Wie es gerochen hat. Dieses Chaos, der Hass und der Tod. Niemals werde ich diese Nacht vergessen.«

»Und was habt ihr dann gemacht?«, wollte Karl wissen.

»Mama lag bewusstlos am Boden. Wir dachten beide, sie wäre auch tot. Aber dann habe ich einen Puls gefühlt. Wir mussten versuchen, sie zu retten, doch Mario war völlig in Panik. Immerhin hatte er gerade unseren Vater umgebracht. Wir konnten beide nicht mehr klar denken.« Marla schluckte. »Ich bin die Ältere. Ich hätte ihm sagen müssen, dass alles gut wird. Hätte ihm gut zureden sollen. Kein Richter der Welt hätte ihn verurteilt, das weiß ich selbst. Aber wir waren noch halbe Kinder. Er war gerade erst fünfzehn, ich war siebzehn. Und ich habe mich schuldig gefühlt, weil ich es nicht geschafft hatte, meinen Vater zurückzuhalten. Also habe ich Mario gesagt, er soll sich verstecken, und habe den Notarzt gerufen. Die Ärzte haben zum Glück nicht viele Fragen gestellt, sondern haben mir geglaubt, als ich ihnen erzählt habe, mein Bruder sei geflohen.«

Sie seufzte und atmete so schwer, als wäre sie gerade einen Marathon gerannt. Sicher fühlte es sich für sie auch genauso an.

»Ich war acht Stunden im Krankenhaus, und danach noch stundenlang bei der Polizei. Als ich mit den Polizisten dann wieder hierhergefahren bin, war die Leiche meines Vaters verschwunden, und die ganze Wohnung sah aus wie ein Schlachtfeld. Meine Geldkassette lag offen auf dem Boden neben meinem Bett. Und Mario war nicht mehr da.«

Karl legte Marla eine Hand auf die Schulter. »Du hast nichts falsch gemacht, Marla. Wirklich nicht.«

»Und warum fühlt sich das alles dann so verdammt falsch an?«

Darauf hatte Karl leider auch keine Antwort.

»Vier Jahre habe ich nichts von meinem Bruder gehört. Ich wusste nicht, ob er überhaupt noch am Leben ist. Meine Mutter hatte durch die lange Bewusstlosigkeit einen Hirnschaden erlitten und wurde zum Pflegefall. Wir konnten nie darüber reden, was in dieser Nacht passiert ist. Ich weiß nicht einmal, ob sie sich an irgendetwas erinnern konnte, ob sie sich gefragt hat, wo Mario ist. Oder ihr Mann.«

»Mann, ich möchte mir so was gar nicht ausmalen«, sagte Alex aus vollem Herzen, und Karl konnte ihm nur beipflichten.

Marla lächelte matt. »Wir sind zurechtgekommen, irgendwie. Die Nachbarn haben geholfen, und ich habe eine kleine Unterstützung vom Opferschutzbund gekriegt. Eines Tages hat Mario angefangen, mir in unregelmäßigen Abständen Postkarten zu schreiben, abgestempelt an immer anderen Orten. Natürlich hat er sie nicht unterschrieben, aber ich wusste, sie sind von ihm. Ich wusste, dass er noch am Leben ist. Irgendwo da draußen. Aber wir haben nie wieder miteinander gesprochen. Bis zu deiner Party, Karl.«

»Er hat sich bei dir gemeldet?«

Marla nickte. »Ja. Er hat mich angerufen.«

»Aber warum, nach so vielen Jahren Funkstille?«, fragte Karl.

»Er hat lange in Portugal gelebt und dort schwarz auf dem Bau gearbeitet«, antwortete Marla. »Letzte Woche ist er dann mit seinem Vorarbeiter in Streit geraten, weil der ihn nicht bezahlen wollte. Und anstatt ihm wenigstens ein bisschen Geld zu geben, hat der Kerl ihn einfach über den Haufen geschossen.«

Karl riss die Augen auf. »Was?«

»Wahrscheinlich hat er geahnt, dass Mario selbst Dreck am Stecken hat und ihn niemand vermissen würde. Ich habe mich nach seinem Anruf sofort ins Auto gesetzt und bin nach Portugal gefahren, um ihn heimzuholen.«

Sie schnaubte. »Er hat mit seinem letzten Geld irgendeinen Stümper bezahlt, der seine Wunde versorgen wollte. Unterwegs ist alles aufgeplatzt.« Sie zeigte an sich herunter. »Deswegen sehe ich auch so aus. Es ist zwar nur ein Schulterschuss, aber es hat so stark geblutet, dass ich Angst hatte, er verblutet mir noch im Auto.«

»Und dann?«

Marla zuckte die Schultern. »Nichts dann. Fünf Minuten bevor ihr hier aufgetaucht seid, sind wir nach Hause gekommen.«

»Mario ist hier?«, fragte Alex und sah sich in der Küche um, als rechnete er damit, dass Marla ihren Bruder in einem der Schränke verstaut hatte.

Doch in diesem Augenblick hörten sie eine schwache Stimme nach ihr rufen. Marlas Kopf schoss herum, ihr Gesicht war blass und besorgt.

»Er ist aufgewacht«, sagte sie.

18

Sie folgten Marla durch den freudlosen Flur in das hintere Ende der Wohnung. Wie in vielen spanischen Haushalten verbreiterte sich der Flur am Ende zu einem Wohnzimmer, von dem noch zwei weitere Räume abgingen. In der Mitte des Raumes stand eine schäbige Couch, über die eine bunte Decke geworfen war – wahrscheinlich, um die Löcher zu verdecken, die sich mutmaßlich darunter versteckten. Außer einem kleinen, billigen Couchtisch, einem Esstisch mit vier Stühlen und einem Bücherregal, das ausschließlich Taschenbuchausgaben enthielt, stand nicht viel in dem kargen Zimmer, doch man konnte an ein paar geschmackvollen Kleinigkeiten erkennen, dass Marla versucht hatte, sich wohnlich einzurichten. Eine bunte Lampe baumelte von der Decke, ein paar Bilder hingen an der Wand über dem Sofa, und im Regal standen dicke Kerzen.

All das nahm Karl jedoch nur am Rande wahr, denn auf dem Sofa lag ein junger Mann und blickte ihnen aus glasigen, weit aufgerissenen Augen entgegen. Trotz der Hitze zitterte er am ganzen Leib, und Schweiß stand ihm auf der wachsweißen Stirn.

»Wer ist das?«, presste er hervor, und Marla ging ein paar Schritte auf ihn zu.

»Das sind Freunde, Mio. Sie werden uns helfen.«

»Freunde.« Der junge Mann stieß einen Laut zwischen Lachen und Husten hervor, dann schloss er wieder die Augen. »Sehen eher aus wie Bullen, deine Freunde.«

»Das eine schließt das andere nicht aus«, sagte Alex scharf, und Karl hätte ihn am liebsten getreten. Es war nicht nötig, Marlas jüngerem Bruder jetzt schon zu verraten, wer sie waren, doch Mario ignorierte ihn sowieso. Vielleicht hatte er Alex auch gar nicht gehört.

»Ich weiß Ihren Einsatz zu schätzen, meine Herren, aber meine Schwester und ich kommen schon allein klar. Wir sind immer allein klargekommen«, flüsterte er schwach und rollte sich hin und her, als wollte er jemanden abschütteln, der ihn am Ärmel festhielt.

Marla ging zur Couch und hockte sich neben ihrem Bruder nieder. Sie legte ihm die Hand auf die Stirn.

»Er ist ganz heiß«, sagte sie und sah Karl und Alex verzweifelt an.

Karl, der zu Berliner Zeiten schon einige üble Wunden gesehen hatte, trat neben seine Kollegin.

»Wir müssen uns die Wunde ansehen.«

»Dieser Dackel wird sich gar nichts ansehen!«, murmelte Mario, während Marla versuchte, ihm die Jacke abzustreifen. Ihr Bruder schrie vor Schmerz auf. und Karl drehte sich zu seinem Schwager um, der ziemlich blass um die Nasenspitze geworden war.

»Sieh zu, dass du eine Schere in der Küche findest. Wir müssen seine Klamotten aufschneiden!«

Alex gehorchte und kam wenige Augenblicke später mit einer Schere zurück, die er Karl mit weit ausgestrecktem Arm hinhielt.

»Lassen Sie bloß die Finger von mir!«, knurrte Mario zwischen vor Schmerz fest aufeinandergepressten Zähnen.

Karl atmete tief durch und beugte sich über Marlas Bruder. Er wollte ihn gerade höflich zur Vernunft bringen, da fühlte er, wie sich Alex neben ihn schob.

»Jetzt hör mir mal gut zu«, zischte Alex unfreundlich. »Wir sind nicht wegen dir hier, sondern wegen deiner Schwester. Sie ist unsere Freundin, und wir werden ihr helfen. Unglücklicherweise können wir das nur tun, indem wir dir helfen. Wir sind zwei gut ausgebildete, bewaffnete Polizisten, und du bist ein angeschossener Ganove, der nicht weiß, was gut für ihn ist. Ich kann dir auch eine zimmern, damit du Ruhe gibst. Oder du hältst von allein still.«

Mario runzelte die Stirn und musterte Alex eine Weile mit

einem Blick, den Kinder oft aufsetzten, wenn sie ein widerliches Insekt betrachteten.

»Hey, was bist du denn für ein Arschloch?«, fragte er schließlich glucksend und schloss dann wieder die Augen.

Karl machte sich kopfschüttelnd an der blutdurchtränkten Jeansjacke des Mannes zu schaffen und schnitt ihm anschließend noch ein billiges schwarzes T-Shirt vom Leib. Darunter kamen Mullbandagen zum Vorschein, die bereits gelblich verfärbt waren. Sofort stieg ihm der sehr spezifische Geruch einer schweren Infektion in die Nase.

»Er muss ins Krankenhaus. Sofort.«

Marla schüttelte den Kopf. »Das könnte ich ihm niemals antun!«

Karl deutete auf die Bandage. »Marla, die Wunde hat sich entzündet. Und nach der Geschichte, die du mir eben erzählt hast, möchte ich wetten, dass er schon eine Weile nicht mehr gegen Tetanus geimpft worden ist. Das könnte ihn das Leben kosten!«

Ihre Assistentin presste die Lippen zusammen und atmete schwer.

»Schau mal, du hast es doch selbst gesagt. Kein Gericht der Welt wird ihn wegen Mordes an eurem Vater verurteilen. Er wird eine Weile in Untersuchungshaft müssen, aber er kommt sicher bald wieder raus. Allerdings nur, wenn er die nächsten Tage überlebt.«

»Ich weiß, dass er wahrscheinlich nicht ins Gefängnis muss«, erklärte Marla. »Aber ich kann diese Entscheidung nicht für ihn treffen. Er muss sich aus freien Stücken stellen, nicht, weil seine große Schwester das für ihn entschieden hat. Seit zwanzig Jahren ist er auf der Flucht. Es steht mir nicht zu, das eigenmächtig zu beenden.«

Karl wusste nicht, was er sagen sollte. Er war hin- und hergerissen zwischen Bewunderung für Marlas Stärke und Unglauben. Doch irgendwie hatte sie recht. Und im Hintergrund seines Kopfes nahm ein Plan Gestalt an.

»Okay, Marla. Ich verstehe dich. Wir tun, was wir können. Aber wir brauchen Hilfe, in Ordnung? Wir drei schaffen das nicht allein.«

Marla verschränkte schützend die Arme vor der Brust, protestierte aber nicht.

Karl zog sein Handy aus der Hosentasche. Schon nach dem dritten Klingeln hörte er die vertraute Stimme seiner Frau.

»Hey!«, sagte Alba, und die Wärme in ihrer Stimme vertrieb wie immer einen Teil von Karls düsteren Gedanken. »Hey. Wie geht es dir, ist alles in Ordnung?«

»Ja, alles okay, Karl.«

»Keine Übelkeit mehr?«

Sie kicherte. »Nein. Es gibt einen Grund, weshalb es Morgenübelkeit heißt.«

Karl lächelte. »Alba, wir brauchen deine Hilfe«, sagte er ernst und trat ein Stück von den anderen weg. »Wie schnell kannst du in der Apotheke sein?«

»Das weißt du doch. Ich bin zu Hause. Wieso? Ist was passiert?« Karl konnte förmlich durchs Telefon hören, wie sie nervös wurde.

»Mit Alex und mir ist alles in Ordnung. Jemand anderes braucht deine Hilfe. Vertrau mir.«

»Okay.«

»In etwa einer Viertelstunde wird dich hoffentlich jemand anrufen, der dir sagen kann, was genau wir brauchen. Schaffst du es bis dahin?«

»Karl, ich bin immer noch eine Frau und kein schwerbehindertes Walross. Natürlich schaffe ich es bis dahin. Indische Frauen arbeiten bis zur Geburt ihrer Kinder in Fabriken.«

Karl schmunzelte bei diesen Worten, weil er dabei Rafas Stimme im Ohr hatte, der sich über das »Indienargument« lustig gemacht hatte.

»Gut. Pack alles zusammen und komm dann so schnell wie möglich zu der Adresse, die ich dir gleich schicke.«

»Soll ich den Wein mitbringen, den ich für heute Abend kalt gestellt habe?«

Der Kommissar drehte den Kopf und schaute in die müden Gesichter von Alex und Marla.

»Am besten zwei Flaschen. Frag die Jungs, ob sie dir tragen helfen.«

»Alles klar.«

Karl schüttelte den Kopf. Wie konnte ein einzelnes menschliches Wesen so wundervoll sein? Alba geriet nicht in Panik, schrie nicht herum oder beschwerte sich, weil sie schwanger war und er sie um einen ruhigen Abend auf der Couch brachte. Ohne genau zu wissen, was los war, würde seine Frau ihre Schuhe anziehen und durch das mittlerweile nächtliche Altstadtviertel zu den Ramblas marschieren, um aus der Familienapotheke zu holen, was Mario brauchte.

»Ich liebe dich«, sagte er auf Deutsch, damit die anderen ihn nicht verstanden, doch er fühlte, wie seine Ohren trotzdem rot wurden.

Alba lachte leise. »Igualmente.«

Karl legte auf und wandte sich seinem Schwager zu.

»Jetzt bist du dran«, sagte er, und Alex sah ihn verdattert an.

»Wie meinst du das?«

»Ich meine es so, wie ich es sage. Du rufst jetzt Chi an und bittest sie, uns zu helfen. Und zwar pronto. Sag ihr, dass wir sie brauchen. Dass wir einen Patienten mit einer infizierten Schusswunde und hohem Fieber haben und dass sie Alba anrufen soll, um ihr zu sagen, was sie genau für die Versorgung braucht.«

»Aber Chi ist Rechtsmedizinerin«, protestierte Alex. »Sie versorgt keine lebenden Menschen, sie schneidet Tote auf!«

»Um Rechtsmediziner zu werden, muss man ganz normal Medizin studieren. Chi ist Fachärztin, aber sie könnte auch mit lebenden Patienten arbeiten.«

»Ich …«

Karl zog die Augenbrauen hoch.

»Kannst du das nicht machen? Chi ist doch immer noch sauer auf mich.«

Karl zeigte auf seinen Schwager. »Und das ist genau der Grund, warum gerade du das machen musst.«

Alex fluchte und stapfte in die Küche.

Marla zog eine Braue hoch. »Hab ich was verpasst?«

Karl presste sich die Handballen auf die Augen. »Du hast ja keine Ahnung, wie viel.«

Karl drehte sich zur Couch um. Mario schlief zwar, doch sein Schlaf war unruhig, seine Augäpfel huschten unter den Lidern rastlos hin und her.

»Wir sollten ihm lauwarme Wadenwickel machen und ihm auch ein feuchtes Handtuch auf den Kopf legen«, sagte Marla und verschwand durch eine der Türen, die vom Wohnzimmer abgingen. Auf dem Boden konnte Karl hellblaue Fliesen erkennen und nahm an, dass es das Badezimmer war.

Um sich ebenfalls nützlich zu machen, begann er, Mario auch die Jeans von den Beinen zu schneiden. Eigentlich war das nicht nötig. Da die Verletzung sich am Oberkörper befand, hätte Karl ihm die Hose auch ausziehen können, doch schon der Gedanke erfüllte ihn mit Unbehagen.

»Chi ist unterwegs«, hörte er Alex hinter sich sagen. »Gut. Wir versuchen, das Fieber runterzukriegen. Und danach könnte ich einen Kaffee vertragen.«

Alba und Chi trafen wenig später in der Wohnung ein. Chi in einem Morgenmantel und einem seidenen Schlafanzug, der verwirrend gut zu ihren glitzernden Sandalen passte, Alba in einer dieser schrecklichen bunten Haremshosen vom Hippie-Markt, die sie in der Schwangerschaft besonders gern trug, und einem ausgebleichten Rock-am-Ring-Shirt von 2004. Die beiden Frauen scheuchten Karl, Alex und die protestierende Marla in die Küche und machten sich daran, Marios Wunde zu versorgen.

Marla setzte Kaffee auf, während Karl und Alex erzählten, was in den vergangenen zwei Tagen alles passiert war. Die neuen Wendungen und Details des Falls lenkten Marla tatsächlich ein bisschen ab, und bald stellte sie wie gewohnt mit glühenden Wangen Mutmaßungen an.

»Könnte es ein Nachahmungstäter gewesen sein?«, fragte sie, doch Alex verneinte.

»Das habe ich auch erst gedacht, aber wir haben die Mordwaffe nicht öffentlich gemacht. Außerdem hatte der Gürtel genau die gleiche Breite. Das wäre doch ein gewaltiger Zufall.«

»Und habt ihr schon den Hintergrund von Antonio Blanes durchleuchtet? Ich meine: Er ist ein alter Mann, klar. Und wahrscheinlich hat er es nicht selbst getan. Aber er könnte jemanden dazu gebracht haben. So, wie er es angedeutet hat. Und sein altes Haus ist nicht allzu weit vom Wohnsitz der zweiten Toten entfernt. Außerdem sind sie ungefähr gleich alt. Vielleicht wusste sie was?«

Karl legte ihr lächelnd die Hand auf den Unterarm. »Siehst du, genau das ist der Grund, warum du uns nicht einfach allein lassen darfst. Wir brauchen dich.«

Marla errötete und schaute auf die Tischplatte. »Du wärst ein verdammt guter Mosso geworden, weißt du das?«

Er hörte ein Räuspern hinter sich und zuckte zusammen. Alba stand in der Küchentür. Ihre Augen blickten zwar auf Karls Hand, die immer noch auf Marlas Arm lag, doch sie lächelte.

Marla sprang auf. »Wie geht es ihm?«

»Alles in Ordnung. Er wird wieder. Wir haben ihm gefühlt eine Tonne Antibiotikum gespritzt, und Chi musste ein bisschen was wegschneiden, aber so wie ich das Ganze einschätze, hatte er sowieso nicht vor, Bademodenmodel zu werden, oder?«

Marla schüttelte lächelnd den Kopf und ging auf Alba zu, die müde am Türrahmen lehnte. Ihr Bauch sah in dieser Haltung größer aus, und Karl versetzte dieser Anblick einen kleinen Stich.

»Wie kann ich dir jemals danken?«, fragte Marla, und Alba winkte ab. »Dank nicht mir, dank ihr!«

Sie zeigte hinter sich, und wie auf Kommando kam Chi in die Küche gestapft. Sie sah aus, als hätte sie mit einem Bären gerungen. Ihre Arme und der elegante Schlafanzug waren mit kleinen Blutspritzern übersät, und etliche Haarsträhnen hatten sich aus ihrem Knoten gelöst.

»Ich brauche jetzt erst mal was zu trinken«, blaffte sie. »Und damit meine ich kein Wasser.« Sie funkelte streitlustig in die Runde.

»Rum oder Wein?«, fragte Karl ruhig und stand auf.

»Rum«, erwiderte sie, ohne mit der Wimper zu zucken.

Chi drehte den Wasserhahn voll auf und hielt den Kopf unter den Strahl, sodass die Tropfen durch die ganze Küche spritzten.

Marla rannte ins Bad und kam kurz darauf mit einem Handtuch wieder, das sie der Ärztin hinhielt. Die kleine Vorsitzende rubbelte sich ein paar Mal damit übers Gesicht und sah Marla danach ein paar Sekunden prüfend an.

»Darf ich davon ausgehen, dass der Patient zu dir gehört, Sanchez?«

Marla nickte und schluckte trocken. »Er ist mein …«, doch Chi hob die Hand und brachte sie zum Schweigen.

»Ich will's nicht wissen. Nichts von alldem, okay? Was ich heute Nacht hier gemacht habe, könnte mich in Teufels Küche bringen. Ich habe nicht so hart gearbeitet, um jetzt über so was zu stolpern.«

»Natürlich.«

»Er braucht noch ein paar Medikamente, und der Verband muss täglich gewechselt werden, aber das kann dir Alba nachher alles erklären.«

»Danke«, Marla legte ihre Hand auf die Brust. »Von Herzen, Chi.«

Ein leichtes Lächeln umspielte den Mund der Rechtsmedizinerin. »Ich bin doch kein Unmensch.«

Sie nahm das Glas mit Rum entgegen, das Karl ihr hinhielt, und kippte den beträchtlichen Schluck auf einmal hinunter. Anders als Karl und Alex verzog sie dabei keine Miene.

»Okay, ich denke, ihr kommt hier klar.« Sie stellte das Glas auf die Arbeitsplatte und blickte in die Runde. »Ich fahre nach Hause. Und ich werde euch weder sagen, was die Obduktion von Señora Moreno ergeben hat, noch sonst irgendwie dienstlich mit euch reden.« Sie zeigte mit dem Zeigefinger auf Karl, der erstaunt registrierte, dass ihr kleiner Fingernagel außergewöhnlich lang war. Da sie fast immer Handschuhe trug, war ihm das bisher noch nie aufgefallen.

»Ich bin eigentlich überhaupt nicht da, und ich bin auch nicht hier gewesen. Verstanden?«

Karl nickte. »Das sehe ich ganz genauso.«

»Gut.«

Ihr ausgestreckter Zeigefinger schnellte in Alex' Richtung: »Und, Diaz!«

Alex zuckte zusammen.

Chi stemmte die Hand in die Hüfte und kniff die Augen zu schmalen Schlitzen zusammen. »Wenn du noch mal den Mut aufbringen solltest, mich anzurufen, um den Abend mit mir zu verbringen, dann bestimme ich das nächste Mal, wo wir hingehen. Du hast offensichtlich keine Ahnung, wie man eine Frau ausführt.«

Karl unterdrückte ein Glucksen und suchte den Blick seiner Frau. Alba fiel es ebenfalls schwer, ihr Gesicht unter Kontrolle zu halten.

Die Ärztin nickte noch einmal knapp in die Runde und stolzierte in Richtung Wohnungstür davon, wobei sie ihren Schlafanzug so souverän trug wie andere Frauen ein Chanel-Kostüm. Als sie das Türschloss klicken hörten, drehte sich Marla mit verschlagener Miene zu Alex um.

»Was, mein lieber Alex, war das denn?«

19

Zweite Leiche auf dem Friedhof –
der Teufel geht um in Barcelona

Gestern am späten Nachmittag wurde nach dem toten Politiker Fernando Bunyol eine weitere Leiche auf dem Cementiri de Montjuïc aufgefunden. Offenbar ist es dem Täter gelungen, unter den Augen der Polizei ein zweites Mal zuzuschlagen. Die Mossos haben unter der Leitung von Alexander Diaz und Karl Lindberg eine nächtliche Befragung auf dem Friedhof durchgeführt, um Zeugen zu finden, die bei den Ermittlungen im Fall Bunyol hilfreich sein könnten. Doch der Mörder ließ sich offenbar auch durch die Polizeipräsenz auf dem Cementiri nicht abschrecken. Diesmal hatte eine ältere Dame ein Date mit dem Schöpfer; der Friedhofswärter Rodrigo Cervantes fand sie auf seiner Mittagsrunde. Zwar fehlt aus Polizeikreisen noch die offizielle Bestätigung für den zweiten Mord, doch wir rechnen noch am heutigen Tage mit einer erneuten Pressekonferenz. Das, so scheint es, bekommen unsere »Jungs« wenigstens noch auf die Reihe.

(Stefano Flores)

Alex ließ die Zeitung sinken, aus der er den Artikel vorgelesen hatte.

»Teufel von Barcelona?«, fragte er ungläubig. »Was zur Hölle glaubt er, was er da tut?«

»Sich aufplustern und wichtigmachen«, knurrte Karl und rieb sich den Nacken. Er hatte ein paar Stunden auf Marlas Küchenbank gedöst, während Alex und Alba in Marlas Bett und Marla selbst auf einer Luftmatratze neben der Couch geschlafen hatte. Keiner hatte die Geschwister in diesem kritischen Stadium allein lassen wollen.

Heute Morgen war Marios Fieber bereits gesunken, und Karls Nacken hatte sich in Beton verwandelt.

»Gott, ich hasse diesen Kerl«, stöhnte Alex und schielte die Gasse hinunter. Sie standen vor Laura Morenos Haus und warteten auf den Schlüsseldienst, den die Kollegen für den frühen Morgen bestellt hatten. Die ganze Stadt schlief noch; Karl hatte auf dem Fußweg hierher gerade einmal zehn Menschen gezählt, die sich mit müden Augen an ihren Kaffeebechern festgehalten hatten. Gott, so einen Kaffeebecher brauchte er jetzt auch. Die Pflastersteine der kleinen dunklen Gasse glänzten noch nicht. Hier war noch keine Reinigung durchgekommen, was auch erklärte, warum die Straße leicht nach Urin roch. Es war jede Nacht dasselbe im Sommer. Wenn die Touristen, die von Bar zu Bar oder vom Strand nach Hause zogen, es nicht mehr halten konnten, pinkelten sie einfach dorthin, wo am meisten Schatten war. Die Anwohner der beliebten Nachbarschaft El Barrio Gótico hatten beinahe genauso sehr darunter zu leiden wie die Leute in La Barceloneta.

Alex' Telefon klingelte, und sie zuckten beide zusammen, ständig in Angst, ihre Vorgesetzte Maria Arbol könnte anrufen, um sie und mit ihnen die gesamte noch schlafende Gasse zusammenzubrüllen. Doch es war nur Rodriguez.

»Ja, was gibt's?«, fragte Alex und stellte auf Lautsprecher. »Ich habe gerade bei der Stadtverwaltung angerufen und endlich jemanden zu fassen gekriegt«, berichtete ihr Kollege. »Offenbar hatte Laura Moreno keine lebenden Verwandten mehr. Sie war lange verheiratet, doch die Ehe blieb kinderlos, und ihr Mann ist schon vor zwanzig Jahren gestorben. Ihr einziger Bruder verstarb vor fünf Jahren. Sonst gab es niemanden.«

»Hm«, sagte Karl. »Konntest du herausfinden, wo sie gearbeitet hat?«

»Ihr Mann und sie haben eine kleine Bäckerei gehabt, an der

Plaza del Pi. Nach seinem Tod hat sie die Bäckerei verkauft, heute ist da ein Sexshop.«

»Dann weiß ich, wo!«, rief Alex, und Rodriguez kicherte. »Das wollte ich gar nicht wissen«, sagte er.

Alex wurde rot. »Ach, halt die Klappe.«

»Wartet ihr schon auf den Schlüsseldienst?«

»Genau«, bestätigte Karl. »Wir gehen nicht davon aus, dass wir euch brauchen werden, aber man kann nie wissen. Haltet euch vorsichtshalber bereit.«

»Natürlich, Chef. Nadal hat übrigens Inés Herrero angerufen. Es geht ihr schon besser. Den Namen Laura Moreno hat sie noch nie gehört.«

»Hätte mich auch gewundert«, seufzte Karl. »Gute Arbeit. Und könnt ihr mir einen Gefallen tun?«

»Klar.«

»Marla liegt krank zu Hause. Wir haben sie gestern besucht. Sie hatte was Falsches gegessen und die letzten zwei Tage nur gekotzt.«

»Hat sie sich etwa bei dir den Magen verdorben?«, fragte Rodriguez erschrocken, und nun grinste Alex schief.

»Natürlich nicht«, gab Karl zurück. »Wahrscheinlich war es auch eher ein Virus. Egal. Sie hat vorgeschlagen, das Umfeld von Antonio Blanes zu beleuchten. Vielleicht ist er ja die Verbindung zwischen Bunyol und Moreno.«

»Gute Idee.«

»Einer von euch müsste ihr die Akten vorbeibringen. Und dann bestellt bitte Nico Bunyol in die Comisaría, so gegen Mittag. Wir müssen dringend mit ihm reden.«

»Ich glaube, das können wir uns sparen.«

»Wieso?«

»Ich habe gerade mit einem jungen Ehepaar telefoniert. Nico hat das ganze Wochenende, an dem sein Vater verschwunden ist, auf Mallorca verbracht und ihre Hochzeit fotografiert. Dafür gibt es ungefähr zweihundert Zeugen. Das rauschende Fest ging von Freitagabend bis Sonntagmittag. Und Nico war die ganze Zeit dabei.«

»Mierda«, schimpfte Karl. Dann setzte er missmutig hinzu: »Gut gemacht, *hombre*.«

»Ja, danke«, sagte Alex. »Wir müssen jetzt Schluss machen. Da kommt der Schlüsseldienst.«

Die Tür zu der kleinen Wohnung war schnell geöffnet; wenige Minuten später konnten Alex und Karl in den stickigen Flur treten. Die Luft in der Wohnung roch abgestanden; nach altem Teppich, Einsamkeit und nach Urin.

Alex knipste das Licht im Flur an, und beide sahen, dass der mit dunklen Fliesen ausgelegte Korridor an einigen Stellen nass war. Karl runzelte die Stirn.

»Was ist denn hier passiert?«, murmelte er nachdenklich, während Alex sich daranmachte, das Licht in den anderen Zimmern anzuknipsen. Bereits im zweiten Zimmer rief er: »Ich habe den Übeltäter, Karl.«

Karl ging den Flur hinunter und fand sich in einer Küche wieder, die als Zwilling von Marlas Küche durchgehen könnte. Weiße Fliesen mit Blümchenmuster zogen sich über Boden und Wände, eine uralte braune Billigküche formte ein L an zwei Wänden und bildete das Gegenstück zu einem Tisch, der vor einer ebenfalls L-förmigen Sitzbank stand und vor dem sein Schwager gerade in die Hocke ging.

»Hey, Kumpel«, flüsterte Alex, und kurz darauf war ein leises Klopfen zu vernehmen. Auch Karl kauerte sich hin, um unter den Tisch blicken zu können. Ein großer spanischer Windhund hatte sich so klein wie möglich darunter zusammengerollt und sah die beiden Kommissare aus riesigen Augen an. Karl hatte den Eindruck, das Tier bestehe quasi nur aus Augen und Nase.

Der Schwanz des Hundes wedelte leicht und stieß dabei immer wieder gegen die Sitzbank, was das das leise Klopfen verursachte. Auf der Suche nach Hundefutter öffnete Karl sämtliche

Küchenschränke und wurde schnell fündig. Als er den Napf des Hundes mit Nassfutter füllte, kam dieser mit eingeklemmtem Schwanz unterm Tisch hervor und fing an zu fressen.

»Komm. Lassen wir den armen Kerl in Ruhe«, sagte Karl und begann, die anderen Zimmer zu inspizieren. Alex folgte ihm.

Es wurde eine kurze Tour. Außer der Küche gab es noch ein kleines Wohnzimmer und ein winziges Schlafzimmer, in dem lediglich Lauras schmales Bett neben einem Kleiderschrank stand.

Sie durchforsteten den Schrank systematisch und knöpften sich anschließend die große Schrankwand im Wohnzimmer vor. Als sie begannen, die Schubladen und Fächer zu leeren, um sich einen Überblick zu verschaffen, kam der Hund aus der Küche geschlichen und begann, sie zu beobachten.

»Nichts«, sagte Alex, nachdem er drei große, sorgsam geführte Aktenordner durchgesehen hatte. »Sie hat diese Wohnung gekauft, nachdem sie die Bäckerei verkauft hat. Strom und Gas wurden immer pünktlich gezahlt, genau wie die Steuern und das Geld für die Gräber ihres Mannes und ihres Bruders. Sie hat an einen Tierschutzverein gespendet und von ihren Rücklagen und der staatlichen Altersversorgung gelebt.« Geräuschvoll ließ Alex den Aktendeckel zuklappen. »Das war's.«

»Ich habe hier ein paar Arztrechnungen«, murmelte Karl. »Aber sie schien nichts Chronisches zu haben, sie ist selten hingegangen. Hier sind noch drei Fotoalben und ein paar Bücher.«

Sie sahen sich an. »Scheint ganz so, als hätten Laura und der Hund einfach nur vor sich hingelebt. Allein und völlig unbescholten.«

Karl rieb sich das Gesicht und drückte die Handballen auf seine müden Augen. »Vielleicht hat sie im Keller noch andere Unterlagen. Und jemand sollte auch mit den Nachbarn sprechen. Wir sollten Moix und Nadal holen, die sind gut in so was.«

Alex nickte. Er holte sein Telefon aus der Hosentasche und

rief Nadal an, um sie und Moix nach El Gótico zu bitten. Sie versprachen, sich sofort auf den Weg zu machen.

»Und was machen wir jetzt?«, fragte Alex, nachdem er aufgelegt hatte.

»Wir müssen wohl oder übel mit der Arbol reden. Nach dem Artikel von heute Morgen geht sie sicher schon wieder die Wände hoch.«

»Gott, wenn ich doch nur jemanden bezahlen könnte, der mir das abnimmt.«

»Meine größere Sorge ist eher, dass wir noch immer keinen blassen Schimmer haben, wer der Mörder sein könnte. Und ich fürchte, dass wir hier auch nicht fündig werden.«

»Aber irgendeine Verbindung zwischen Laura und Bunyol muss es doch geben!«

»Nun, es könnte auch sein, dass die einzige Verbindung zwischen den beiden Opfern der Mörder ist.«

»Vielleicht hat Bunyol den Tierschützern das Leben schwer gemacht? Tierheime geschlossen oder so was?«, überlegte Alex laut.

»Das würde jedenfalls zu ihm passen. Wir können dem ja mal nachgehen. Aber ich glaube nicht, dass wir da fündig werden.«

»Was glaubst du denn?«

»Dass Laura im Gegensatz zu Fernando nicht gezielt getötet wurde. Sie war nur ein Mittel zum Zweck.«

»Und zu welchem Zweck?«

Karl zuckte die Schultern. »Ich hoffe, das finden wir noch heraus.«

Alex schwieg eine Weile. »Meinst du wirklich, wir könnten es mit einem Serienmörder zu tun haben?«

»Im Moment gibt es leider nicht viel, das dagegenspricht«, antwortete Karl mit hängenden Schultern.

Mit einem tiefen Seufzer ließ sich Alex auf das Sofa fallen. Er sah aus, als ging er im Geiste sämtliche Serienmörder durch, von denen er jemals gehört hatte.

»Diesen Gedanken behalten wir aber erst mal für uns«, sagte Karl. »Offiziell suchen wir noch nach der Verbindung zwischen den Opfern.« Er sah sich in dem Wohnzimmer um, und seine Augen trafen die des Hundes, der noch immer wie angewurzelt im Türrahmen stand. Wie konnte ein Tier nur so große, traurige Augen haben?

»Und was machen wir mit dem Kerl da?«, fragte er.

»Wir müssen ihn mitnehmen«, antwortete Alex bestimmt. »Immerhin war er alles, was Laura hatte. Wenn wir ihn ins Tierheim bringen, ist er so gut wie tot.«

Karl lächelte matt. »Ich habe geahnt, dass du so was sagen würdest.« Er dachte einen Augenblick nach. »Vielleicht hat ja Marla Lust, ihn zu nehmen. Wenn man bedenkt, wie heiß sie immer darauf war, sich um Paco zu kümmern.«

Er stand auf und begann, im kleinen Flurschrank nach einer Leine zu kramen. Er musste nicht lange suchen. Direkt daneben lag ein Halsband mit silberner Namensplakette.

»Der Bursche heißt Zorro«, verkündete Karl belustigt, und als er seinen Namen hörte, stellte der schüchterne Hund die Ohren auf.

»Na, komm schon, Zorro«, sagte Karl, während er dem Hund das Halsband anlegte. »Bringen wir dich mal an die frische Luft.«

»Was zur Hölle ist *das* denn?«

Maria Arbol saß kerzengerade hinter ihrem Schreibtisch und starrte sie mit weit aufgerissenen Augen an. Oder besser gesagt: Sie starrte Zorro an. Der verängstigte Podenco drückte sich zitternd an Karls Beine, doch offensichtlich reichte seine bloße Anwesenheit, um Maria Arbol nicht minder in Angst und Schrecken zu versetzen.

»Das ist Zorro«, sagte Alex und unterdrückte mühsam das Grinsen. »Er ist der Hund des zweiten Opfers. Sie hat keine Angehörigen mehr, die sich um ihn kümmern könnten. Da haben wir ihn mitgenommen.«

»Für so was gibt es doch Tierheime«, protestierte sie, und Karl sah, dass ihre Fingerknöchel weiß hervortraten, so fest umklammerte sie die Lehne ihres Stuhls.

»Aber Jefa«, entgegnete Alex tadelnd. »Schauen Sie sich den kleinen Kerl doch an. Das hätten wir nicht übers Herz gebracht. Und es wäre Laura Moreno gegenüber auch respektlos gewesen.«

»Keine Sorge«, schaltete Karl sich ein. »Er macht ganz bestimmt keinen Ärger.«

Maria Arbol fing sich allmählich wieder. Sie ließ sich schwer auf ihren Schreibtischstuhl sinken und atmete ein paar Mal tief durch.

»Der Bürgermeister hat eben angerufen«, sagte sie müde und sah Karl und Alex an. »Er erwartet von uns, dass wir den Fall so schnell wie möglich lösen.«

»Was Sie nicht sagen«, schnaubte Alex. »Nun, der Herr Bürgermeister ist herzlich eingeladen, sich an den Ermittlungen zu beteiligen.«

Maria Arbol zog die Augenbrauen hoch. »Finden Sie das etwa witzig, Diaz?«

»Ganz und gar nicht, Señora. Eher im Gegenteil.« Er zeigte auf die Besucherstühle. »Dürfen wir uns vielleicht setzen?«

Maria Arbol beäugte den Hund. »Wenn Sie mir das Tier vom Leib halten.«

Sie nahmen auf den Besucherstühlen vor Maria Arbols Schreibtisch Platz, rückten diese aber ein Stück nach hinten, sodass Zorro keine Möglichkeit hatte, Maria Arbol zu nahe zu kommen. Ein wenig amüsierte es Karl ja schon, dass Señora Feldwebel tatsächlich Angst vor einem Hund hatte, der zitterte wie Espenlaub. Er begann, Zorro beruhigend über den Kopf zu streichen.

»Bitte, Lindberg«, sagte Maria Arbol nun. »Bitte sagen Sie mir, dass Sie etwas haben!«

»Bedaure, Señora«, erwiderte Karl kopfschüttelnd. »Das kann ich nicht.«

»Aber irgendwas müssen Sie doch wissen!«

»Wenn Sie wollen, können wir gern Señor Barcelo verhaften«, erwiderte er aufsässig. »Er wird den Parteivorsitz übernehmen und ist mit Bunyol nicht immer gut ausgekommen. Damit ist er momentan unser aussichtsreichster Kandidat.«

Maria Arbol hob beschwichtigend die Hände. »Bloß nicht! Den Skandal können wir nun wirklich nicht auch noch brauchen.«

»Sehen Sie. Und alle anderen Spuren führen ins Leere. Bunyols Familie ist sauber, die Angestellten ebenfalls. Und wenn wir jeden einzeln überprüfen sollen, dem Bunyol ein Dorn im Auge war, dann müssten wir die halbe Altstadt in Gewahrsam nehmen.«

»Und was ist mit dem zweiten Opfer?«, fragte Maria Arbol müde.

»Wenn wir da etwas gefunden hätten, dann hätten wir es Ihnen schon gesagt. Es ist nicht so, dass wir uns das Beste bis zum Schluss aufheben, um Sie zu ärgern.«

Maria Arbol schnaubte. Dann sah sie Karl in die Augen. »Ich werde Ihnen jetzt eine Frage stellen, Lindberg, und ich will, dass Sie sie ehrlich beantworten.«

Karl nickte.

»Glauben Sie, dass wir einen Serientäter in der Stadt haben?«

»Ich kann es nicht mit Gewissheit sagen, Señora. Aber momentan sieht es leider ganz danach aus.«

»Gottverdammt!«, schrie Señora Arbol. »Und ausgerechnet Sie bearbeiten diesen Fall. Ausgerechnet Sie!« Die Cap de la Unitat schlug die Hände vors Gesicht, und Karl fragte sich im Stillen, wie oft Alex und er sich diese Leier von ihrer Chefin wohl noch würden anhören müssen.

In dem Augenblick klopfte es an der Tür.

»Ja, was ist denn?«, schrie sie so laut, dass Karl und Alex zusammenzuckten.

Die Tür ging auf, und Victor Gomez erschien im Türrahmen.

Offensichtlich war er gerannt, so schnell er konnte. Er war völlig außer Atem, und Schweiß stand ihm auf der Stirn. Mit der linken Hand fasste er sich an die Brust.

»Disculpe, Jefa«, japste er und hielt sich am Türrahmen fest, als sei er kurz davor, umzukippen. »Ihr Telefon war die ganze Zeit besetzt.«

Maria Arbols Blick huschte zu ihrem Telefon, dessen Hörer, wie so oft, neben der Gabel lag.

»Ich brauche dringend eine Assistentin«, murmelte sie geistesabwesend, während sie den Hörer aufknallte. Als es daraufhin augenblicklich zu klingeln begann, zog sie hastig das Kabel aus der Wand. »Und was gibt es so Wichtiges, Gomez?«, fragte sie gereizt und sah ihren Kollegen an, als sei dieser eine Kakerlake, die sie gerade an ihrer Schuhsohle entdeckt hatte.

»Das Hospital Sant Pere Claver hat gerade angerufen. Offenbar hat der Mörder gestern Abend versucht, einen jungen Mann umzubringen, bevor er auf Laura Moreno gestoßen ist.«

Karl sprang von seinem Stuhl auf und riss dabei den armen Zorro mit, der es sich auf dem Fußboden vor Maria Arbols Schreibtisch gemütlich gemacht hatte.

»Und warum melden die sich erst jetzt?«

»Das Opfer ist heute Nacht mit Strangulationsmarken in der Notaufnahme aufgetaucht und kann wohl erst seit kurzer Zeit wieder sprechen, Sergent.«

Alex' Hand ballte sich zur Faust. »Verdammt, das darf doch nicht wahr sein!«

»Worauf warten Sie noch?«, fauchte Maria Arbol, und ihre Stimme klang deutlich schriller als sonst. »Fahren Sie hin!«

20

Es war das erste Mal, dass sie mit Blaulicht fuhren, seit Karl zu den Mossos gestoßen war. Und in Barcelona war das wahrlich etwas ganz anderes als in Berlin. Die Straßen waren schmaler und die Kurven schärfer. Nicht zum ersten Mal verfluchte Karl, dass es bei den modernen Autos keine Griffe mehr über den Türen gab, an denen man sich festhalten konnte. Was dachten sich die Designer denn dabei? So musste er sich am Chassis festklammern, um Alex nicht bei jeder Linkskurve auf den Schoß zu rutschen.

Zwar gab es streng genommen gar keinen Grund, so zu rasen, doch Karl und Alex hofften beide inständig, dass dieser Krankenhausbesuch die Wende in dem Fall bringen würde – und die war auch überfällig. Der Mörder hatte versucht, noch jemanden umzubringen, bevor er auf Laura getroffen war. Das zeigte ihnen endgültig, dass er bei der Auswahl seiner Opfer keinem Muster folgte. Zumindest nicht, was die letzten beiden betraf.

Karl hatte noch immer das Gefühl, dass es bei Bunyol um etwas anderes gegangen war. Hier hatte der Mörder aus persönlichen Motiven gehandelt, da war er sich ganz sicher.

Sie sprinteten die Treppe hinauf, durch die automatische Glastür und zu den Fahrstühlen, um zu der Station hinaufzufahren, die Gomez – bei dem sie auch den Hund gelassen hatten – sich notiert hatte.

Hinter einer weiteren Glastür wurden sie bereits von einem Arzt erwartet.

»Sie sind sicher die Polizeibeamten, die wir gerufen haben«, begrüßte er Karl und Alex freundlich, die beide völlig außer Atem waren. Die beiden nickten und zogen ihre Dienstausweise hervor.

»Señor Marin wurde letzte Nacht hier eingeliefert. Er war

mit Freunden auf dem Cementiri de Montjuïc. Eine Party, wenn ich das richtig verstanden habe.« Er machte ein Gesicht, als verspüre er das innige Bedürfnis, sich bei den Beamten für das schändliche Verhalten seines Patienten zu entschuldigen. Karl nickte. »Ja, solche Partys werden jede Nacht zwischen den Gräbern gefeiert. Das hat nichts mit Okkultismus zu tun, es verschafft den jungen Leuten lediglich einen Kick.«

»Da stören sie niemanden und werden nicht gestört«, setzte Alex hinzu und erntete einen skeptischen Blick des Arztes. »So würde ich es nicht ausdrücken, junger Mann«, sagte der ältere Herr, der mit dem weißen Haar und dem grauen Bart aussah wie ein verständnisvoller Großvater. »Immerhin stören sie damit die Totenruhe.«

Karl ahnte, dass sich Alex gerade einen Kommentar verkniff.

»Nun, jedenfalls waren es seine Freunde, die ihn gefunden haben. Er hatte sich wohl von ihnen entfernt, um sich zu erleichtern, und als er ungewöhnlich lange wegblieb, sind sie ihm nach und haben ihn bewusstlos aufgefunden. Jemand hatte offenbar versucht, ihn zu erwürgen.« Der Arzt lächelte leicht. »Tja. Da hat sich der Betreffende das falsche Opfer ausgesucht, würde ich sagen. Man könnte Hugo Marin mit Recht als wandelnden Kleiderschrank bezeichnen. Ich hätte jedenfalls einen großen Bogen um ihn gemacht, wenn ich vorgehabt hätte, jemanden von hinten zu überfallen.«

»Wie kommt es, dass wir erst jetzt informiert wurden?«, wollte Alex wissen. »Immerhin hat es in der Zwischenzeit noch ein weiteres Opfer gegeben.« Der Arzt kratzte sich am Kopf. »Nun, wir hatten keine Ahnung, was genau Señor Marin passiert war. Bis er uns schildern konnte, was vorgefallen ist, hätte es alles Mögliche sein können. Seine Freunde haben nichts mitbekommen. Sie waren auch, gelinde gesagt, nicht mehr ganz Herr ihrer Sinne und wenig zuverlässig. Und Marin selbst konnte erst nicht sprechen, weil er so heftig gewürgt worden war.«

Karl zog die Augenbrauen hoch. »Und jetzt kann er sprechen?«

Der Arzt nickte. »Mir persönlich wäre es zwar lieber, er würde noch etwas warten. Natürlich nur aus medizinischer Sicht. Aber für Señor Marin ist es sehr wichtig, mit Ihnen zu sprechen. Seit er wieder bei Sinnen ist, hat er versucht, den Schwestern klarzumachen, dass er mit Ihnen reden muss. Da sie ihm ein Beruhigungsmittel gespritzt hatten, fiel ihm das allerdings nicht ganz leicht.«

Karl atmete tief durch. Alles, was der Doktor sagte, war durchaus logisch. Doch auch er hätte lieber sehr viel früher gewusst, dass der Mörder innerhalb von vierundzwanzig Stunden nicht ein-, sondern zweimal zugeschlagen hatte. Das veränderte alles. Und mit etwas Glück konnte ihnen Hugo Marin wertvolle Informationen über den Mann liefern, den sie suchten.

»Ich muss Sie natürlich bitten, sich kurzzufassen«, fügte der Arzt mit mahnendem Tonfall hinzu. »Seine Stimmbänder sind sehr angegriffen, und wenn er zu viel spricht, können sie ernsthaften Schaden nehmen. Also beschränken Sie sich bitte auf das Nötigste.«

Die beiden Mossos nickten. »Natürlich. Wir fragen ihn nur das Allerwichtigste.«

»Gut. Dann bringe ich Sie jetzt zu ihm.«

Sie folgten dem Arzt einen langen Flur hinunter, der so aussah wie alle Krankenhausflure, die Karl je gesehen hatte. Linoleumboden, über den Schuhe quietschten, Metallschienen an der Wand, damit die Rollbetten nicht den Putz beschädigten, Grün- und Beigetöne, Neonröhren. Über allem lag der Geruch von Desinfektionsmittel und Kantinenessen. Karl hatte sich oft ausgemalt, wie es sein könnte, wenn Krankenhäuser schöner wären, mit Kunst und Blumen auf den Fluren. Er war überzeugt, dass die Menschen dann deutlich schneller gesund würden. Besseres Essen würde auch nicht schaden.

Der Arzt klopfte an eine mintgrüne Tür und öffnete sie.

»Hugo, hier sind die beiden Polizisten, die Sie sprechen wollten.«

Er bedachte Karl und Alex noch jeweils mit einem strengen Blick. »Fünf Minuten, mehr nicht.«

Auch das war ein Satz, den Karl im Laufe seiner Karriere schon unzählige Male von Ärzten gehört hatte. Manchmal fragte er sich, ob dahinter ein Kampf der Kompetenzen steckte. Polizisten und Ärzte kämpften darum, dass alle Menschen sicher und gesund leben konnten, nur kämpften sie mit verschiedenen Mitteln und an unterschiedlichen Fronten. Beide waren für den Erhalt einer Gesellschaft unerlässlich, setzten ihre Prioritäten aber sehr unterschiedlich.

Die Tür schloss sich, und sie waren allein mit einem jungen Mann in dem recht geräumigen Krankenzimmer. Sofort verstand Karl, was der Arzt mit »wandelnder Kleiderschrank« gemeint hatte. Hugo Marin war riesig, bestimmt zwei Meter groß, und füllte das Bett sowohl in der Länge als auch in der Breite fast vollständig aus. Er saß aufrecht da, den muskelbepackten Oberkörper gegen einen Berg aus Kissen gelehnt. So riesig und erwachsen der Körper des Mannes war, so kindlich wirkte sein Gesicht. Es sah aus, als hätte man den Kopf eines Dreijährigen auf einen Preisboxer geschraubt.

Karl und Alex sahen sich an. Diesen jungen Mann trafen sie hier und heute nicht zum ersten Mal. Sie hatten in der Nacht auf dem Friedhof mit ihm gesprochen. Hugo Marin blickte sie aus blitzblauen Augen unsicher an, als hätte er selbst etwas ausgefressen.

»Señor Marin?«, fragte Alex, und der Kranke nickte. »Hugo reicht«, krächzte er. Es war deutlich zu hören, wie sehr seine Stimmbänder gelitten hatten.

»Ich bin Sergent Diaz, das ist mein Kollege Karl Lindberg. Wir sind uns gestern spätabends schon mal kurz begegnet, erinnern Sie sich?«

Hugo nickte. »Deshalb wollte ich ja mit Ihnen sprechen.«

Die Polizisten gaben Hugo die Hand und zogen sich zwei Stühle neben das Bett.

»Zunächst einmal möchten wir Ihnen sagen, wie leid uns tut, was Ihnen passiert ist. Wir sind froh, dass Sie noch am Leben sind und dass es Ihnen so weit gut geht. Ihrer Gesundheit zuliebe werden wir versuchen, so viele Fragen wie möglich zu stellen, die Sie mit Nicken oder Kopfschütteln beantworten können. Ist das in Ihrem Sinne?«

Hugo nickte und lächelte.

»Ihr Arzt hat uns im Groben erzählt, was passiert ist, aber wir brauchen noch ein paar Angaben von Ihnen. Wann genau wurden Sie angegriffen?« Karl holte sein Notizbuch heraus. »Sie können die Uhrzeit auch mit den Fingern anzeigen.«

Hugo hob die Finger. »Drei Uhr dreißig? Mitten in der Nacht also?«

Hugo nickte, und Karl musste einen Moment die Augen schließen. Der Mörder hatte Hugo also, kurz nachdem die Polizisten abgezogen waren, angegriffen. Hatte er hinter einem Grab gehockt und sie beobachtet? Hatte er nur auf seine Chance gewartet? Es war ein schrecklicher Gedanke, sich vorzustellen, dass ihr Gehen vielleicht der Startschuss für den Täter gewesen war. Wenn man den zeitlichen Ablauf der vergangenen Nacht betrachtete, blieb kaum ein anderer Schluss übrig.

»Sie waren noch nicht lange weg«, drehte Hugo krächzend das Messer in Karls seelischer Wunde um hundertachtzig Grad.

»Mann, das tut mir leid«, brummte jetzt auch Alex und berührte Hugo am Unterarm. »Wären wir nur mal länger geblieben.«

Hugo schüttelte den Kopf und winkte ab.

»Ihr Arzt sagt, Sie hätten sich von Ihren Freunden entfernt, um sich zu erleichtern.«

Hugos Ohren wurden dunkelrosa, und er nickte verschämt.

»Keine Sorge«, sagte Alex lächelnd. »Wegen so was verurteilen wir Sie nicht.«

Marin erwiderte das Lächeln schwach.

»Ich weiß, es war dunkel, aber konnten Sie irgendwas erkennen?«, fragte Karl. Er wusste, wie gering diese Chance war, bei jemandem, der mitten in der Nacht von hinten überfallen worden war. Erwartungsgemäß schüttelte Marin den Kopf.

»Nicht gesehen«, sagte er.

Alex beugte sich zum Bett hinüber. »Aber?«, fragte er.

»Gehört«, krächzte Marin, und auch Karl beugte sich instinktiv vor, um den jungen Mann besser verstehen zu können.

»Sie haben seine Stimme gehört?«

Hugo nickte langsam.

»Es war doch ein Mann, oder?«, fragte Karl zur Sicherheit.

»Keine tiefe Stimme, aber eine Männerstimme«, bestätigte Hugo, und Karl notierte sich »hohe Männerstimme«.

»Was hat er gesagt?«, fragte Alex, und Karl fühlte, wie seine Fingerspitzen zu kribbeln begannen.

Hugo runzelte die Stirn. »Er hat gesagt, ich hätte ein Date mit dem Schöpfer.«

Alex lachte ungläubig auf, und Karl erstarrte.

»Was ist denn das für ein Mist?«, hörte Karl seinen Schwager fragen und legte ihm die Hand auf die Schulter, um ihn zum Schweigen zu bringen. Irgendwie kamen ihm diese Worte bekannt vor. Und nach kurzem Überlegen fiel es ihm auch wieder ein. Seine Hände begannen zu zittern. Mit dem Blick suchte er das Zimmer ab, fand jedoch nicht, was er suchte.

»Sind Sie sicher, dass er das genau so gesagt hat?«, fragte er den jungen Mann und konnte seine Erregung dabei nicht verbergen. Alex sah ihn fragend an, doch er konnte sich jetzt nicht mit seinem Schwager befassen.

Hugo nickte. »Hab mich ja auch gewundert. Dann hat er mir was um den Hals gelegt und zugezogen. Aber da hatte er sich den Falschen ausgesucht.«

»Ich hoffe, Sie haben ihm ordentlich eins mitgegeben«, sagte Alex, und als Hugo grinsend nickte, schmunzelte auch er.

Karl fragte ungeduldig: »Haben Sie heute Morgen die Zeitung gelesen, Hugo?«

Der junge Mann schüttelte verdutzt den Kopf. »Lese nicht«, murmelte er, und Karl sprang auf.

»Hey, Flieger, was ist denn los?«

Karl hatte bereits sein Handy in der Hand, um die Kollegen zu verständigen. Er begriff nicht, warum Alex nicht mit seinen Gedanken Schritt halten konnte.

»Es ist Flores!«, schrie er seinen Schwager an.

Alex sah aus, als hätte Karl ihm mitgeteilt, dass er eine Geschlechtsumwandlung in Betracht zog.

»Was?«

Karl drückte seine Nasenwurzel heftig zwischen Daumen und Zeigefinger und versuchte, sich zu beruhigen. Dann sprach er so langsam und deutlich, wie er konnte: »Unser Mörder, der Mann, den wir suchen, ist Stefano Flores.«

Als Alex die Stirn runzelte, brüllte Karl so laut, dass Hugo in seinem Bett zusammenfuhr.

»Das Journalistenarschloch, verdammt!«

In Alex' Gesicht konnte man sehen, wie der Groschen fiel.

21

Um die Redaktion der katalanischen Tageszeitung zu erreichen, mussten sie einmal quer durch die Stadt. Doch zu Karls großem Glück konnten sie der Carrer de Comte d'Urgell bis zu der Kreuzung folgen, an der das große Verlagsgebäude stand, was bedeutete, dass Alex seinen Zorn nicht in seinen Fahrstil umsetzen konnte.

Karl telefonierte während der Fahrt mit dem gesamten Team, setzte alle von den neuesten Entwicklungen in Kenntnis und brachte es sogar über sich, Maria Arbol zu informieren.

Die Cap de la Unitat schien grimmige Befriedigung daraus zu ziehen, dass Flores nunmehr ihr Hauptverdächtiger war, und wies Karl an, zu tun, was notwendig war, um diesem »falschen Presseköter« Handschellen anzulegen. Karl war froh, dass sich ihre Wut ausnahmsweise nicht gegen ihre Untergebenen richtete.

»Wie konnten wir nur so blind sein?«, fragte Alex zum wiederholten Mal und schlug so heftig auf das Lenkrad, dass die Hupe ertönte.

»Jetzt wissen wir auch, wo er seine Insiderinformationen herhatte«, stimmte Karl ein. »Der Kerl ist der ultimative Insider.«

»Und die ganze Zeit ist er vor unserer Nase herumstolziert, als könnte nichts und niemand ihm was anhaben.« Alex tippte sich an die Stirn. »Er ist uns sogar nachgelaufen! Wir hätten es wissen müssen. So ein Arschloch.«

Karl schüttelte den Kopf. »Ich verstehe deine Wut; mir geht es genauso, Alex. Aber woher hätten wir das wissen können? Es kommt so oft vor, dass die Presse polizeiliche Insiderinformationen hat. Das allein macht einen nicht schon zum Verdächtigen. Und zwischen ihm und den Opfern gibt es schlicht und ergreifend keine Verbindung.«

Alex presste die Kiefer zusammen. »Hoffentlich sitzt er jetzt an seinem Schreibtisch und lässt sich anstandslos festnehmen.«

»Stefano Flores ist hier nicht angestellt«, informierte sie wenig später die Chefin vom Dienst im Beisein mehrerer geschockter *Vanguardia*-Mitarbeiter.

»Was soll das heißen, er ist hier nicht angestellt?«, fragte Alex hitziger als notwendig, während sich Karl gleichzeitig erkundigte: »Haben Sie ein Büro, wo wir ungestört reden können, Señora?«

Die Redakteurin, die sich als Señora Carmelita vorgestellt hatte, nickte. »Selbstverständlich. Folgen Sie mir, bitte.«

»Kein Theater in einem Raum voller Journalisten«, raunte Karl seinem Schwager ins Ohr, während sie hinter der adretten Frau einen mit blauem Teppichboden ausgelegten Flur hinuntergingen. Alex schnaubte, nickte aber schroff.

»Ich habe keine Lust, das morgen früh auch noch in der Zeitung zu lesen.«

Die Señora führte Karl und Alex in ein kleines Büro und bat sie, Platz zu nehmen.

»Was hat Stefano denn ausgefressen, dass Sie hier so einen Aufstand machen?«, fragte sie freundlich, während Karl und Alex sich setzten. Eigentlich wollte Karl keine Sekunde damit verschwenden, in irgendeinem Büro zu sitzen und zu plaudern, doch ohne die Hilfe dieser Frau kamen sie nicht weiter.

»Was wir Ihnen jetzt sagen, muss absolut vertraulich behandelt werden, Señora.«

Die Señora öffnete den Mund, um etwas zu erwidern, doch Karl brachte sie mit einer Handbewegung zum Schweigen. »Damit wir uns nicht missverstehen: Es geht keineswegs um gekränkten Stolz, oder darum, Ihre Zeitung mundtot zu machen oder einem Reporter die Leviten zu lesen, sondern um Leben und Tod. Stefano Flores ist dringend tatverdächtig, Fernando Bunyol und Laura Moreno getötet zu haben.«

Jetzt wurde Señora Carmelita blass um die Nasenspitze.

»Was sagen Sie da?«

»Flores hatte exklusives Täterwissen«, erklärte Alex und sah der Señora fest in die Augen. »Wir sind uns absolut sicher. Und solange er noch da draußen ist, könnte er wieder töten.«

»Wir müssen Sie bitten, mit keiner Menschenseele darüber zu sprechen, bis Flores gefasst ist. Sonst müssen Sie sich wegen Behinderung von polizeilichen Ermittlungen verantworten; das ist bei einem Mordfall keine Bagatelle.«

Señora Carmelita schluckte, dann nickte sie. »Ich schätze, die Exklusivstory ist nach seiner Verhaftung noch genug wert«, murmelte sie und schaute sich dabei geistesabwesend in ihrem Büro um, als sähe sie es zum ersten Mal.

»Was haben Sie eben damit gemeint, dass Flores nicht bei der Zeitung angestellt ist?«, erkundigte sich Alex sichtlich gefasster.

»Genau das, was ich gesagt habe, Sergent. Wir arbeiten nur mit einer Handvoll fest angestellter Journalisten, der Rest sind freie Mitarbeiter, die regelmäßig für uns schreiben. Nur so ist die Themenvielfalt zu gewährleisten, die wir uns wünschen. Schließlich brauchen wir auch Geschichten und Berichte aus anderen Teilen Kataloniens und aus dem Ausland. Nur über Barcelona will doch kein Mensch lesen.«

»Und Flores ist so ein freier Mitarbeiter?«

Señora Carmelita nickte. »Ja. Er schreibt regelmäßig für uns.«

»Wie läuft so was normalerweise ab?«

Die Señora zuckte die Schultern. »Wir haben zweimal am Tag Redaktionsschluss. Um vierzehn Uhr für die Abendausgabe und um einundzwanzig Uhr für die Ausgabe des folgenden Tages. Wir sichten die Artikel der freien und festen Mitarbeiter, besprechen die Positionierung im Blatt und geben die Sachen in den Satz. Wenn etwas Wichtiges oder Spannendes passiert, muss der CvD dafür sorgen, dass es noch in die nächste Ausgabe kommt. Deshalb muss immer einer von uns dreien da sein.«

»Das heißt, die Journalisten arbeiten hauptsächlich von zu Hause aus?«

Die Redakteurin nickte. »Von mir aus können sie auch im Café oder am Strand arbeiten. Hauptsache, ihre Artikel sind rechtzeitig hier.«

»War Flores dann überhaupt schon mal hier?«, fragte Karl, und Señora Carmelita runzelte die Stirn.

»Nun, ich bin ihm jedenfalls noch nicht begegnet. Sicher war er mal hier, um sich vorzustellen, das machen wir eigentlich mit allen so. Aber darüber hinaus hätte es für ihn gar keinen Grund gegeben, hier aufzukreuzen.«

»Mierda.« Alex ballte die Fäuste. »Verzeihung, Señora.«

»Ist schon in Ordnung, Sergent«, sagte sie lächelnd. »Sie können sich nicht vorstellen, wie viel in unserer Branche geflucht wird.«

»In unserer auch«, gab Karl freundlich zurück.

»Sie haben aber doch sicher ein paar Informationen zu Flores. Seine Adresse, seine Bankverbindung und so weiter.«

Señora Carmelita nickte. »Warten Sie, ich schaue im Server nach.«

Sie klickte nervtötend lange mit ihrer Maus herum. Karl und Alex fiel es ungeheuer schwer, still sitzen zu bleiben. Am liebsten hätte Karl der Frau die Maus aus der Hand gerissen, doch natürlich war das ein dämlicher Impuls. Wenn der Verlagsserver ähnlich verästelt war wie das Intranet der Polizei, war es normal, dass sie so lange brauchte, um alles zu finden.

»Die Bewerbungsunterlagen auch?«, erkundigte sie sich schließlich.

»Unbedingt. Geben Sie uns einfach alles, was Sie haben«, antwortete Karl, und kurz darauf hörten sie endlich, wie irgendwo hinter dem Schreibtisch der Journalistin ein Drucker ansprang.

Sie bückte sich und kam mit einem dünnen Stapel Papier wieder zum Vorschein.

»Tut mir leid, mehr habe ich leider nicht.«

Karl nahm die wenigen Blätter entgegen.

»Nicht zu ändern«, sagte Alex. »Wenn Sie uns jetzt entschuldigen würden.«

Sie nickte und schob ihnen ihre Visitenkarte über den Tisch. »Rufen Sie mich an, wenn Sie ihn haben?«

Karl zog die Brauen hoch. »Nach dem, was Sie in Ihrem Blatt über uns behauptet haben? Das glauben Sie doch wohl selbst nicht.«

Señora Carmelita lächelte zuckersüß. »Eine Hand wäscht die andere. Wenn Sie mir helfen, helfe ich Ihnen.«

Karl schüttelte fassungslos den Kopf. Diese Journalisten waren doch alle gleich!

Wenig später rasten sie zu Flores' Privatadresse, die sie in den Bewerbungsunterlagen gefunden hatten. Das Haus befand sich in Glories, was bedeutete, dass sie jetzt die Avenida Diagonal nach Osten hinunterfahren mussten. Mittlerweile war es Nachmittag, und die großen, sechsspurigen Straßen, die sich durch Barcelona frästen, waren vollkommen verstopft. Doch es gab keinen anderen Weg. So rollten sie quälend langsam auf den Torre Agba zu. Der große Glasturm, der nachts in verschiedenen Farben leuchtete, war eines der neueren Wahrzeichen Barcelonas und gleichzeitig eine Zielscheibe für Spott und Hohn, weil der Turm aussah wie ein riesiger Dildo. Normalerweise wurde Karl nicht müde, sich darüber zu amüsieren, jetzt jedoch hatte er anderes im Kopf.

Er telefonierte mit Marla, die sich bereit erklärt hatte, sie von zu Hause aus zu unterstützen; es gab nun einmal ein paar Dinge, die Marla von ihnen allen am besten konnte. Dazu gehörte, schnell an wichtige Informationen heranzukommen.

»Angeblich hat der Kerl Journalismus an der Universität Navarra studiert und danach ein Volontariat bei *El País* gemacht. Prüf das bitte nach.«

»Mach ich. Wann und wo soll er denn geboren sein?«

»Am 28. Mai 1988 in Valencia«, antwortete Karl, nachdem er in den Unterlagen geblättert hatte.

»Voller Name?«

»Stefano Emilio Flores Sanz.«

»Okay, ich melde mich, wenn ich was habe.«

Marla legte auf, und Karl wählte sofort die Handynummer von Jorge Moix.

»Treib mir einen forensischen Psychologen auf«, bellte Karl anstelle einer Begrüßung in den Hörer. »Er soll so schnell wie möglich in die Comisaría kommen. Und wenn sich in Barcelona keiner beschaffen lässt, dann such einen im Ausland, mit dem wir skypen können.«

»Willst du nicht erst mal abwarten, ob ihr Flores zu Hause antrefft?«

»Nein, will ich nicht, verdammt noch mal! Moix, wir haben es hier mit einem flüchtigen Mehrfachmörder zu tun. Wir können es uns nicht leisten, abzuwarten.«

Er legte auf, bevor er noch mehr von seinem hilflosen Zorn an dem jungen Kollegen auslassen konnte, und atmete tief durch.

»So hab ich dich ja noch nie erlebt, Flieger.« Alex schielte zu seinem Schwager hinüber. »Du kannst einem richtig Angst machen.«

»Manchmal geht es eben nicht anders«, knurrte Karl. »Ich stehe dermaßen unter Druck, dass ich platzen würde, wenn ich nicht ein bisschen Dampf ablasse.«

»Verstehe ich gut. Kannte ich nur noch nicht.«

»Tja. Ich stecke eben voller Überraschungen«, sagte Karl bitter, und Alex lachte kurz auf.

»Wie weit ist es noch?«

»Kann nicht mehr lange dauern.« Alex runzelte die Stirn. »Vielleicht noch drei Ampeln.«

Vier Ampeln und ganze zwanzig Minuten später parkten sie den Wagen in der Nähe der angegebenen Adresse.

Sie stiegen aus und suchten nach der Hausnummer vierundzwanzig, die auf den Bewerbungsunterlagen des Mannes angegeben war, fanden jedoch nur die Nummern zweiundzwanzig, dreiundzwanzig und fünfundzwanzig. Und eine riesige Baulücke.

Alex ließ eine beeindruckende Fluchtirade vom Stapel, und Karl lehnte kurz den Kopf auf das Dach des Wagens, das allerdings zu heiß war, um ihn längere Zeit dort liegen zu lassen. Dabei war er so müde. Und frustriert. Und unglaublich genervt.

Doch all diese Gefühle durfte er sich jetzt nicht erlauben. Sie mussten Stefano Flores finden, egal, was es sie kostete. Bevor er noch einmal zuschlagen konnte.

»Was machen wir denn jetzt? Gott, wir lassen uns von dem Arschloch an der Nase herumführen.«

Karls Handy klingelte.

»Marla?«

Er stellte das Telefon auf Lautsprecher, damit Alex mithören konnte.

»Ja, ich bin's«, bestätigte ihre Assistentin.

»Sag mir, dass du was für uns hast«, flehte Karl, und er hörte, wie sie am anderen Ende der Leitung zögerte.

»Ich habe ein paar Sachen herausgefunden. Aber die werden euch nicht gefallen.«

Alex stöhnte, und Karl massierte sich die Schläfen.

»Schieß los.«

»Stefano Flores kann nicht der Name des Mannes sein, den ihr sucht. Weder wurde jemand mit diesem Namen an diesem Tag in Valencia geboren, noch hat ein Flores Journalismus studiert oder bei *El País* gearbeitet.«

Karl runzelte die Stirn. »Aber die Zeugnisse. Die Ausweiskopie.«

»Müssen Fälschungen sein«, sagte Marla, und Karl schloss ganz kurz die Augen. »Ich habe bei der Stadtverwaltung Valencia angerufen, bei der Uni von Navarra, in der Redaktion von *El País*, habe Facebook durchforstet und beim nationalen Statistikamt angerufen.«

266

Alex stieß einen anerkennenden Pfiff aus. »Und das alles, während wir im Stau gesteckt haben?«

»Ich habe mir schon vor Urzeiten Durchwahlen besorgt«, erklärte Marla ungerührt, und Karl sah ihr lässiges Lächeln vor sich.

»Stefano Flores ist eine fiktive Identität. Er existiert nicht. Wen auch immer ihr da jagt, Flores heißt er jedenfalls nicht. Und Journalist ist er auch nicht.«

»Und ein Zuhause hat er auch nicht«, murmelte Alex resigniert.

»Was?«

»Da, wo Flores angeblich wohnt, klafft eine riesige Baulücke.«

»Der Kerl ist gut«, stellte Marla trocken fest, und Karl nickte grimmig.

»Ja«, sagte er leise. »Leider.«

22

»Wir haben einen Profiler auftreiben können!« Nadal hatte Mühe, mit Karl und Alex Schritt zu halten, während sie in Richtung Einsatzraum den Flur hinunterstürmten.

»Das heißt forensischer Psychologe, Nadal«, berichtigte Karl sie streng. »Du solltest weniger amerikanische Polizeiserien schauen.«

Nadal sah ihn ungläubig an. »Wieso bist du denn so ruppig, Karl?«

»Entschuldige, Nadal«, brummte er. »Ich schätze, meine Nerven sind gerade nicht die besten.«

»Schon gut. Wir sind alle nervös. Und übernächtigt. Gomez und Moix haben sich auch schon in die Haare gekriegt.«

»Wer ist denn nun dieser Profiler?«, fragte Alex. Karl biss sich etwas zu fest auf die Zunge und schmeckte Blut.

»Professor Steven Holcombe«, antwortete Nadal.

»Klingt nicht sehr spanisch«, bemerkte Karl, und Nadal schüttelte lächelnd den Kopf. »Ist er auch nicht. Holcombe lehrt forensische Psychologie in Yale.« Sie sah ein wenig verlegen aus. »Streng genommen haben auch nicht wir ihn gefunden, sondern Chi. Sie kennt ihn irgendwoher.«

»Also sehen wir ihn per Video-Chat?«, fragte Karl.

»Nein, nein. Er ist schon hier. Holcombe macht mit seiner Familie gerade Urlaub in Barcelona.«

»Da haben wir aber großes Glück«, sagte Alex.

Karl nickte. »Wir haben auch ein bisschen Glück verdient. Bis jetzt hat es sich in diesem Fall ganz schön zurückgehalten.«

»Sieh mal einer an«, ertönte eine ätzende Stimme, als sie um die nächste Flurecke bogen. »Die Kindergartencops.«

Nicht auch das noch, bat Karl still, nur um Sekunden später enttäuscht zu werden. Sie mussten abrupt stehen bleiben, weil ihnen Adolfo Dominguez und ein paar seiner Freunde den Weg versperrten. Der Kommissar stöhnte auf.

Dominguez war einer der Polizeibeamten, die er am allerwenigsten leiden konnte. Inklusive sämtlicher Polizisten, die er in seiner Zeit bei der Berliner Kriminalpolizei kennengelernt hatte. Der Mann, der an einen alternden Gorilla erinnerte, ließ keine Gelegenheit aus, ihnen klarzumachen, dass diese Antipathie auf Gegenseitigkeit beruhte.

»Bist du denn immer noch nicht in Rente?«, seufzte Alex gereizt und sah den Kollegen mit hochgezogenen Augenbrauen an. »Oder erlaubt dir deine Frau nicht, tagsüber daheim rumzulungern?«

»Pass auf, was du sagst, Diaz«, zischte Dominguez. »Oder ich sorge dafür, dass du dich mit deinem Gesicht bei keiner Pressekonferenz mehr sehen lassen kannst.«

Nadal stöhnte. »Echt jetzt, Leute? Wir haben keine Zeit für solchen Mist!«

Kurz entschlossen stapfte sie los und quetschte sich zwischen den älteren Kollegen hindurch, die keine Anstalten machten, die junge Frau durchzulassen.

»Olivia hat absolut recht.«

Karl drehte sich um und sah Marla mit großen Schritten und auf hochhackigen Schuhen auf sie zukommen.

»Ihr habt einen Professor aus Yale im Einsatzraum sitzen und verplempert wertvolle Zeit, indem ihr High Noon spielt?«

Sie schüttelte den Kopf, und das Klappern ihrer Absätze schien auch Alex aus seiner Starre zu reißen.

»Marla!«, rief er überrascht. »Aber …«

»Wie schön, dass es dir wieder gut geht!«, schnitt Karl seinem Schwager laut das Wort ab, und Marla zog die Brauen hoch.

»Du hättest wirklich zu keinem besseren Zeitpunkt gesund werden können!«

Tatsächlich war Marla genau im richtigen Moment hinter ihnen aufgetaucht. Dominguez und seine Spießgesellen starrten Alex und Karl zwar immer noch missbilligend an, hielten aber erstaunlicherweise den Mund, als sie hinter ihrer Assistentin her an ihnen vorbeieilten und weiter den Flur hinabhasteten.

»Wenn ich gewusst hätte, dass ihr so schlecht ohne mich klarkommt, hätte ich meinen Bruder in Portugal gelassen!«, raunte sie amüsiert, als sie außer Hörweite waren.

»Wir sind völlig hilflos ohne dich«, gab Karl zurück. »Aber kommt Mario denn allein klar?«

»Ich habe ihn mit mehreren Dosen Ravioli, tonnenweise Schmerzmitteln, einer Palette Gaseosa und meinem Netflix-Zugang auf der Couch zurückgelassen. Ich denke, er wird es überleben.«

Karl lächelte.

»Alba hat ihm heute Nachmittag noch einmal den Verband gewechselt«, erzählte sie. »Weißt du eigentlich, was du für ein Glück hast, Lindberg?«

»Glaub mir, Sanchez, das weiß ich ganz genau.«

Sie betraten den Einsatzraum, der, genau wie Karl vorausgesagt hatte, aussah wie ein Schlachtfeld. Auf einem der Stühle müffelten alte Pizzaschachteln vor sich hin, die Ringe von unzähligen Kaffeebechern bildeten auf den weißen Tischen ein unentwirrbares Muster, und die Luft wirkte alt und kontaminiert.

»Was hat euch aufgehalten?«, fragte Moix, als sie hinter Marla den Raum betraten.

»Dominguez«, gab Alex zurück, und schon die Erinnerung an das kurze Zusammentreffen reichte aus, dass sich seine Kiefermuskeln erneut anspannten. Moix schnalzte missbilligend mit der Zunge. »Geht der nicht bald mal in Rente?«, fragte er. Alex zuckte die Schultern.

Marla räusperte sich, und Karl wandte sich zu dem Fremden um, der gerade mit milder Neugierde von den Unterlagen, die vor ihm lagen, zu ihnen aufsah. Seine rechte Hand ruhte auf der

Tischplatte, mit der linken Hand kraulte er einen deutlich entspannteren Zorro hinter den Ohren.

Karl kam sich vor wie in einem Hollywood-Film. Der Psychologe, der offensichtlich afrikanische Wurzeln hatte, sah aus, als wäre er für diese Rolle gecastet worden. Der Mann mit dem freundlichen Lächeln trug ein akkurat gebügeltes Karo-Hemd und teure Jeans. Ein weißer Haarkranz zeichnete sich deutlich auf der dunklen Haut ab, und auf seiner Nase saß eine Lesebrille mit dunklem Gestell.

»Professor Holcombe«, stellte Marla in perfektem Englisch vor, »das sind Karl Lindberg und Alexander Diaz. Sie leiten die Ermittlungen.«

Karl trat auf den Mann zu und streckte ihm die Hand hin. »Vielen Dank, dass Sie gekommen sind, Professor. Wie ich höre, halten wir Sie von Ihrem Familienurlaub ab?«

Der Psychologe nickte freundlich. »Ja, aber das ist kein Problem. Um ehrlich zu sein, Sie tun mir damit einen Gefallen. Wir sind mit unserer Tochter und unserem Schwiegersohn unterwegs, und heute steht Shopping auf dem Programm. Etwas, wofür ich mich noch nie erwärmen konnte.«

Er sah sich im Raum um. »Ich hoffe, es ist kein Problem für Sie, dass ich Englisch spreche?«

»Ganz und gar nicht«, beteuerte Karl kopfschüttelnd, obwohl er wusste, dass zumindest Alex, Moix, Nadal und Gomez Schwierigkeiten haben würden, mitzukommen. Doch das konnte er nicht ändern.

»Sie sind Muttersprachler!«, stellte Holcombe lachend fest.

»Ire«, bestätigte Karl. »Halbire, um genau zu sein.«

»Das verräterische rote Haar.«

»So ist es.«

Der Psychologe ließ eine seiner erstaunlich großen Hände auf den Tisch fallen, und Nadal, die den Mann bis dahin etwas verträumt betrachtet hatte, zuckte zusammen und machte dann ein ziemlich schuldbewusstes Gesicht. Auch Zorro, der schreckhafte Rächer in Hundegestalt, wich zurück, um neben Marlas Füßen Schutz zu suchen und zu finden.

»Also, fassen Sie den Fall für mich bitte zusammen, Mr Lindberg. Ich fürchte, das hier«, er deutete auf die Unterlagen, die er studiert hatte und die sich bei näherer Betrachtung als eine Kopie ihrer Fallakten herausstellten, »ist für mich nicht mehr als ein grausames Bilderbuch.«

Karl nickte und angelte sich eine der Thermoskannen mit Kaffee, die auf dem Tisch standen. Alex schob ihm eine leidlich saubere Tasse hinüber und sah schon wieder ziemlich mürrisch aus. Karl ahnte, dass die Begegnung mit Dominguez ihm noch in den Knochen saß, und die Tatsache, dass wieder Karl es war, der das Gespräch führte, trug nicht gerade dazu bei, dass er sich besser fühlte. Aber Karl konnte auch das nicht ändern.

»Aufgrund der besonderen Umstände haben wir nur wenig Zeit, und ich weiß, offen gestanden, nicht, ob ich Ihnen überhaupt helfen kann. Also seien Sie so gut und konzentrieren Sie sich auf die Aspekte, die uns die Psyche des Täters näherbringen könnten. Was wissen Sie über ihn? Wie geht er vor, wie verhält er sich?«

Er tippte auf ein Foto von Fernando Bunyols Leiche. »Wenn ich das richtig sehe, war das hier sein erster Mord?«

Karl zuckte die Schultern. »Zumindest soweit wir wissen.«

»Ich verstehe.«

»Obwohl es durchaus sein könnte, dass es sein erster Mord war.«

Holcombe warf ihm einen fragenden Blick zu. »Wie kommen Sie darauf?«

»Nun, er ist noch sehr jung …«, begann Karl und wurde sofort vom Amerikaner unterbrochen.

»Moment.« Der Professor hob die Hand. »Heißt das, Sie kennen ihn?«

Karl senkte den Kopf. »Wir sind ihm schon mehrfach begegnet.«

Holcombe drehte eines der Aktenblätter um, holte einen Kugelschreiber aus der Innentasche des Sakkos und begann, sich Notizen zu machen.

»Das heißt, er hat sich im Dunstkreis der Ermittlungen aufgehalten?«

»Nicht nur das«, knurrte Karl. »Er hat sogar darüber geschrieben.«

Holcombe kritzelte weiter, hob jedoch fragend eine Augenbraue. So kam er Karl noch viel mehr vor wie ein Schauspieler, der in einem Blockbuster einen sympathischen Uniprofessor spielte. Das mit der Augenbraue war perfekt.

»Er hat sich eine falsche Identität zugelegt, sich als Journalist ausgegeben und für die hiesige Tageszeitung über die Morde berichtet.«

Jetzt, da er für einen Fremden zusammenfasste, was geschehen war, erschien Karl dieser Fall noch bizarrer. Dass er einem Mörder mehr als einmal begegnet war, ohne ihn zu verdächtigen, war ihm noch nie passiert. Er fühlte sich in seiner Polizistenehre gekränkt und schämte sich beinahe, davon berichten zu müssen. Zu seinem großen Glück verzog der Psychologe keine Miene.

»Kann ich die Artikel sehen?«

Karl hob den Blick und wandte sich an Marla, die bereits von ihrem Stuhl aufgestanden war. Sie zwinkerte ihm kurz zu und ging hinaus.

Holcombe lehnte sich zurück, nahm die Brille von der Nase und begann, an dem Brillenbügel herumzukauen. So wie der Bügel aussah, machte der Mann das öfter.

»Und jetzt erzählen Sie mir bitte alles noch einmal der Reihe nach.«

Karl holte tief Luft und begann, alles aufzuzählen, was er über den angeblichen Stefano Flores wusste. Dass er Bunyol in dessen Wagen ermordet und anschließend auf einen Friedhof gebracht hatte. Dass er den Leichnam dort noch mehrfach besuchte, ihn beobachtet und dabei geraucht hatte. Dass er ihm eine alte Krawatte umgebunden hatte. Und natürlich auch, wie er ihm bei ihren Zusammentreffen vorgekommen war. Wie Flores sich aufgeplustert hatte, wie er ein ums andere Mal frech und furchtlos gelogen hatte. Als Marla mit den Zeitungsartikeln kam, übersetzte Karl sie hastig und zugegebenermaßen etwas frei für den Psychologen, der mittlerweile sein viertes Blatt vollkritzelte.

»Haben wir eigentlich Fotos von Flores?«, fragte Karl in die Runde, woraufhin Bewegung in den Raum kam.

Alex schaltete den Laptop an, der mit dem Projektor verbunden war, und klickte durch die scheinbar endlosen Bildordner. Als Karl bei der Polizei angefangen hatte, hatten sie noch analoge Kameras benutzt, was die Bilderflut eingedämmt hatte. Allerdings konnte es auch von Vorteil sein, dass die Fotografen nicht mehr durch die Endlichkeit von Filmrollen limitiert wurden. So entstanden manchmal auch zufällig Bilder, die sich später als nützlich erwiesen.

Schließlich fand Alex fünf Fotos, die den angeblichen Journalisten zeigten. Zwei davon waren in der Nähe der Gruft geschossen worden, in der Bunyol gefunden worden war, die anderen drei stammten vom Fundort der Leiche Laura Morenos. Zweimal war zu sehen, wie sich der junge Mann grinsend mit Karl und Alex unterhielt.

»Er hat keinerlei Skrupel«, murmelte Holcombe und notierte etwas. »Aber diese hochgezogenen Schultern …«

Karl konnte kaum hinsehen. Beim Anblick der Bilder drehte sich ihm der Magen um. Auf zwei Fotos war er dem angeblichen Flores so nahe, dass es ihm ein Leichtes gewesen wäre, dem Kerl Handschellen anzulegen.

Plötzlich kam ihm etwas in den Sinn, das er nach Lauras Tod ziemlich weit in die Tiefen seines Bewusstseins geschoben hatte.

»Das klingt jetzt vielleicht etwas merkwürdig«, sagte Karl. »Aber halten Sie es für möglich, dass der Mörder der verschmähte Sohn des ersten Opfers ist?«

Holcombe setzte sich auf und sah Karl interessiert an. »Das klingt überhaupt nicht merkwürdig. Wie kommen Sie darauf?«

»Sein ältester Sohn hat uns von einer Erinnerung berichtet, die dazu passen könnte. Er vermutet, dass sein Vater vor ihm einen Sohn mit einer anderen Frau bekommen hat.«

»Aber wieso hätte er dann Laura umbringen sollen?«, warf Rodriguez ein. »Und wieso ist er auf Hugo losgegangen? Die kannte er doch alle nicht!«

»Soweit wir wissen«, warf Karl ein. »Aber ja, das ist der Punkt, der mich auch irritiert.« Er wandte sich wieder an Holcombe. »Deshalb habe ich die Idee auch schnell wieder verworfen.«

Holcombe nickte nachdenklich und zupfte eine Weile schweigend an seiner Unterlippe herum.

»Ihnen ist hoffentlich klar, dass ich mir in der Kürze der Zeit kein vollständiges Bild vom Täter machen kann?«

Karl nickte. »Natürlich. Wir wissen, dass Sie in so kurzer Zeit keine verlässlichen Aussagen machen können.«

Holcombe nickte zufrieden. Er besah sich seine Notizen, machte neue und kaute noch ein wenig auf seinem Brillenbügel herum. Karl hörte es leise knacken, und der Professor setzte die Brille mit einem etwas verschämten Lächeln wieder auf.

»Das ist schon die zweite Brille, die ich dieses Jahr ruiniere«, gestand er. Dann schaute er sich im Raum um und ließ den Kugelschreiber fallen.

»Das Ganze erinnert mich an etwas.«

23

Das komplette Team, inklusive Luisa und sogar Maria Arbol, hatte sich im Einsatzraum versammelt. Karl und Alex hatten darum gebeten, nachdem Dr. Holcombe von einem Fall berichtet hatte, an dem er vor vielen Jahren mitgearbeitet hatte. Vor allem ihre Chefin sollte es von dem Wissenschaftler selbst hören.

Die Cap de la Unitat war die Einzige, die nicht auf einem Stuhl saß, sondern mit verschränkten Armen und steinerner Miene in der vorderen Ecke des Zimmers stand. Wohl, um zu verdeutlichen, dass sie nur wenig Zeit hatte und fremden Experten gegenüber generell skeptisch war. Oder es lag daran, dass Zorro es sich mittlerweile unter dem Tisch gemütlich gemacht hatte und leise vor sich hin schnarchte. Doch Karl störte das nicht. Hauptsache, sie war da. Dieser Fall verlangte besonders ihrer Vorgesetzten einiges ab – sie kam mit öffentlichem Druck nicht sonderlich gut zurecht, und im Laufe der letzten zwölf Stunden waren sämtliche in Barcelona verfügbaren Medien auf den Zug aufgesprungen, den der Mörder ins Rollen gebracht hatte. Die ganze Stadt schien nur noch ein Thema zu haben: den Teufel von Barcelona. Die Menschen hier waren von Natur aus abergläubisch, und jetzt gab es tatsächlich einige, die glaubten, der Fürst der Finsternis wäre höchstpersönlich durch eines der alten Gräber in die Welt der Menschen gelangt und treibe hier sein Unwesen.

Wie immer in solchen Fällen verlangten die Politiker schnelles und hartes Durchgreifen von der Kriminalpolizei und wollten Ergebnisse sehen.

Maria Arbol leitete die Dienststelle erst seit knapp einem Jahr und schien bemüht, alles richtig und es allen recht zu machen, was häufig zum genau gegenteiligen Ergebnis führte. Sie neigte dazu, gerade die Maßnahmen zu boykottieren, die eigentlich notwendig wären.

Nachdem Holcombe sich nochmals vorgestellt hatte, ergriff Karl das Wort.

»Professor Holcombe hat sich die Zeit genommen, sich das Verhalten des Mörders genauer anzusehen und ein grobes Profil von ihm zu erstellen«, erklärte er. »Das war ihm in der Kürze der Zeit nur möglich, weil er vor einiger Zeit an einem erschreckend ähnlichen Fall in Wisconsin mitgearbeitet hat. Ich wäre Ihnen dankbar, wenn Sie sich kurz anhören, was er zu sagen hat; seine Theorie könnte nämlich gewaltige Auswirkungen auf unser weiteres Vorgehen haben. Sergent Diaz und ich haben anhand der Angaben des Professors einen Plan entwickelt, wie wir den Täter stellen können, aber um den umzusetzen, brauchen wir die Unterstützung von Ihnen allen.«

»Plan« war ein viel zu großes Wort für das, was Karl durch den Kopf geisterte. In den wenigen Minuten, die er sich mit Alex hatte besprechen können, hatten sie flüsternd eine zugegebenermaßen wahnwitzige Idee formuliert, das war aber auch schon alles. Doch für mehr hatten sie ohnehin keine Zeit. Denn wenn der Doktor richtiglag, blieben ihnen für die Vorbereitung ihrer Operation nur wenige Stunden.

Karl suchte den Blick seiner Chefin, und Maria Arbol nickte knapp. Sie würde sich zumindest anhören, was Holcombe zu sagen hatte. Überhaupt schien sie milder gestimmt, seit Karl und Alex ihr einen Hauptverdächtigen präsentiert hatten. Wahrscheinlich passte Flores ihr besonders gut in den Kram; immerhin hatte er ihr in den letzten Tagen das Leben ziemlich schwer gemacht.

»Professor, darf ich Sie bitten, für unsere Vorgesetzte noch einmal zusammenzufassen, was für ein Bild Sie vom Täter bekommen haben?«

Holcombe lächelte und nickte freundlich. »Selbstverständlich. Meine Familie wird es überleben, sie ist nichts anderes von mir gewohnt. Außerdem ist ein Serientäter auf freiem Fuß keine Kleinigkeit. Ich werde auch besser schlafen, wenn ich weiß, dass Sie ihn geschnappt haben.«

Er tippte mit dem Kugelschreiber auf seine Notizen, die mittlerweile eher aussahen wie das manische Gekritzel eines verwirrten Geistes.

»Natürlich reichen die wenigen Stunden, die ich mich mit dem Fall beschäftigt habe, nicht aus, um eine gesicherte Aussage zu machen. Allerdings ist das in der forensischen Psychologie ohnehin sehr schwierig, weil wir es mit Menschen zu tun haben. Und die verhalten sich selten genug so, wie man es von ihnen erwartet. Unser Mörder jedoch hat ein paar Verhaltensweisen an den Tag gelegt, die es mir erlauben, ihn einzuschätzen. Für einen Serientäter benimmt er sich geradezu schablonenhaft.« Holcombe zeigte auf Karl. »Wie Mr Lindberg richtig sagte, habe ich vor knapp zwanzig Jahren an einem sehr ähnlichen Fall gearbeitet. Damals hat ein junger Mann in Mount Pleasant, Wisconsin, fünf Menschen erschlagen, bevor er gefasst werden konnte. Das erste Opfer war seine jüngere Schwester. Die anderen hat er überhaupt nicht gekannt.«

Maria Arbol zog die Brauen hoch, sagte jedoch nichts. Doch wenigstens ließ sie die Arme sinken und hörte Holcombe in entspannterer Körperhaltung zu.

»Der junge Bursche – Bobby Kingsley hieß er – war völlig überrascht und auch ein wenig zornig, dass niemand den Tod seiner Schwester als Mord erkannt hat. Also hat er angefangen, Briefe an die Presse zu schreiben, in denen er sein ›Insiderwissen‹ weitergegeben hat. Dann hat er einen älteren Mann in der Nähe der Kirche erschlagen, um seinen Briefen noch mehr Nachdruck zu verleihen, und hat sich in seinem Bekennerschreiben als ›Mount Pleasant Monster‹ betitelt. Binnen kürzester Zeit war er unter diesem Namen in den ganzen USA bekannt. Er konnte noch drei Menschen töten, bevor er endlich gefasst wurde.«

Der ganze Raum schwieg. Man hätte eine Stecknadel fallen hören können. Das Team war sichtlich angespannt.

»Ich denke, wir dürfen annehmen, dass der erste Mord an dem Politiker«, er runzelte die Stirn und begann, in seinen Unterlagen zu kramen.

»Bunyol«, kam Marla ihm lächelnd zu Hilfe.

Der Professor erwiderte ihr Lächeln. »Genau. Bunyol. Dass der erste Mord geplant war, vermutlich schon lange Zeit. Wahrscheinlich hat der Täter nur deshalb die Identität eines Journalisten angenommen, um nahe genug an sein Opfer heranzukommen. Immerhin ist das eine gute Methode, Personen des öffentlichen Lebens unter vier Augen zu treffen. Es kann also sein, dass er sehr viel Energie auf die Vorbereitung des ersten Mordes verwendet hat. Die Tat hat er dann, wie ich es verstanden habe, auch mit großer Sorgfalt ausgeführt. Der Wagen des Politikers ist spurlos verschwunden, er hat kaum Spuren hinterlassen und so weiter. Es ist ihm sogar gelungen, den Leichnam noch ein paar Mal zu besuchen. Das alles deutet darauf hin, dass ihm dieser Mord emotional sehr wichtig gewesen sein muss.«

Holcombe sah nacheinander alle im Raum an. Man merkte, dass er es gewohnt war, vor Publikum zu sprechen, und Karl musste zugeben, dass er nichts dagegen gehabt hätte, die eine oder andere Vorlesung des Psychologen zu besuchen. Seine Stimme hatte etwas an sich, dass man ihm einfach zuhören musste.

»Aber dann versucht er kurz nach der Entdeckung der Leiche, erst einen jungen Mann zu töten, und erwürgt, nachdem er damit gescheitert ist, hastig und scheinbar wahllos eine wehrlose, alte Frau.« Der Psychologe machte eine dramatische Pause. »Das passt auf den ersten Blick nicht zusammen. Warum tut er das, wenn er doch mit seinem ursprünglichen Ansinnen Erfolg hatte? Warum sucht er nicht nur wiederholt die Nähe der ermittelnden Beamten, sondern lässt sich sogar zu einem zweiten Mord hinreißen? Meine Hypothese lautet: Wegen seines Egos. Dieser Mann befindet sich auf einem Höhenflug, der nicht geplant war, den er aber genießt. Wahrscheinlich hat er sich an der plötzlichen Aufmerksamkeit, die dem Fall und somit auch ihm zuteilwurde, regelrecht berauscht. Vermutlich handelt es sich um einen Menschen, der seiner Auffassung nach sein ganzes Leben lang zu kurz gekommen ist und zu wenig beachtet wurde. Und jetzt hat er das Gefühl, nicht nur wahrgenommen zu werden, sondern sogar die Fäden des Geschehens in der Hand zu halten. Bei Bobby Kingsley war es damals genauso.«

Holcombe griff nach dem letzten Zeitungsartikel, den »Stefano Flores« geschrieben hatte, und hielt ihn hoch. »Er hat beschlossen, sich als Teufel zu bezeichnen. Obwohl er kein richtiger Journalist ist, hat er doch mit Sicherheit gewusst, welche Folgen diese Worte haben würden. Er will kontrollieren, was über ihn geschrieben wird. Noch eine Parallele zu Bobby Kingsley.«

Karl, Marla und Maria Arbol nickten, allerdings sah die Arbol dabei aus, als hätte sie gerade auf eine besonders saure Zitrone gebissen.

»Der Mörder hatte durch seine Artikel die einzigartige Gelegenheit, zu steuern, wie die Öffentlichkeit mit den Morden umgeht. Außerdem hat er sich über die ermittelnden Beamten lustig gemacht, woraus ich schließe, dass er sich Ihnen allen überlegen fühlt. Und genau das macht ihn so gefährlich.«

Wieder machte Holcombe eine Pause und nahm die Brille ab. Doch anstatt wieder auf ihren Bügeln herumzukauen, legte er sie vorsichtig, fast zärtlich auf den Tisch. Dann legte er die Fingerspitzen aneinander. Es war deutlich zu erkennen, dass er sich bemühte, seine nächsten Worte sehr sorgfältig zu wählen.

»Wie ich schon sagte: Es ist nur eine Hypothese, die sich allein auf die Ähnlichkeit der beiden Fälle stützt, aber oft sind es genau diese Ähnlichkeiten, die am Ende zum Täter führen. Meine Erfahrung mit solchen Menschen sagt mir, dass Ihr Mörder noch nicht fertig ist. Er ist zwar untergetaucht, aber jetzt wird es für ihn erst richtig spannend. Ich glaube, er wird noch einmal töten. Und zwar schon sehr bald, vielleicht sogar schon heute Nacht. Ruhm ist etwas Flüchtiges, er möchte ihn nicht verlieren. Der Täter will beweisen, dass er der Polizei überlegen ist. Und dass er genau der Teufel ist, für den ihn alle halten.«

»Aber warum sollte er das tun?«, warf Maria Arbol ein, die, wie Karl fand, ohnehin schon erstaunlich lange geschwiegen hatte. »Wie Sie schon sagten, er weiß doch jetzt, dass wir hinter ihm her sind. Die gefälschten Dokumente sind sicher schon längst verbrannt, und er hat unter seinem echten Namen das Land verlassen, in Richtung Marokko oder was weiß ich, wohin.« Holcombe nickte. »Das kann natürlich auch sein. Und ein normal denkender, rationaler Mensch würde vermutlich genau so handeln. Aber wir haben es hier mit einem Mörder mit einer ausgeprägten narzisstischen Persönlichkeitsstörung zu tun. Allein die Tatsache, dass er unbedingt über die Morde schreiben musste, anstatt das einem anderen Journalisten zu überlassen, spricht Bände. Außerdem haben mir Sergent Lindberg und Sergent Diaz erzählt, wie unverschämt er ihnen gegenüber immer war.«

Holcombe hielt eines der Fotos von »Stefano Flores« hoch. Darauf war eindeutig zu erkennen, wie breit der falsche Journalist Alex ins Gesicht grinste.

»Hier steht der Mann nur ein paar Schritte von der Leiche seines letzten Opfers entfernt und grinst dem ermittelnden Beamten frech ins Gesicht.« Holcombe schüttelte den Kopf. »Das zeigt doch bereits, dass die Regeln des gesunden Menschenverstandes für ihn nicht gelten. Er handelt nicht rational, sondern völlig emotionsgesteuert. Und wenn Sie mich fragen, dann haben die Morde seine Emotionen auf einen Höhenflug geschickt. Dieser Mann denkt, er sei unantastbar. Wer weiß? Vielleicht hält er sich ja tatsächlich für den Teufel, oder für den Sohn des Teufels. Auch das ist mir schon untergekommen.« »Aber warum sollte er gleich heute wieder zuschlagen und nicht warten, bis sich die Wogen geglättet haben?«

»Weil er nicht genug von dem Gefühl bekommen kann, berühmt zu sein. Um zu beweisen, dass er besser ist als Sie alle«, antwortete Holcombe trocken. »All das, was ein normaler Mensch in seiner Situation tun würde – die Stadt und das Land verlassen, die alte Identität abstreifen, eine Weile untertauchen –, würde sich für diesen Täter wie ein Akt der Feigheit anfühlen. Nein, dieser Mann sucht Vollendung. Und die kann er nur finden, indem er einen Tusch ans Ende seiner grauenvollen Symphonie setzt. Zumindest befürchte ich das. Auch wenn ich natürlich bete, dass ich falschliege.« Holcombe setzte seine Brille wieder auf und breitete die Arme aus. »Allerdings neige ich nicht dazu, falschzuliegen.«

In der Sakkotasche des Mannes vibrierte es, nicht zum ersten Mal, seit er hier saß. Doch in der letzten Stunde waren die Anrufe häufiger geworden.

Der Psychologe zog sein Handy hervor und schaute auf das Display, von dem ihm eine sehr hübsche Frau von indischem Aussehen entgegenlächelte.

»Ich fürchte, ich kann mich nicht länger rarmachen«, verkündete Holcombe entschuldigend, nachdem er den Anruf weggedrückt hatte. »Meine Frau hat großes Verständnis für meine Arbeit, aber auch ihre Toleranz hat Grenzen. Außerdem weiß ich nicht, was ich noch für Sie tun kann. Ab hier müssen Sie allein weitermachen.«

Karl nickte lächelnd. »Selbstverständlich, wir haben Sie lange genug aufgehalten.« Er schüttelte dem Professor die Hand. »Vielen Dank, dass Sie gekommen sind. Sie haben uns sehr geholfen.«

Holcombe lachte. »Das wird sich zeigen, schätze ich.« Er schob Karl eine Visitenkarte hin. »Tun Sie mir einen Gefallen? Melden Sie sich, wenn der Fall aufgeklärt ist. Ich möchte wissen, was dahintersteckt.«

Karl versprach es, und nach weiteren freundlichen Verabschiedungen begleiteten Marla und Karl den Professor hinaus.

Als Karl zurückkam, hatte Alex einige Informationen zum Fall des »Monsters von Mount Pleasant« zusammengestellt und ließ sie gerade über den Beamer laufen. Fassungslos lasen die Mossos einige der unzähligen Artikel und Berichte, die über den Fall im Netz zu finden waren.

»Mein Gott, der sieht ja fast aus wie Flores' Zwillingsbruder«, murmelte Rodriguez sichtlich erschüttert, als ein Foto des jungen Mannes zu sehen war, der breit grinsend zum Gerichtsgebäude geführt wurde. Schweigend lasen sie den dazugehörigen Wikipedia-Artikel, dann hielt es die Cap de Unitat nicht länger aus.

»Spucken Sie's schon aus, Lindberg«, verlangte sie ungeduldig. Zu Karls großer Verwunderung hatte sie sich einen Stuhl herangezogen und sich gesetzt. Zwar saß sie neben der Beweismitteltafel und somit nicht mit den anderen am Tisch, aber immerhin.

»Sie müssen doch selbst zugeben, dass sich die beiden Fälle in sehr vielen Punkten gleichen.«

»Sie glauben also an die Theorie dieses Amerikaners?«

Karl lächelte leicht. »Er ist nicht irgendein Amerikaner, er ist Professor für forensische Psychologie in Yale.«

»Aber er hat keine Ahnung von der katalanischen Psyche«, entgegnete Maria Arbol. »Ich finde, er hat eine sehr amerikanische Sicht auf die Dinge. Völlig überzogen und melodramatisch.«

Alex unterdrückte ein Schnauben, und auch Karl hatte Mühe, seine Gesichtszüge unter Kontrolle zu halten.

»Mit Verlaub, Jefa, ich glaube doch, dass ein Mensch, der zu solchen Taten fähig ist, zuerst ein Mörder und dann ein Katalane ist. Holcombe hat schon mit vielen Serientätern gesprochen und mehrfach erfolgreich Persönlichkeitsprofile erstellt. Ohne ihn wären wir nie auf diesen anderen Fall gestoßen. Seine Theorie ist die beste Chance, die wir haben.«

»Ja, und woran liegt das?«, zischte Maria Arbol böse. »Wenn Sie den Journalisten nicht hätten laufen lassen, müssten wir uns nicht auf die Hirngespinste eines ausländischen Professors verlassen.«

»Wir können doch nicht jeden verhaften, der sich wie ein Arschloch aufführt«, begehrte Alex verärgert auf. »Dann wären die Gefängnisse doch sofort überfüllt.«

»Es ist ja nicht so, als hätte man ihm vom Gesicht ablesen können, dass er Bunyol und Laura Moreno ermordet hat.« Karl konnte seinen Unmut nicht verbergen.

»Mir wäre es trotzdem lieber, wenn wir uns auf eigene Ermittlungsergebnisse stützen könnten«, bemerkte Maria Arbol spitz, und Karl seufzte.

»Das können wir ja auch. Unsere Ermittlungen haben ergeben, dass es sich bei dem Täter höchstwahrscheinlich um den Mann handelt, der sich als ein Journalist namens Stefano Flores ausgegeben hat. Nur haben wir leider keine Ahnung, wo sich dieser Flores zurzeit aufhält.«

»Und wie gedenken Sie, das herauszufinden?«

Karl und Alex wechselten einen kurzen Blick. Beide kannten Maria Arbol noch nicht lange genug, um einschätzen zu können, wie sie auf ihren Vorschlag reagieren würde.

»Kennen Sie den Spruch ›wenn der Prophet nicht zum Berg kommt, dann muss der Berg zum Propheten kommen‹?«, fragte Karl freundlich.

Maria Arbol runzelte die Stirn. »Ist es nicht umgekehrt? ›Si la montaña no viene a Mahoma …‹«

Die anderen Beamten nickten eifrig. Karl fuhr sich mit der Hand übers Gesicht.

»Ist ja auch egal. Was ich meine, ist: Wenn wir ihn nicht finden können, müssen wir ihn zu uns kommen lassen.«

Maria Arbol runzelte skeptisch die Stirn. »Und wie wollen Sie das anstellen?«

»Ganz einfach«, schaltete sich Alex wieder ein. »Wir stellen ihm eine Falle.«

Maria Arbol sah aus, als wollte sie laut auflachen. »Das kann nicht Ihr Ernst sein!«, stieß sie hervor, doch als sie Karls und Alex' entschlossene Gesichter sah, schien sie zu begreifen, wie ernst die beiden es tatsächlich meinten.

»Sagen Sie mir bitte, dass Sie noch eine andere Idee haben.« Karl schüttelte den Kopf. »Bedaure, Señora. Aber falls Sie eine andere Idee haben, wäre ich überglücklich, sie zu hören.«

Nun lachte Maria Arbol tatsächlich ungläubig auf. »Es ist ja wohl nicht mein Job, solche Ideen zu haben.«

»Weshalb Sie auf unsere Ideen vertrauen sollten«, bestätigte Karl ruhig.

»Damit ich das richtig verstehe: Sie wollen mit Ihrer Handvoll Leuten dem Mörder eine Falle stellen? Heute Nacht?«

»Auf dem Friedhof«, Karl nickte. »Wir glauben, das ist unsere letzte Chance, den Mann dingfest zu machen. Ob er nun heute Nacht Erfolg hat oder scheitert, morgen früh verlässt er bestimmt die Stadt. Wahrscheinlich bereitet er gerade seine Flucht vor. Was die Handvoll Leute angeht: Wir brauchen natürlich ein paar Mossos mehr, um unseren Plan in die Tat umzusetzen. Immerhin ist der Cementiri de Montjuïc sehr groß.«

Maria Arbol runzelte misstrauisch die Stirn. »Und an wie viele Beamte hatten Sie da so gedacht?«, fragte sie giftig.

»An ungefähr fünfzig«, antwortete Alex ungerührt. »Zu viele dürfen es auch nicht werden. Der Mörder soll ja schließlich nicht mitbekommen, dass es in seinen bevorzugten Jagdgründen von Polizisten nur so wimmelt.«

»Wenn Sie zustimmen«, schaltete Karl sich wieder ein, »müssten sich die Beamten in spätestens zwei Stunden in Zivil unten im Hof einfinden, damit wir sie einweisen können. Je früher, desto besser, wenn Sie mich fragen.«

»Und wieso sollte ich mich auf diese aberwitzige Ressourcenverschwendung einlassen?« Maria Arbol schüttelte den Kopf. »Das ist doch verrückt. Ich soll Ihnen das Kommando über fünfzig Männer und Frauen übertragen, weil ein amerikanischer Tourist glaubt, er könnte hellsehen?«

Karl verlor allmählich die Geduld. Er hatte befürchtet, dass die Cap de la Unitat sich gegen ihren Vorschlag stemmen würde, aber sie hatten nur diese eine Idee, und nach dem Gespräch mit Professor Holcombe glaubte auch Karl, dass ihnen nur diese Nacht blieb, um den Täter zu fassen.

»Betrachten Sie es doch einmal so, Señora: Wenn Professor Holcombe falschgelegen hat, verlieren wir eine beträchtliche Summe.«

Maria Arbol schnaubte und nickte heftig. Sie wollte etwas sagen, doch Karl kam ihr zuvor: »Sollte der Experte allerdings richtigliegen, und wir tun nichts, verlieren wir ein weiteres Menschenleben. Und sehr wahrscheinlich auch die Möglichkeit, den Täter zu fassen. Plus das letzte bisschen Achtung, das uns in der Bevölkerung und bei der Presse geblieben ist. Sie können sich vorstellen, was dann hier los ist.«

»Und alles, was wir dann noch tun können«, fügte Alex hinzu, »ist die DNA des Täters an Interpol weiterleiten und hoffen, dass er irgendwann einmal woanders straffällig wird. Dann können wir uns nur noch auf den Zufall verlassen. Wollen Sie das?«

»Das ist unser Mörder!«, schaltete sich Nadal in das Gespräch ein. Sie war eindeutig die Unerschrockenste der jungen Mossos. »Er hat Menschen aus Barcelona umgebracht, in Barcelona. Wir sollten diejenigen sein, die ihn verhaften. Dann hat die *Vanguardia* auch was zu schreiben. Wenn wir ihn heute Nacht verhaften, dann haben die Mossos dem Treiben des Serienmörders schnell und effektiv Einhalt geboten. Wenn nicht …« Nadal ließ den Rest des Satzes absichtlich in der Luft hängen, damit die Cap de la Unitat ihn selbst ergänzen konnte.

Maria Arbol betrachtete Olivia Nadal, als sähe sie die junge Polizistin zum ersten Mal. Und vielleicht nahm sie Nadal tatsächlich zum ersten Mal wirklich wahr. Etwas an Arbols Gesichtsausdruck veränderte sich, und Karl ahnte, dass ihrer Kollegin gelungen war, was Karl und Alex nicht geschafft hatten, nämlich die richtigen Worte zu finden, um Maria Arbol zu überzeugen.

»Wenn man es so betrachtet, haben wir wohl keine andere Wahl.« Karl atmete erleichtert aus. »So ist es, Jefa.«

Lange sagte niemand ein Wort. Alle im Raum betrachteten die Dienststellenleiterin mit gespannter Erwartung, beinahe so, als seien sie alle Angeklagte und warteten auf das Urteil des Richters.

Maria Arbol saß auf ihrem Stuhl und massierte sich die Schläfen, während ihr rechtes Knie nervös auf und ab wippte. Es war beinahe unerträglich zu warten, wenn man eigentlich keine Zeit hatte, doch Karl zwang sich zur Ruhe. Die Sekunden dehnten sich unendlich, schienen auf dem dreckigen Teppichboden zu zerfließen, rückwärtszulaufen, stehenzubleiben. Am liebsten hätte Karl die Cap de la Unitat angeschrien, damit sie aus ihrer Starre erwachte.

Endlich, nach einer halben Ewigkeit, straffte Maria Arbol die Schultern.

»In Ordnung«, sagte sie knapp. Sie zeigte mit dem Finger auf Karl und Alex. »Aber Sie übernehmen die volle Verantwortung für diese Aktion.«

Es war nicht das erste Mal, dass Karl sich fragte, warum Maria Arbol Cap de la Unitat geworden war, wenn sie solche Probleme damit hatte, Entscheidungen zu treffen und Verantwortung zu übernehmen.

»Natürlich, Jefa«, hörte er Alex sagen.

»Gut. Dann tun Sie, was nötig ist.« Sie stand auf und sah sich noch einmal ruhig im Raum um. »Und passen Sie auf sich auf. Verstanden?«

Karl fühlte, wie ihm die Angst den Hals hinaufkroch. Der Einsatzraum war voller Menschen. Natürlich ihr ganzes Team, aber auch andere Beamte, die verständigt worden und bereits in der Comisaría eingetroffen waren. Bisher hatte Karl sich völlig auf den Plan konzentriert; darauf, mit dem Professor zu sprechen und Maria Arbol zu überzeugen. Er war voll und ganz im Arbeitsmodus gewesen und hatte keine Zeit und keinen Platz für andere Gedanken gehabt.

Jetzt saß er zwei, drei Minuten lang mit einem Kaffee in einer ruhigen Ecke, und schon kamen die düsteren Gedanken.

Einem Mörder eine Falle zu stellen, war immer ein gewagtes Unterfangen. Er selbst hatte erst einmal an einem solchen Einsatz teilgenommen, und es war eine der schlimmsten Nächte seines Lebens gewesen. Am Ende war nicht nur der Mörder, den sie gejagt hatten, ums Leben gekommen, sondern auch einer von Karls Kollegen. Das war kurz nach Olivers Geburt gewesen, und Karl fiel es leider nur allzu leicht, die Angst wieder heraufzubeschwören, die er in jener Nacht im Berliner Schlosspark empfunden hatte. Wenn die Schatten zu Formen wurden, zu Dämonen, die nach einem griffen, und jeder Laut die Nerven vibrieren ließ. Das war es, was ihnen allen heute Nacht bevorstand. Und diesmal sogar auf einem Friedhof. Manchmal fragte sich Karl, ob der Zweck, einen Mörder zu fassen, wirklich alle Mittel heiligte. Dieser gewaltige Aufwand für einen einzigen Menschen. Doch »Stefano Flores« hatte es schon die ganze Zeit verstanden, eine beachtliche Zahl Menschen in Wallung zu bringen.

Karl wusste natürlich, dass sie das Richtige taten. Sie retteten künftigen Opfern das Leben, und kein Preis konnte dafür zu hoch sein. Trotzdem kam es ihm manchmal aberwitzig vor.

Er sah eine Weile zu, wie die Mossos in Grüppchen beieinanderstanden und ihre Ausrüstung überprüften, miteinander schwatzten und lachten. Die Stimmung war gut, und die meisten seiner Kollegen wirkten aufgekratzt. Natürlich erlebte man einen solchen Einsatz nicht alle Tage; vor allem die Jüngeren schienen es kaum erwarten zu können. Heute Nacht würden über fünfzig bewaffnete Polizeibeamte Jagd auf einen einzigen Mann machen. Einen Mann mit einem Gürtel.

Karl konnte nur hoffen, dass Flores sich nicht mittlerweile

ebenfalls eine Schusswaffe besorgt hatte, sonst konnte das Ganze böse enden. So war es damals im Schlosspark Pankow gewesen.

»Was schaust du denn so grimmig, Flieger?« Karl zuckte zusammen. Er hatte nicht mitbekommen, dass Marla sich neben ihn gesetzt hatte. Zorro, der schüchterne Windhund, folgte ihr auf dem Fuß. Wie jeder Mann war auch er ihr sofort verfallen. Marla sah ihren Kollegen aus großen, sanften Augen fragend an.

»Was machst du denn noch hier?«, umging er die Frage recht plump mit einer Gegenfrage. »Ich dachte, du wärst schon längst wieder zu Hause!«

Marla schüttelte lächelnd den Kopf. »Das könnte dir so passen, was? Auf keinen Fall lasse ich mir diese Nacht entgehen.«

Karl setzte sich auf. »Wie meinst du das?«

»Na, ich komme mit!«

»Das kommt überhaupt nicht infrage!« Heftig schüttelte Karl den Kopf. »Du gehst nach Hause und kümmerst dich …«

Marla riss warnend die Augen auf, und Karl klappte den Mund wieder zu. Wie so oft, wenn er sich aufregte, hatte er gar nicht bemerkt, wie laut seine Stimme geworden war. Ein paar der Kollegen blickten neugierig zu ihnen herüber.

»'tschuldigung«, knurrte er. »Aber du kannst wirklich nicht mitkommen.«

Marla verschränkte die Arme vor der Brust. »Ach. Und wer sagt das?«

»Ich!«, rief Karl. Und etwas leiser: »Marla, du bist keine ausgebildete Polizistin. Wir können es nicht riskieren, dich mitzunehmen.«

»Ich bin ja auch als einer von den Lockvögeln eingeteilt. Dafür braucht man keine spezielle Ausbildung, nur gute Nerven. Und die habe ich.«

Daran bestand kein Zweifel, das musste Karl widerwillig zugeben.

Sie hatten sich darauf verständigt, dass sie immer in Dreiergruppen operieren würden. Ein Polizist in Zivil sollte den Lockvogel mimen, während er die ganze Zeit von zwei bewaffneten Mossos gesichert wurde, die sich verborgen hielten. Damit dem Mörder nichts auffiel, hatte Alex ein Dutzend Blumensträuße und Kerzen liefern lassen, die sich im Einsatzraum stapelten und die merkwürdig heitere Grundstimmung nur verstärkten. Ein paar von den Lockvögeln sollten auch als kleine Partygruppe auftreten, von der sich von Zeit zu Zeit einzelne Personen entfernen sollten, so wie es bei Hugo Marin der Fall gewesen war. Eigentlich hatte Marla recht. Als Lockvogel musste sie nicht viel können, außer die Nerven zu behalten.

»Ich will trotzdem nicht, dass du mitkommst.«

Die Assistentin runzelte die Stirn. »Du bist nicht mein Vater, Karl. Außerdem trainiere ich seit Jahren Jiu-Jitsu und bin im Nahkampf sicher besser als einige von den anderen hier.«

Ihr Blick glitt über die Menge und blieb an einem jungen Mann mit erkennbar ungesundem Body-Mass-Index hängen. Karl wusste selbst nicht, warum er so heftig auf die Idee reagierte, Marla mitzunehmen, aber er konnte nicht anders. Er atmete tief durch und sah sie an.

»Du hast mich doch gerade gefragt, warum ich so düster dreinschaue.«

Marla nickte.

»Na ja, ich habe mich an eine Nacht erinnert, die ich am liebsten vergessen würde. Damals haben wir in Berlin einem Mörder eine ähnliche Falle gestellt, und es ist fürchterlich schiefgegangen. Am Ende war nicht nur der Täter, sondern auch einer meiner Kollegen tot, und ich hatte eine Kugel im Arm. Ich möchte einfach nicht, dass dir etwas passiert.«

Nun lächelte Marla wieder. »Ist dir schon mal in den Sinn gekommen, dass ich vielleicht auch nicht möchte, dass euch etwas passiert?« Sie zog die Brauen hoch.

Karl öffnete den Mund, um etwas zu erwidern, doch Marla hielt ihn zurück.

»Nichts, was du jetzt sagst, hat auch nur den Hauch einer

Chance, von mir nicht als Beleidigung aufgefasst zu werden, Karl.«

»Aber …«

»Nichts aber! Wir sind ein Team, und wir machen das zusammen, okay? Jeder hier im Raum ist genauso viel wert wie der andere. Und nur, weil ich aus irgendwelchen Scheißgründen nicht Polizistin werden konnte, heißt das noch lange nicht, dass ich einer solchen Situation nicht gewachsen bin, klar?«

Sie beugte sich vor, sodass ihr Gesicht ganz dicht vor Karls schwebte.

»Ich bin auf meinen eigenen Vater losgegangen, habe zugesehen, wie mein Bruder ihn erstochen hat. Ich habe meinen verletzten Bruder im Auto von Portugal nach Barcelona gefahren, ohne eine Stunde Schlaf, und noch so viel mehr, wovon du keine Ahnung hast, Karl. Ich kann das. Und ich komme mit.« Sie lehnte sich ein wenig zurück und lächelte abermals ihr breites Marla-Lächeln. »Und es gibt nichts, was du dagegen tun kannst.«

»Schön«, Karl presste die Lippen aufeinander. »Aber dann bist du bei Alex und mir im Team.«

Marla schüttelte den Kopf. »Alex ist der Meinung, die beiden Einsatzleiter könnten nicht in ein und demselben Team arbeiten, und ich muss mich ihm da, ehrlich gesagt, anschließen. Er geht mit Rodriguez und Moix, du kommst mit mir und Nadal.«

Karl schnaubte. »Wenn ihr das alles schon längst beschlossen habt, wieso redest du dann überhaupt mit mir?«

Marla lächelte ihn nachsichtig an und tätschelte ihm das Knie. »Weil du so ein guter Gesprächspartner bist, Karl. Nur darum.«

Ein lautes Klatschen erklang, und sie zuckten beide zusammen. Alex war auf einen Stuhl gestiegen und klatschte in die Hände, um sich Gehör zu verschaffen. Nach und nach wurde es still im Einsatzraum.

»Okay, alle mal herhören. Wir haben die Dreierteams aufgeteilt und die Routen festgelegt. Prägt sie euch bitte ein, ich möchte nicht, dass einer von euch zwischendurch auf einem

Zettel nachschaut wie der letzte Idiot. Dann ist unser Mörder ganz sicher gewarnt und verschwindet auf Nimmerwiedersehen. Wie ihr wisst, ist der Kerl alles andere als blöd.«

Zustimmendes Brummen war zu vernehmen. Karl betrachtete seinen Schwager und stellte fest, dass sich ein warmes Gefühl des Stolzes in seiner Brust breitmachte. Alex hatte die Aufmerksamkeit des gesamten Raumes, und niemand machte sich über ihn lustig oder stellte seine Autorität infrage. Wie er so auf dem Stuhl stand, sah er in seiner schwarzen Lederjacke mit dunklem Bandshirt und der mehrfach gebrochenen Nase aus wie der Held einer deutschen Krimiserie der Neunzigerjahre. Die wilden, dunklen Locken fielen ihm in die Stirn und verdeckten teilweise seine intelligenten Augen. Wenn ihm alle zuhörten, war Alex in seinem Element. Karl hatte das immer als Arroganz abgetan, es hatte ihn genervt, dass Alex immer im Mittelpunkt stehen musste. Doch diese Neigung, das konnte er nicht abstreiten, hatte durchaus auch ihre Vorteile.

»Die Routen kreuzen sich von Zeit zu Zeit. Das ist beabsichtigt. Wenn ihr einander begegnet, ignoriert ihr euch, klar? Bis auf die Partygruppe ist jeder allein unterwegs. Wenn der Friedhof schließt, wechseln einige Teams die Besetzung und formieren sich zu Partyvolk um. Sind Gomez, Vidal, Carmaro und Centell wie abgesprochen mit dem Roller da?«

Aus vier Ecken ertönte Bestätigung.

»Gut. Kurz vor Mitternacht kommt ihr mit den Rollern den Berg rauf, danach wird die Zufahrt zum Friedhof von ein paar Kollegen gesperrt, damit sich keine echten Kids auf den Cementiri verirren.«

»Und was ist, wenn unsere Zielperson was bemerkt?«, rief ein junger Mann aus der hinteren Ecke des Raumes. Alex zuckte die Schultern. »Dann können wir es auch nicht ändern. Aber unsere Gespräche mit den jungen Leuten, die sich in letzter Zeit öfter auf dem Friedhof aufgehalten haben, lassen darauf schließen, dass Flores nie durch den Haupteingang gekommen ist, sondern vom Olympiagelände her. Die Kids lungern immer in der Nähe von der großen Treppe bei der Santa Eulalia herum und haben niemanden bemerkt, auf den Flores' Beschreibung passen könnte. Daher hoffen wir, dass er nichts merkt.«

»Hoffen?«, wurde aus einem anderen Teil des Raumes wiederholt. »Das klingt nicht ermutigend.«

Alex warf Karl einen verzweifelten Blick zu, der kurz erwog, abzuwarten, wie sein Schwager aus dieser Zwickmühle wieder herauskam. Doch dann sagte er sich, dass er nicht Alex' Ausbilder war, sondern vor allem sein Partner. Karl erhob sich, und die Aufmerksamkeit im Raum richtete sich auf ihn.

Er räusperte sich. »Es gibt vieles, was man bei so einer spontanen Operation der Hoffnung und dem Zufall überlassen muss. Wir haben es mit einem riesigen Areal zu tun, und mit einem völlig durchgeknallten Kerl, der keinen logischen Verhaltensregeln folgt. Wir können uns nur sorgfältig vorbereiten, immer wachsam bleiben und …«, sein Blick bohrte sich in den des Skeptikers, der es vorgezogen hatte, sich hinter anderen Kollegen zu verstecken, »… uns aufeinander verlassen. Polizeiarbeit erfordert immer Vertrauen. In das Team und in die Vorgesetzten.« Karl breitete die Arme aus. »Wer das nicht akzeptieren kann, sollte sich einen anderen Job suchen.«

Schweigen senkte sich herab, so dick wie die Luft nach einem Saunaaufguss, und Karl hatte das Gefühl, nicht mehr frei atmen zu können. Sämtliche Frischluft schien verbraucht zu sein, und er fragte sich, wie viel Sauerstoff überhaupt noch übrig war, wenn sich so viele Menschen in einem Raum aufhielten.

»Dann wäre das ja geklärt«, bemerkte Alex fröhlich. »Also, ab auf den Hof, da warten die anderen.«

Während die Mossos ihre Blumensträuße und Kerzen nahmen und sich durch die Tür in den Flur hinausschoben, trafen sich Karls und Alex' Blicke.

Alex lächelte seinen Schwager dankbar an, und Karl lächelte zurück.

24

Allmählich fing Karl an, sich Gedanken über die Relativität der Zeit zu machen. Seit sie gegen halb acht auf dem Friedhof angekommen waren, hatte sie sich immer weiter ausgedehnt und war zu einer zähen, stockenden Masse geworden. Ein wenig erinnerte sie ihn an den Kunstharz, den er mit Oli einmal hatte anrühren müssen, weil dieser sich in den Kopf gesetzt hatte, einen Hirschkäfer für die Ewigkeit zu konservieren. Zu Beginn war Karl das Zeug aus dem Schöneberger Bastelladen viel zu flüssig vorgekommen, bevor es plötzlich zu zäh geworden war, um damit zu arbeiten. Karl hatte die Schüssel mit dem Kunstharz weggeworfen und dem weinenden Oli einen Setzkasten gekauft, der im Laufe der Jahre verstaubt war.

Der Tag war nur so verflogen, jetzt jedoch schienen die Minuten nur widerwillig zu vergehen. Nicht dass ihm dieses Phänomen unbekannt gewesen wäre, ganz im Gegenteil. Wenn man bei der Polizei arbeitete, lernte man diese spezielle Form der Langeweile schnell kennen. Gerade die Mischung aus Tatenlosigkeit und Anspannung war es, die einen verrückt machen konnte. Dieser Zustand war vergleichbar damit, es furchtbar eilig zu haben und dann auf einen verspäteten Bus warten zu müssen. Jeder Muskel war angespannt, die Nerven lagen blank, und doch war man zur Untätigkeit verdammt. Die Polizisten warteten alle nur darauf, reagieren zu können.

Jeder Beamte hatte eine andere Strategie, damit umzugehen. Karl hielt sich schon eine Weile damit wach, sich Namen für seine Tochter auszudenken.

Wenigstens hatte er gerade eine kleine Verschnaufpause. Die letzten zwei Stunden waren Nadal und er geduckt von Grab zu Grab gehuscht, während Marla auf ihrer vorgegebenen Route dahingeschlendert war. Nun hatte sie sich offensichtlich für ein

Grab entschieden, an dem sie zu trauern vorgeben wollte. Sie hatte ihre Blumen niedergelegt, die Kerze angezündet und stand mit dem Rücken zur Straße vor dem Grab.

Marla war der achte Lockvogel, der seine Kerze anzündete und Blumen hinlegte. Alle halbe Stunde wiederholte einer von ihnen das Manöver. Mittlerweile kam es Karl sinnlos vor. Er hatte das Gefühl, dass Flores einfach nicht so dumm sein konnte, in eine so offensichtliche Falle zu tappen. Doch auch dieses Gefühl war ihm nicht unbekannt. Nur weil die Polizisten den Plan kannten, hieß das noch lange nicht, dass er sich auch dem Mörder offenbarte. Außerdem rief sich Karl immer wieder Professor Holcombes Worte ins Gedächtnis, der das Ego des Täters als dessen größte Triebfeder identifiziert hatte. Vielleicht gab es dem jungen Mann ja sogar den letzten Kick, zu wissen, dass Polizisten auf dem Friedhof waren. Vorletzte Nacht hatte ihn das schließlich auch nicht gestört.

Karl Lindberg sah sich um und rieb sich den Nacken. Die vergangenen Nächte mit wenig und schlechtem Schlaf waren nicht spurlos an ihm vorübergegangen. Er war steif wie ein Brett. Doch immerhin hatte er von hier aus eine wunderbare Aussicht.

So hässlich der Containerhafen bei Tage auch aussah, so schön war er bei Nacht. Karl liebte es, zuzusehen, wie die Kräne die bunten Container auf lange, flache Schiffe hoben, die bald ihre Reise aufs offene Meer antreten würden. Es gefiel ihm zu sehen, dass nur wenige Hundert Meter von ihm entfernt das Leben ganz normal weiterging und auch immer weitergehen würde. Ganz egal, wie diese Geschichte ausging. Und zur Linken sah er die Anfänge der Stadt in der Dunkelheit glitzern.

Karl musste sich eingestehen, dass der Friedhof ihm mehr Unbehagen bereitete, als er vermutet hätte. Das letzte Mal waren sie alle zusammen gewesen, hatten mit anderen Leuten gesprochen, und der Cementiri war ihm weder so verlassen noch so gruselig vorgekommen wie in dieser Nacht. Die Kreuze, die sich hundertfach vor dem dunkelblauen Himmel abzeichneten, jagten ihm einen Schauer über den Rücken, und er war dankbar, dass er die Gesichter der Figuren, die sich gegen das Nachtblau stemmten, von seiner Position aus nicht sehen konnte. Natürlich war es albern, sich zu fürchten. Nadal befand sich auf der anderen Seite der Straße, direkt hinter dem Grab, vor dem Marla stand, und auch die anderen waren alle nicht weit. Trotzdem.

In seiner Hosentasche vibrierte es, und Karl zuckte zusammen. Doch es war nur eine SMS von Alex – die vierte.

»Alles ruhig?«, fragte sein Schwager an, und Karl antwortete genau wie beim letzten Mal: »Alles ruhig.«

»Meinst du, er kommt noch?«

»Ich bin kein Hellseher, Cuñado.«

»Schon gut, schon gut.«

Karl schüttelte den Kopf und steckte das Handy weg. Alex sollte sich lieber darauf konzentrieren, seinen Lockvogel im Auge zu behalten, als ihm sinnlose SMS zu schicken. Eigentlich konnten sie es sich nicht erlauben, die Telefone überhaupt zu benutzen.

Karl blickte sich abermals nach allen Seiten um und runzelte verwundert die Stirn. Was war das?

Ein Stück weiter den Hang hinab sah Karl etwas Rotes leuchten. Das war eben noch nicht da gewesen, da war er sich ziemlich sicher. Er war gut darin, seine Umgebung auf Unregelmäßigkeiten zu überprüfen, und merkte schnell, wenn etwas nicht mehr so war wie vorher. Deshalb war er auch immer gut darin gewesen, Unterschiede auf zwei scheinbar völlig identischen Bildern zu finden. Er hatte sogar mal eine Ballonfahrt gewonnen, die er allerdings nie angetreten hatte. Aus guten Gründen.

Der Kommissar drehte den Kopf. Marla saß noch immer am Grab ihres angeblich verblichenen Verwandten und weinte leise, Nadal war zwar nicht zu sehen, doch das war ja auch Sinn der Sache. Karl überlegte, ob es riskieren konnte, die Taschenlampe seines Handys einzuschalten, doch er entschied sich dagegen. Allein dadurch, dass das Display eben aufgeleuchtet hatte, war schon zu viel künstliches Licht erzeugt worden. Sie hatten den jungen Beamten eingetrichtert, unter keinen Umständen ihre Mobiltelefone zu benutzen, und hielten sich selbst nicht daran. Schöne Vorbilder waren sie.

Das rote Glimmen wurde schwächer. Karl kniete sich vorsichtig hin und kroch den erstaunlich steilen Abhang hinunter. Der terrassenförmig angelegte Friedhof, der sich die Bergspitze des Montjuïc hinaufwand, hatte einige solcher Hänge zu bieten, die im Dunkeln nicht zu unterschätzen waren.

Er schlitterte ein ganzes Stück abwärts und hielt sich an einem Grabstein fest, um nicht endgültig abzurutschen. Dabei stieß sein Knie schmerzhaft gegen etwas Hartes.

Doch jetzt war er nahe genug, um die Quelle des roten Lichts näher in Augenschein nehmen zu können. Und er erkannte, dass er einen gewaltigen Fehler begangen hatte. Denn vor ihm verglomm gerade der letzte Rest einer weggeworfenen Zigarette. Und Karl wusste, dass keiner ihrer Beamten auf die idiotische Idee kommen würde, eine glühende Kippe wegzuwerfen. Nicht nur, weil höchste Brandgefahr herrschte.

Der Mörder war hier. Und so, wie Karl ihn einschätzte, hatte er die Zigarette nicht achtlos fallen lassen, sondern er hatte das geplant. Wie hatte er nur so blöd sein können? Karls Hände begannen zu zittern, und er versuchte, so leise wie möglich den Hang wieder hinaufzukriechen. Doch das erwies sich als schwerer, als er vermutet hatte. Immer wieder rutschte er ab, bekam nur trockene Grasbüschel zu fassen, die ihm nicht genug Halt gaben, und auch seine Füße fanden keinen Widerstand, an dem sie sich hochstemmen konnten. Dabei machte er zu allem Überfluss noch einen Heidenlärm. Karl unterdrückte einen Fluch. Er musste Alex warnen. Seine Gruppe war nicht weit entfernt in einer der parallel gelegenen Gassen unterwegs. Sie mussten zu ihnen kommen.

Das Problem war nur, dass Karl gerade beide Hände brauchte, um sich überhaupt halten zu können. Nervös tastete er umher, suchte nach etwas, das ihm Halt geben könnte. Schließlich umfasste seine linke Hand einen großen Stein, und Karl verlagerte sein Gewicht darauf. Vorsichtig zog er das Handy aus der Tasche. Es war schwer, es mit einer Hand festzuhalten. Seine Finger schwitzten, und das Display reagierte nicht auf seine nassen Fingerspitzen. Verfluchte neue Technik! Er rieb das Handy an seinem Hemd trocken und wollte es gerade noch einmal versuchen, als ihn ein schwerer Stein an der Schulter traf. Das Telefon flog ihm aus der Hand und verschwand in der Dunkelheit. Karl verlor das Gleichgewicht und schlitterte ein ganzes Stück den Abhang hinab.

Zu seinem Entsetzen hörte er kurz darauf einen erstickten Schrei von weiter oben und dann Geräusche, die auf ein Handgemenge hindeuteten.

»Stefano Flores« hatte Marla und Nadal gefunden.

Nicht noch einmal, flehte Karl. Bitte nicht noch einmal! Hastig sah er sich um und entdeckte unter sich am Ende des Abhangs eine der größeren Straßen des Friedhofs. Er ließ die Grasbüschel los, an denen er sich festhielt, und rollte den Hang hinab.

Sein Kopf stieß mehrere Male gegen harte Steine, doch Karl achtete kaum darauf. Noch während er den Hang hinabrutschte und -rollte, gelang es ihm, die Pistole aus dem Holster zu ziehen.

»Karl!«, hörte er Nadals Stimme durch die Nacht gellen und biss die Zähne zusammen. Sein Körper prallte hart auf die Asphaltstraße, und Karl rappelte sich hastig hoch. Sekunden später war er auf den Beinen und rannte die Straße hinauf, die Waffe in der Hand.

Leider wanden sich die Friedhofsstraßen in langen Serpentinen steil den Berg empor. Karl musste eine riesige Haarnadelkurve entlangrennen, um Marla und Nadal zu erreichen.

Er zwang seine Beine voran, kratzte alles zusammen, was sein Körper an Kraft noch zu bieten hatte, und versuchte, das Stechen und Pochen in Kopf und Rippen zu ignorieren. Er musste es rechtzeitig schaffen. Unbedingt.

Als er um die Kurve kam, ertönte ein Schuss. Karl hielt sich links an der Wand mit den Urnennischen, um ein wenig geschützter zu sein, doch er blieb nicht stehen. Schließlich tauchten drei Gestalten aus der Dunkelheit auf. Eine schmale, große Silhouette stand mit einer Pistole in der Hand mitten auf der Straße, eine lag am Boden und krümmte sich, und eine, die er für Nadal hielt, saß mit gesenktem Kopf an die Wand gelehnt da.

Karl trat mit auf die Straße und zielte.

»Lassen Sie die Waffe fallen und heben Sie die Hände!«, schrie er, so laut er konnte. Er brüllte nicht nur gegen den Mörder an, sondern auch gegen die Frustration, die Angst und den Schmerz, die ihn erfüllten.

Die Person mit der Waffe rührte sich nicht, doch Karl bemerkte, dass sich ihr Oberkörper heftig hob und senkte. »Scheiße, Karl. Wo warst du?«, hörte er Marlas keuchende Stimme.

Sie schwankte und ließ die Waffe fallen, bevor sie zu Boden sank.

25

Karl konnte wirklich nicht mehr sagen, wie oft er schon mit einer Kaffeetasse in der Hand in der offenen Tür eines Rettungswagens gesessen hatte. Meistens waren das die Tiefpunkte seines Berufslebens, und der heutige Tag war keine Ausnahme.

Zwar war der Mörder vor wenigen Minuten abtransportiert worden, und außer ihm war niemand ernsthaft verletzt, doch Karl fühlte sich fürchterlich. Seit er sich versichert hatte, dass alle wohlauf waren, hatte er mit niemandem mehr gesprochen.

Ein junger Arzt versorgte seine vielen Kratz- und Schürfwunden, während er mit finsterem Blick vor sich hinstarrte. Karl war froh, als der Mann endlich verschwand.

»Ach, hier bist du!«, hörte er Marla sagen und blickte auf. Die junge Frau trug eine Halskrause, und ihre Stimme klang rau, doch sie lächelte.

»Darf ich mich setzen?«

Karl machte eine Bewegung, die irgendwo zwischen Nicken und Schulterzucken stecken blieb. Weil er nicht wusste, was er sonst tun sollte, hielt er Marla die Kaffeetasse hin, die sie dankbar entgegennahm.

»Ich habe eben mit Alex gesprochen. Wir fahren gleich zu mir.«

»Wieso das denn?« Die Worte klangen hart, abweisend und kalt.

»Weil deine ganze Familie sowieso bei meinem Bruder ist.«

Überrascht schaute Karl auf, und Marla lächelte.

»Wenn du in den letzten Minuten mal an dein Handy gegangen wärst, wüsstest du das.«

Karl lehnte den Kopf gegen die Tür des Rettungswagens. »Hab's verloren.« Marla schüttelte den Kopf. »Du hast es nicht so mit Handys, was? Vielleicht müssen wir dir so eine Handyhülle mit Kordel kaufen, damit du dir das Ding um den Hals hängen kannst, wie die Schulkinder ihre Busfahrkarten.« Sie grinste.

Gegen seinen Willen musste Karl ebenfalls lachen. »Untersteht euch!«

»Jedenfalls hat Mario es irgendwie geschafft, die Naht aufzureißen. Bestimmt hat er sich nicht geschont. Und da hat er Alba angerufen.«

»Hm.«

»Karl?«

»Was denn?«

»Du kannst dich nicht ewig hier hinten verstecken.«

Er schloss die Augen. »Wer sagt das?«

»Ich sage das.«

Karl schwieg. Er wusste nichts auf Marlas Worte zu erwidern. Eigentlich war schon ihre Anwesenheit zu viel für ihn. Die raue Stimme, die offensichtliche Verletzung.

»Jetzt benimm dich doch nicht wie ein beleidigtes Kind, Karl. Ehrlich jetzt.«

»Du bist verletzt worden. Du hättest draufgehen können!«

»Ja. Aber du auch! Was wäre, wenn du dir bei dem Sturz das Genick gebrochen hättest? Dann hätte der Typ noch einen dritten Menschen auf dem Gewissen gehabt. Was wäre, wenn er Nadals Waffe vor mir aufgehoben hätte? Was wäre, wenn, was wäre, wenn, was wäre, wenn.«

Sie nahm seinen Kopf zwischen ihre Hände und drehte ihn so herum, dass er sie ansehen musste.

»Vielleicht ist es ja etwas fundamental Neues für dich, aber das Leben kann zum Tod führen. So ist das nun mal. Du weißt sehr gut, dass es meine eigene Entscheidung war, heute Nacht mitzukommen, und ich für meinen Teil mache dir weder einen Vorwurf, noch bereue ich irgendwas.«

»Ach, nein?« Karl murrte zwar immer noch, doch er fühlte sich von Minute zu Minute besser.

»Nein! Jetzt wisst ihr, dass ich sehr gut selbst auf mich auf-passen kann, und nehmt mich ein bisschen öfter mit.« Sie grins-te. »Ich bin für ein Schreibtischleben einfach nicht gemacht.«

»Hey, ihr beiden. Wollt ihr hier festwachsen, oder fahren wir endlich?«

Alex kam um die Ecke des Krankenwagens. Zu Karls großem Erstaunen hatte er Luisa im Schlepptau.

»Was machst du denn hier?«, fragte er die Kriminaltechnike-rin erstaunt, und diese hielt triumphierend ein kleines Tütchen in die Höhe.

»Ich wollte es mir nicht nehmen lassen, dem Arschloch höchst-persönlich ein paar Haare auszureißen. Dann können wir ihn morgen mit handfesten DNA-Beweisen konfrontieren.«

»Kannst du die DNA auch noch mit Bunyols abgleichen, wenn du schon dabei bist?«, fragte Karl, und Luisa nickte. Falls ihr diese Bitte merkwürdig vorkam, ließ sie es sich nicht anmer-ken.

»Ich hoffe, du hast ihm ein ordentliches Büschel ausgeris-sen«, sagte Marla grimmig. »Der Kerl hat es verdient.«

»Ich hab so fest zugepackt, wie ich konnte.« Sie grinste Marla an. »Außerdem habe ich gehört, bei dir steigt noch eine Party?«

Marlas Lächeln war ein wenig unsicher, und Karl konnte sich denken, was gerade in ihr vorging. Luisa war die Einzige aus ihrem engeren Team, die noch nichts von Marios dramatischer Rückkehr wusste. Eigentlich hatte Marla vorgehabt, nieman-dem davon zu erzählen, doch Karl wusste, wie gern Marla die junge Nachteule mit ihrer riesigen Brille hatte.

Ihr Lächeln wurde wieder breiter. »Ja, sieht so aus.« Sie senk-te die Stimme und winkte Luisa näher heran. »Wir feiern die Rückkehr meines Bruders.« Luisas Augen weiteten sich einen Sekundenbruchteil, dann grinste sie. »Gut. Ich liebe lange Ge-schichten.«

Karl ergriff die Hand, die Alex ihm hinhielt, und ließ sich von seinem Schwager auf die Füße ziehen. Auf dem Weg zum Einsatzwagen, der sie zurück in die Altstadt bringen sollte, sagte er: »Weißt du, Karl, ich könnte mich daran gewöhnen, dass du immer derjenige bist, der die Dresche abbekommt.«

»Ich nicht«, gab Karl noch immer wortkarg zurück.

Alex klopfte ihm fröhlich auf die Schulter. »Hey, Karl, jetzt lach doch mal! Die ganze Aktion war ein voller Erfolg!« Karl Lindberg starrte seinen Schwager eine Weile fassungslos an. Dann lachte er aus vollem Hals los.

Sie waren die gewohnt schweigsame, verkaterte Frühstücksfraktion. Alle bis auf Alba, die von Marla zur Untätigkeit verdammt worden war, nachdem sie es geschafft hatte, eine ganze Packung Eier anbrennen zu lassen. Wäre Karl nicht gerade im Bad gewesen, hätte er seine Kollegin vor den Kochkünsten seiner Frau warnen können. So waren sie nun alle auf Brötchen mit Marmelade angewiesen, die Oli und Rafa besorgt hatten.

Die beiden Jungs wirkten ebenfalls ein wenig angeschlagen, was vielleicht daran liegen konnte, dass Karl und Alba ihnen in der Euphorie des gestrigen Abends erlaubt hatten, ein Glas Wein zu trinken, und es dann nicht mehr geschafft hatten, ein Auge auf den Füllstand dieses einen Glases zu halten. Aber die beiden hatten Ferien, und Karl wusste genau, dass sie im Grunde genommen sehr verantwortungsvolle Jungs waren, die sich dergleichen nicht zur Gewohnheit machen würden. Wenn er sich seinen Sohn so ansah, kam Karl sogar zu dem Schluss, dass dieser Kater langfristig vielleicht sogar eine abschreckende Wirkung auf Oli haben könnte.

Der Grund, warum Oli und Rafa gestern Abend hatten mitfeiern dürfen, war, dass die beiden es geschafft hatten, Mario dazu zu bewegen, sich zu stellen. Der junge Mann hatte die beiden, die Alba eigentlich nur kurz hatten begleiten wollen, sofort ins Herz geschlossen, und Karl vermutete, dass vor allem Rafas besonnene, unbestechliche Art Mario zur Vernunft gebracht hatte. Marla war jedenfalls sehr stolz auf ihren kleinen Bruder. Wenn er sich stellte, hatte ihr Versteckspiel ein Ende, und vielleicht würde ihr bald auch vom Rest der Comisaría endlich der Respekt zuteilwerden, den sie verdiente. Wenn sich dann noch herumsprach, dass Marla den Serienmörder vom Friedhof niedergeschossen hatte, würde sie sich bestimmt auch trauen, mit allen anderen in der Kantine zu essen. So nett es im Rincón del Artista auch war, Karl und den anderen hing das Essen dort allmählich zum Hals heraus.

Karl musste zugeben, dass er Mario deutlich sympathischer fand, als er gedacht hätte. Er war ein kluger Kopf, der mehr aus sich machen könnte, als es ihm bisher möglich gewesen war. Die verhängnisvollen Ereignisse einer Nacht hatten das Leben der Geschwister schlagartig verändert. Karl warf dem Mann seine Flucht nicht vor. Er war viel zu jung gewesen, um das alles richtig einordnen zu können. Und irgendwann konnte man dann nicht mehr zurück.

Am Vorabend waren sich alle einig gewesen, dass Marios Entscheidung richtig war, und Marlas Bruder hatte sich überzeugen lassen, dass er nichts zu befürchten hatte.

Jetzt jedoch, am nächsten Morgen, saß er schweigsam und mit ängstlichen Augen am Küchentisch. Sie hatten abgemacht, dass er mit Marla, Karl und Alex auf die Comisaría gehen würde. Alex hatte bereits arrangiert, dass er dort von einem Bekannten in Empfang genommen wurde, der sicherlich nicht zu hart mit ihm umspringen würde.

Alba, die neben Mario saß, schien sein Unbehagen zu spüren, denn sie streckte den Arm aus und legte ihn auf seine gesunde Schulter.

»Es wird alles gut. Wir stehen alle hinter dir. Du tust das Richtige, für deine Schwester und für dich.«

Mario nickte, sein Blick war weiter auf die alte Tischplatte geheftet, und die anderen, inklusive Alex, waren taktvoll genug, ihn mit seinen Gedanken allein zu lassen.

Alba rutschte auf der Küchenbank näher an Karl heran und legte ihren Kopf an seine Schulter.

»Dein Sohn wollte dir noch was erzählen«, sagte sie und lächelte Oli über den Tisch hinweg an. Dieser griff, wie immer, wenn er moralische Unterstützung brauchte, zuerst nach Rafas Hand. Karl fragte sich nicht zum ersten Mal, wie es möglich war, dass zwei Teenager eine so innige, feste Beziehung haben konnten wie diese beiden. Wenn er an die wilden Knutschereien dachte, die er mit sechzehn erlebt hatte, glühten ihm heute noch die Ohren. Karl hatte wirklich eine Zeit lang gedacht, Mädchen könnten nur zwei Dinge: knutschen oder heulen. Doch Oliver und Rafa waren etwas völlig anderes. Vielleicht, weil sie gemeinsam schon so viel durchgemacht hatten, vielleicht aber auch, weil es sich bei ihnen um zwei erwachsene Seelen in jungen Körpern handelte, die Karl manchmal an Reinkarnation glauben ließen. Jedenfalls war er fest davon überzeugt, dass die beiden Jungs sehr, sehr lange zusammenbleiben würden.

Eigentlich hasste er es, vor dem dritten Kaffee ernste Gespräche führen zu müssen, er war um diese Uhrzeit noch nicht wirklich funktionsfähig. Das galt umso mehr, als ihm jeder Knochen wehtat und die dicken Kratzer, die er von seinem Sturz in der Nacht im Gesicht trug, ordentlich brannten. Trotzdem rang er sich ein Lächeln ab. »Ach ja?«, brummte er. »Was denn?«

»Señora del Vall zieht zu ihrer Tochter nach Sitges«, sagte Oli und rückte näher an Rafa heran. Karl runzelte die Stirn. Das, was sein Sohn sagte, überraschte ihn ganz und gar nicht. Die alte Dame wohnte im zweiten Stock ihres Hauses, und seit ihr Mann verstorben war, sah man sie kaum noch im Treppenhaus oder auf der Straße. Es war nur verständlich, dass sie zu ihrer Tochter zog.

»Ja, und?«, fragte er und klang dabei noch verwirrter, als er sich fühlte.

»Na ja, wir haben mit Abuela gesprochen, und …«

Jetzt fiel auch bei Karl der Groschen. Er erinnerte sich an das

Gespräch mit Rafa, von wegen, dass es in der Wohnung unterm Dach bald zu eng werden würde.

»Ach, daher weht der Wind«, knurrte Karl, dem zwar klar war, dass die Idee der beiden, in den zweiten Stock ihres Hauses zu ziehen, eigentlich sehr vernünftig war, aber trotzdem ging es ihm gegen den Strich.

»Das ist doch eigentlich die perfekte Lösung«, meinte Alba lächelnd.

»Aha.« Karl trank einen Schluck Kaffee und sah seine Frau stirnrunzelnd an. »Und wie lange weißt du schon von dieser perfekten Lösung?«

»Wir haben daran gedacht, aus der Wohnung so eine Art Schlaf- und Studierzimmer zu machen«, schaltete sich Rafa nun leise ein. »Essen würden wir mit euch, wenn ihr wollt.« Ein winziges Lächeln kroch auf sein Gesicht. »Nur frühstücken vielleicht nicht.«

Alex schnaubte. »Wieso fragt eigentlich niemand, ob ich die Wohnung der del Valls haben möchte?« Karl blickte zu seinem Schwager hinüber und stellte überrascht fest, dass dieser tatsächlich ein wenig beleidigt aussah. »Du hast doch eine eigene Wohnung«, erwiderte Karl.

»Es ist ja nicht so, als wären die beiden obdachlos. Außerdem können sie auch meine Wohnung haben, ich tausche gern.«

»Kommt nicht infrage!«, wehrten Alba und Karl wie aus einem Munde ab, und jetzt sah Karl auch seinen Sohn lächeln. Oli wusste genau, dass er gewonnen hatte.

»Okay, gut. Es ist vielleicht wirklich eine vernünftige Lösung.«

»Wir wollen uns einfach noch nicht von den beiden trennen, Alex. Das verstehst du doch, oder? Oli ist noch nicht achtzehn. So haben wir sie bei uns und müssen trotzdem nicht umziehen.«

»Ist ja gut«, lenkte Alex missmutig ein. »Aber ich bekomme die nächste Wohnung, die frei wird.«

Alba grinste. »Mama wird begeistert sein!«

»Und ich erst«, raunte Karl so leise, dass nur Alba ihn hören konnte. Sie schob unterm Tisch ihre Hand in seine. Ihre kleine, zarte Hand. Karl drehte den Kopf und küsste Alba auf den Scheitel.

»Judas«, flüsterte er und konnte fühlen, dass sie lächelte.

»Ich habe übrigens den perfekten Namen für unsere Tochter gefunden.«

Karl schnaubte. »Macht ihr in letzter Zeit alles unter euch aus, oder was?«

»Hör ihn dir doch erst mal an!«

Karl trank einen Schluck Kaffee und dann noch einen. Die Erinnerungen an die vergangene Nacht kamen hoch. War der Mörder bereits in der Nähe gewesen, als er über Namen für seine Tochter nachgedacht hatte? Hunderte hatte er auf dem Friedhof gewälzt, ohne zu einem Ergebnis zu kommen, das ihm gefallen hätte. Außerdem musste es ein Name sein, der sowohl in Spanien als auch in Deutschland funktionierte. Und wenn er seine Mutter glücklich machen wollte, dann auch noch in Irland. Gar nicht so einfach.

Sylvia, Julia, Inés, Marina, Vera ... das wollte ihm alles nicht so recht gefallen.

»Okay«, gab er sich schließlich geschlagen. »Lass hören.«

»Carla Sofia.«

Karl schüttelte den Kopf. Er musste sich verhört haben. »Das kann nicht dein Ernst sein!«

»Wieso denn nicht?«

»Wir können sie doch nicht Carla nennen.«

»Ich finde den Namen sehr schön.« Er konnte das Lachen in der Stimme seiner Frau hören, die ihren Kopf noch immer fest an seine Schulter presste. Er wusste genau, warum sie seinen Blick vermied. Alba hatte die irritierende Angewohnheit, loszulachen, wenn Karl besonders wütend war.

»Es geht nicht darum, ob er schön ist, verdammt. Es geht darum, dass ich Karl heiße. Meine Tochter hieße dann fast genauso wie ich.«

»Richtig«, sagte Alba leise, hob seine Hand an ihren Mund und drückte ihm einen Kuss auf den Handrücken. »Genau darum geht es mir ja.«

»Ich störe euch Turteltäubchen ja nur ungern«, sagte Alex und grinste dabei so breit, dass jeder Zentimeter seines Gesichtes seine Worte Lügen strafte. »Aber wir müssen jetzt los.«

Die Comisaría war von Marlas Wohnhaus nur einen kurzen Fußweg entfernt. Die Sonne schien vom strahlend blauen Himmel, und Karl hatte überhaupt keine Lust, den Tag in einem kalten, fensterlosen Vernehmungszimmer zu verbringen. Doch wenigstens hatte Barcelona wesentlich mehr von diesen makellosen Tagen zu bieten als Berlin, sodass es nicht allzu schmerzhaft war, mal einen zu verpassen. Unter den wachsamen Augen der kleinen, grünen Papageien, die schimpfend in den Wipfeln der Palmen saßen, schlenderten sie die Rambla de Raval hinunter. Ein paar Leute tranken in den umliegenden Bars und Cafés ihren Cafe Solo oder einen Cortado, hier und da saßen sogar schon Bauarbeiter vor einem Sant Miguel. Marla und ihr Bruder gingen Arm in Arm ein Stück voraus, Karl und Alex bildeten die Nachhut.

»Du siehst verstört aus, Flieger«, stellte Alex nach einer Weile trocken fest. »Ist irgendwas nicht in Ordnung?«

»Deine Schwester«, gab Karl ebenso trocken zurück.

»Ach. Ich dachte, du magst sie!«, sagte Alex augenzwinkernd, und Karl knuffte ihn in die Seite. »Manchmal hasse ich sie auch wie die Pest. Stell dir vor, sie will unsere Tochter Carla nennen!«

Alex lachte laut auf. So laut, dass sich die Leute nach ihnen umdrehten.

»Das ist nicht lustig«, knurrte Karl, doch auch er musste lächeln. Einfach nur, weil der Morgen so schön war und die Ereignisse der vergangenen Tage mit seinem Leuchten vertrieb. Er schüttelte den Kopf. »Warum liebt sie mich so?«

Alex klopfte seinem Schwager auf die Schulter. »Erwarte keine Antworten, wo es keine gibt, Cuñado.«

Karl lachte leise. »Ich hatte vergessen, mit wem ich spreche. Du hast ja keine Ahnung von der Liebe.«

»Was soll das heißen?« Alex gab sich Mühe, empört zu klingen, doch seine Augen blitzten vergnügt.

»Dass du es nicht einmal schaffst, Chi um ein Date zu bitten, wenn sie im Schlafanzug vor dir steht und dich praktisch dazu auffordert!«

»Hätte ich sie in dem Moment gefragt, hätte sie doch garantiert Nein gesagt. Außerdem wollte ich nicht, dass es so rüberkommt, als würde ich nur tun, was man mir sagt.«

Karl nickte. »Sehr zukunftsorientiert von dir. Ich muss schon sagen.«

»Also bin ich doch kein hoffnungsloser Fall?«

»Wenn du es irgendwann mal schaffst, Chi zum Essen einzuladen, überleg ich es mir vielleicht noch mal.«

Alex zog mit selbstzufriedener Miene sein Handy aus der Hosentasche.

»Schon geschehen. Wir gehen heute Abend aus.«

»Halleluja!«, rief Karl laut, und Marla drehte sich mit fragendem Blick zu ihnen um.

»Ich brauche aber noch deine Hilfe.«

»Wieso denn?«

Alex grinste schief. »Du müsstest mir ein Hemd leihen, Flieger.«

26

Sie verabschiedeten Marla und Mario kurz hinter der Eingangstür, hinter der Nadal schon auf sie wartete. Sie sah genauso zerknirscht aus, wie Karl sich gestern gefühlt hatte, und er nahm sich vor, nach der Vernehmung mit der jungen Frau zu sprechen. Er hätte sich denken können, dass sie sich genauso sehr für das schämte, was gestern Abend geschehen war, wie er.

Nadal wich seinem Blick aus, als sie Alex eine dünne Akte in die Hand drückte. »Hier, das ist von Luisa. Der Mann, der in Vernehmungszimmer vier sitzt und beharrlich schweigt, ist auf jeden Fall der Mörder von Bunyol und Laura Moreno. Und er ist Bunyols Sohn.«

»Wissen wir, wie er wirklich heißt?«, fragte Karl, der Alex neugierig über die Schulter schaute, während dieser die Akte durchblätterte.

»Leider nein«, Nadal schüttelte den Kopf. »Er hat seit seiner Verhaftung kein Wort gesagt. Auch im Krankenhaus nicht. Nicht einmal, nachdem er aus der Narkose aufgewacht ist.«

»Der hält sich wohl für besonders schlau«, schnaubte Alex. »Mal sehen, ob wir ihn aus der Reserve locken können.«

»Die Arbol lässt ausrichten, dass ihr sofort zu ihr kommen sollt, wenn ihr mit dem Verdächtigen gesprochen habt.«

Alex verdrehte die Augen. »Wie ist sie drauf?«

»Wie ein Kleinkind zu Weihnachten«, schnaubte Nadal. »Sie stolziert über den Flur, als wäre die ganze Aktion ihre Idee gewesen. Dabei hat sie sich gestern noch mit Händen und Füßen dagegen gewehrt. Ich gehe jede Wette ein, dass sie schon die nächste Pressekonferenz organisiert.«

Alex lachte. »Na, dann hat sie wenigstens was zu tun und lässt uns unsere Arbeit machen.« Sein Blick wanderte von der Akte zu der jungen Beamtin. »Hey, Nadal. Was ist denn los?«

»Machst du Witze, Diaz?« Die sonst so starke junge Frau hatte Tränen in den Augen. »Wenn ich gestern Abend nicht so blöd gewesen wäre, wäre Marla nicht verletzt worden. Aber ich habe gezögert, und …«, sie schluckte. »Beinahe wäre es schiefgegangen.«

»Und wenn ich mich nicht hätte verarschen lassen, wärst du in dieser Situation nicht allein gewesen«, sagte Karl. »Es tut mir leid, dass ich so blöd war.«

»Und wenn der Typ nicht so ein Riesenarschloch wäre, das zwei Menschen auf dem Gewissen hat, hätten wir uns das ganze Theater sparen können«, fügte Alex ungeduldig hinzu. »Das alles war nicht unsere Schuld, sondern seine. Also hört auf, euch die ganze Zeit selbst fertigzumachen, das hält ja kein Mensch aus.«

Alex drehte ihnen den Rücken zu und marschierte auf die Vernehmungszimmer zu. Nadal und Karl sahen ihm ein paar Sekunden mit offenem Mund nach.

»Alex hat recht«, stellte Karl fest. Er legte Nadal, die viel kleiner war als er, ungelenk den Arm um die Schulter und drückte sie kurz fest an sich. »Es ist alles gut, Olivia«, sagte er leise. »Mach dir keine Gedanken, okay?«

Nadal nickte schniefend. »Bringt den Kerl zum Reden.«

»Der kommt nicht davon«, sagte Karl ernst. »Versprochen.«

Der junge Mann saß mit trotziger Miene und verschränkten Armen im Vernehmungszimmer und funkelte die beiden Polizisten streitlustig an, als sie eintraten. Es war deutlich zu sehen, dass er beschlossen hatte, die Aussage zu verweigern. Und obwohl das sein gutes Recht war, wusste Karl, dass weder Alex noch er bereit waren, es dabei zu belassen. Hier saß ein Mann, der ein paar Tage lang ganz Barcelona in Angst und Schrecken versetzt hatte. Der einer Familie den Vater und einer völlig unschuldigen alten Frau das Leben genommen hatte. Und dabei noch die Kaltherzigkeit besessen hatte, ihnen ins Gesicht zu lachen.

»Wenigstens ist Ihnen das Grinsen vergangen«, begrüßte ihn Alex und sprach damit einmal mehr genau das aus, was Karl gerade dachte.

Der Angesprochene hob träge den Blick, sagte jedoch nichts. Wenn überhaupt, so umspielte ein winziges Lächeln seine Mundwinkel. Er lümmelte sich tiefer in den schäbigen Stuhl.

»Okay«, sagte Karl und setzte sich. »Fangen wir mit etwas Einfachem an. Wie heißen Sie?«

Stefano Flores zog die linke Augenbraue hoch.

»Wir wissen, dass Sie nicht Stefano Flores heißen«, sagte Alex. »Diese Identität haben Sie erfunden, um bei *La Vanguardia* anheuern zu können. Also würden wir gern Ihren richtigen Namen erfahren. Damit wir anständig miteinander reden können.«

Der junge Mann schwieg und schmunzelte überheblich. Er fühlte sich den beiden Mossos ganz offensichtlich immer noch überlegen. Und das, obwohl ihm vor nicht einmal zwölf Stunden eine von ihnen in den Fuß geschossen hatte. Er wollte ihnen beweisen, dass er klüger und stärker war. Karl vermutete, dass Drohungen und Härte bei diesem Mann nichts bringen würden. Er erinnerte sich an das Gespräch mit Professor Holcombe, an das Profil, das der Psychologe von dem Mann gezeichnet hatte, der vor ihm saß, und an die Geschichte, die vermutlich hinter dem ersten Mord stand.

»Soll ich vielleicht raten?«, fragte Karl, und der junge Mann hob herausfordernd das Kinn. Alex warf seinem Schwager einen fragenden Blick zu, doch dieser zwinkerte kaum merklich.

»Ich denke«, sagte Karl und machte eine dramatische Pause. »… Sie heißen Fernando.«

Die Augen des jungen Mannes weiteten sich, und wenn man genauer hinsah, konnte man die Fassade ein wenig bröckeln sehen. Doch es war nur eine winzige Verschiebung der Züge, so leicht, als hätte jemand einen winzigen Kieselstein in die tobende See geworfen. Für Karl war es allerdings genug.

»Ihre Mutter hat Sie nach Ihrem Vater benannt, nicht wahr? In der Hoffnung, dass er es sich doch noch anders überlegen und bei Ihnen beiden bleiben würde statt bei der Tochter des reichen Politikers.« Karl schwieg eine Weile. »Sie waren sein Erstgeborener. Deshalb tragen Sie seinen Namen. Kein Wunder, dass Sie versucht haben, sich dieses Namens zu entledigen, so wie Bunyol sich Ihrer entledigt hat.«

Karl griff nach der Kaffeetasse, die vor ihm stand und wie beinahe alle Polizeitassen ein scheußliches Muster aufwies. Bei näherem Hinschauen entpuppte es sich als abstrakte Darstellung der Sagrada Familia. Kein Wunder, dass die meisten Tassen in der Comisaría so hässlich waren. Viele Kollegen parkten all die geschenkten Kaffeebecher in der Personalküche, die sie nicht im heimischen Küchenschrank haben wollten.

Er beobachtete den Mann, von dem er sicher war, dass er Fernando hieß, über den Rand des Kaffeebechers hinweg und stellte mit Befriedigung fest, dass er immer blasser wurde. Seine Fingerknöchel traten schneeweiß hervor, so fest krallte er die Hände ineinander.

Alex holte Luft, um etwas zu sagen, doch Karl trat ihm unterm Tisch gegen das Schienbein. Auf keinen Fall wollte er Fernando an diesem kritischen Punkt aus seinen Gedanken reißen. Jedes Wort, das jetzt gesprochen wurde, könnte alles zunichtemachen.

Das Gesicht des jungen Mannes erinnerte Karl an einen dunklen See. Die Oberfläche mochte noch so glatt und idyllisch wirken; darunter fanden Kämpfe statt. Fische fraßen einander, Leichen verwesten, Müll tötete die natürliche Vegetation. Unter der Oberfläche dieses speziellen Sees starben gerade Teile eines Menschen, während sich andere Teile ihren Weg ans Licht bahnten.

Fernando war gut, aber nicht so gut, wie er dachte. Karl konnte es bröckeln sehen. Und er hatte Zeit.

Alex und er tranken in Ruhe ihren Kaffee, pulten Dreck unter ihren Fingernägeln hervor, gähnten, schauten auf die Uhr. Doch sie schwiegen. Beinahe zwanzig Minuten wurde in Vernehmungszimmer vier der Comisaría der Ciutat Vella Barcelonas kein Wort gesprochen. Karl war im Stillen dankbar dafür, dass es in diesem Raum keinen venezianischen Spiegel gab, wie jeder sie aus Krimiserien kannte. Denn Maria Arbol, die in diesem Fall mit Sicherheit hinter der verspiegelten Glasscheibe gesessen hätte, hätte bestimmt längst die Geduld verloren und höchstpersönlich versucht, die Wahrheit aus dem Mann herauszupressen.

Endlich, nach quälend langer Zeit, sank der Kopf des jungen Mannes auf die Brust, und er bedeckte das Gesicht mit den Händen.

»Woher kennen Sie meinen Namen?«, fragte er leise. Seine Stimme wurde von den Fingern gedämpft, die vor seinen Lippen lagen. »Woher wissen Sie das alles?«

»Ihr Bruder hat es uns erzählt«, sagte Karl und war erstaunt, wie weich seine Stimme klang. Etwas an dem Mann, der vor ihm saß, rührte ihn. In diesem Augenblick sah Fernando aus wie eine große Puppe, die jemand an einer Bushaltestelle vergessen hatte.

»Nico?«

Karl nickte. »Ja. Er erinnert sich an Sie.«

Fernando schüttelte ungläubig den Kopf. »Das wusste ich nicht.«

»Erzählen Sie uns, was passiert ist«, forderte Alex und sah Fernando fest und ruhig in die Augen. »Ich verspreche Ihnen, Mann, danach geht es Ihnen besser.«

Fernando atmete tief durch und rang noch eine Weile mit sich. Doch irgendwann sagte er: »Ich hatte nie vor, ihn umzubringen. Eigentlich wollte ich ihn nur wiedersehen. Wollte ihm zeigen, dass etwas aus mir geworden ist.« Der junge Mann schüttelte den Kopf. »Ich hatte mir extra einen neuen Anzug gekauft und mir die Haare schneiden lassen. Hatte Herzklopfen wie ein verfluchter Teenager. Als ich endlich einen Interviewtermin mit ihm hatte, habe ich mich richtig gefreut.« Er schaute Karl an, und seine Augen blickten flehend. »Ehrlich, ich hatte das alles nicht geplant.«

»Und wie ist es dann dazu gekommen?«

Fernando lachte bitter. »Er hat mich nicht erkannt. Können Sie sich das vorstellen? Er hat seinen eigenen Sohn nicht erkannt.«

Vier Stunden später saßen Luisa, Alex, Marla und Karl auf dem Dach des Hotels Barcelo Raval und ließen die Füße in den kleinen Hotelpool baumeln. Der zylindrische Bau war zwar das Hässlichste, was man dem Viertel bislang angetan hatte, doch von hier oben hatte man einen grandiosen Blick über die ganze Stadt. Nachdem Karl und Alex nicht nur das Verhör mit Fernando, sondern auch das Gespräch mit Maria Arbol und die Pressekonferenz hinter sich gebracht hatten, hatten sie beschlossen, die Neugier ihrer Kolleginnen lieber außerhalb der Comisaría zu befriedigen und eine ausgiebige Mittagspause einzulegen, von der keiner von ihnen zurückzukehren gedachte. Sie teilten sich eine Flasche Cava und genossen die Ruhe, die allmählich bei ihnen allen einkehrte. Bis der nächste Sturm losbrach, was in ihrer Branche nie lange dauern konnte.

»Wie hat sich Mario geschlagen?«, fragte Luisa Marla, während Karl sich mit geschlossenen Augen an die Wand des Hotels lehnte.

»Ganz gut, glaube ich. Sergent Mercol hat mir sogar in Aussicht gestellt, dass ich ihn heute Abend mit nach Hause nehmen kann. Wir müssen aber noch abwarten, was der Richter sagt. Da er sich gestellt hat, sieht Mercol jedenfalls keine Fluchtgefahr.«

»Das ist doch wunderbar«, sagte Luisa. »Salut!« Die beiden Frauen stießen miteinander an.

»Und wie war es jetzt mit Fernando?«, wollte Marla wissen. Sie hatte ihre Halskrause ausgezogen und hielt mit verträumter

Miene die Nase in die Sonne. Der Anblick des roten Striemens, der sich um den schlanken Hals der jungen Frau zog, bereitete Karl beinahe körperliche Schmerzen.

»Es war eigentlich genauso, wie wir vermutet hatten. Fernando ist Bunyols ältester Sohn, seine Mutter war eine alte Schulfreundin. Aus dem Viertel, in dem er selbst aufgewachsen ist«, erklärte Alex.

»Fernandos Mutter hat alles versucht, ihren Geliebten und den Vater ihres Sohnes zu halten, doch der hat sich längst in höheren Kreisen umgetan, und als er Inés Herrero kennengelernt hat, wollte er von seiner alten Liebe und seinem kleinen Sohn nichts mehr wissen.«

Karl schnaubte und nippte an seinem Cava, der ihm angenehm in der Nase prickelte. Nach all den Schrecken der vergangenen Tage war es ihm nur recht, den Kollegen alles im hellen Sonnenschein zu erzählen, umgeben von Touristen, die ihren Kurzurlaub genossen.

»Der kleine Fernando ist also in ärmlichen Verhältnissen aufgewachsen. Anfangs hat der Vater ihn wenigstens noch besucht, doch als seine politische Karriere Fahrt aufnahm, war es auch damit vorbei. Bunyol hatte wohl Angst, mit einem unehelichen Kind in einer konservativen Partei wenig Aufstiegschancen zu haben.«

»Wundert mich nicht«, bemerkte Luisa, und Karl nickte. »Mich auch nicht. Sein erstgeborener Sohn jedenfalls musste mit dem Wissen leben, dass sein Vater eine andere Familie hatte, die er mit Reichtum überschüttete, während er selbst nichts davon abbekam. Doch wie jedes Kind hat auch er sich nach der Liebe des Vaters gesehnt. Im Laufe der Jahre hat er die verschiedensten Versuche unternommen, Kontakt mit Bunyol aufzunehmen. Unter anderem durch die kurzen Briefe, die er an die Parteizentrale geschickt hat.«

»Rede mit mir. Du kannst mich nicht ignorieren und so weiter«, warf Alex ein.

»Schließlich hatte er den Plan, ihn als Reporter getarnt zu einem Interview zu treffen, um sich mit ihm auszusprechen.«

Marla schnaubte. »Das ging ja dann gewaltig schief.«

»Was ist passiert?«, fragte Luisa neugierig und unterdrückte ein Gähnen.

»Bunyol hat seinen eigenen Sohn nicht erkannt. Hat ihn wohl mit seinen Errungenschaften vollgelabert, seinen verwirklichten Projekten, und hat ihm am Ende sogar von seiner perfekten Familie erzählt.« Alex verdrehte die Augen. »Da sind Fernando die Sicherungen durchgebrannt. Er hat Bunyol gebeten, ihn ein Stück mitzunehmen, und hat ihn, sobald er hinter ihm eingestiegen war, mit seinem Gürtel von hinten erdrosselt. Dann hat er ihn auf den Friedhof gefahren und in der Gruft versteckt. Das Auto hat er bis Girona gefahren, auf einem Parkplatz abgestellt und angezündet. Die dortigen Kollegen haben es gefunden und bestätigt.«

»Und die Krawatte?«, wollte Marla wissen.

»Die ist wahrscheinlich das Traurigste an der Geschichte«, sagte Karl bitter. »Bunyol hatte die Krawatte bei einem seiner wenigen Besuche in der Wohnung der Mutter vergessen. Fernando hat sie all die Jahre gehütet wie einen Schatz und sie sich für das Interview umgebunden, als Erkennungszeichen.«

»Und Bunyol hat es nicht bemerkt«, schloss Luisa richtig.

»Korrekt«, bestätigte Alex.

Aber warum hat er dann die arme Laura Moreno getötet? Was hatte das für einen Sinn?« Karl machte ein trauriges Gesicht. »Es war genauso wie damals in Holcombes Fall. Nachdem wir Bunyol gefunden hatten, war Fernando der Erste, der über den Mord berichtet hat. Auf einmal wurde er wahrgenommen. Er, der immer verschmäht worden war, wurde plötzlich von der ganzen Stadt beachtet. Und das in doppelter Hinsicht: als Mörder und als Journalist. Die ganze Aufmerksamkeit hat ihm einen Höhenflug beschert und sein Ego durchdrehen lassen.«

»Er wollte einfach nicht, dass es vorbei ist«, sagte Alex und

kippte sein Glas Cava in einem Zug hinunter. »Sein ganzes Leben lang hatte er seinem Vater und seinen Geschwistern das
Rampenlicht geneidet. Jetzt, wo er selbst ein wenig davon genoss, konnte er nicht mehr genug bekommen.«

»Was für ein kranker Scheiß«, meinte Luisa und verteilte
noch eine Runde Cava. »Behältst du jetzt eigentlich den Hund,
Marla?«, wechselte sie abrupt das Thema.

Ihre Assistentin nickte lächelnd. »Natürlich. Mario ist auch
ganz verliebt in den kleinen Kerl. Ich könnte ihn niemals wieder
hergeben.«

Karl wollte seine Assistentin anlächeln, doch es gelang ihm
nicht. Denn in diesem Augenblick wurde sein Herz von kalter
Angst und Unruhe erfasst.

»Karl, was ist denn?«, fragte Marla, und auch Luisa sah ihn
mit besorgtem Stirnrunzeln an. Karl verzog das Gesicht und
suchte nach den richtigen Worten.

»Ich weiß nicht. Es ist nur …« Er seufzte und fuhr sich mit
gespreizten Fingern durch die Haare.

»Fernando ist das beste Beispiel dafür, wie viel Macht Eltern
über ihre Kinder haben. Wie sehr man seine Kinder verkorksen
kann. Hätte Bunyol sich nicht so mies verhalten, dann wäre das
alles nicht passiert.«

»Ja, und?«, fragte Alex verwirrt und kassierte dafür einen
Tritt von Marla.

»Hat dir schon mal jemand gesagt, dass du die emotionale
Subtilität eines Backsteins hast?«, fuhr sie ihn an, und er runzelte verdattert die Stirn.

»Ich kapier's nicht.«

»Ich habe einfach Angst, Alex«, erklärte Karl ungeduldig.
»Bald kommt meine Tochter zur Welt, und ich … Was ist, wenn
ich es vermassele?«

»Aber Alba und du, ihr macht das doch gut. Immerhin habt
ihr Oli zustande gebracht.«

»Ja, das wundert mich ja auch die ganze Zeit!«, rief Karl ein wenig verzweifelt. »Wie wahrscheinlich ist es, dass ich noch mal so viel Glück habe?«

»Karl«, sagte Marla streng. »Meine Eltern waren Scheiße. Ich hätte gemordet für Eltern wie Alba und dich.«

Luisa kicherte.

»Okay, das war jetzt vielleicht nicht die richtige Formulierung«, gab Marla lachend zu. »Was ich sagen wollte, ist: Nur, weil unsere Eltern einen lausigen Job gemacht haben, ist aus mir kein schlechter Mensch geworden.«

»Das stimmt allerdings«, gab Karl zu.

»Und auch wenn ihr sicher mal Fehler machen werdet, heißt das noch lange nicht, dass ihr eure Tochter gleich verkorkst. Ich bin mir sicher, dass sie ein wundervoller Mensch wird.« Sie runzelte die Stirn. »Habt ihr eigentlich schon einen Namen für die Kleine?«

Karl kratzte sich verlegen am Kopf. »Carla Sofia«, antwortete er leise.

Wie auf Kommando erhoben alle die Gläser und riefen: »Auf Carla Sofia!« Ein paar der umstehenden Touristen lachten und hoben ebenfalls ihre Gläser. Karl spürte, wie sein Gesicht rot anlief. Doch gleichzeitig war er gerührt. Diese Menschen wussten nichts über ihn, wussten nicht, worum es ging, und hatten keine Ahnung, was Karl und seine Kollegen in den letzten vierundzwanzig Stunden durchgemacht hatten. Und doch prosteten sie ihm fröhlich zu. Der Fall war zwar abgeschlossen, doch für Karl und Alex war er noch nicht vorbei. Wenn die Flasche ausgetrunken war, würden sie noch einmal in die Zona Alta fahren und der Familie des toten Fernando Bunyol die Geschichte vom verlorenen Sohn erzählen müssen. Karl konnte nur hoffen, dass die Familie einen Weg finden würde, mit alldem umzugehen. Inés war eine starke Frau, und ihre Kinder würden sie sicherlich stützen. Er hoffte auch, dass Nico seinen großen Bruder vielleicht einmal im Gefängnis besuchen würde. Fernando hatte schreckliche Fehler gemacht, die durch nichts wiedergutzumachen waren. Doch er war auch eine gequälte Seele, die sich ihr ganzes Leben nur nach Anerkennung und einer Familie gesehnt hatte. Und Nico war der einzige Mensch auf der Welt, der Fernando helfen konnte, seinen Frieden zu machen.

Familie war etwas Seltsames, dachte Karl. Es waren die Menschen, die einem am nächsten standen und die meiste Macht über einen hatten. Diejenigen, die einem das Leben verschönern oder zerstören konnten. Und im besten Fall hatte man sich davon gerade mal ein einziges Mitglied selbst ausgesucht. Das war doch eigentlich verrückt. Wenn er an seine eigene Familie dachte, breitete sich Wärme in seinem ganzen Körper aus. Wie in den letzten Tagen schon ein paar Mal, wurde er von einer Rührung mitgerissen, die ihm die Tränen in die Augen trieb, was ihm eigentlich überhaupt nicht ähnlich sah.

Er legte Alex den Arm um die Schulter und hob seinerseits sein Glas. »Auf die Familie«, sagte er lächelnd, und die anderen stimmten mit ein. Ihre Gläser trafen klirrend aufeinander, und das Klirren wurde über die Brüstung getragen, begleitet vom Lachen der Touristen und dem Plätschern des Hotelpools.

Es schwebte noch eine Weile weiter, die Rambla de Raval hinab und durch die Gassen der Altstadt bis hinunter zum Meer, wo es sich zwischen dem Lärm der Bier- und Sangriaverkäufer verlor, in seine Einzelteile zerfiel und schließlich verschwand.

Spanier trauern anders

Dass Bestattungen in Spanien etwas anders verlaufen als bei uns, fiel mir das erste Mal in einer Bar auf. Ich saß an einem verhältnismäßig kalten Herbsttag in einer Kleinstadt beim Kaffee, als ich bemerkte, dass sich eine Traube älterer Leute um eine Art »Schwarzes Brett« gleich neben der Tür versammelt hatte, an das kurz zuvor ein neuer Zettel gepinnt worden war. Die Älteren schwatzten aufgeregt durcheinander und riefen dem Barmann etwas zu, der sich mitsamt dem Glas, das er gerade polierte, zu ihnen gesellte.

Nach und nach standen immer mehr Leute auf, um nachzusehen, was da los war. Ein Haufen Dorfbewohner kamen von der Straße hinzu, und binnen weniger Minuten war der Eingang verstopft.

Ich dachte mir, dass es sich um eine wichtige Neuigkeit handeln musste, denn nichts versetzt Spanier so sehr in Wallung wie brandneue Nachrichten aus der Nachbarschaft. Als sich der Trubel gelegt hatte, schlenderte auch ich an dem Schwarzen Brett vorbei, um bestürzt festzustellen, dass es sich bei den bunten Zetteln, die dort aushingen, um Traueranzeigen handelte, sogenannte *esquelas*. Der jüngste Trauerfall des Ortes hatte die Bewohner offenbar sehr getroffen, da mittlerweile eine Flasche Weinbrand auf einem großen Tisch stand, um den sich gefühlt das halbe Städtchen versammelt hatte. Mir kam es merkwürdig vor, dass der Tod eines Menschen ausgerechnet in einer Bar verkündet wurde – und dann noch auf quietschbuntem Papier! Ich fühlte mich mittlerweile seltsam fehl am Platz, fast wie eine Voyeurin, also zahlte ich und ging.

Mit der Zeit jedoch verstand ich, warum Traueranzeigen ausgerechnet in Bars aufgehängt werden.

Im Gegensatz zu Deutschland, wo zwischen dem Tod eines

Menschen und der Trauerfeier Tage vergehen können, bleiben in Spanien meist nur vierundzwanzig, höchstens aber achtundvierzig Stunden bis zur Beisetzung eines Toten. Auch ist es nicht die Beerdigung selbst, die das Zentrum der Trauer darstellt, sondern die Aufbahrung des Verstorbenen in der Leichenhalle, dem sogenannten *tanatorio*. Dorthin kommen auch Nachbarn und Freunde zur *velatorio* (Totenwache), um den Hinterbliebenen ihr Beileid auszusprechen. Nicht der Verstorbene steht im Zentrum der Aufmerksamkeit, sondern diejenigen, die er zurücklässt. Und die Gemeinschaft zeigt den Familienangehörigen durch ihr Erscheinen im *Tanatorio:* Wir sind für euch da. Wir helfen euch. Ihr seid nicht allein.

Besonders berührend und typisch ist auch, dass ein Verstorbener nicht »ausgelagert« wird, wie es in Deutschland der Fall ist, sondern bis zur Beisetzung die ganze Zeit von seiner Familie begleitet wird. Vom Ort des Versterbens ins *Tanatorio*, wo der Tote geschminkt und für die *velatorio* umgezogen wird, bis zur Beisetzung nach der Totenwache. Die Familienmitglieder weichen nicht von der Seite des Verstorbenen und begleiten ihn aus dieser Welt hinaus; dabei werden sie wiederum von Freunden, Bekannten und Nachbarn unterstützt. Der Tod ist in Spanien noch viel mehr Teil des Alltags als bei uns.

Die Beisetzung selbst erfolgt dann recht nüchtern und rasch nur im Beisein der Familie (und des Mannes mit dem Zementeimer, der die Grabnische sofort verschließt). Es gibt keine Trauerfeier und keinen Leichenschmaus, die Aufbahrung ist die einzige Möglichkeit, zu kondolieren.

Damit aber auch alle rechtzeitig im *Tanatorio* erscheinen können, muss die Gemeinde erfahren, dass jemand gestorben ist – was uns wieder zu den Traueranzeigen in der Bar bringt.

In kleineren spanischen Städten und Dörfern ist die Bar noch immer Zentrum des sozialen Lebens, und so ist es nur logisch, dass ein Todesfall hier bekannt gemacht wird – eine klassische Traueranzeige in der Zeitung vom nächsten Tag käme ja deutlich zu spät. Die Hinterbliebenen brauchen die Hilfe und Unterstützung aller Gemeindemitglieder, und zwar sofort.

Mit der Zeit konnte ich beobachten, dass viele Leute mindestens einmal am Tag in der Bar am Dorfplatz vorbeischauten, um nachzusehen, ob jemand gestorben war. Und wenn man schon mal da war, konnte man ja auch gleich einen Cortado oder ein kleines Bier trinken, richtig? Immerhin tat man hier gerade seine Bürgerpflicht.

Es gibt sogar Orte, an denen per Megafon durchgesagt wird, wer verstorben ist und dass sich alle im *Tanatorio* einzufinden haben – mir ist die Variante mit dem Kneipenaushang bedeutend lieber, denn so kann man sich gegenseitig stützen, des Verstorbenen gedenken und zugleich das Leben feiern. Und das können Spanier sowieso am besten.

Kleines Wörterbuch

Camarero
Kellner

Cariño
Schatz, Liebling

Cena
Abendessen

Ciutat Vella
Altstadt

Ciudadanos
Städter

Cuñado
Schwager

Desconegut (kat.)
Fremder

Disculpe
Entschuldigung

Entiendo
Ich verstehe

Gaseosa
Eine Zitronenlimonade

Hijo de puta
Hurensohn

Igualmente
Gleichfalls

Inocente Palomita
Unschuldiges Täubchen (die spanische Version von »April,
April«)

Jefa
Chefin

Madre mía
Wörtlich: Meine Mutter. Bedeutet aber so viel wie: »Ach du
meine Güte!« oder »Ach du liebe Zeit!«

Mierda
Scheiße

Mi vida
Mein Leben

Puta madre
Hurensohn

Tradición y forza
Tradition und Kraft

Rezepte

AJOBLANCO

Diese kalte Knoblauchsuppe ist eng mit der bekannten Gazpacho verwandt und besonders an heißen Sommertagen ein Genuss. Kein Wunder also, dass sie vor allem in den südlichen Gebieten Spaniens beliebt ist: Dort steigen die Temperaturen im Sommer nicht selten auf 46 °C. Man sollte sich von ihrem leichten, unschuldigen Äußeren jedoch nicht täuschen lassen, dank der Kombination von Mandeln, Olivenöl und Weißbrot ist die Ajoblanco sehr gehaltvoll und macht ordentlich satt.

Für 2–3 Portionen

150 g geschälte Mandeln
2 Knoblauchzehen
100 ml natives Olivenöl
350 ml Gemüsebrühe
25 g altbackenes Weißbrot
2 EL Weißweinessig
Salz
12 rote Trauben

Für die Croûtons:
½ Baguette

Den Backofen auf 200 °C vorheizen und das Baguette in gleich große Würfel schneiden. Die Würfel auf einem mit Backpapier ausgelegen Backblech verteilen und im Ofen ca. 10 Minuten goldbraun rösten.

Die Trauben waschen und halbieren, evtl. entkernen.

Alle Zutaten bis auf die Trauben in einem Mixer fein pürieren. Anschließend mindestens 2 Stunden in den Kühlschrank stellen.

Vor dem Servieren auf Schalen verteilen und mit Croûtons und Trauben garnieren.

AIOLI UND TAPENADE

Wer schon einmal Urlaub in Spanien gemacht hat, kennt sie bereits: Aioli, die vielleicht bekannteste Soße des Landes. Eigentlich heißt sie Alioli oder All i oli (Knoblauch und Öl) und stammt aus Katalonien, somit ist sie die ultimative Barcelona-Delikatesse.

Die schneeweiße Knoblauchcreme ist fast noch wichtiger als Butter und kommt vor fast jedem Essen auf den Tisch, ob in der Kneipe oder im Nobelrestaurant. Über ihre korrekte Herstellung gibt es beinahe so viele Meinungen, wie es Spanier gibt. Mit Ei oder ohne, mit Milch oder sogar ganz ohne tierische Inhaltsstoffe? Eine Spanierin aus Barcelona erklärte mir einmal, dass Aioli, wenn sie traditionell hergestellt wird, nur aus Knoblauch, Öl und Salz besteht. Das sei dem Klima geschuldet, denn Pasten mit Ei oder Milch verderben in der Hitze schnell und können zu einem Gesundheitsrisiko werden. Das leuchtete mir ein.

Doch die Herstellung einer solchen traditionellen Aioli ist mühsam und etwas kompliziert – trotz des Einsatzes von viel Muskelkraft und Zeit gelingt sie nicht immer, weshalb mittlerweile häufiger eine »Knoblauchmayonnaise« angeboten wird.

Obwohl ich Aioli schätze, mag ich Tapenade bedeutend lieber. Die dunkle Paste aus hellen oder schwarzen Oliven vereint, wenn sie gut ist, fruchtige, samtige und bittere Aromen. Mit einem Stück warmem, knusprigem Weißbrot einfach himmlisch!

Ergibt jeweils ein kleines Glas

Für die klassische Aioli

4 Knoblauchzehen
125 ml natives Olivenöl
1 Prise grobes Meersalz
1 großer Mörser aus Stein oder Keramik

Die Knoblauchzehen schälen und mit dem Meersalz in den Mörser geben. Dann so lange zerdrücken, bis sich eine homogene Paste gebildet hat.

Nun das Olivenöl behutsam in einem dünnen Strahl hinzufügen. Dabei mit dem Mörser ununterbrochen in ein und derselben Richtung weiterrühren (und hoffen, dass einem spontan ein dritter Arm wächst), bis eine gleichmäßige, mayonnaiseähnliche Soße entsteht. Das kann einige Minuten dauern.

Für Faule: Die Knoblauchmayonnaise

1 frisches Bio-Ei
200 ml Sonnenblumenöl
1 TL Senf
2 EL Zitronensaft
1–2 Knoblauchzehen
Salz

Das Ei in ein hohes Gefäß schlagen, Senf hinzufügen und mit dem Stabmixer gründlich verrühren. Einen Spritzer Öl hinzugeben und so lange mixen, bis sich eine geschmeidige Masse gebildet hat.

Das Öl bei angeschaltetem Stabmixer in einem dünnen Strahl in den Behälter fließen lassen, dabei den Stabmixer langsam im Gefäß auf und ab bewegen. So lange, bis das Öl verbraucht ist und sich eine geschmeidige Creme gebildet hat.

Die Knoblauchzehen schälen und mittels einer Presse in die Mayonnaise pressen. Mit Salz und Zitronensaft abschmecken.

Für die Oliventapenade

150 g Kalamata-Oliven (entsteint)
1 TL Thymian, getrocknet
1 TL Rosmarin, getrocknet

3 EL Zitronensaft
1 EL Olivenöl
Salz und Pfeffer

Alle Zutaten zusammen in ein hohes Gefäß geben und mit dem Stabmixer zu einer homogenen Masse verarbeiten.

Alle drei Cremes schmecken am besten zu geröstetem Brot. Mit einer Schale Oliven und einem Glas Wein wird daraus ein vollständiges Abendessen.

TUMBET

Tumbet ist ein klassisches mallorquinisches Gemüsegericht, das an Ratatouille erinnert. Auf der Insel bekommt man es überall, und auch in Barcelona ist es aufgrund der geografischen Nähe zu Mallorca weitverbreitet. War es früher reine Beilage zu Fleisch oder Fisch, so hat es sich mittlerweile zu einem eigenständigen Gericht entwickelt, das immer wieder neu interpretiert wird. Ich habe schon die verschiedensten Varianten gesehen: als Tapa, als Türmchen, auf ein Pintxo gespießt, und einmal sogar als Suppe. Am liebsten mag ich es heiß und frisch aus dem Ofen.

4 Portionen

2 Paprikaschoten, eine rote und eine gelbe
1 kg festkochende Kartoffeln
2 Zucchini
1 Aubergine
3 Knoblauchzehen
650 g Tomaten, stückig (aus der Dose)
150 ml Olivenöl
2 Lorbeerblätter
Salz und Pfeffer

Die Paprika waschen, entkernen und in grobe Streifen schneiden. Die Kartoffeln schälen, Zucchini und Aubergine waschen und die Enden entfernen.

Kartoffeln, Zucchini und Aubergine in gleich dicke Scheiben schneiden.

Eine Auflaufform einfetten und den Ofen auf 200 °C vorheizen.

Kartoffeln, Paprika, Aubergine und Zucchini nacheinander in reichlich Olivenöl goldbraun anbraten und auf Küchenpapier abtropfen lassen.

Knoblauchzehen schälen und würfeln, in einem weiten Topf mit etwas Olivenöl anbraten. Tomaten und Lorbeer hinzugeben und alles auf kleiner Flamme ca. 20 Minuten köcheln lassen. Die Lorbeerblätter herausholen und die Soße mit Salz und Pfeffer würzen.

Das Gemüse und die Kartoffeln dachziegelartig in die Auflaufform schichten und die Tomatensoße darüber geben. Im Ofen ca. 30 Minuten backen, bis die Kartoffeln gar sind.

ENSALADILLA RUSA (RUSSISCHER SALAT)

Dieser Salat wirft einige Fragen auf. Zum Beispiel, wie ausgerechnet ein Salat aus Russland zu einer der populärsten Tapas Spaniens werden konnte. Oder warum die Spanier etwas so Gehaltvolles »Salätchen« (Ensaladilla) nennen. Ein weiteres Rätsel ist die genaue Rezeptur, da der Erfinder Lucien Olivier – seines Zeichens Koch in der Moskauer Eremitage – verstarb, ohne es vorher niederzuschreiben. Während viele Köche ihrer Kreativität hier freien Lauf lassen, ist eines jedoch ganz sicher: Kartoffeln, Möhren, Erbsen und natürlich Mayonnaise gehören auf jeden Fall hinein.

4 Portionen

400 g festkochende Kartoffeln
100 g Möhren
50 g grüne Erbsen, TK
7 Gewürzgurken
2 EL Kapern (möglichst klein)
Salz und Pfeffer
1 Portion Knoblauchmayonnaise mit nur ½ Knoblauchzehe

Kartoffeln und Möhren schälen und in feine Würfel schneiden. Kartoffeln und Möhren in sprudelndem Salzwasser 8 Minuten garen, dann die Erbsen hinzugeben und das Ganze im warmen Wasser noch einmal 2 Minuten erwärmen. Alles abgießen und abkühlen lassen.

Gewürzgurken in feine Scheiben schneiden, Kapern abgießen. Zusammen mit Kartoffeln und dem Gemüse in eine Schüssel geben.

Die Mayonnaise wie oben beschrieben zubereiten und vorsichtig unter den Salat heben. Mit Salz und Pfeffer abschmecken. Im Kühlschrank noch einmal mindestens eine Stunde durchziehen lassen, besser noch länger.